A
FILHA
DO PAPA

LUÍS MIGUEL ROCHA

A
FILHA
DO PAPA

JANGADA

Título do original: A Filha do Papa.

Copyright © 2013 Luís Miguel Rocha e Porto Editora, Ltda.

Copyright da edição brasileira © 2013 Editora Pensamento-Cultrix Ltda.

Texto de acordo com as novas regras ortográficas da língua portuguesa.

1ª edição 2014.

Todos os direitos reservados. Nenhuma parte desta obra pode ser reproduzida ou usada de qualquer forma ou por qualquer meio, eletrônico ou mecânico, inclusive fotocópias, gravações ou sistema de armazenamento em banco de dados, sem permissão por escrito, exceto nos casos de trechos curtos citados em resenhas críticas ou artigos de revistas.

A Editora Jangada não se responsabiliza por eventuais mudanças ocorridas nos endereços convencionais ou eletrônicos citados neste livro.

Esta é uma obra de ficção. Todos os personagens, organizações e acontecimentos retratados neste romance são produtos da imaginação do autor e usados de modo fictício.

Obs.: Este livro não pode ser exportado para Portugal, Angola, Moçambique, Cabo Verde, São Tomé e Príncipe e Guiné-Bissau.

Editor: Adilson Silva Ramachandra
Editora de textos: Denise de C. Rocha Delela
Coordenação editorial: Roseli de S. Ferraz
Preparação e adaptação de originais: Alessandra Miranda de Sá
Produção editorial: Indiara Faria Kayo
Assistente de produção editorial: Estela A. Minas
Editoração eletrônica: Fama Editora
Revisão: Wagner Gianella Filho e Yociko Oikawa

CIP-BRASIL. CATALOGAÇÃO NA PUBLICAÇÃO
SINDICATO NACIONAL DOS EDITORES DE LIVROS, RJ

R574f
Rocha, Luís Miguel, 1976-
    A filha do Papa / Luís Miguel Rocha. — 1. ed. — São Paulo : Jangada, 2014.
384 p. : il. ; 23 cm.

    ISBN 978-85-64850-62-0
    1. Ficção portuguesa. I. Título.

14-09260
                          CDD: 869.3
                          CDU: 821.134.3-3

Jangada é um selo editorial da Pensamento-Cultrix Ltda.

Direitos para o Brasil adquiridos com exclusividade pela
EDITORA PENSAMENTO-CULTRIX LTDA., que se reserva a
propriedade literária desta tradução.
Rua Dr. Mário Vicente, 368 — 04270-000 — São Paulo, SP
Fone: (11) 2066-9000 — Fax: (11) 2066-9008
http://www.editorajangada.com.br
E-mail: atendimento@editorajangada.com.br
Foi feito o depósito legal.

Este livro é dedicado a
Pius PP. XII
Eugênio Pacelli
2.III.1876-9.X.1958
(que salvou milhares)

e à madre
Pasqualina Lehnert
(que salvou um).

Primeira Parte
MISERERE MEI

*É principalmente pelos pecados da impureza
que as forças das trevas subjugam as almas.*

Papa Pio XII, 23 de maio de 1948

Espiritualmente somos todos semitas.

Pio XI

RORSCHACH, SUÍÇA
25 de setembro de 1930

Nada é mais corrosivo que uma dúvida. Imiscui-se numa palavra, num gesto, numa ausência, e invade os pensamentos, minando a mente com inquietações e hipóteses.

As gotas de chuva batiam no vidro com violência, e os limpadores de para-brisa não conseguiam eliminá-las com eficácia. Era um exército de respingos ferozes, ajudados pelo vento, que se espalhava por todo o vidro, tais como as dúvidas, ocultas pela noite negra, que os faróis tentavam, em vão, desbravar.

— Pode ir mais depressa? — pediu o prelado, angustiado, no banco de trás.

— O tempo está perigoso para correr mais, Excelência — avisou o motorista, em alemão. — Já estamos perto.

Mesmo assim, o condutor pegou um pano para limpar o vidro embaçado do Mercedes-Benz 770 e acelerou um pouco mais, até o máximo que a responsabilidade lhe permitiu. Contorceu-se no banco, o corpo pedindo clemência pela longa viagem. Não se atreveu a olhar pelo retrovisor para aquela figura esquelética e frágil que ocupava o lado esquerdo do assento de trás, mirando a escuridão noturna.

O motorista desconhecia os ditames nada éticos que faziam o clérigo estar ali naquele carro, a novecentos quilômetros de casa — nosso corpo é hábil para esconder as dores da alma… na maior parte das vezes.

O prelado permanecia imóvel, o olhar perdido através do vidro salpicado de chuva. Um relâmpago iluminou o caminho por breves segundos, e o deixou ver o contorno das árvores, que se vergavam, submissas ao vento. Havia uma profunda inquietação naquele passageiro de meia-idade de olhar melancólico. O ruído do vento e da chuva sobre o teto do veículo abafava a respiração alterada pela ansiedade. O retumbar de um trovão, mesmo que bem acima dos dois homens, o fez saltar no assento.

— Isso não é nada bom... — murmurou para si mesmo.

— Não se preocupe, Excelência — disse o motorista, que percebera a inquietação do prelado. — Cão que ladra não morde — acrescentou com um sorriso tímido. Os homens de Deus não gostavam muito de sorrisos.

O prelado pensou em corrigir o motorista — já não era mais Excelência, e sim Eminência, o solidéu vermelho que trazia assim o definindo —, mas aquele homem não era obrigado a conhecer o protocolo hierárquico da Santa Igreja.

O carro continuou a abrir caminho em meio à intempérie pelas mãos confiáveis e escrupulosas do suíço. Depois de uma curva mais pronunciada à esquerda, atravessaram a entrada da propriedade. Os enormes portões, abertos, resistiam ao vento. Ao fundo, avistaram o local de destino. O clérigo estremeceu, e a palpitação no peito aumentou. O momento se aproximava. O vidro embaçado deixava discernir um edifício escuro, algumas janelas iluminadas por luz interior denotando a presença de vida humana.

Um relâmpago iluminou a fachada de três andares em tonalidades de branco e cinza. O religioso sentiu um aperto no coração à medida que se aproximavam do destino. O suíço parou junto à porta principal e saiu do carro, abrindo desajeitadamente um guarda-chuva para proteger o prelado do temporal.

O clérigo tinha os olhos cravados na porta principal do edifício. O que estou fazendo aqui, meu Deus? O motorista abriu-lhe a porta, e o vento inundou o interior do carro sem permissão. O homem respirou fundo antes de sair do veículo.

Chegara o momento de se livrar das dúvidas que o corroíam.

✶

A chuva intensa não a deixou ouvir o carro chegar. Não fazia diferença. Ela sabia. Ele ausentara-se de Roma há alguns dias, e ninguém tinha conhecimento do seu paradeiro. Não precisava que lhe dissessem mais nada. Ninguém o conhecia melhor. A forma como ele pensava, como lidava com os sentimentos, as dúvidas. Receava que a perspicácia dele o conduzisse ao retiro, mais cedo ou mais tarde. Não poderia ter vindo em pior hora. Um dia a mais, e ele nunca saberia.

O suor fazia a roupa grudar no corpo da freira, e a respiração ofegante evidenciava esforço. Estava deitada de barriga para cima, as pernas abertas, posição nada confortável para quem estava habituada a se ocultar sob camadas de roupas. A parteira estava ajoelhada entre as pernas dela, uma das mãos apoiadas em seu ventre. Sonja, de hábito azul-escuro, entrou afoita nos aposentos segurando toalhas dobradas nas mãos, o olhar desviando com timidez para a freira deitada.

— Ele chegou, irmã — ela avisou, depositando as toalhas em cima de uma cômoda e tentando evitar olhar para a parteira.

Um gemido entrecortado foi a resposta que tratou de conter de imediato, a muito custo.

— Está quase — observou a parteira.

Levantou-se e pegou as toalhas que Sonja trouxera. Depois, se aproximou da parturiente em sofrimento e colocou uma das mãos sobre sua testa com ternura.

— Ainda não está na posição correta. Vai demorar um pouco mais, mas vai passar depressa — disse a mulher, com pena e altivez ao mesmo tempo. — Aguente firme. Estou aqui com você.

A parturiente agarrou-lhe o braço e a puxou para mais perto de si.

— Dê-me algo para morder e não me deixe fazer barulho.

Era uma ordem. A parteira fitou-a, contrafeita, mas depois concordou. Seja feita a tua vontade.

— Sonja — chamou a parturiente. — Faça o que lhe pedi.

— Mas, irmã... — contestou Sonja, reticente.

— Faça o que lhe pedi — repetiu com um gemido quando a dor regressou. — Vai — murmurou.

Sonja saiu do quarto contrariada, fechando a porta atrás de si. A parteira trancou-a à chave e enrolou um lenço lavado, que colocou na boca da parturiente.

— Está preparada? Chegou a hora.

*

O prelado recusou o abrigo do guarda-chuva que o motorista lhe ofereceu.

— Espere aqui — ordenou.

— Está chovendo, Excelência — protestou o motorista.

O prelado não o ouvia mais. Subiu os dez degraus da escadaria, pé ante pé, aproximou-se da porta grande e bateu. A água escorria-lhe do cabelo para o rosto, penetrando pelo pescoço abaixo. A gabardina também já não conseguia conter a torrente que caía do céu sem trégua.

Não percebeu nenhuma movimentação no interior; a violência da chuva não deixava ver nada com clareza. Não saberia dizer quantos minutos se passaram até a porta se abrir e reconhecer a irmã que se revelou por trás dela.

— Sonja? — hesitou.

— Entre, por favor, Eminência. Está chovendo muito. — Olhou-o apreensiva enquanto fechava a porta. — Está todo molhado.

— Estou bem.

O prelado olhou ao redor, pesaroso. Muitas coisas lhe passavam pela cabeça naquele instante. A iluminação era fraca, mórbida, espalhando mais sombras que luz, e resumia-se a uma lamparina de fraca intensidade em cima de uma pequena mesa. Para além da irmã não se via mais ninguém, tampouco ouvia-se algo, a não ser a chuva lá fora e um trovão beligerante que fez Sonja se benzer.

— Valha-nos Santa Bárbara — evocou a irmã, soltando um pequeno gemido.

O prelado nem notou. Continuava olhando ao redor, até onde a parca luz alcançava, e rumo à escadaria que dava acesso aos andares superiores. A ventania fazia-se ouvir lá fora com mais força, como se a tempestade íntima que o assolava fosse a motivação de tal fúria se abater sobre os Alpes.

— Deseja tomar um chá, Eminência? — ofereceu Sonja. — Não contávamos com a sua presença, mas providenciaremos seus aposentos habituais.

— Não, obrigado — respondeu ele, sem, na realidade, sequer ter escutado qual era a oferta. — A irmã? — Era esta a pergunta que lhe queimava a língua.

Sonja abaixou a cabeça. O prelado não precisava dizer a que irmã se referia.

— A irmã não está — retorquiu, embaraçada.

— Garantiram-me que ela estaria aqui — tornou o prelado, sem coragem para fitar a irmã.

— Não. A madre partiu... hoje, para... Ebersberg... esta manhã. Disse que regressaria em dezembro.

— Em dezembro?

Sonja assentiu. Nenhum dos dois falou nada durante alguns instantes. Só a tormenta perturbava o silêncio que se instalou. O vento parecia invadir os pensamentos do prelado e deturpá-los, assoviando em seus ouvidos até a exaustão.

— Disse que partiu para Ebersberg hoje? — perguntou por fim.

— Sim, hoje. — Sonja estava agitada.

— Para onde? — quis saber o prelado.

— Para onde?

— Sim. Para Ebersberg, mas para onde lá?

— *Para a casa dos pais, Eminência.*

— *Em Ebersberg?* — *insistiu.*

A dúvida, sempre a dúvida. Sonja voltou a fazer que sim com a cabeça. O prelado continuava a olhar ao redor, até onde a luminosidade alcançava. Não parecia convencido. Sonja teria de fazer o que a irmã ordenara.

— *Vossa Eminência vai querer pernoitar aqui? Posso lhe preparar seus aposentos num instante* — *repetiu a freira.*

O prelado refletiu. As dúvidas, sempre as dúvidas. O que é que vim fazer aqui? Não devia ter vindo.

— *Não. Obrigado, irmã. Parto agora mesmo.*

— *Tem certeza? Está chovendo muito.* — *Sonja conteve a respiração; fora longe demais.*

O prelado lançou-lhe um último olhar e se dirigiu à porta de entrada. Sonja prontificou-se a abri-la, e uma lufada de vento e chuva impeliu-se para o interior. O clérigo saiu e olhou para trás enquanto a chuva o envolvia.

— *Disse que a irmã partiu esta manhã?*

— *Isso mesmo, Eminência* — *mentiu Sonja.* — *Tive oportunidade de dizer ao padre Spellman, quando ele passou aqui na segunda-feira, que a irmã ia para Ebersberg hoje.*

Um relâmpago atravessou o céu carregado e seguiu-se um trovão.

— *Não seria melhor ficar, Eminência?*

Agora a freira estava sendo franca. Causava-lhe certa apreensão saber que o secretário iria enfrentar aquela tempestade.

— *Boa-noite, Sonja* — *despediu-se o prelado, virando-lhe as costas e descendo os degraus em direção ao carro.*

Sonja fechou a porta e se encostou nela, esbaforida. Respirou fundo e tentou se acalmar.

— *O que me obrigou a fazer, irmã Pasqualina?* — *murmurou para si.*

Apressou-se em subir as escadas para saber dela. Lá fora, a tempestade prosseguia sem nenhuma trégua. Teve pena do cardeal. Pela tempestade e por todo o resto. Quando chegou ao corredor do primeiro andar, ouviu o choro compulsivo de um recém-nascido. Ajoelhou-se e se benzeu.

1

O telefone soou ao fim da tarde de terça-feira, no exato momento em que as irmãs de Santa Cruz davam graças ao Senhor pelo jantar, ao redor das duas grandes mesas de carvalho do refeitório do retiro, depois das Vésperas. Deixaram-no tocar até que parasse e prosseguiram a oração, pois nada era mais prioritário que o vínculo sagrado com Deus.

— *Que o Rei da eterna glória nos faça participantes da mesa celestial* — agradeceu a irmã Bernarda, nascida Mia, a quem se juntou o coro de irmãs de cabeça curvada e olhos fechados. — Amém.

A refeição era simples, e elas comeram em silêncio, como tudo o que se fazia no retiro. O lema "Nunca dizer nada. Tudo observar" era seguido em todas as ocasiões. Elas existiam para servir em silêncio, sem olhar a quem, embora ali, no sopé sul das Dolomitas, não se abrisse a porta para qualquer um.

A lareira aquecia o refeitório com o crepitar indolente da lenha que se consumia, enquanto, lá fora, os flocos de neve se amontoavam pelo quarto dia consecutivo. Era a primeira grande nevasca do ano e iria cobrir toda a região com um manto branco.

Os talheres também colaboravam com as sagradas premissas silenciosas da ordem e não se manifestavam em tilintares além de um tímido decibel, ruído semelhante a um murmúrio. Ninguém mais se lembrara do telefone que tocara durante a oração de graças pelo jantar até ele voltar a tocar, estridente, perturbando a degustação do prato de carne e salada, regado com um fio de azeite e vinagre de vinho, acompanhado de pão integral.

Foi a irmã Bernarda quem se levantou para atendê-lo. Recuou a cadeira o mais serenamente possível e avançou quase na ponta dos pés em direção ao aparelho, que estava em cima de uma mesa encostada a um canto da parede do salão e agredia o ambiente com o seu toque insistente. A irmã Bernarda fizera os votos perpétuos havia pouco mais de um mês, no dia de seu vigésimo terceiro aniversário, aceitando servir a Jesus Cristo enquanto houvesse vida em seu corpo. A vida de luxo de Mia Gustaffsen, filha de um banqueiro suíço de Zurique, as viagens, as joias da Quinta Avenida, as compras em lojas caras em Regent Street, os vestidos, os perfumes na avenida Montaigne ou na George V, as malas e os sapatos na Via Monte Napoleone, os cruzeiros, os safáris, os namorados — tudo isso foi deixado para trás. Escolhera o nome Bernarda para honrar a prioresa que fundara a Ordem das Irmãs de Santa Cruz, em 1844, o que, para as outras, pareceu uma escolha presunçosa. Havia muitas Anas, Marias de Jesus, Teodósias, mas Bernarda só houvera uma até então.

As outras irmãs continuaram a comer os finos pedaços de carne de alcatra, indiferentes ao telefone que não se rendia, à espera de que irmã Bernarda o atendesse. Ela murmurou algumas palavras em alemão e se acercou da prioresa na cabeceira da mesa.

— É uma chamada de Roma, prioresa — sussurrou-lhe ao ouvido.

A prioresa levantou-se imediatamente e foi atender. Roma vinha logo depois de Deus na lista de prioridades. Assim que ela se levantou, todas as irmãs de ambas as mesas pousaram os talheres. A irmã Bernarda voltou para o seu lugar e, tal como as outras, aguardou que a madre regressasse. Naquela Ordem, assim como em todas as outras, o topo da hierarquia era respeitado como se se tratasse de Deus... ou de Roma.

O interlocutor era nada mais nada menos que o secretário pessoal de Sua Santidade, Giorgio, ou *Bel Giorgio*, como os italianos o chamavam, o que deixou a prioresa em alerta, tanto por ser ele quem era e ter a importância que tinha quanto pelo fato de uma chamada daquelas raramente, ou nunca, acontecer. As instruções que o secretário pessoal lhe dera, em seu sotaque de Baden, em nome do Santo Padre, eram simples: um certo monsenhor Stephano Lucarelli se apresentaria no retiro das irmãs de Santa Cruz, em Trento, nos próximos dias. Era de se esperar que fosse instalado num dos aposentos do andar superior, reservado à madre superiora, à cônega e à alta hierarquia de Roma, quando ali vinha repousar, e, instruía o cânone, não devia compartilhar o espaço com os simples vigários que também escolhiam aquele local alpino e ficavam alojados nos andares inferiores. Essa alta hierarquia romana quase nunca aparecera por ali nas últimas décadas. Durante a estada do supracitado monsenhor, o acesso interno ao terceiro piso, o último, pela escadaria geral ficaria interditado. Era evidente que o requerente, ou alguém próximo dele, conhecia muito bem o antigo e imponente retiro, pois sabia que o acesso ao terceiro andar se fazia por duas escadarias: a geral, que percorria todo o edifício e dava acesso a todos os andares, e outra, que ligava diretamente o terceiro andar ao exterior, sem nenhum atalho. Mais: deviam disponibilizar o lugar na garagem exclusiva, e as refeições, se solicitadas, deveriam ser deixadas à porta dos aposentos do monsenhor Lucarelli, que estaria em descanso absoluto por ordem explícita do Santo Padre. Nenhuma irmã ou qualquer outra pessoa deveria arrumar os aposentos, a não ser que tal lhe fosse solicitado. A mais importante de todas as recomendações, depois da de manter o monsenhor afastado de todos os outros hóspedes, era que não se registrasse nenhuma menção à sua estada, entrada ou saída. Nada.

O retiro estava repleto de hóspedes, das mais variadas nacionalidades, que vinham gozar merecidas semanas de descanso. Com mais de um século de existência, o retiro das irmãs de Santa Cruz, no Monte Bondone, era uma estância de férias para padres e religiosos. Apesar de ter ocupação regular, os períodos de maior procura eram o inverno e a primavera. Os servidores da Igreja aproveitavam para conversar, confraternizar com colegas, amigos de ofício, meditar, orar em grupo, combinar peregrinações, fazer caminhadas quando o tempo consentia, cantar a beleza da Criação e, claro, esquiar. Podiam fazê-lo livremente, à sua inteira responsabilidade, ou contratar um monitor que os ensinasse. Se alguns não se importavam de tirar o hábito e o colarinho durante alguns dias, outros não conseguiam se separar deles, e não era tão surreal assim observar cardeais, bispos, frades ou freiras vestidos com eles, enquanto deslizavam colina abaixo com esquis sob os pés. Havia entre eles competentes esquiadores, propensos, se tivesse sido essa a Sua vontade, a participar de qualquer prova digna de uma olimpíada de inverno. Outros representavam um verdadeiro perigo público com aquelas pranchas deslizantes e descontroladas.

Para os mais interessados em turismo histórico, a cidade de Trento ficava a cerca de vinte quilômetros. Havia um veículo que levava os eclesiásticos diariamente, no início da manhã e da tarde, para a cidade. Eles podiam visitar a Piazza Duomo, onde ficava a catedral de San Vigilio, o santo padroeiro da cidade. Não deixavam de entrar no local e, tomando o corredor direito, visitar a Capela do Crucifixo, ajoelhando-se perante a cruz de madeira que continha os itens promulgados pelo célebre Concílio. No presbitério da catedral, haviam ocorrido algumas sessões dessa magna reunião, no século XVI, ao longo de dezoito anos. Mas havia muito mais para se ver. Toda a cidade era um museu ao ar livre que deleitava o olhar dos amantes da história e se perdia nos confins dos tempos.

Ao fim do telefonema, o secretário pessoal mencionou, em nome do Santo Padre e de Deus, que estavam certos de que a prioresa corresponderia ao habitual nível de excelência com que sempre presenteara os dignitários da Santa Sé. E assim seria. Nessa mesma noite, três irmãs, entre as quais Bernarda, foram dispensadas das Completas para procederem à limpeza do aposento principal. Os quartos do terceiro andar, à exceção do da prioresa e da cônega, eram limpos semanalmente, pois eram ocupados poucas vezes e, por isso, não requeriam manutenção diária, como os outros. A chegada iminente de um monsenhor, com a venerável apresentação do Santo Padre e do secretário, mudava os ditames ordinários.

Limparam o chão, não só do quarto, mas de todo o corredor do terceiro piso, e estenderam lençóis térmicos na cama grande. Providenciaram toalhas para todas as funções, roupões, loções e todo o gênero de fluidos para o bem-estar do corpo. Sabiam muito bem que os pregadores do espírito prezavam confortos terrenos. Os aposentos, apesar de sóbrios, tinham banheiro privativo e um escritório. Já haviam acolhido cardeais, arcebispos, núncios e até mesmo um papa em tempos idos.

No meio da madrugada, o quarto estava pronto para receber o enviado de Sua Santidade.

*

O reverendo monsenhor Stephano Lucarelli chegou dois dias depois do telefonema, na quinta-feira, no início da tarde. Estacionou o carro na garagem interior, própria para hóspedes especiais. Era mais jovem do que a prioresa e a irmã Bernarda imaginavam — provavelmente na casa dos quarenta anos —, mas a faixa e os filamentos violeta na batina negra não deixavam margem para dúvidas sobre a posição que ocupava.

A nevasca dos últimos dias, que prendera os hóspedes junto às lareiras das salas de convívio e de jogos, ou na agradável biblioteca, acalmara na noite anterior, portanto quase todos estavam ausentes pela manhã, a fim de apreciar os prazeres da neve e da readquirida liberdade de ir e vir. Tinham saído com esquis, trenós, bolas, sorrisos e expressões infantis nos rostos. Os poucos que decidiram permanecer no aconchego do retiro não viram o recém-chegado prelado italiano, que foi conduzido de imediato pela irmã Bernarda aos aposentos no terceiro andar pela entrada privada nos fundos do edifício, a salvo dos demais olhares.

A prioresa encarregara Bernarda de prover todas as necessidades do reverendo monsenhor, a qualquer hora do dia ou da noite, durante a sua estada. A jovem observou o prelado desconhecido. Tão novo e já com um cargo tão importante. Um competente servidor da Igreja, com certeza. Carregava uma pequena mala de quatro rodas pela alça. Não parecia trazer muita roupa. Provavelmente, o repouso ordenado pelo Santo Padre seria breve.

— Como solicitado, o acesso aos aposentos só poderá ser feito por este caminho — informou a freira, em italiano, enquanto subiam as escadas até o terceiro piso.

— Obrigado — agradeceu o prelado, em alemão. Sua voz era firme, segura de si, enérgica e, no entanto, conservava também certa doçura, pensou a jovem ao abrir as portas dos aposentos.

— Espero que o quarto seja de seu agrado.

Lucarelli entrou no cômodo e pousou a mala sobre um baú encostado a uma parede. Olhou ao redor. Abriu a porta do banheiro, depois a do escritório. A inspeção levou apenas alguns instantes.

— Perfeito — sentenciou. — Está a meu serviço, correto?

A irmã anuiu, curvando a cabeça duas vezes.

— Sim, reverendo monsenhor...

— Tomo o café da manhã às seis e meia — recitou ele, sempre em um alemão polido. — Café e pão. Nada mais. Não almoçarei durante minha estada. O jantar deve ser servido às seis e meia da noite. Deixe ambas as refeições à porta do quarto.

A irmã lhe estendeu uma sineta, que deveria ser utilizada caso o prelado necessitasse de seus serviços. E a balançou antes de entregá-la.

— Como se chama? — perguntou ele, o olhar penetrante.

— Bernarda, reverendo...

Lucarelli colocou a sineta sobre a cômoda.

— Se precisar de você, eu a chamarei pelo nome, Bernarda — declarou ele, dando-lhe as costas, como se aquelas palavras fossem uma sentença sem direito a apelo. — Ninguém deve entrar nestes aposentos, a não ser que eu solicite, entendido?

— Sim, reverendo monsenhor. Necessita de mais alguma coisa? — perguntou a irmã, antes de deixar os aposentos.

Ele já tinha aberto a mala e retirado algumas roupas, que foi colocando sobre a cama. Confiante, organizado e metódico, acrescentou a irmã à lista de características do enviado de Roma que elaborava mentalmente. *Observar tudo.*

— Sim — ele falou, sem olhar para ela nem parar o que estava fazendo. — Pode, por favor, providenciar-me um traje impermeável e esquis?

2

Matteo Bonfiglioli nunca conhecera os pais. Não que isso importasse muito ao fim de quase trinta anos. Habituara-se à ideia desde muito cedo, quando se dera conta de que só podia depender de si mesmo e de mais ninguém. As várias famílias de acolhimento haviam demonstrado isso empiricamente. Os inúmeros pais extremosos que tivera não se coibiram de manifestar seu afeto com o cinto, e até um padre se dignou a exibir o amor por ele com um açoite numa mão enquanto segurava as calças abertas com a outra.

Aos dez anos, já tinha passado por oito funcionais, estáveis e afetuosas famílias de acolhimento, e conhecido quatro assistentes sociais. Resultado da personalidade irreverente do rapaz, que não se acovardava diante do cinto nem de nenhum outro acessório educativo. E, depois, daquela mania de meter-se, feito um herói, onde não era chamado, e de estar sempre pronto para defender os *irmãos* que iam e vinham como turistas de passagem que, na maior parte das vezes, nem chegavam a aquecer a cama. Todos com aquele olhar amedrontado, condoído, na esperança de que os novos tutores gostassem deles, tentando retardar ao máximo o primeiro berro do *pai*, a primeira surra da *mãe*. Matteo sabia que era tempo perdido, tanto quanto o cinto não se manter preso às calças era certo como a morte. Pareciam escolhidos a dedo, e todos, sem exceção, usavam cinto.

Úrsula, a quinta assistente social designada pelo Estado, entretanto, mudou tudo. A rechonchuda funcionária pública tornou-se, ela própria, sua nona família de acolhimento quando ele tinha 10 anos, só ela e ele, sem cintos nem más palavras, nem calças abertas, nem açoites.

— Essa é uma relação para a vida inteira, Matteo — avisou-o no primeiro dia. — Não vou devolvê-lo ao Estado, aconteça o que acontecer, faça o que fizer. Pode correr tudo muito bem ou muito mal. Portanto, o melhor é que a gente se dê bem desde o início.

Pela primeira vez, alguém lhe ditava regras com algum sentido. Havia hora para estudar, para brincar, para ver televisão, comer, dormir. Esperava-se dele que tivesse aproveitamento escolar, que evitasse se envolver em problemas tolos e brigas inúteis, dentro e fora da escola, e que cumprisse as leis civis em vigor, sempre. Podia ser criança, mas não abusar dessa condição; tinha dez anos, não era um bebê mimado e não podia, em situação alguma, tratá-la por mãe. Desde que fossem cumpridos esses preceitos, não haveria problemas, e Matteo não era alguém que os procurasse deliberadamente, em particular se não houvesse razão para isso.

Nunca notara se Úrsula tinha alguma relação com alguém. Vira um homem de meia-idade lhe dar um envelope certa vez que chegara mais cedo da escola, e acabara por vê-lo depois, mais duas ou três vezes, mas não lhe parecia nada sério dada a rapidez com que ia embora.

Dez anos depois, Úrsula arranjou-lhe uma bolsa que lhe financiou integralmente o curso de Línguas e Literatura na Università Degli Studi. O câncer nos intestinos levou-a antes do honroso final da licenciatura. Foi a primeira vez que Matteo chorou por alguém. Por vezes pensava que talvez um ser, em algum lugar do universo, manipulava cordas invisíveis que faziam aparecer pessoas certas às desorientadas, e durante o tempo necessário para fazer a diferença na vida delas. A Úrsula das regras quase militares, das leis, das exigências, da falta de instinto maternal, aquela a quem não podia, em situação alguma, chamar de mãe ainda teve um último gesto: deixara-lhe em testamento a casa em que viviam e uma conta bancária que todo dia trinta de cada mês crescia mil e quinhentos euros. Perguntou ao gerente do banco de onde vinha aquele dinheiro, e ele lhe respondeu que se tratava de uma poupança que Úrsula lhe deixara. Gostasse ou não, ela fora a mãe dele, e o seria para sempre.

Matteo irritava-se quando pensava nos pais. Quem seriam? O que lhes acontecera? Por onde andariam? Por que o tinham abandonado? — todas perguntas naturais de um jovem adulto em busca da própria história. Sentia que eram um insulto à memória de Úrsula, que fizera por ele muito mais do que dezesseis *pais* funcionais, estáveis e afetuosos, mas não conseguia evitar. Alguém o trouxera ao mundo e o largara.

Ironicamente, Matteo ganhava a vida contando a história dos outros, embelezada pela prosa e por poetas, séculos e milênios. Para ele, o mundo estava dividido entre patifes e simplórios, e os primeiros eram muito mais numerosos que os segundos. Como a mãe, Úrsula, só houvera uma.

Suas visitas guiadas à cidade de Verona tornaram-se famosas. Das nove da manhã às seis da tarde, o ônibus turístico de Matteo andava apinhado principalmente de japoneses, alemães, ingleses, dinamarqueses e alguns compatriotas. Os grupos eram, na maioria, femininos, o que não era de surpreender. Incomum era ver o mesmo homem, solitário, repetir a visita pelo terceiro dia consecutivo. Quando isso acontecia, só podia significar uma coisa... Era gay.

O dia começava com um trabalho intenso. Guias, panfletos, mapas, tudo era recolhido e guardado. Tinham apenas duas obrigações naquela viagem, e apenas duas: a de abrirem bem os olhos e se concentrarem na voz dele. O resto era emoção pura, era se deixarem levar pela narrativa.

Começavam por Castelvecchio, o velho castelo gótico que defendia a cidade na Idade Média, com suas sete torres e o fosso outrora repleto com águas do Adige, o rio que banhava a cidade, mas que agora estava seco. Para voltar a imaginá-lo cheio, era necessário ouvir a voz teatral de Matteo, que, por vezes, colocava-se atrás de alguma turista mais absorta, numa das rampas ou na ponte que ligava ao castelo, e lhe propunha o exercício de recuar alguns séculos. Depois, visitavam a Arena, anfiteatro romano do século I que, apesar de estar em ruínas, ainda funcionava. Não havia muitos daquele que tivessem resistido ao tempo e aos homens.

Matteo não se limitava a contar histórias nem curiosidades que deixavam os turistas deslumbrados e cativos de sua voz. Dava sugestões para quando não estivesse ali, para quando perambulassem pela cidade sozinhos ou com alguma outra companhia. Aconselhava que atravessassem a ponte Pietra e subissem ao castelo de San Pietro. Dali, gratuitamente, podiam assistir a um pôr do sol mágico, mesmo em dias frios como aquele. Deviam, também, subir a torre Lamberti, a maior da cidade, para uma vista panorâmica invejável. Ainda de manhã, levava-os ao Duomo, claro, depois a Sant'Anastacia e, já que estavam ali, a uma pequena capela, por vezes esquecida, que se chamava San Giorgetta.

Depois da história e da religião, na parte da tarde, vinha o amor. Primeiro, nos arredores da cidade, a Basílica de San Zeno e a sua fachada romanesca em travertino. Centro de peregrinações durante séculos, era o local onde o santo patrono da cidade, Zeno, repousava para a eternidade. Mas não era essa a razão para levá-los até lá. Ninguém queria saber desse San Zeno. Baixavam à cripta, onde estava o sarcófago do santo, o rosto coberto com uma máscara de prata. Tinha uma nave e oito corredores com quarenta e nove colunas. A atmosfera emanava vida, história e mais alguma coisa indetectável. Uma sensação de mistério pairava no ar. Havia bancos de madeira em dois corredores exteriores à pequena nave central, onde Matteo pedia que se sentassem. A seguir, caminhava para o altar, lentamente, prolongando o suspense, e colocava-se em frente a ele, de costas para o sarcófago.

— Foi aqui — limitava-se a dizer com um timbre misterioso, como se revelasse um segredo.

Os turistas o olhavam boquiabertos. *Foi aqui o quê?* O turista que estava ali pela segunda vez já sabia o que aconteceria naquele espaço, mas não ousava perturbar o silêncio sagrado dos mistérios e estragar o ambiente. Era engraçado preservar aquela sensação de desconhecimento por mais alguns segundos.

Matteo aproximava-se da primeira fila de bancos e olhava para o teto, a pouco mais de meio metro.

— Foi aqui. Exatamente neste local onde me encontro.

E deixava o silêncio se disseminar por mais alguns segundos inofensivos. Depois pedia a um casal da fila da frente para se levantar e se colocar diante dele... como noivos. Ele do lado esquerdo, ela do direito.

— Foi assim, estão vendo? Há sete séculos, nesse exato local, nessa mesma posição. Foi aqui que se casaram... Romeu e Julieta.

Matteo sabia que não precisava dizer mais nada. O resto deixava ao coração de cada um. Suspiros, lágrimas, beijos trocados, mãos dadas — nada continuava o mesmo após aquela revelação.

Para aquele turista em especial que repetia a visita pela terceira vez, Matteo sabia que se regozijava como se ouvisse pela primeira. Vira-o descer com o restante do grupo antes de assumir sua posição junto ao pequeno altar, de costas para o sarcófago, e encostar-se em uma das colunas ao fundo. O que o guia veronês não imaginava era que o turista não estava nem de longe interessado na visita.

3

A rotina do reverendo monsenhor Stephano Lucarelli, nos três dias que se seguiram, não conheceu exceções. Bernarda via-o sair logo depois de tomar o café da manhã, equipado com o traje impermeável, esquis e uma mochila que levava no ombro. Não requisitou instrutor, motivo pelo qual Bernarda suspeitou que soubesse esquiar. *Claro que sabe, sua tola,* convenceu-se. Aquele homem exalava solidez por todos os poros. Via o carro perder-se no fim da rua, pela janela do terceiro andar.

Regressava, impreterivelmente, às cinco e meia da tarde, subindo os degraus da escadaria energicamente. Cumprimentava-a com um sorriso cordial e depois entrava no quarto, fechando a porta com suavidade.

Minutos depois, Bernarda ouvia a água correr até a hora de descer para levar o jantar ao prelado, deixando-o numa mesinha redonda, ao lado da porta dos aposentos, precisamente às 6h28 da noite. A essa altura, o quarto já estava mergulhado em silêncio. Bernarda imaginava-o enxugando-se e se vestindo... e depois se benzia.

A porta abria-se às seis e meia para revelar o reverendo monsenhor, vestido de batina preta com tons violáceos, pronto para pegar a bandeja com o jantar.

As noites, antes de adormecer, eram passadas ao telefone. Bernarda imaginava-o deitado na cama com o aparelho ao ouvido. Mas sabia que não devia. *Deus me perdoe.*

O telefone do quarto era sem fio, e ela o sentia vaguear pelo aposento enquanto falava. O italiano conferia um tom rude à voz, que agradava à serva de Deus. Compreendia o suficiente, mas coibia-se de ouvir o que ele dizia. Era indelicado escutar conversas que não lhe diziam respeito. A última chamada era feita sempre em outra língua. Uma mistura entre o italiano e o espanhol, mas que não era nem uma coisa nem outra. Talvez fosse um dialeto da terra do monsenhor, fosse ele de onde fosse. Era a mais curta de todas; não durava mais de três minutos. Depois disso, o silêncio instalava-se em definitivo até a alvorada seguinte.

4

No quarto dia, segunda-feira, o turista voltou a aparecer no ônibus de Matteo Bonfiglioli. Repetiu o percurso dos três dias anteriores: Castelvecchio, depois a Basílica de San Zeno, no início da tarde, onde o guia revelava o local do casamento de Romeu e Julieta, deixando os turistas boquiabertos, e, por fim, o clímax que acontecia no meio da tarde, numa parte do percurso que era feita a pé, quando Matteo apontava teatralmente para um brasão na fachada de um palácio cor de ferrugem que mais parecia um castelo.

— Esta é a prova, minhas senhoras — declarava com ar enigmático. — Aquele brasão que veem ali é a prova de que a ficção é real.

— O que é? — perguntavam elas quase em uníssono.

— Este é o brasão dos Montecchi. Esta é a casa onde Romeu viveu — revelava, depois de mais uma pausa proposital.

Novos suspiros seguiam-se a essa revelação de Matteo. A história de Shakespeare seria mesmo verdadeira? Cochichos e sorrisos inundavam o ar como murmúrios em um interlúdio amoroso. A maioria dos visitantes sabia perfeitamente que Verona era a cidade de Romeu e Julieta, mas estar ali, sentir a atmosfera, mesmo com aquele tempo frio, reacendia a chama dos corações mais gélidos.

O *tour* não incluía a visita ao interior do palácio acastelado, em particular aos aposentos de Romeu, ainda preservados, segundo Matteo, por se tratar de propriedade privada. Expressões de desapontamento apareciam em alguns rostos, mas o guia tinha mais trunfos na manga.

Seguia-se o ponto alto do passeio, o qual se alcançava por um pequeno túnel com paredes repletas de painéis brancos ornamentados com escritas de tema amoroso, na Via Cappello, perto da Piazza delle Erbe. Matteo pedia a todos que parassem no meio do túnel e distribuía algumas canetas de feltro.

— Estas paredes exibem rabiscos de amor — explicava em tom sugestivo. — Declarem o amor de vocês ao mundo — clamava num incitamento à expressão amorosa, os braços levantados no ar. — Declarem o amor de vocês.

As mulheres, primeiro, começavam a escrever nos espaços disponíveis, que eram escassos, com um brilho no olhar. Quando terminavam, entregavam a caneta ao marido ou ao namorado para que também exprimissem o amor em toda a sua essência. Outras limitavam-se a passá-la à próxima, à amiga ou à desconhecida, enquanto olhavam para Matteo com uma expressão quase pecaminosa. Ele estava ciente do efeito que provocava nelas. O dia já ia longo, e a escolha dele fora feita. Bastava um olhar avaliador, na primeira passagem que fazia pelo corredor do ônibus, logo pela manhã, antes da partida para Castelvecchio, para identificar a presa e iniciar um ataque velado que, na maior parte das vezes, acabava à noite... na cama dele.

O solitário que repetia a visita pela quarta vez não tirava os olhos de Matteo enquanto ouvia as mesmas explicações dos dias anteriores. Não era participativo, nunca escrevera nada nas paredes e não reagia às revelações exuberantes do guia.

Está perdendo seu tempo comigo, dizia Matteo para si mesmo. A cama já está ocupada hoje à noite.

— Estes painéis são substituídos duas vezes por ano — explicava o guia, desfilando pelo grupo que enchia as paredes com confissões de amor. — Antes do dia 14 de fevereiro, porque Verona fica cheia de gente nessa época, e antes do dia 17 de setembro, data do aniversário de Julieta. — Depois, fazia uma pausa teatral, como um ator prestes a revelar um segredo. — Minhas senhoras e meus senhores — dizia em tom sedutor —, sejam bem-vindos ao Palácio dos Capuleti, a casa de Julieta.

O grupo apressava-se agora para um pequeno pátio rodeado por fachadas de mármore vermelho, onde se via uma varanda de pedra. Na fachada da casa, e em todos os locais onde fosse possível, centenas de cartas dos mais variados gêneros. Envelopes rosados, desenhos, papéis simples, bilhetes, dos mais variados tamanhos e formatos, prendiam-se às pedras numa corrente de desejos de amor. Amuletos, chaves, cadeados, toda espécie de bugigangas — até mesmo gomas de mascar colavam-se às paredes em forma de coração.

Matteo desaparecia por alguns momentos enquanto os turistas se acotovelavam no pátio estreito, admirando e imaginando o que se passara ali entre Romeu e Julieta séculos antes. Alguns minutos depois davam pela falta dele.

— Onde está o Matteo?

— Onde se meteu o guia?

— Onde está o belo italiano?

Não seria a primeira vez que ele aproveitava o primeiro impacto e a atmosfera mágica e romântica da casa para se esconder num local obscuro qualquer, aos beijos sôfregos com a presa do dia, mas o efeito que procurava agora era outro.

Quando a simples curiosidade começava a se transformar em protesto, ele reaparecia na varanda de pedra sob uma ovação generalizada.

— *Romeu! Romeu! Por que és tu, Romeu? Renega o teu pai, muda de nome; se não queres fazê-lo, jura amar-me e deixo eu de ser Capuleto.*

O silêncio espraiava-se pelo pátio enquanto os turistas o observavam. Máquinas fotográficas, celulares e outros aparelhos digitais registravam o momento.

O homem solitário havia se encostado à parede ao lado do túnel. O sol começava a fraquejar, adornando o espaço com um tom alaranjado e misterioso.

— *Renuncia a esse nome, Romeu. E, em vez dele, que não faz parte da tua existência, apodera-te de mim, que sou tua.*

Um coro de aplausos seguia-se à interpretação do guia.

— Era daqui que Julieta pronunciava estas palavras, e Romeu escutava-as aí embaixo, exatamente onde estão agora.

Dava o tempo suficiente para se cutucarem uns aos outros e abrandarem o sorriso apaixonado, a mente plena de imagens românticas. Omitia, claro, que, apesar de a casa ser muito antiga, a varanda fora construída apenas em 1936, e não parecia haver nenhuma relação entre os Capuleti, Julieta e aquela residência. Ali vendia-se magia, e não verdade. Nesta, ninguém estava interessado.

— E, agora — anunciava, ainda na varanda —, vamos à última visita.

Já com o sol dando os últimos suspiros, levava-os ao mosteiro de San Francesco al Corso. A maioria fazia o sinal da cruz ao entrar no secular lugar sagrado. Uns por crença, outros por contágio, os japoneses por respeito. Matteo os guiava ao longo de um corredor, e desciam a uma cripta abobadada, sob a igreja. A umidade dos séculos os impregnava, envolvendo também as lápides dos monges que jaziam ali. Ao fundo, junto a uma parede, agrupavam-se em volta de um sarcófago de mármore vermelho veronês vazio.

Aguardava o grupo se acotovelar no espaço exíguo e depois falava aos sussurros, muito devagar, novamente como se contasse um segredo que não podia ser revelado.

— Este é o túmulo de Julieta.

Havia quem fizesse o sinal da cruz e se ajoelhasse para rezar, e quem atacasse o túmulo com *flashes* fotográficos, prontamente reprimidos por Matteo.

— *Não podem tirar fotos* — alertava em tom de repreensão. — Foi aqui que Julieta ficou quando tomou o veneno.

Do solitário, que repetia a visita pela quarta vez, não havia mais sinal.

*

À noite, Matteo deu continuidade, como era habitual, à visita guiada de forma mais íntima, em seu quarto, sobre a cama, com a presa escolhida pela manhã. Raramente falhava. Mostrava-lhe as nuances obscuras do prazer, o horizonte mágico das percepções sensoriais, o fulgor dos corpos sequiosos.

— Ó meu Deus. Ó meu Deus. Ó meu Deus.

Se o Altíssimo era invocado com tanto vigor, era porque Matteo, mais uma vez, cumprira bem seu papel de amante italiano.

Enquanto o suor se misturava à respiração ofegante da fome corpórea, a porta do quarto, arrombada com estrondo, deixou entrar o turista solitário.

— Ó meu Deus — disse a mulher em pânico, saindo de cima de Matteo e procurando refúgio sob o lençol.

— Quem é você? — Matteo conseguiu perguntar, ainda desorientado.

— O importante é quem *você* é, Matteo Bonfiglioli — limitou-se a dizer o homem muito calmamente.

O desconhecido exibiu uma Beretta de nove milímetros com cabo de madeira.

— Ó meu Deus — murmurou a mulher.

— Dê o fora daqui — ordenou-lhe o homem.

Ela pegou a roupa desajeitadamente e se dirigiu à saída.

— Sugiro que se esqueça da minha cara, Mary Theresa Goldwin. O seu marido a espera no quarto número 204 do hotel Due Torri. Pensa que saiu com sua amiga Jill. Sabemos por onde a Jill anda, não sabemos, querida? Não se preocupem. Minha boca é um túmulo — respondeu, esboçando um ar cínico no rosto. Em seguida, sentou-se na beirada da cama, de costas para Matteo. — Se por acaso não se esquecer de mim, faço uma visita ao Luke e ao Perry no Adams Hall, 63 South Green Dr., 45701, Athens, Ohio — ameaçou, levantando a arma. — E não será para lhes dizer que a mãe se comporta muito, mas muito mal mesmo.

Deixou a informação percorrer todo o corpo da mulher como um calafrio cortante. Ela estava de costas, ainda nua, e ele sabia que lágrimas silenciosas jorravam pelo belo rosto. Supunha que aquilo fosse apenas uma aventura sexual. Nada mais.

— Adeus, Mary Theresa Goldwin.

Ela saiu, e o desconhecido já tinha o olhar cravado em Matteo, a Beretta, ameaçadoramente, apontada em sua direção.

— Chegou sua hora, Matteo Bonfiglioli.

5

Na segunda-feira, irmã Bernarda testemunhou uma alteração à rotina, até ali imutável, do monsenhor Lucarelli. Como fizera nos três dias anteriores, Stephano saiu logo depois do café da manhã, vestido com o traje impermeável lavado, que a freira havia providenciado, levando os esquis e a mochila. Pela janela do terceiro andar, viu o carro desaparecer ao longe na rua. Como esperado, ele passou o resto da manhã e a tarde fora do retiro.

Bernarda aproveitava as horas em que o monsenhor se ausentava para ajudar as irmãs nos outros pisos, ainda que a prioresa a tivesse deixado livre de outros afazeres que não fosse cuidar do enviado de Roma. Como não fora autorizada a entrar no quarto e não havia mais o que fazer, a freira obrigava--se a rezar, clamando por bons pensamentos e pelo perdão dos mais impuros durante sessenta minutos, na capela privada do terceiro andar, e depois descia para ajudar a arrumar as camas, tirar o pó dos móveis e o que mais fosse necessário. Estava ali para trabalhar, para servir a Jesus Cristo, à prioresa, à cônega, às irmãs e aos religiosos e religiosas que escolhiam aquele pedaço de paraíso para se hospedar.

A alteração à normalidade ocorreu às cinco e meia, quando o prelado não apareceu, como de costume, para tomar seu banho revigorante antes do jantar. O carro não surgiu ao longe na rua.

Irmã Bernarda se pegou pensando no que lhe teria acontecido, e não conseguiu evitar um sentimento de inquietação. Quinze minutos depois das seis, desceu à cozinha, no térreo, para pegar o jantar do hóspede, e subiu de imediato. Tinha a esperança de que, durante aquele intervalo, ele já houvesse chegado.

O coração palpitava de preocupação. Que coisa. Por que se sentia assim? Dali a poucos dias ele partiria, com certeza, para sempre, e nunca mais o veria.

Nosso Senhor Jesus Cristo, na Sua eterna bondade, cuidai do reverendo monsenhor e fazei com que nada de mal lhe aconteça, pediu mentalmente. *E alivie-me desses pensamentos*, acrescentou. Não se atrevia a dizer isso em voz alta. Seria tornar real aquilo que nunca poderia acontecer. Seria confirmar que, desde que ele chegara, não conseguia focar seu pensamento em mais ninguém, nem no seu querido Jesus.

Pousou a bandeja na mesinha e deixou-se ficar à escuta. O coração continuava a se oprimir no peito, consumindo-a. Obrigou-se a se acalmar. Não acontecera nada; não havia razão para estar tão alterada. Não se preocupava quando os outros hóspedes regressavam tarde ou não o faziam, por algum motivo. O monsenhor Lucarelli não era diferente dos outros. Como ainda não havia sinal de movimento dentro do quarto, só lhe restava esperar.

O jantar havia esfriado. Teria de pedir que preparassem outro quando ele chegasse. Entrou na capela privada, ajoelhou-se junto ao altar e pediu à imagem de Cristo que mantivesse o prelado sob Sua luz sábia e acolhedora. Rezou durante horas. Chegou a se esquecer do jantar, mas não se importou. Não sentia necessidade nenhuma de comida naquele momento.

Bernarda deixou a capela depois das duas da manhã, quando todo o retiro dormia o sono dos justos aos olhos de Deus.

Não havia nenhum sinal do reverendo monsenhor Stephano Lucarelli, que saíra de manhã, por volta das sete horas, e não voltara a ser visto. Cogitou se deveria informar a prioresa sobre a ausência dele ou esperar pela manhã. Uma hora depois, considerou, não sem muita hesitação, entrar no quarto. Da janela do terceiro andar não via nenhum farol iluminando a escuridão da noite.

A hesitação foi suplantada uma hora depois e, às quatro da manhã, entrou nos interditados aposentos do reverendo monsenhor Lucarelli.

As luzes estavam apagadas. Apalpou a parede ao lado da porta à procura do interruptor e o acendeu assim que o sentiu. O lugar não estava como esperava encontrá-lo ao fim de quatro dias. Parecia nunca ter sido utilizado. A cama estava impecavelmente feita, a coberta bem esticada, as almofadas na cabeceira. Havia exemplares do *Corriere delle Alpi*, do *La Repubblica*, do *L'Arena* e do *L'Osservatore Romano* empilhados simetricamente em cima de uma mesa.

A curiosidade levou-a a abrir a porta do banheiro. Além das loções fornecidas pelo retiro, reparou nas dele, perfeitamente alinhadas. Creme de barbear, loção pós-barba, xampu, sabonete líquido para banho, escova de dentes dentro de um copo, pasta dental ao lado, além de outros cremes que a irmã não quis saber para que serviam. Seu voto de pobreza a restringia ao banho diário, obviamente com todos os suprimentos comuns, mas sem cremes antirrugas, esfoliantes, máscaras de beleza e todas as outras poções de eterna juventude. O outro voto, o de castidade, impedia-a de estar dentro dos aposentos do prelado sem autorização.

Permitiu-se abrir a porta do escritório, só para se certificar de que não encontraria o corpo dele no chão, inanimado.

Deus nos livre, murmurou para si mesma. Forçou a maçaneta, mas não conseguiu abri-la. A porta estava trancada. Infelizmente, sabia onde estava a chave, na gaveta de cima da cômoda, e nem pensou duas vezes.

Destrancou a porta, acendeu a luz e estacou. O contraste com o resto do quarto era evidente. Parecia que alguém deixara a janela aberta e a corrente de ar espalhara papéis por todo lado. Em cima da escrivaninha, no chão, na cadeira. Atrás da escrivaninha estava afixado um painel repleto de recortes de jornais, fotografias, um pequeno mapa do norte da Itália ao centro, com indicadores de várias cores cujo significado desconhecia, e outro da Europa no topo superior direito. O que significava aquilo tudo? Concentrou-se nas fotografias para ver se conhecia alguém. Uma fita adesiva vermelha unia duas das fotografias... dois homens. Um bem mais velho que o outro. O mais velho vestia um terno negro e saía de um carro grande e preto, ladeado por dois homens de uniforme que pareciam policiais; o outro tinha um aspecto jovial e moderno. Essas duas fotografias vinham encimadas por um recorte do *L'Arena* com uma notícia antiga, datada de 1983: "Atropelamento e fuga matam padre em Verona, na Via Carlo Cattaneo". O artigo trazia um retrato do finado padre fitando a câmera como se posasse para um documento oficial. Bernarda não reconheceu nenhum dos homens e aproximou-se do painel para observar com mais atenção.

De repente, sentiu um objeto metálico encostar-se à sua cabeça e escutou um ruído mecânico que ouvira tantas vezes na casa de campo da família, quando o pai carregava as armas para a caça. Fechou os olhos, apavorada.

— Nunca ouviu dizer — sussurrou-lhe o monsenhor Lucarelli ao ouvido — que a curiosidade matou o gato, irmã Mia Gustaffsen?

6

John Scott preferiria estar na sala de espera do consultório da doutora Pratt, em Nova York, a ali onde estava. À apreensão e à paranoia juntara-se o pânico, ingrediente essencial para os calafrios e o suor frio que tentava esconder a todo custo.

A audiência com o secretário de Estado da Santa Sé, na Cidade do Vaticano, em pleno coração romano, estava marcada para aquela segunda-feira às dez e meia da manhã. Não deixava de perceber, de modo sinceramente inesperado, que o conjunto de sensações e sentimentos que o acometiam, segundo o método da doutora Pratt, sua psiquiatra, era muito mais negativo que positivo — fato estranho, já que se encontrava em terras de Nosso Senhor Jesus Cristo, pretensamente um lugar de paz e amor.

Estava sentado diante de uma imagem do Nazareno, uma versão violenta, em que era golpeado no ventre, nas mãos e nos pés, exibindo um visível esgar de sofrimento inconcebível. Ao lado, outro santo, São Judas Tadeu, de tamanho inferior, pois nada nem ninguém poderia cobiçar a ascensão de Jesus. O santo, bem a propósito, era aquele a que se devia recorrer em caso de desespero e causas perdidas, predição ou coincidências, num mundo onde nada acontecia por acaso.

John segurava um dossiê de capa marrom encostado ao peito, como se nele guardasse um segredo muito valioso. Sua mais recente investigação levara-o ali, a uma audiência com o segundo em poder no Vaticano, Tarcisio, um salesiano de Piemonte conhecido pela sua objetividade, se bem que muitas vezes confundida com arrogância.

Quarenta e sete minutos depois de ter chegado e trinta e dois depois da hora marcada, John foi convidado a entrar no gabinete por um jovem de batina preta. Um homem alto e imponente veio recebê-lo com um meio sorriso e lhe indicou uma cadeira para se sentar, diante de uma enorme mesa. Tarcisio foi cordato o suficiente, não em exagero, e sentou-se em uma grande cadeira que dava costas para uma parede dominada pela imagem do papa Bento XVI, que fitava a ampla sala com austeridade.

John não se lembrava de alguma vez ter entrado num gabinete tão opulento, e era um homem que podia se dar ao luxo de dizer, embora nunca o fizesse, que já entrara duas vezes na sala oval da Casa Branca e uma no Primeiro Edifício, mais conhecido como Senado, no Kremlin. A maioria das paredes era coberta de estantes que iam do chão ao teto, repletas de livros, pastas, incunábulos, visivelmente inventariados para que ninguém se perdesse nos meandros de séculos de informação. Havia ainda um sofá de pele de cor acastanhada, de três lugares, e uma janela que dava para o pátio de São Dâmaso, a entrada oficial do palácio medieval, parte integrante do Palácio Apostólico. Uma porta na parede oposta à da mesa dava para outra divisão que John não conseguiu identificar por estar fechada. Sobre a mesa de Tarcisio amontoava-se uma pilha de papéis à espera de deliberação ou despacho, que justificavam a famosa burocracia vaticana.

Permaneceram em silêncio durante alguns momentos, segundos constrangedores que pareceram minutos. Por fim, o americano pigarreou para limpar a garganta. Era de se esperar que fosse ele a iniciar a conversa.

— O... o... Obrigado por me con... con... ceder es... esta audiência, Eminência.

— Quando o cardeal-arcebispo de Nova York faz uma recomendação por escrito, é minha obrigação dar-lhe ouvidos. Não há nada para agradecer — proferiu Tarcisio em voz baixa e desinteressada, beirando a frieza. — A que devo sua visita?

John Scott obrigou-se a parar de bater freneticamente os pés no chão e abriu o dossiê. Três folhas caíram no chão acarpetado como se quisessem fugir dali. Ele próprio seguiria esse intento, se pudesse. Precisava estruturar bem as ideias, pois transmiti-las ia ser, por si só, um problema.

— Pe... peço des... culpas — escusou-se o jornalista, levantando-se para apanhar as folhas fugitivas.

Contornou, enfim, a situação e tornou a se sentar. Explicou que o motivo da visita referia-se a um pedido, requerimento talvez fosse a designação mais exata, que desejava fazer a sua Eminência, o cardeal secretário de Estado.

O piemontês olhava fixamente um papel que tinha em mãos e parecia nem sequer prestar atenção ao que o jornalista lhe dizia. A verdade era bem diferente, porém. Nada escapava ao falcão salesiano que dirigia os destinos da Igreja.

John continuou com a gagueira incorrigível. No âmbito de uma investigação que estava fazendo, gostaria que a Secretaria de Estado lhe concedesse autorização para visitar um edifício. Hesitou antes de fazer o pedido, expressando-o de cabeça baixa, como se quisesse ser poupado da reação do homem de Deus que tinha à frente.

— Eu... eu... desejava vi... si... si... tar o Tor... Torreão Ni... co... lau... Nicolau V.

Tarcisio levantou o olhar do papel pela primeira vez e o dirigiu a um John Scott que, se pudesse, se tornaria invisível; a mão direita tremia, dominada pela vergonha.

— Está fora de questão. Pedido recusado — limitou-se a dizer o prelado.

Infelizmente, o jornalista já contava com aquela decisão, sem sequer um pedido de elucidação sobre as razões de pretensão tão inadequada; apenas um não categórico, sujeito a uma única interpretação.

John insistiu na relevância de tal consentimento, antecipando o mesmo desfecho. Mudaria de estratégia quando esgotasse todas as possibilidades.

— Segundo minhas informações, o senhor é um jornalista versado em investigações econômicas.

A folha para onde Tarcisio olhava era um sumário das habilidades de John Scott, provavelmente visto, revisto, atualizado, riscado, até a versão final, que estava na mão do secretário.

John confirmou. Era verdade.

— Não vejo o que possamos ter de interessante no Torreão Nicolau V que mereça sua atenção.

John respirou fundo e, mentalmente, decidiu que haviam se esgotado todas as possibilidades de uma autorização com base na confiança ou mesmo em seu currículo. Chegara a hora de mudar de estratégia e passar ao ataque. Abriu o dossiê e entregou ao secretário uma folha. O piemontês pousou o currículo do americano na mesa e ficou pálido assim que examinou o que John lhe passara.

— Como conseguiu isto?

John registrou o fato de o secretário nem sequer ter contestado a autenticidade do documento, apesar de se tratar de uma fotocópia.

— Não... não es... es... tou auto... ri... zado a re... re... velar a iden... identidade da... da... da minha fonte — declarou o jornalista com certa autoridade, ainda que o nervosismo lhe eriçasse a pele por sob a roupa.

— Essas fontes são muito convenientes. As pessoas resolvem fazer o papel de historiadores com fontes não identificadas.

— Não... não sou historiador, Emi... Eminên... Eminência.

— Sei que não é; longe disso. Mas quer fazer história.

— O dever de um jornalista é para com a verdade — contrapôs John.

Era essa a obrigação dele e de seus colegas. Explicou também que tinha reunido elementos mais que suficientes para publicar a história, mas gostaria de conhecer a versão dos responsáveis pelo Torreão Nicolau V.

— Le... levo muito a... a... a sério o meu... meu... trabalho, Emi... nência.

Tarcisio sabia muito bem quem tinha à frente, por isso o recebera. Uma simples recomendação escrita do cardeal-arcebispo de Nova York não garantia a ninguém uma audiência com o segundo em poder da Igreja Católica Apostólica Romana. Mas um telefonema, no meio da noite, desse mesmo prelado avisando que um jornalista possuía cópias de documentos autênticos do Istituto per le Opere di Religione, o famigerado banco extraterritorial do Vaticano, que ficava num edifício desconhecido dos mortais comuns, no Torreão Nicolau V, era motivo mais que suficiente para que esse encontro acontecesse. O papel que segurava nas mãos confirmava o que Timothy lhe dissera.

John prosseguiu sua explanação em meio a sílabas repetidas. A Fondazione Donato per la lotta dei bambini con leucemia, como sua Eminência podia ver na cópia que segurava, tinha um ativo de mais de quarenta milhões de euros. Os movimentos estavam perfeitamente documentados: depósitos astronômicos, débitos vultosos desde 1982, além de juros de nove por cento.

— Sim, estou vendo — respondeu Tarcisio secamente.

Pousou o papel em cima da mesa e entrelaçou os dedos num gesto de cogitação. Refletia sobre o passo seguinte.

— Essa autorização terá de passar, obrigatoriamente, pelo Santo Padre.

— Com... pre... endo per... feitamente.

Os pés de John tornaram a bater no chão em um ritmo frenético que só seus nervos conheciam. A mão percutia no braço da cadeira.

— Caso seja autorizado — prosseguiu o piemontês —, terá de assinar um acordo de confidencialidade sobre tudo aquilo que vir e ouvir. Leve em consideração que não estou, de maneira alguma, garantindo uma resposta positiva por parte do Santo Padre.

John rejeitou aquela condição. Seu trabalho visava a publicação dos fatos; não podia pactuar com acordos de confidencialidade. Aquela história já lhe esgotara a paciência. Era melhor recusarem o pedido de uma vez, em vez de impor condições impossíveis de se cumprir e fazê-lo perder tempo.

Tarcisio manteve uma expressão pensativa. Avanços, recuos, passos pequenos, mas firmes — tudo na Igreja requeria muita ponderação.

— Falarei com o Santo Padre. Terá nossa resposta amanhã.

John levantou-se da cadeira, fez um aceno de cabeça a título de cumprimento e avançou para a porta. Tarcisio manteve-se sentado.

— Não se esqueça, doutor Scott — relembrou o piemontês. — Este encontro não aconteceu.

— Con... conseguirei vi... viver com isso, Emi... Eminência. Bom dia.

Tarcisio assistiu à saída do jornalista americano e logo pegou o telefone.

— Acredito que consiga viver com isso, doutor Scott. Mas tenho muitas dúvidas de que o deixem fazê-lo — murmurou para si mesmo quando alguém atendeu. — Chamem o intendente Comte.

7

Para o francês, o segredo era a respiração. Encher os pulmões de ar e retê-lo durante o tempo necessário para não interferir no mecanismo. Havia outros fatores a se levar em conta, claro, mas a quantidade de ar que se inalava e a escolha do momento certo para fazê-lo eram os mais importantes. Outros diriam que o fator crucial era a distância, ou as condições atmosféricas, ou, ainda, o mecanismo que se usava para o efeito, o foco do anel da objetiva ou o ajuste de paralaxe. Estavam errados, completamente errados, e, por isso, tinham morrido quase todos, e os que ainda não haviam entregado a alma ao Criador o fariam antes dele. No ramo de trabalho do francês, não havia margem para erro. Era matar ou morrer, literalmente. Para ele, aqueles que não sabiam viver deviam receber o mérito de morrer, e o homicídio era a forma mais extrema de sanção. O francês considerava-se, ele próprio, um algoz.

O pior de tudo era a espera. Eram muitas horas de aguardo. Já devia estar habituado. Afinal, passava mais tempo à espera do que contemplando o fruto do trabalho propriamente dito. Na verdade, o regozijo da missão cumprida não durava mais que alguns instantes, simples microssegundos, quase o clímax de um orgasmo. O dinheiro era transferido para uma conta especial, e ele passava à espera seguinte, entregue a seu vício. Mais horas, dias, semanas, vigilante, silencioso, cauteloso, até o próximo trabalho. Poderia se autodenominar como um profissional da espera, porém, apesar da extensa experiência, jamais se habituara.

Preferia Londres, Madri, Roma, Sardenha ou qualquer outra ilha mediterrânica. Nunca Paris, Marselha ou Mônaco. Côte d'Azur estava completamente fora de questão. Avaliava muito bem os alvos antes de atacar. Demorava o tempo que fosse preciso. Os poucos clientes conheciam seu *modus operandi* e não se queixavam. O importante era um trabalho benfeito, e isso o francês executava como ninguém.

Estava em Roma há três dias e aproveitara para passear pela cidade. O frio era um pormenor numa cidade tão metropolitana. Alugara um Mazda 3, nada chamativo, bastante comum. Um endereço lhe fora dado pelo cliente, e fez questão de realizar uma ligeira inspeção visual logo no primeiro dia. Nada muito invasivo. De máquina fotográfica encostada ao peito, a alça passada pelo pescoço, visitou o local e ficou maravilhado com os afrescos, o mármore, as gárgulas...

A rua era comprida, com prédios residenciais, edifícios públicos e hotéis de ambos os lados. Muito comércio, com ofertas variadas para saciar o corpo, o estômago e os olhos. Várias lojas de artigos religiosos, como não podia deixar de ser, as vitrinas repletas de santos, chaveiros, cartões-postais, bandeiras, lenços, pratos, canecas, sem esquecer as réplicas em vários tamanhos e materiais dos principais monumentos romanos e vaticanos, entre outras bugigangas na maioria das quais se viam estampados os rostos de Bento XVI e João Paulo II. As esplanadas importunavam as ruas, ora estreitas, ora largas, sem nenhuma regra, à boa maneira romana.

No primeiro dia, milagrosamente para os padrões romanos, encontrou lugar para estacionar a poucos metros do edifício. Se o francês fosse um homem de fé, poderia ter considerado aquilo um bom augúrio, mas ele não era, e também não se deu nada especial além da habitual espera. No segundo dia, optou por não ir com o Mazda. Andou a pé, vigiou as imediações, fingindo, outra vez, ser mais um dos muitos turistas que passavam por ali. Tirou fotografias, deteve-se à porta de entrada, mas não entrou, e depois foi, efetivamente, passear.

Nesse terceiro dia, não deixara margem para a sorte. Substituíra o Mazda por um Alfa Romeo e saíra do hotel no meio da tarde. Às seis e meia, já estava estacionado a cerca de cem metros do edifício. A cidade fervilhava com o movimento turístico característico. Inúmeras peruas e caminhões enchiam as ruas romanas para o provimento vespertino. Nada podia faltar às lojas que se esvaziavam a toda hora do dia. Roma era uma cidade movimentada e queria estar sempre bem preparada para agradar aos visitantes.

Alheio a tudo isto, o francês observou a entrada do edifício, assim como nos dias anteriores. Os turistas ainda eram muitos. Perambulavam pelo local, admirando as fachadas e evitando os motoristas mais impacientes que poluíam o ar da cidade, indiferentes aos afazeres dos demais, muito menos importantes que os seus.

Os minutos passaram devagar e se transformaram em horas. O francês comeu um sanduíche que comprara na noite anterior e bebeu um gole de água. A alimentação era totalmente descuidada enquanto cumpria um contrato. Ossos do ofício. Em breve, poderia retornar à sua paixão. Até lá, porém, deveria tolerar o frio e a fome. O combinado era entrar na igreja no fim da tarde, e assim o fez. O cliente o corrigiria se o ouvisse ou pudesse ler seus pensamentos. Não era uma igreja, e sim uma basílica. Por certo, discorreria sobre as diferenças entre uma e outra, e acrescentaria outras informações, como uma igreja ser um templo com mais de um altar, ao contrário de uma capela, que só tem um, sendo muito diferente de uma basílica, que era um edifício grande, como aquele, com uma nave larga, naves laterais, fileiras de colunas e abside semicircular. Não esqueceria de mencionar catedrais, abadias e santuários. Repetiria quantas vezes fosse necessário, até que os dados lhe assentassem na cabeça; até que soubesse repetir de memória. Um erro significava a morte, literalmente, e libertar um homem de errar era dar algo a ele, e não tirar, pois o erro fazia mal e prejudicaria o homem que o abrigasse, mais cedo ou mais tarde.

Entrou na basílica como combinado. Desta vez, trazia uma mochila comprida às costas em vez da máquina fotográfica, as alças enfiadas nos ombros, tal como um estudante a caminho da escola.

Os últimos turistas admiravam a fachada barroca, resultado da iniciativa da duquesa de Amalfi, cujo patrono familiar era o mesmo Andrea que dava nome à basílica. Caminhou até o altar e observou a imensa nave central, um espaço tão amplo que abrigaria milhares de pessoas. O cliente fora claro. Do lado direito de quem olha para a nave central, a partir do altar. Para que não restassem dúvidas, fez com que recitasse as palavras exatas que lhe havia dito, com a habitual voz pausada, no último telefonema. Na sua profissão, não havia lugar para mal-entendidos; estes eram fatais.

Os últimos turistas encaminhavam-se, devagar, para a saída. Não havia sinal de nenhum teatino, os membros da Ordem que se encarregavam de zelar pelo local.

Olhou ao redor e aproveitou o momento. Abriu a pequena porta e entrou. Por fora, o confessionário parecia bem menor. Dentro, no entanto, havia espaço para se sentar e ficar à vontade. Fechou a porta com cuidado para não levantar suspeitas e abriu a mochila em silêncio. Montou o mecanismo em poucos segundos e o testou. Fora feito por ele, artesanalmente, peça por peça, para ser usado em qualquer situação. Entreabriu a porta. Uma menina de dez anos atravessou a nave correndo, fazendo dela seu imenso parque infantil. Da sua posição tinha um ângulo de visão de quinze metros para cada lado. Era mais que suficiente. A mãe veio buscá-la e lhe pegou pela mão para irem embora. A criança fez birra, apelando para a chantagem emocional, que não surtiu efeito. O francês agradeceu. Era melhor ela não andar por ali. A inocência, uma vez perdida, não podia ser recuperada; pelo contrário, as trevas, uma vez contempladas, jamais seriam esquecidas. O francês era um sancionador, não um monstro. A birra continuava enquanto a mãe a puxava pelo braço em direção à porta. Ele assistiu a tudo pela mira telescópica. Ajustou o anel da objetiva e focou os alvos, a mãe e a filha, ensaiando o destino de uma e de outra de dentro do confessionário. Os ângulos estavam ajustados. O resto já não dependia dele.

Agora, só lhe restava esperar. E o pior de tudo era a espera.

8

Alguns fios brancos emprestavam ao cabelo um ar grisalho que lhe assentava bem. Era o encanto dos 45 anos, que para ele era indiferente, mas que fazia as mulheres olharem uma segunda vez, só para se desiludirem com o friso branco no colarinho e o cabeção, sinal de relação pretensamente exclusiva com Deus Pai Todo-Poderoso, Criador do Céu e da Terra. Caminhava a passos firmes, senhor de si, o que fazia os cabelos loiros do pupilo, com metade de sua idade, se arrepiarem de reverência e temor.

— Lembre-se, Niklas — avisou Luka com uma sedutora voz tonitruante —, não lhe dirija a palavra a não ser que ele a dirija a você.

— Certamente, professor — respondeu o jovem em um fio de voz.

As vielas ao entardecer eram apinhadas de gente. Sobravam turistas, a maioria de mochila às costas, roupas descontraídas com casacos por cima, máquina fotográfica pronta a disparar e olhar de estupefação. A luz alaranjada do sol moribundo que se dignara a aparecer naquele dia, sem aquecer os corpos, tingia a fachada dos edifícios com um tom encantador, repleto de reflexos, que hipnotizava os estrangeiros que passavam.

Apesar de estrangeiros, Luka e Niklas não eram turistas, por isso seguiam indiferentes. Continuavam a caminhada de maneira tenaz, as passadas gigantes, mais o primeiro, que obrigava o mais novo a esticar bem as pernas para acompanhá-lo. Viraram à esquerda na Via dei Santi Apostoli e percorreram os poucos metros da rua para depois virarem à direita na Via Cesare Battisti. Seguiram em frente, passando a Piazza Venezia, entraram na Via del Plebiscito, ignorando o colégio da Companhia de Jesus, que ficava do lado esquerdo, e a Igreja de Jesus, na *piazza* com o mesmo nome, que se erguia ao fundo, e desembocaram no concorrido Corso Vittorio Emanuele II, onde ainda havia bastante trânsito. Faltavam vinte minutos para as sete da noite. Seria preciso mais algumas horas para esvaziar as principais vias da cidade dos milhares de veículos que as congestionavam durante o dia.

Niklas desorientou-se um pouco, mas Luka colocou-lhe a mão possante no ombro e indicou-lhe o caminho.

— Por aqui. Atravessaremos ali na frente.

Referia-se a uma faixa de pedestres a cerca de cem metros. Os homens de Deus seguiam, se com prudência, as regras dos homens... quase sempre, ou pelo menos sempre que podiam, se assim Deus o permitisse.

A mão no ombro guiava Niklas como uma orientação divina, mostrando--lhe os caminhos do Senhor, dos quais muito necessitaria assim que descobrisse para onde se dirigiam. Apesar do temor reverencial por ser Luka seu tutor, sentia-se bem com ele.

Atravessaram a movimentada rua no local que Luka indicara e prosseguiram no mesmo sentido, o do Largo di Torre Argentina. Uma vez lá, avançaram pela Via del Sudario, junto ao terminal do elétrico, uma viela estreita que findava na Piazza Vidoni. Depois, viraram à direita, retornando ao Corso Vittorio Emanuele II.

Cravada no local como se sempre houvesse estado ali, erguia-se, imponente, a Basílica de Sant'Andrea della Valle, a fachada barroca apontando para o céu. E a verdade é que pernoitava naquele exato local, na Corso Vittorio Emanuele II, diante da *piazza* com o mesmo nome da basílica, há cerca de 350 anos, e vira aquela rua ter outros nomes antes deste, enquanto sua estrutura permanecia imutável, apenas atingida pelo tempo, como nos dias atuais.

Luka e Niklas subiram os seis degraus até a porta verde. Niklas tentou abri--la. Estava trancada.

— Fechada.

— Não para nós — murmurou Luka, enquanto olhava ao redor, observando o movimento da rua.

Em seguida, cerrou o punho e bateu duas vezes com vigor. Uma. Duas. Luka voltou a desviar a atenção para a rua, ignorando a porta da basílica.

— E agora, professor? — perguntou Niklas, temeroso.

— Agora, esperamos — respondeu o padre alemão sem fitar o jovem.

Duas mulheres, na casa dos trinta anos, passaram e lançaram um sorriso a Luka, que lhes retribuiu.

— O fruto proibido... — sibilou entredentes, em alemão.

— *Buon pomerigio*, senhor padre.

Niklas evitou olhar para as mulheres. Ressentimento antigo. Provavelmente alguma delas, não estas, teria sido a responsável pelo seu apego à batina e pela oferta de seu coração a Deus Nosso Senhor, ou então apenas evitava cair em tentação. Era muito novo ainda para quebrar o voto de castidade que vinculava todos eles a essa provação celibatária.

— Terão ouvido, professor? — Niklas referia-se à porta da basílica e às pancadas que Luka havia dado na madeira.

Nesse preciso momento, ouviu-se a tranca ranger devido à ferrugem. Um homem de idade, de cabelos desgrenhados e mal-encarado, surgiu do interior.

— Já terminou a hora da visita. Que desejam? — perguntou com rudeza. A identificação visual que os rotulava como padres não influenciou o porteiro. Era o que mais via todos os dias, ali e por toda a cidade.

Luka não perdeu tempo tentando ser simpático. Enfiou Niklas pela passagem, afastando o homem de idade, e seguiu-o sem pronunciar uma única palavra.

— Façam de conta que estão na casa de vocês — resmungou o porteiro.
— Atropelem-me à vontade, pois não sou filho de Deus. — A idade não lhe retirara o sarcasmo.

Luka e Niklas não prestaram grande atenção ao local escolhido por Puccini para protagonizar o primeiro ato da ópera *Tosca*, embora nunca tivesse sido apresentada ali, ou pelos Piccolomini, para guardar dois antepassados, Pio II e III, para a eternidade. Nem sequer admiraram a segunda maior cúpula do mundo, projetada por Carlos Maderno, o mesmo renomado arquiteto principal da Basílica de São Pedro, a pouco mais de dois quilômetros dali. Tinham outras prioridades.

Encontraram-no na parte direita do transepto, joelhos dobrados, mãos sobre o rosto, lábios a sibilar uma ladainha silenciosa ou um pedido pessoal a San Andrea Avellino, protetor das causas imprevistas, a quem era dedicada a capela lateral. Se sentiu os passos deles não o demonstrou. Prosseguiu a oração por mais alguns minutos. Luka tornou a pousar a mão protetora sobre o ombro de Niklas e levou o dedo indicador aos lábios pedindo silêncio.

Do homem de idade que lhes abriu a porta não havia mais sinal. Talvez estivesse vendo na televisão a sua amada Roma, que jogava contra a Internazionale. Já tivera sua dose diária de devotos e turistas.

Niklas estava tenso, enquanto fitava o homem que rezava. Estrutura semelhante à de Luka, porte atlético, talvez a mesma idade. Uma batina de monsenhor com faixa violácea. Gostaria de ser assim quando tivesse a idade deles. Uma gota de suor formou-se num dos lados da testa. A mão paternal de Luka funcionava, duplamente, como um calmante propiciado por uma xícara de café forte. Por um lado, estava ciente de que o clérigo lhe queria bem. Eram conterrâneos, falavam a mesma língua, o que era bom, ainda que Niklas fosse de Munique e Luka, de Nuremberg. Niklas nunca fora a Nuremberg e detestava que Luka conhecesse Munique melhor que ele. Por outro lado, era um professor exigente e inflexível demais. Nesse momento, preferia esse lado implacável do bávaro. Mas não conseguiu encontrá-lo.

— Você foi seguido? — perguntou o homem, que acabara de fazer o sinal da cruz e se libertava do peso oratório para se voltar a eles.

— Provavelmente — respondeu Luka, sabendo que a pergunta só podia ser para si.

Niklas estranhou a indagação e ainda mais a resposta.

O homem levantou-se e fitou o jovem durante alguns instantes. Olhos frios e sedutores ao mesmo tempo. Deus e o Demônio num só. Inspecionou-o da ponta dos sapatos aos fios louros do cabelo. Niklas sentiu-se desconfortável.

— É ele? — perguntou o homem a Luka.

— Niklas Grübbe — apresentou Luka, dando-lhe uma palmada nas costas que o fez dar um passo à frente. — Meu aluno no Colégio Germânico. Filho do...

O homem ergueu a mão, impedindo que o alemão continuasse. O vozeirão de Luka tinha menos força perante aquele homem. Era como se o desconhecido fosse superior. Talvez fosse. Em alguns casos, a hierarquia da igreja não fica tão à vista como a do exército. Mas era outra coisa que lhe chamava a atenção — uma certa vassalagem da parte de seu professor, pouco habitual, dava-lhe um nó no estômago. Niklas mirava a batina negra do estranho que não se apresentara. Aqueles olhos frios e sedutores continuavam a avaliá-lo como se se tratasse de uma mercadoria.

— Conte a ele — pediu Luka a Niklas.

— Aqui não — proferiu o desconhecido. Aproximou-se dos dois alemães e olhou para a nave. Vazia. Havia um corredor central, livre, ladeado por dezenas de bancos de plástico voltados para o altar-mor. — Vamos arriscar. Sigam-me — indicou o estranho de batina. Não era um pedido.

Niklas seguia entre Luka e o outro padre, que os liderava pelo caminho. Não estava gostando do rumo dos acontecimentos. Sentia-se nervoso e com medo, e aqueles dois padres eram a razão do desconforto. Muito segredo, poucas palavras. O que estava acontecendo?

— Tomazzo? — chamou o padre que ia à frente. Não houve resposta. — Tomazzo? — tornou a chamar. O mesmo silêncio.

— Quem é Tomazzo? — perguntou Luka.

— O velho simpático que nos abriu a porta.

Foi então que o viu, em cima, na tribuna, junto ao órgão de tubos. Estático, debruçado sobre a balaustrada, inanimado.

— Por aqui — gritou o religioso que ia à frente, empurrando Niklas com tanta força que este colidiu com um confessionário encostado a uma coluna. Luka atirou-se em direção aos bancos do lado oposto. O jovem padre, completamente em pânico, tentou se levantar, desorientado. O estranho o puxou para baixo, espremendo-o junto à parede. Escudavam-se na parede lateral do confessionário.

— Quer morrer? — recriminou-o, em um alemão polido.

— Não! — respondeu Niklas, ignorando a obviedade da resposta.

— Nem na casa de Deus se está seguro — ironizou Luka com um sorriso.

Tudo ficou em suspenso durante alguns minutos. Niklas arquejava devido ao nervosismo, sem se dar conta da calma dos dois padres que o acompanhavam. Mas, também, quem o faria perante tal situação?

— Consegue ver alguma coisa? — perguntou o desconhecido.

Luka fez que não com a cabeça.

O desconhecido, que estava ao lado de Niklas, enfiou a mão dentro da batina e retirou uma Beretta Cougar 8000 de nove milímetros. Niklas sentiu os cabelos loiros se eriçarem de medo. Seu coração parecia prestes a arrebentar no peito, tal a força com que pulsava. O pior foi quando viu padre Luka, seu professor de teologia e mentor no Colégio Germânico, fazer o mesmo. Se conhecesse algo sobre armas saberia que era uma 85FS Cheetah.

Niklas estava a ponto de molhar as calças, agora.

— Quem são vocês? — conseguiu perguntar, o tom de voz emanando, de uma só vez, pavor e ultraje.

O padre desconhecido o olhou com cautela e avançou pela frente do confessionário. Nesse preciso momento, tombou para o lado esquerdo, a cabeça pendendo, e derrubou algumas cadeiras ao desfalecer. Segundos depois, foi

Luka quem caiu para trás, batendo numa coluna da capela de Nossa Senhora do Sagrado Coração. Os olhos abertos mirando o vazio, destituídos de vida, o rosto respingado de sangue. Dois tiros na testa. O jovem padre não conseguia acreditar no que estava acontecendo.

A porta do confessionário se abriu com violência, o que fez Niklas dar um salto de pavor. Não saberia afirmar se havia gritado ou não. Do interior da estrutura de madeira saiu um homem que segurava uma arma estranha com mira telescópica. Sorriu para Niklas e pegou o celular para enviar uma mensagem. A primeira fase estava concluída. Depois, tirou um *post-it* azul do bolso e o grudou na porta do confessionário.

Tirou a luva de uma das mãos para cumprimentar o jovem padre, que estava em estado de choque, sem conseguir desviar o olhar dos corpos. Niklas nem notou a mão forte do homem à sua frente. O francês sentia-se curioso em relação ao jovem padre alemão — curiosidade que era insubordinação em seu estado mais genuíno. O francês era um insubordinado de si próprio, já que não respondia perante mais ninguém. E, se tivesse sido abençoado com o dom da fala, teria perguntado ao jovem padre alemão por que razão entregara sua vida a Deus.

9

Para Jacopo Sebastiani, as noites serviam para dormir, exceto o início da de sexta-feira, que servia para cumprir as obrigações conjugais com Norma, com quem era casado há mais tempo do que conseguia se lembrar. Era, por isso, uma imbecilidade incomum, segundo palavras dele, ter de se levantar da cama por estarem tocando a campainha e batendo à porta daquela maneira incansável. Olhou para o relógio do criado-mudo e esfregou os olhos para conferir se eram mesmo quatro e vinte da madrugada. *Droga.* Seguramente era a sonolência que lhe continha um pouco da irritação.

Norma ressonava profundamente, virada para o outro lado. Era o que tinha de bom. Se um dia um cataclismo atingisse o prédio — que Deus os livrasse daquilo, ou quem quer que fosse a entidade que recebia essas preces —, não teria de se preocupar em salvá-la. Morreria com tranquilidade, na paz do sono revigorante da eternidade.

A imbecilidade incomum manifestou-se na forma de um jovem, aparentemente um adolescente, que continuou com o dedo na campainha mesmo depois de Jacopo ter aberto a porta. Foi ele quem afastou a mão do rapaz do botão. O jovem transpirava e parecia ter subido ao quarto andar pelas escadas, tal era a maneira como arfava. Jacopo o reconheceu. Era um dos serviçais da câmara pontifícia, um criado do papa.

— O que você quer? — Jacopo perguntou com rispidez. — Não devia estar dormindo, rezando ou... *seja lá o que faz à noite*?

O rapaz não conseguia articular nenhuma palavra. Ainda recuperava o fôlego.

— Não diga nada — disse o outro, irritado. — Para o seu bem, espero que tenha começado o Apocalipse segundo São João. — Lançou-lhe um olhar ameaçador, que pareceu bem autêntico, dado o avançado da hora. — Espere aqui. Volto já. — E fechou a porta na cara do rapaz.

Vinte minutos depois, que fizeram o rapaz cogitar se devia ou não se arriscar a tocar a campainha de novo, saíram os dois para o ar frio da Via Britannia e entraram numa viatura Fiat com chapa SCV, que indicava pertencer ao Estado da Cidade do Vaticano.

— Não se respeitam mais nem as segundas-feiras — resmungou Jacopo antes de o carro se arrancar. O jovem ia corrigi-lo e dizer-lhe que, tecnicamente, já era terça, mas achou melhor permanecer calado.

Roma era uma cidade que dormia à noite, assim como Jacopo, sem grandes alaridos. Os locais de diversão noturna eram muito bem definidos e ganhavam vida às sextas — tal como Jacopo e Norma —, aos sábados e em vésperas de feriado. Àquela hora, só se viam aqueles que não podiam prescindir do trabalho e a libertinagem dos que vagabundeavam pela noite.

Em outros tempos, passaria o resto da breve viagem perguntando-se sobre as razões de tão inesperada visita, mas, daquela vez, limitou-se a puxar o chapéu mais para a frente dos olhos e ignorou o rapaz e o motorista. Via Cesare Balbo, à direita rumo à Via Panisperna, novamente à direita pela Via Milano e depois à esquerda para a Via Nazionale. Nem precisava olhar. Conhecia a cidade como a palma da própria mão.

Jacopo Sebastiani já passara dos sessenta anos, era um descrente ao serviço da crença, eminente especialista em religiões comparadas — o que quer que isso significasse —, historiador, paleógrafo e mais algumas outras qualificações de menor importância. Por vezes, o Santo Padre requisitava sua sabedoria para um parecer idôneo, ou para enviá-lo onde Judas perdera as botas em busca de alguma autenticação ou aquisição difícil. Sempre o servira com competência e lealdade, mas sem nunca silenciar o que lhe ia na alma, fosse o que fosse. Não poupava seus pensamentos a ninguém, nem mesmo ao papa. Que droga de documento seria aquele que não podia esperar até as nove da manhã?

Ao fim de um quarto de hora, passaram a ponte Vittorio Emanuele II, sobre o Tibre, e, minutos depois, entraram no Estado do Vaticano pela Porta de Sant'Anna. O guarda suíço, que enfrentava o frio com um capote negro sobre o uniforme azul, bateu-lhes continência e abriu passagem. Jacopo nem sequer reparou nele, pois só despertou quando o carro estacionou nas imediações do Palácio Apostólico, imerso em penumbra e silêncio. Jacopo conhecia muito bem aquele caminho. Mal-humorado, seguiu o tímido rapaz, e ambos entraram no palácio pelo Pátio de São Dâmaso. Ao contrário do que as pessoas pensavam, o Palácio Apostólico não era, na realidade, um palácio, e sim um complexo de palácios interligados. Para seu espanto, entraram na residência papal, e não no edifício da Secretaria de Estado. Subiram pelo elevador de serviço e saíram no imenso corredor do segundo andar. Um homem de terno negro os aguardava. Era Guillermo Tomasini.

— A culpa disso é sua? — lamuriou-se Jacopo.

— Boa noite para você também, Jacopo.

— Boa noite coisa nenhuma. Aposto que é culpa sua.

— Não tenho nada a ver com isso.

— Imagino mesmo que não... — devolveu Jacopo com um olhar furioso. — Está sempre metido em tudo e sempre fazendo de conta que não é com você.

Guillermo sorriu. Conhecia Jacopo há muitos anos. Sabia como ele era capaz de explosões inoportunas. Também sabia que passavam depressa. O homem desviou o olhar para o jovem.

— Obrigado, Filippo. Pode descansar agora.

O imenso corredor estava repleto de tapeçarias gigantes pelas paredes. Estavam nos apartamentos papais, não significando esse fato, é claro, que veriam o papa. Os apartamentos ocupavam o segundo e o terceiro andares. O terceiro era o da residência do Santo Padre, onde devia estar dormindo o sono dos anjos e dos apóstolos. Aquele em que estavam era onde o papa e seus colaboradores trabalhavam, embora em horário apropriado, e não naquele em que Jacopo se encontrava ali. Várias estátuas enfileiravam-se de ambos os lados. Pontífices do passado que os observavam com expressões austeras. Os ladrilhos respiravam sob os pés deles, testemunhas silentes de séculos de passos que transportavam a história de atos e livros, de sussurros, intrigas e ideais.

— Vai dizer alguma coisa? — quis saber Jacopo, ainda irritado, mas com um tom de voz um pouco mais suave.

— Está frio, não está?

Jacopo desviou o rosto para o outro lado. Aquele ali sempre fora bom em desviar a conversa. Só tirou o chapéu quando entrou pela porta que Guillermo lhe indicou. Ao fundo, junto à janela, um homem de meia-idade estava recostado na cadeira, passando o dedo pela tela de um *iPad*. A tecnologia também marcava presença na casa de Deus.

— Doutor Sebastiani — cumprimentou o homem, levantando-se da cadeira assim que o viu, um sorriso esboçando-se nos lábios. — Que bons ventos o tragam. — Pousou o *tablet* sobre a mesa, deixando à mostra a manchete do *Il Messagero*.

— Reverendo Giorgio, não me importaria nada de vê-lo um pouco mais tarde. — Estendeu a mão para cumprimentar o prelado. Acenou com a cabeça para o *tablet*. — Ainda acredita em boas notícias?

— Estou selecionando-as para a leitura matinal do Santo Padre. Mas não há nada de novo, é verdade. A Europa está ruindo e nos levando junto — respondeu o clérigo, bem-disposto apesar da hora.

— O Santo Padre não se cansa de ler sempre a mesma lenga-lenga?

— Informação é tudo hoje em dia. Mesmo que seja sempre a mesma coisa.

Apontou uma cadeira para Jacopo, que, sem nenhuma cerimônia, ocupou-a, e depois contornou a mesa para retornar à sua. Guillermo manteve-se em pé, encostado à mesa de reuniões.

— A que devo a honra de ser chamado a esta hora da madrugada? — disparou Jacopo, sem aguardar que o outro se acomodasse por completo.

— Peço desculpa por tê-lo feito se levantar tão cedo, doutor Sebastiani.

— Pode me chamar apenas de doutor — rebateu o mais velho em um tom de voz ácido. — E vá direto ao assunto, por favor.

Giorgio entrelaçou os dedos e exibiu uma expressão pensativa, como se delineasse uma estratégia para começar a falar.

— Já ouviu falar dos irmãos Finaly? — perguntou.

Jacopo anuiu com a cabeça e franziu as sobrancelhas em alerta. Qual seria o propósito daquela pergunta?

— O que sabe sobre eles? — quis se certificar o secretário.

— A esta hora da noite? — escarneceu o historiador.

Giorgio sorriu em condescendência e pousou as mãos sobre a mesa. Jacopo não conseguiu definir se ele havia dormido algumas horas ou se não pregava o olho desde a noite anterior. Parecia disposto, cheio de energia, ainda que os olhos estivessem injetados e se notassem olheiras ao redor deles. Talvez não tivesse muito tempo para descanso, um atributo da posição que ocupava. Quem servia o Santo Padre oferecia-lhe mais que tempo e dedicação; oferecia-lhe a vida.

Jacopo empertigou-se na cadeira e abriu o arquivo de memórias onde, em meio a Pio XII, Adolf Hitler, Segunda Guerra Mundial, Holocausto, nazismo e outros itens relacionados, encontrou o registro correspondente ao dos irmãos Finaly. Era um dossiê simples, com informações escassas e jamais verificadas.

— Quer mesmo a minha versão? — quis se certificar.

Giorgio anuiu. Prezava o doutor pela sua objetividade e honestidade intelectual. Queria ouvir sua versão da história.

— O que sei, e é tudo baseado em fontes sem nenhum crédito, portanto, rumores...

— Não se preocupe. Continue.

— Eram dois irmãos judios, crianças, que foram escondidos dos familiares na França depois da guerra. Robert, o mais velho, e Gérald, o mais novo. Fazem parte dos milhares de crianças judias que, supõe-se, não foram devolvidos às famílias.

Giorgio suspirou. Parecia incomodado.

— Mas por que estavam sob nossa guarda?

Jacopo fitou-o, perplexo.

— Você não sabe?

O alemão voltou a suspirar e levou uma das mãos ao rosto.

— Acredite ou não, até hoje nunca havia ouvido falar deles. Posso ser completamente honesto com você?

— Não espero outra coisa — respondeu Jacopo com evidente franqueza.

— Ignoro completamente o assunto.

Foi a vez de o historiador respirar fundo. Olhou para o relógio que trazia no pulso e perdeu a última esperança que tinha de voltar ao aconchego da cama. Já passava das cinco.

— Tenha em mente que a informação de que disponho carece de verificação. Se quiser, posso, mais tarde, fazer uma pequena pesquisa e lhe passar dados mais bem fundamentados — repetiu a advertência. Comunicada a qualidade da informação, Jacopo recomeçou seu relato. — A partir de 1942 ou 1943, o papa Pio XII deu ordens a todas as instituições religiosas para que albergassem os refugiados de guerra sem escolher religião. Deviam ser todos vistos como seres humanos. Milhares de pessoas foram acolhidas em mosteiros, conventos, famílias de acolhimento católicas e onde mais houvesse espaço.

— A maioria eram judeus? — questionou Giorgio.

— Sim. No início, o papa, especialmente em Roma, e por intermédio do então monsenhor Montini, conseguiu negociar com o general das SS, Reiner Stahel, que declarou a extraterritorialidade de todas as instituições religiosas. Aqui mesmo, no Vaticano, refugiaram-se milhares de judeus, e o papa esperava que todas as instituições, através desse acordo com Stahel, fossem tratadas da mesma maneira. Aqui os nazistas nunca se atreveram a entrar sem serem convidados. Porém, os alemães, que de tolos não tinham nada — lembrou-se naquele momento que falava com um —, começaram a fazer inspeções em mosteiros e conventos. Foi uma época muito perigosa. Resumindo, ao final da guerra, havia, além de órfãos, muitas crianças desaparecidas. Algumas foram procuradas mais tarde, outras não. De qualquer maneira, a Igreja não devolveu as que acolheu durante mais tempo.

— Não? Por quê?

— Os mais novos foram entregues às famílias. Obviamente, os que permaneceram sob a guarda da Igreja durante muito tempo acabaram sendo educados na religião católica e não sabiam nada de Israel nem hebreu ou qualquer coisa semelhante. Estes não foram devolvidos.

— Foi o caso dos irmãos Finaly?

— Mais ou menos. Verdade seja dita, Roma mandou devolvê-los aos familiares.

— E o que aconteceu?

— As crianças foram enviadas para um convento em Grenoble, mas eram muito novas para permanecerem lá. Acabaram sendo entregues a uma creche. A tutora dos pequenos, da qual não lembro o nome, se é que alguma vez o soube, afeiçoou-se a eles e, antes de cumprir a ordem, batizou-os em 1948.

Giorgio escutava com muita atenção, inteiramente envolvido pelas palavras de Jacopo. Percebera o problema. Pela lei canônica, uma criança batizada não podia ser entregue a tutores que professassem outra religião.

— Isso acabou por envolver as autoridades civis. O tribunal de Grenoble deu razão aos familiares, como era justo, e ordenou a entrega imediata das crianças, após infindáveis recursos. Isso já em 1952. O núncio de Paris, o então monsenhor Roncalli...

— O Bom Papa João — interrompeu Giorgio, a título de correção.

— Exatamente. À época, ele não era papa nem cardeal. O futuro João XXIII — enfatizou a contragosto — ordenou a entrega dos dois irmãos, mas alguém teve a infeliz ideia de enviá-los a Marselha e depois ao País Basco. Foi ainda mais difícil encontrá-los e devolvê-los à família em Israel. Foi um escândalo internacional, apareceu em todos os jornais... Prenderam a madre superiora, as freiras, a tutora; foi um estrago diplomático monumental. Em julho de 1953, enfim os acharam e os levaram a Israel para sempre.

— Compreendo. Obrigado por me elucidar um pouco mais sobre o venerável Pio XII.

Permaneceram em silêncio durante algum tempo. Jacopo estava à espera de que ele o dispensasse para poder voltar à sua casa, tomar um banho e se preparar para aturar os alunos na Sapienza. Porém, Giorgio levantou-se e contornou a mesa. Parou diante de Jacopo, fitando-o de cima a baixo. Guillermo continuava na mesma posição, impávido e sereno.

— Já ouviu falar no padre Niklas?

Jacopo tentou se manter impassível. *Mais crianças? Que droga de conversa é esta?*

— Quem?

— Um jovem padre alemão — acrescentou Guillermo.

— Esse não é o... — não sabia como continuar. — Não é o filho do...

— Exatamente — interrompeu Giorgio.

— É o filho do embaixador da Alemanha na Itália, doutor Klaus Grübbe — afirmou Guillermo.

— Exato — disse Jacopo, aliviado. — É isso.

Guillermo e o monsenhor se entreolharam de modo suspeito.

— Alguém vai me dizer o que é que tem o rapaz? — perguntou Jacopo, impaciente.

Giorgio entregou-lhe um papel. Era um *post-it* azul.

— O que é isto? — quis saber o historiador. Não conseguira entender ainda o rumo da conversa.

— Um imprevisto.

— Um imprevisto? — O que o prelado queria dizer com aquilo?

— É um assunto muito delicado, que pede bastante discrição.

Jacopo fez menção de devolver o bilhete a Giorgio.

— Pode ficar com ele. Não tenho intenção nenhuma de me meter em assuntos delicados, e discrição não é meu forte.

Giorgio não aceitou o pequeno papel. Pigarreou para limpar a garganta, como se as palavras estivessem enferrujadas.

— É um pedido de resgate. O padre Niklas, filho do embaixador da Alemanha, foi raptado há algumas horas em Sant'Andrea.

Jacopo engoliu em seco ao ler o bilhete.

— O que é que os irmãos Finaly... — Preferiu não continuar. — Já informaram a família?

Giorgio fez um meneio negativo com a cabeça.

— Não. A família ainda não sabe. E temos esperança de conseguir resolver este assunto sem que chegue ao conhecimento deles — ouviu-se uma voz áspera dizer da porta.

Jacopo se voltou nessa direção e viu o intendente da Gendarmaria Vaticana, Girolamo Comte. Vestia um terno preto por baixo de um sobretudo cinza-escuro.

— Entre, por favor, Comte — pediu o secretário. — Estava mesmo colocando o doutor a par da situação.

— Os relatores já foram alertados? — quis saber o historiador.

— O intendente enviou um destacamento de segurança — respondeu Giorgio, acenando com a cabeça na direção de Girolamo. — Como correram as coisas com a Polizia di Stato?

Girolamo esboçou uma expressão mal-humorada. Não tinham corrido bem.

— O Cavalcanti não perde uma oportunidade sequer de nos dificultar a vida — respondeu o intendente. — Mas falei com o Amadeo, o superior dele, e no mais tardar amanhã de manhã teremos acesso aos corpos.

— Quem os avisou?

— Não sei — respondeu o intendente, frustrado.

— Provavelmente quem colou o bilhete no confessionário — sugeriu Guillermo.

— Precisamos descobrir onde ele está — interveio Girolamo com acidez, fitando Jacopo.

— E como *eu* vou saber? Perguntem a quem o raptou. — Jacopo sentia-se cada vez mais desconfortável.

— Precisamos saber onde está Rafael — esclareceu Guillermo.

— Ah! O Rafael... — repetiu Jacopo.

— Ele pediu uma licença de alguns dias ao Tomasini para tratar de assuntos pessoais — explicou o monsenhor. — Não fazemos ideia de onde ele está.

— E acham que eu sei? — Os dois homens que estavam em pé assentiram. O historiador abriu um sorriso cínico e olhou para Guillermo.

— Que porcaria de serviço de espionagem você administra, que não consegue encontrar nem mesmo os seus homens?

— Precisamos dele aqui com a maior urgência — explicou Guillermo, ignorando o comentário. Não era hora para discussões.

Jacopo sentiu um calor repentino. Desabotoou o último botão da camisa. Sentia um nó na garganta e as axilas molhadas de suor. Que desconforto! Tinha começado de novo. *Meu Deus... Quando Rafael souber disto... Acho que nem Tu o deterás.*

— Precisamos que nos conte onde ele está — frisou Girolamo.

Jacopo fez um não categórico com a cabeça antes de se levantar.

— Não posso fazer isso. Como bem disseram, ele foi tratar de assuntos pessoais — sentenciou.

O intendente aproximou-se do historiador, fincou as mãos nos braços da cadeira e fitou-o nos olhos com expressão ameaçadora.

— Pode nos contar por bem... ou por mal — rosnou.

— Calma, Comte — interferiu o secretário, colocando uma das mãos no ombro do policial.

Jacopo engoliu em seco antes de responder à ameaça.

— Eu vou buscá-lo.

10

John Scott não conseguira pregar o olho durante toda a noite. Um ligeiro tremor nas mãos deixava escapar a apreensão que o angustiava. As duas horas de terapia semanal a que se submetia haviam lhe ensinado a identificar com precisão as sensações e os sentimentos que o assaltavam.

Imaginou a doutora Pratt, a psiquiatra, sentada no sofá, em uma terça ou quinta-feira, as pernas cruzadas, que ele costumava ver através da despudorada visão periférica, com meias acetinadas que deixavam entrever uma pele bronzeada, o caderno de anotações em cima do colo, caneta na boca, o grande relógio de pulso marcando a duração do relacionamento entre médico e paciente, a voz cândida pedindo-lhe que definisse aquela apreensão, e a janela com vista para o Hudson. A apreensão dele não era diferente da dos outros: continha doses iguais de insegurança e medo, com picos momentâneos de um ou outro sentimento, à medida que o tempo passava.

John Scott não estava, infelizmente, no consultório da doutora Pratt, na rua Hudson, na confortável ilha de Manhattan, e sim no quarto número 221 do hotel Napoleon. Era um velho edifício decadente na Piazza Vittorio Emanuele II, que necessitava de uma reforma adiada por tempo demais. John sentia olhos invisíveis atrás de si, ainda que estivesse dentro de um quarto exíguo sem mais ninguém à vista.

Ele era um renomado jornalista do *The New York Times* há mais de 22 anos. Seu aspecto franzino e desmazelado escondia um repórter de investigação sério e escrupuloso, que já pusera muitos políticos e empresários em alerta ou mesmo atrás das grades. A imagem física contradizia a força de seu nome. John Scott era sinônimo de ética, honestidade, zelo. À primeira vista e ao primeiro aperto trêmulo de mão, parecia que sua estrutura ruiria a qualquer momento, e, quando começava a falar, manifestava uma gagueira inquietante.

O jornalista arrastou-se pelo quarto, ainda de roupão, e foi à janela. Uma neblina cúmplice com sua apreensão descera sobre a Cidade Eterna e não o deixava ver sequer as árvores que se perfilavam na praça à frente.

Pegou o celular e voltou a teclar o mesmo número que o registro de chamadas indicava ter sido utilizado por cinco vezes naquela manhã, sem sucesso. Começou a tocar no outro lado da linha invisível. Um, dois, três, quatro, cinco... *Você ligou para Sarah Monteiro...*, ouviu a voz feminina falar em inglês. Já havia deixado mensagem de voz, enviara uma mensagem de texto e três e-mails, escrevera pelo Facebook — utilizara todos os meios de comunicação de que dispunha, mas não obtivera ainda nenhuma resposta.

— On... on... onde an... andará você, pequena? — murmurou para si mesmo.

Sarah Monteiro era a editora de política internacional do jornal londrino *Times* e, até onde ele sabia, a mulher mais informada sobre os assuntos do Vaticano. Trabalhara com ela há mais de dez anos, quando ainda era uma estagiária nervosa, mas muito competente. O jornal de Londres o informara de que Sarah estava em Roma há meses. Precisava mesmo falar com ela.

O telefone do quarto tocou nesse exato momento, sobressaltando-o. Aproximou-se do criado-mudo e o atendeu. Era da recepção, informando-o sobre uma chamada externa. Era estranho, mas John consentiu que a transferissem.

— Bom... bom di... dia, co... mo está? — perguntou em italiano. — Fi... fi... fiz como instruiu. M... m... m... mas estou muito nervoso...

E, quanto mais nervoso, mais a língua travava e atravancava a comunicação. Aproximou-se de novo da janela, esticando o fio do telefone, e olhou para baixo. O nevoeiro se abria lentamente, revelando um movimento intenso. Era uma das praças mais movimentadas de Roma. Por ali passavam automóveis, ônibus, caminhonetes, e havia muitas pessoas no jardim central, todas suspeitas, nenhuma inocente. Até a menina que girava um bambolê no quadril, que não devia ter mais que dez anos, podia ser uma espiã a serviço deles. A paranoia era a pior das apreensões.

— Che... gou... chegou hoje — disse, pegando uma caixa embrulhada em papel dourado. — Certo. A... aguar... do resposta du... rante o dia. — O interlocutor disse-lhe mais alguma coisa. — Espere. Deixe-me tomar nota.

Pegou o bloco de anotações que o hotel fornecia e escreveu o que lhe ditaram.

— Eu sei... sei... que... que ela é essen... cial pa... para o caso. Até lo... go.

Colocou o telefone no gancho e acendeu um cigarro. Precisava fumar um para acalmar os nervos, a apreensão e a paranoia. Nessas ocasiões, até pensando ele gaguejava, uma confusão mental que o impedia de raciocinar direito. Aspirou a nicotina sofregamente e obrigou-se a não pensar em nada. Mais fácil dizer do que fazer; no caso dele, nem uma coisa nem outra.

Abriu o dossiê de capa marrom que estava em cima da cama ainda por fazer e tentou se concentrar nos números. Era nisso que John era incrivelmente bom. Analisar números. Perceber se se interligavam ou não com coerência. Bastava um olhar, um cálculo, e antevia logo se estava tudo correto ou não. Tirou a primeira folha, um mapa de movimentos com depósitos e débitos, e os leu um por um, linha por linha, coluna por coluna, data por data. Ao fim de alguns minutos, começou a se acalmar. Deixou de ouvir o protesto do coração dentro do peito, e a respiração também retomou a normalidade. Uma ponta de cinza de cigarro caiu no chão, mas ele nem percebeu. Sentiu uma sede repentina. Abriu a porta do minibar, mas estava vazio. Era apenas para decoração.

Como é que esta merda tem quatro estrelas?

Pegou o celular e voltou a ligar para Sarah Monteiro. A resposta foi idêntica à das seis vezes anteriores. Atirou o telefone em cima da cama e abriu o armário. Tirou de lá uma calça e uma camisa *jeans*, e colocou as peças sobre a cama. Apagou o cigarro no cinzeiro e despiu o roupão. Desembrulhou o papel dourado que envolvia um estojo aveludado e o abriu. Dentro estava um revólver Amtec de calibre 38, que ele retirou do encaixe. Duas fileiras com cinco balas alinhavam-se por cima do encaixe da arma. Foi tirando uma de cada vez até encher o tambor. Fechou-o e apontou para um alvo imaginário. Em seguida, pousou a arma na cama e começou a se vestir.

— Se Maomé não vai à montanha...

11

O trem número 9406, procedente de Roma Termini, chegou à estação de Santa Lúcia trinta e oito minutos depois das onze da manhã de terça-feira. Uma chuva rala saudou os passageiros que saíram da estação. Para muitos, era o início de uma viagem de sonho pela candura veneziana, as ruas, os canais, os palácios; para Jacopo Sebastiani, era a conclusão de um trabalho que não queria fazer.

Agasalhou-se o melhor que pôde, apertando o casaco e levantando a gola, e saiu para o exterior, em direção à Ferrovia, a estação dos *vaporetti* que ficava à esquerda, em frente à Igreja degli Scalzi. O Canal Grande agitava-se à sua frente enquanto esperava pela condução aquática. Ao lado da estação viam-se táxis aquáticos que aguardavam pelos clientes desejosos de um serviço mais exclusivo. A ponte degli Scalzi ligava o Sestiere de Cannaregio ao de Santa Croce, e muitos dos passageiros atravessaram-na. A cidade sem carros era mais agradável no inverno, apesar de tudo, quando o número de turistas era drasticamente inferior ao dos meses de calor. Por outro lado, a inclemente Lagoa de Veneza, auxiliada pelo implacável Adriático, não dava trégua à cidade nessa época. As sirenes que anunciavam a *acqua alta* soavam com frequência. Fosse como fosse, Veneza não era um roteiro turístico que agradasse a Jacopo, e dificilmente a escolheria se o motivo da viagem fosse lazer.

Depois da reunião com o secretário do papa, Guillermo, e o intratável intendente — se é que se podia chamar assim o encontro que haviam tido —, Jacopo teve tempo apenas de ir para casa vestir algo mais adequado, devidamente acompanhado por um motorista que, mais tarde, o deixou na estação de Termini. Roma começava a acordar lentamente, mas, quando chegou à estação, milhares de pessoas já se deslocavam como robôs para onde a agenda do dia os mandasse, mirando os painéis informativos espalhados pela gigantesca estação, à procura do destino e da linha certos.

Não chegou a tempo de pegar o primeiro trem para Sereníssima, mas conseguiu apanhar o segundo quando faltavam quinze minutos para as oito.

O objetivo da missão o enchia de temor. Não queria estar na pele de Rafael, tampouco fazer o papel de mensageiro maldito que se propusera, ainda mais contra a vontade. Jacopo vira Rafael por duas vezes depois da questão jesuíta, e ambas de forma bastante fortuita. A primeira fora junto à Gregoriana, quando saíra de uma reunião do conselho pedagógico. Rafael estava com Sarah. Haviam parado na Piazza della Pilotta porque ela se cansara durante o passeio. Uma das consequências do tratamento a que vinha se submetendo. *Se não morrer de câncer, morrerá com o tratamento, com certeza*, lembrou-se de ter pensado. Sarah estava muito diferente de quando a havia conhecido, meses antes. Magra, fraca, frágil, esmaecida. A vida era mesmo uma folha de papel, tão vulnerável, à mercê de qualquer evento mais ou menos desagradável, que a faria se esvair como se nunca houvesse existido. Cumprimentou-os e fugiu logo que pôde para bem longe. Vê-la era tornar real uma história que ouvira e na qual não quisera acreditar. Ficavam bem, juntos, aqueles dois, apesar de ela ser jornalista e ele, padre.

Na segunda vez, dias antes, vira apenas Rafael, quando passara pelo edifício da Gendarmaria Vaticana. O padre estava entrando, mas havia parado para cumprimentá-lo. Jacopo inventara uma desculpa qualquer para apressar o encontro e sair dali antes que a conversa chegasse ao inevitável ponto sobre o estado de Sarah. Tinha pressa. Afazeres em demasia. Reuniões muito importantes no supermercado do Vaticano, livre de impostos, e no posto de abastecimento de combustível aonde ia de quinze em quinze dias abastecer o carro a trinta e seis cêntimos de euro o litro. Muita pressa.

Jacopo era um egoísta, sabia disso. Preservava em primeiro lugar seu bem-estar, por isso era com esforço que estava ali, e foi a custo que entrou no *vaporetto* da linha 1.

O odor de diesel misturado ao de maresia inundou-lhe as narinas, fazendo-o tossir. Tapou a boca e o nariz com a gola do casaco. A água amarronzada evidenciava ondas criadas pela passagem do barco, que se propagavam até colidirem com a ondulação feita por outras embarcações, que lotavam o canal. Não ia muita gente no barco. Entrou na zona coberta e se sentou. Levaria por volta de quarenta minutos até a estação de Salute, na Fondamenta della Salute.

A chuva engrossou na parte final da viagem. Um vento frio começou a soprar do leste, transportando um uivo para suas entranhas. Saiu na estação de Salute, no Sestiere de Dorsoduro, quarenta minutos depois, e os vendedores indianos com guarda-chuvas já se acotovelavam, na esperança de servirem de arautos à proteção diluviana. Eram melhores que qualquer balão meteorológico, pois sabiam sempre se era hora de vender guarda-chuvas, capas impermeáveis, lenços ou leques. Recusou todas as ofertas e avançou pelo caminho. À frente, a imponente basílica octogonal de Santa Maria della Salute, uma obra-prima em estilo barroco, pareceu-lhe um excelente abrigo. Olhou para o relógio. Um esgar de frustração inundou-lhe o rosto molhado. Subiu ainda mais a gola do casaco, se é que era possível, e seguiu para a direita. Não havia tempo para se abrigar. Virou as costas à basílica e ao Seminário Patriarcal de Veneza, e atravessou uma ponte em direção ao Campiello Barbaro. Avançou pelo Campo di San Gregorio e pela Via Bastion sob a chuva que lhe atingia os olhos e o resto do corpo como dardos inteligentes e perversos.

Cinco minutos depois, encharcado até os ossos, abriu a porta gradeada do número 352 de Dorsoduro, o Palazzo Dario, uma obra-prima em mármore branco no estilo gótico veneziano, com restaurações renascentistas. Uma das fachadas estava plantada no Canal Grande com vista para o Sestiere de San Marco, e outra, lateral, para o rio delle Torreselle. As janelas com arcadas redondas, no térreo e nos dois *piani nobili*, não deixavam indiferentes os turistas que navegavam pelo Canal Grande, assim como estes também não deixavam de reparar na ligeira inclinação do edifício para o lado esquerdo.

O piso inferior era um espaço amplo, repleto de colunas. Apesar de o palácio ser propriedade privada, a família que o detinha concordara com o município receber exposições temporárias de pintura, escultura, artes plásticas, tudo em nome da cultura. Para Jacopo, no entanto, era apenas um abrigo acolhedor da tempestade que caía na rua.

Algumas poucas pessoas perambulavam por aquele piso, admirando quadros pertencentes a uma coleção da Tate Gallery. Na recepção, uma senhora já com certa idade lia uma revista à espera de visitantes mais interessados. Olhou para o relógio e para a porta. Depois, tentou ver se reconhecia alguma das pessoas. Não. Ninguém familiar. Rafael estava atrasado.

Que droga de local para marcar um encontro, murmurou para si. O que ele estaria fazendo em Veneza?

Desejava tomar um chá quente para aquecer o corpo, livrar-se logo do assunto e se enfiar no trem de volta para Roma. A conversa não ia ser rápida, mas não tinha nenhuma intenção de pernoitar ali. Rafael tinha de regressar à capital com urgência, relembrou as palavras do secretário e de Guillermo, e o rosnado de Comte. *Por que não marcou esse encontro em um café ou restaurante? Tinha de ser logo naquele maldito palácio?*

A porta se abriu para permitir a passagem de um casal encharcado, acompanhado pelo uivo do vento. Nenhum sinal dele. Tornou a olhar para o relógio e aproximou-se de uma das janelas para observar o Canal.

Onde você está, Rafael?

12

O monsenhor Stephano Lucarelli deixou o retiro das irmãs de Santa Cruz, no Monte Bondone, em Trento, pouco depois das seis da manhã de terça-feira. Antes de entrar no carro e acelerar para o Sul, limpou o escritório, retirando todas as fotografias, recortes de jornais e mapas do painel, e apagou as impressões digitais de tudo aquilo em que tocara, deixando uma carta, dentro de um envelope, dirigida à prioresa. Nela, agradecia-lhe a estadia muito aprazível: pudera repousar como desejara o Santo Padre, e a assistência prestada pela irmã Bernarda fora de qualidade inexcedível, a ponto de ter decidido requisitá-la, de imediato, para assessorá-lo em Roma.

Um e-mail com o endereço do gabinete papal já estava na caixa de correio eletrônico do retiro com ordem de requisição da freira e a assinatura de um dos assistentes sob a imagem de linhas negras do brasão pontifício.

Deixou a cidade ainda adormecida, já com o sol despontando timidamente, criando um rastro de penumbra atrás de si. Rumou para o Sul pela autoestrada A22, acompanhando o Lago Garda, e, uma hora depois, passou ao largo de Verona.

Parou num posto de serviço. No banheiro, despiu a batina de reverendo monsenhor e vestiu um terno preto com camisa azul-escuro, colocando também óculos de sol. Quebrou em pedaços o celular e o cartão SIM, envolvendo-os, separadamente, em papel higiênico. Atirou-os dentro do vaso sanitário e deu descarga. Enfiou a batina dentro da própria roupa e retomou a viagem, desta vez para leste, pela A4, deixando o Lago Garda para trás. Dirigiu durante uma hora e meia sob chuva e depois estacionou na Piazzale Roma, em Veneza. Não demorou mais que quinze minutos para encontrar uma vaga no maior parque de estacionamento da Europa, pelo que se pôde considerar um homem de sorte. Atravessou a ponte pedonal della Constituzione, que ligava a ilha artificial, onde ficava o parque, ao Sestiere de Cannaregio. Tomou o café da manhã na estação de Santa Lúcia — café preto e pão com manteiga — e esperou. Faltava ainda algum tempo. Observou os indicadores informativos. O trem chegaria dentro do horário previsto.

Posicionou-se perto de um quiosque quando o veículo chegou ao terminal, de forma a vê-lo sem ser visto. Não foi difícil. Estava enfiado em um casaco grosso, a gola para cima e com cara de poucos amigos. Viu-o sair, a caminho da estação da Ferrovia no Canal Grande. Verificou a retaguarda, observando se ninguém o seguia. O caminho estava livre. Assim que o *vaporetto* aportou na estação, Lucarelli requisitou um táxi aquático, uma embarcação de cor branca que fazia o mesmo na água que seus semelhantes em terra. Viu-o entrar no veículo e inspecionou os outros passageiros antes de indicar ao barqueiro que seguisse o *vaporetto*.

O taxista ainda sugeriu alguns pontos turísticos que não podiam deixar de ser vistos por quem visitava a cidade, sob pena de ficar amaldiçoado, mas desistiu após alguns minutos de silêncio do passageiro. Este saltou na estação de Salute, em frente à basílica que dava nome à paragem. Comprou um guarda-chuva de um vendedor de Mumbai para aplacar os pingos que caíam com mais intensidade e seguiu o percurso do outro homem. A caminhada terminou no Palazzo Dario, onde o viu entrar completamente encharcado. Deu uma volta pelas ruelas vizinhas, observou as janelas dos edifícios, foi até o Campo di San Gregorio e, satisfeito com a inspeção, regressou ao Palazzo Dario. Ninguém o havia seguido. Fechou o guarda-chuva e entrou.

Não havia muitas pessoas ali; foi fácil achá-lo junto a uma das janelas, o olhar perdido no Canal. Os demônios interiores. Ninguém era imune a eles.

— Jacopo Sebastiani — disse, assim que se aproximou.

Jacopo o fitou com uma expressão terna e triste ao mesmo tempo, e esboçou um meio sorriso.

— Até que enfim, Rafael.

13

— Não podia ter escolhido outro lugar? — protestou Jacopo.

— É uma questão de coerência.

— Coerência?

— Como mensageiro da desgraça, não há local que lhe assente melhor que este — comentou Rafael com um sorriso cáustico.

— Ainda bem que você é o próprio trevo da sorte... Por acaso se lembra daquele episódio em que eu tinha uma arma apontada na nuca em uma basílica jesuíta? Ou terá sido imaginação minha? Nem sei por que ainda não me recuperei do trauma — retrucou Jacopo, para equilibrar o ataque retórico.

— A última vez em que o vi estava em fuga, e não me refiro à ocasião em que escapou dessa mesma basílica jesuíta.

Jacopo se recordou da mente perspicaz de Rafael, e de que o encontro com ele durante a questão jesuíta, que lhe trouxera aquelas más lembranças, havia começado com uma notícia ruim que ele próprio anunciara: a morte de um amigo.

— Por que demorou tanto?

— Imprevistos — limitou-se a dizer Rafael.

— Imprevistos? Todos vocês são iguais — praguejou. — Sabe a história deste lugar? — perguntou o historiador, apontando para o edifício.

— Não. Mas você vai me contar, não vai?

Jacopo não pôde afirmar se ele estava sendo irônico ou não. Era difícil saber.

O problema do Palazzo Dario, que deixava Jacopo um pouco desconfortável, era que, quando alguém o adquiria, e isso desde sua construção no século XV, ou se arruinava financeiramente ou sofria uma morte violenta. A lista era extensa. O próprio Woody Allen estivera interessado em comprá-lo, mas desistira quando lhe contaram a maldição que o acompanhava desde a sua construção ali, no Canal Grande, ligeiramente inclinado para a esquerda. Jacopo tinha razões para se sentir apreensivo. Naquele edifício, ninguém estava seguro.

— Fique tranquilo — falou Rafael. — Não está pensando em comprar o palácio, está?

Perambularam pelo piso térreo, fingindo interesse pelos quadros dispostos nas paredes e em mostruários próprios para esse fim.

— Como foi em Trento? — perguntou o historiador.

— Deu para descansar — respondeu Rafael com desinteresse. — Não estamos aqui para uma visita guiada, não é?

Jacopo engoliu em seco. A história do palácio inquietara-o de tal maneira, que se esquecera da razão que os levara até ali. Chegara a hora de revelar o motivo daquele encontro. Inspirou fundo para ganhar fôlego e articulou o pensamento. Rafael apreciava a organização de ideias.

— O que é que você sabe sobre Eugênio Pacelli?

— Não tenho ido às aulas de História da Igreja — zombou o mais novo, enquanto caminhavam pelo salão.

Jacopo manteve silêncio, à espera da resposta. Lá fora, a chuva caía com menos intensidade, e o uivo do vento começou a perder força. Rafael deu de ombros.

— Não entendi a finalidade da pergunta.

— Não sei como poderia ser mais claro. O que é que você sabe sobre Eugênio Pacelli? — repetiu Jacopo.

— O que você quer saber? A versão oficial?

— Para início de conversa.

Rafael respirou fundo. O despropósito daquele assunto beirava o absurdo.

— Nasceu em 1876, descendente de advogados intimamente ligados à Igreja.

— A Nobreza Negra — completou Jacopo.

— Eram tão nobres quanto nós. Ou então nobres sem dinheiro. Juntaram-se à Nobreza Negra e, por consequência, à Igreja, mas não pertenciam nem a uma nem a outra.

— Quanta coisa você sabe... — escarneceu o historiador.

— Quem devia saber disso era você, isso sim. O avô dele, Marcantonio Pacelli, foi fiel seguidor de Pio IX, subsecretário do Ministério das Finanças Papal e secretário do Interior até 1870, sendo o fundador do L'Osservatore Romano. É interessante: toda a família esteve ligada à Questão Romana do início ao fim. O pai, Filippo, era decano do tribunal da Rota Romana, e o irmão de Eugênio, Francesco, era advogado canônico no mesmo tribunal e foi o negociador de Pio XI para a resolução da Questão Romana com Mussolini, em 1929.

— O Tratado de Latrão.

— Eugênio foi o compilador do primeiro Código de Direito Canônico da história, publicado em 1917, época em que partiu para Munique, onde foi núncio da Baviera. Em 1925, trocou a nunciatura de Munique pela de Berlim, ainda que fosse núncio dos dois locais. Deixou a Alemanha em 1929, por ordem de Pio XI, tornou-se secretário de Estado em 1930 e papa em 1939. Morreu em 1958. Chega?

Jacopo suspirou. Que relato mais pobre. Até ele sabia mais do que Rafael dissera.

— E podres?

— Um papa não tem podres, nem faltas, nem falhas. Cuidado com a língua, Jacopo — alertou o outro.

O historiador lançou-lhe um olhar de impaciência, ainda que não soubesse se ele falava sério ou não.

— Vai suprimir justamente essa parte, não é?

— Ora, Jacopo. Você me chamou aqui para falar de Pio XII? Qual é a má notícia?

A porta voltou a se abrir, permitindo a entrada de dois casais de turistas. Deixaram os guarda-chuvas num cesto ao lado da porta e desceram os degraus até a recepção. Eram loiros, provavelmente nórdicos.

— Algum boato, alguma história mal contada? — insistiu o mais velho.

— Nada de mais, tirando as partes que já conhece e aquela lenga-lenga da Segunda Guerra. Ele foi um homem como os outros. Um árduo defensor da centralização do poder da Igreja, assim como seu antecessor, como Pio X, Leão XIII e o próprio Pio IX. A diferença é que ele foi bem-sucedido nesse propósito. E foi o único papa que conseguiu um aumento no número de fiéis, na ordem de 150 milhões, coisa que já não acontecia desde o Renascimento. Salvou mais judeus que as organizações não governamentais e particulares juntas, ao contrário do que se pensa. Renunciou ao papado na primeira votação...

— Renunciou? — Jacopo desconhecia esse fato.

Rafael concordou com a cabeça.

— Sim. Ganhou a eleição e, quando o cardeal Caccia-Dominioni lhe perguntou se aceitava sua eleição canônica, ele recusou e pediu que não o incluíssem na votação seguinte.

— E o que aconteceu para ele ter mudado de ideia?

Rafael considerou, durante alguns instantes, a melhor forma de dizê-lo.

— Por trás de um grande homem há sempre uma... — não completou.

— Uma o quê, Rafael? — insistiu Jacopo, completamente transtornado.

Rafael não respondeu.

— Uma grande mulher? É isso que ia dizer?

— Eu não disse nada.

— Então diga alguma coisa, droga.

Apenas silêncio.

— Esse ditado é sempre verdadeiro? Ela tinha esse poder? — conjecturou o historiador, ciente de que era quase impossível arrancar uma informação de Rafael se ele não a quisesse dar. O padre era inflexível.

— Pacelli abandonou a Capela Sistina — continuou o padre — e, quando regressou, algum tempo depois, a votação seguinte já tinha começado. Ele não exerceu seu voto.

— E depois? — perguntou Jacopo, decidido a ignorar momentaneamente aquilo que ainda não tinha dito. Um pequeno recuo estratégico.

— E depois os cardeais votaram e ignoraram o pedido dele. Teve ainda mais votos que na votação anterior. Foi eleito por unanimidade. Não se repetiu o cenário de 1922.

— Que cenário?

— Que historiador mais fajuto você é — comentou Rafael em tom de provocação.

— Tão fajuto quanto você como padre.

— Na eleição de Achille Ratti, que adotou o nome de Pio XI, o primeiro eleito, o cardeal Camillo Laurenti, renunciou e pediu que o excluíssem da votação. Na época, respeitaram a vontade dele.

— Mas, em 1939, não.

— Em 1939, não. Foi o início do último pontificado ao estilo imperial.

— Ainda não me disse nada verdadeiramente interessante — contestou o historiador.

— Então somos dois a fazer o mesmo comentário.

Aproximaram-se de uma das janelas grandes com vista para o Canal. Não chovia mais, porém o vento recuperara a intensidade. As condições climáticas não importunavam o tráfego marítimo, que mais parecia uma selva de barcos, batéis e botes, para um lado e para o outro, segundo regras que só eles conheciam, talvez, torturando a água amarronzada.

— Como ela está? — perguntou Jacopo, depois de engolir em seco.

— Está se recuperando. Vai ficar bem — respondeu, ao mesmo tempo que lhe colocava uma das mãos no ombro. Sabia como a vida real era difícil para o historiador. — Ela vai ficar bem, Jacopo.

Rafael atentou para as pessoas na sala. Os dois casais nórdicos, a recepcionista idosa de cabelo preso, além de outro casal. Todos pareciam, tal como eles, admirar os quadros expostos. Um dos casais os contemplava com fones de ouvido, que explicavam cada uma das obras expostas na língua desejada.

Rafael encaminhou-se para a porta.

— Vamos dar o fora daqui — disse taxativo.

O ar estava empestado com um odor nauseante, e o pavimento molhado tornara-se escorregadio em algumas partes. O Palazzo Dario, amaldiçoado e inclinado para o lado esquerdo, como em uma penitência, ficou para trás. Andaram sem destino e taciturnos nos primeiros instantes. Rafael saberia o que dizer e quando, ou assim pensava Jacopo, ansioso por postergar o máximo possível o que tinha para lhe contar. O historiador não era um amador, tampouco um moço de recados, como parecia ser naquele momento. Seu trabalho consistia em estudar, examinar, certificar e validar, no conforto de seu gabinete ou de um laboratório, junto às estantes de livros, de documentos, com a lupa sempre por perto. A vida real era perigosa demais para homens como ele. Lidara com muitas tragédias, cataclismos, pestes, guerras, milhares e milhares de mortos, mas todos impressos no conforto de um papel, nos caracteres inanimados da história. Os ossos, deixava-os para os colegas arqueólogos... e para homens como Rafael.

— Temos um problema — disse. Já não podia voltar atrás.

— Sempre temos um.

— O secretário do papa abordou-me com uma conversa muito estranha sobre os irmãos Finaly — prosseguiu, ciente de que pisava em terreno perigoso. Rafael torceu o nariz. — Tomasini e Comte o querem em Roma o mais rapidamente possível.

— Comte que vá dar ordens aos homens dele — rebelou-se Rafael. — Você contou a eles?

— Se tivesse contado, não estaria aqui.

— Não posso voltar ainda — confidenciou o padre, contemplando o Canal.

— Você tem de voltar. Niklas foi raptado — desabafou, quase fechando os olhos para não assistir à reação de Rafael.

O padre respirou fundo. Já não estava ali; a mente fugira para outras paragens.

— Você é um mensageiro de merda, Jacopo. O Luka?

O historiador balançou a cabeça em negativa.

— Não teve nenhuma chance.

— E os homens do Gumpel?

— Como é que sabe deles? — perguntou o historiador. Não havia mencionado nada sobre os relatores.

— Estão em segurança? — insistiu Rafael.

— Não sei.

Rafael observava o Canal, que fluía indiferente aos sentimentos de quem o observava. Jacopo tentou perscrutar alguma sensação de comoção, de abalo no padre, mas não conseguiu detectar nada. Rafael era um homem de ação.

— Já informaram Nicole?

Jacopo negou com um gesto de cabeça.

— Ainda bem — disse o padre. — Ela tem de saber. Ela e o embaixador; mas prefiro ser eu a lhes contar.

— Há um pedido de resgate.

— Quanto?

Jacopo entregou-lhe o pequeno *post-it* azul.

— A questão não é quanto, Rafael... é quem.

14

O mundo havia parado há mais de seis meses ou, pelo menos, era o que Sarah sentia desde que recebera a fatídica notícia da sua doença. Aquilo que apenas acontecia aos outros batera-lhe à porta quando menos esperava, se é que alguém espera uma coisa daquelas.

Num dia estava a serviço do Vaticano, na tentativa de recuperar documentos valiosos sobre Jesus Cristo, e no outro internada na policlínica Gemelli, em Roma, onde lhe revelaram o bombástico diagnóstico de coriocarcinoma.

Afinal, você não é eterna, Sarah. É como os demais e também pode morrer. Há muito que sabia não ser imortal. Encarregaram-se de lhe explicar esse fato quando, anos antes, haviam atentado contra sua vida… E muitas outras vezes depois disso. Pouco antes de se internar na clínica, tivera uma arma apontada para a nuca. Talvez por isso estivesse convencida de que era mais provável morrer por causa de um tiro, ou qualquer outro fator externo, do que traída pelo próprio corpo.

O papa Bento fora taxativo nos últimos meses. Não deixara Sarah regressar a Londres e ordenara que não se economizasse nas despesas com o tratamento. Se fosse necessário, poderiam até convocar especialistas estrangeiros que estivessem na vanguarda do tratamento de coriocarcinomas. Os oncologistas da policlínica não viram necessidade de chamar alguém.

Os tratamentos ali eram iguais aos que se faziam por toda a Europa. Começariam de imediato com a quimioterapia à base de metotrexato.

Quando deixou a policlínica, alguns dias depois, ficou alojada em um apartamento com três quartos, propriedade da Santa Sé, no Borgo Pio, em Roma. Era um terceiro andar mobiliado, a cerca de quinhentos metros da Porta de Sant'Anna, que dava acesso ao Estado Pontifício.

Rafael cuidou dela. Preparou-lhe refeições, viram filmes, e ele lhe trouxera também alguns livros. A maioria, histórias românticas. Ela torcera o nariz.

— De onde você tirou que eu gosto de histórias românticas, Rafael? — perguntou, quando ele lhe entregou três livros de Nicholas Sparks. — Por acaso tenho cara de romântica?

Ele ficou embaraçado.

— Pensei que todas as mulheres gostassem de histórias românticas, que as façam sonhar com um príncipe encantado.

Ela lhe lançou um olhar de reprovação.

— Nicholas Sparks faz chorar, e não sonhar. O máximo que vai conseguir é que eu me desfaça em lágrimas e assoe o nariz até ficar vermelho. É isso que você quer?

Nunca mais lhe trouxera livros românticos para ler.

Durante os primeiros dias, não saíram, a não ser para ir à policlínica fazer o tratamento. Sarah não se desligou do jornal no qual era editora de política internacional. Mantinha contato por correio eletrônico e fazia reuniões pelo telefone toda manhã. O restante ficava aos cuidados do assistente em Londres. Não queria se sentir inútil; precisava trabalhar. Era uma maneira de ocupar a mente com algo que a distanciasse da enfermidade.

Rafael dormia no quarto ao lado do seu, sempre diligente, atento, afetuoso. Preparava-lhe o café da manhã. *Caffellatte*, fatias de *panino ciabatta*, torta de maçã, suco de laranja e pêssego, chá, *croissants*, manteiga, queijos e frutas. Depois, começaram a sair no meio da tarde para dar um passeio. Não era bom para a recuperação de Sarah ficar fechada em casa o tempo todo. Por vezes, jantavam em um restaurante num ponto turístico qualquer. Sarah gostava demais da área junto ao Panteão e das ruelas que o circundavam. Era... romântico. Nunca falavam da doença. Ele não perguntava como ela se sentia, ela também nada dizia. Na verdade, ele ocupava tanto os dias dela que não havia tempo para pensar em mais nada. Nem mesmo quando o cabelo começou a cair. Foi Rafael quem o cortou, com muita delicadeza, numa noite de intenso temporal e trovoada.

Não podia ser mais adequado. Ouvia-se o vento zumbindo e a chuva batendo com força nas portas, quando ela o viu rir pelo espelho do banheiro.

— Qual é a graça? — perguntou, ofendida.

Ele esboçou um sorriso mais amplo. Era muito raro ver Rafael sorrir. Ele tinha um sorriso lindo.

— Lembrei-me de que não é a primeira vez que corto seu cabelo.

Ela sorriu também ao relembrar aquela primeira noite em Londres em que Rafael lhe cortara o cabelo, contra a sua vontade, para que não fosse reconhecida.

— Eu odiei a primeira vez que fez isso — confessou.

— Eu sei.

— No final, não serviu de nada.

— Eu sei — repetiu Rafael. — Mas foi divertido.

Sarah franziu a testa, fingindo estar brava.

— Divertido?

A verdade é que, apesar do câncer que a destruía por dentro, jamais se sentira tão feliz. Uma felicidade estranha. Sentia-se tão bem na companhia dele. Só à noite se permitia chorar, e apenas no quarto, para que ele não ouvisse. Não chorava porque tinha medo de perdê-lo; chorava porque não queria perdê-lo. Sabia que, mais cedo ou mais tarde, quer a doença a vencesse ou não, iria perdê-lo de qualquer maneira.

A relação deles era complicada. Uma jornalista influente de um grande jornal britânico e um padre a serviço da Igreja Católica Apostólica Romana. Não era um padre qualquer. Pelo contrário. Era ele quem resolvia os problemas que a Igreja enfrentava. Era também o padre que Sarah amava, o que, por si só, não era pouca coisa. Não era fácil quando seu rival, aquele com quem se tinha de competir, era Deus.

Um dia, poucos anos antes, ele a salvara da morte certa, em Londres, e o coração de Sarah se entregara àquele homem, que, em nenhum momento, revelara intenção de trair o Altíssimo. Não podia deixar de sorrir diante da ironia. O homem dos seus sonhos, talvez o de qualquer mulher, tinha uma relação com algo tão abstrato, no qual ela nem sequer sabia se acreditava. De qualquer maneira, absorvia o máximo que podia daqueles momentos preciosos que passava com ele, ciente de que poderiam acabar a qualquer instante.

Ao fim de algumas semanas, Rafael começou a sair para cuidar de assuntos que não podiam ser resolvidos por outra pessoa. Sempre deixava alguém com Sarah, embora ela considerasse essa medida um exagero. A doença era silenciosa. Havia dias em que se sentia um pouco cansada, especialmente depois da quimioterapia, mas, exceto nessas circunstâncias, não havia razão para alarme. A maior parte das vezes ele regressava para fazer o jantar, o que a confortava. Uma única vez havia demorado quase uma semana para voltar. Não fosse pela sentinela que ficava com ela e pronunciava um *"correu tudo bem"* a Rafael antes de ir embora, eles pareceriam quase um casal.

Sarah não permitiu que ele avisasse os pais dela, que moravam em Portugal. Falava com eles regularmente por e-mail ou telefone. Havia lhes contado que iria chefiar a delegação italiana do jornal durante alguns meses. Rafael discordava. Não era correto mentir para os pais, mas não quis contrariá-la. A jornalista concordou em falar a verdade se a primeira fase da quimioterapia não surtisse efeito. Por ora, preferia ficar sozinha com ele, só os dois, mas não lhe dissera isso, evidentemente.

Se isto não é amor, o que será?, perguntava-se Sarah. Era certo que o sacerdócio preceituava fazer o bem ao próximo, mas... era melhor não pensar naquilo. Mais cedo ou mais tarde, ela regressaria a Londres, e ele ficaria em Roma se... se não acontecesse o pior, e a doença levasse a melhor. Qualquer que fosse o desfecho, seria como se aqueles meses nunca houvessem existido. Os filmes, as conversas, os passeios, o humor dele, os temperos dele, tudo isso seria uma memória feliz e pungente ao mesmo tempo. Não. Era melhor não pensar nisso também.

Naquela tarde de terça-feira, tivera consulta na clínica e, pela primeira vez, Rafael não pudera acompanhá-la. Estava ausente há cinco dias. Um assunto inadiável que necessitava de resolução urgente. Dissera-lhe pelo telefone que regressaria antes do previsto, ao final da tarde, mas a noite já caíra e ainda não havia sinal dele. Provavelmente não se preocuparia tanto se não soubesse por que terrenos se movia Rafael. Era um mundo perigoso o da Igreja. Pregava a fé e os bons costumes, mas guardava segredos, e as pontas soltas, que por vezes surgiam, necessitavam ser atadas com rapidez. Era desse modo que sobrevivia havia mais de dois mil anos.

Fora um dia confuso para ela, mas Rafael merecia ter estado na clínica para ouvir os médicos dizerem que a doença estava controlada, que a quimioterapia surtira efeito e o tumor regredira, que tinha apenas de ser acompanhada nos próximos tempos, mas que o perigo passara. Que podia voltar a Londres e retornar à vida normal, desde que continuasse o acompanhamento médico lá. Talvez por isso quisesse tanto vê-lo. Faltava-lhe o ar. Ele a ajudara a vencer a doença, não havia dúvidas disso, mas... ia ser tudo tão doloroso. Ia doer mais que o cabelo perdido, que as sessões de quimioterapia, que as dúvidas, que o medo da morte... A mulher que se olhava no espelho com um lenço sobre o cabelo inexistente, que cresceria em breve, não era a mesma Sarah de seis meses atrás. Esta morrera assim que entrara na policlínica Gemelli.

Acalme-se, Sarah. O que tiver de ser, será, disse a si mesma. *Não vai doer para sempre*. Isso era certo. Mas já doía o suficiente para fazê-la chorar. Deixou as lágrimas escorrerem pelo rosto livremente. Não ia evocar a injustiça da vida ou o fato de ser vítima das circunstâncias. As coisas eram como eram, e era suficientemente inteligente para sabê-lo. Mas precisava chorar... e embriagar--se, se pudesse. Nada a impedia, mas seria imprudente fazê-lo. Não depois de tantos tratamentos e agressões ao corpo.

Recompôs-se, colocou um casaco simples com capuz e foi até a sala. Arturo, o padre de plantão, ainda estava lá.

— Se quiser, pode ir embora. Estou bem e já tive alta médica — disse, não sem certo traço de escárnio na voz.

— O padre Rafael não deve tardar. Não se preocupe — proferiu o clérigo com um sorriso plácido.

Padre Rafael. Ah!, zombou mentalmente.

— Vou tomar um pouco de ar — avisou a jornalista.

— Vou acompanhá-la — prontificou-se o padre.

— Não é necessário, Arturo — disse Sarah. Preferia ficar sozinha. — Só vou apanhar um pouco de ar.

O padre percebeu que a jornalista só precisava de um pouco de espaço. Não estava vestida para ir longe.

Sarah saiu para a fria noite romana. Os dias estavam cada vez mais curtos, e o sol se escondia antes das oito da noite. Avançou alguns metros em direção à Via di Porta Castello. Passou por baixo de uma das arcadas do Passetto. O trânsito era intenso, mas nem reparou. Parecia um zumbi caminhando sem destino. Demorou-se alguns minutos em uma vitrina e depois decidiu regressar. Talvez Rafael já estivesse em casa. Desejava muito vê-lo naquela noite. Quando chegou ao prédio, viu o padre Arturo à porta.

Será que a teria seguido? Os servidores de Rafael eram sempre muito dedicados. Ele sabia escolhê-los a dedo. Com certeza este também não seria um simples padre; era bem provável que fosse um membro da Igreja sempre pronto a acobertar os segredos da Santa Sé. A mesma que lhe pagara todas as despesas dos últimos seis meses. Que ironia!

Sarah sorriu para o padre, que lhe abriu a porta.

— Rafael já chegou? — perguntou a jornalista.

Arturo fez que não com a cabeça.

Um táxi parou junto à entrada. Sarah olhou para o interior do veículo, enquanto Arturo, sobressaltado, levou a mão ao coldre de ombro que tinha sob o casaco. Ela pousou uma das mãos em seu braço, como se lhe pedisse calma, e sorriu para o passageiro que vinha no banco de trás.

— O que está fazendo aqui?

15

— O que está fazendo aqui?

A mesma pergunta foi feita na atmosfera quente da Don Chisciotte, uma cafeteria elegante na Via della Conciliazione, a poucos metros da Praça de São Pedro, do Castelo de Sant'Angelo e da residência provisória de Sarah há mais de seis meses.

— Tam... tam... também estou feliz por reencontrá-la — disse John Scott em tom sarcástico.

Sarah ajeitou o lenço na cabeça como se tivesse vergonha de que ele visse mais do que ela desejava. Sorveu um pouco do chá quente que pedira, enquanto o copo de cerveja Peroni de John permanecia intocado.

— Quando foi que chegou?

— Há... há tr... três dias — suspirou, enquanto brincava com um cigarro ainda não aceso entre os dedos, exibindo um olhar de frustração. — Can... cansei de... de te li... gar.

— Não tenho andado com o celular. Peguei aversão a ele.

— Per... per... cebi — fitou-a com complacência. — Co... como vo... cê está?

Sarah tentou impedir, em vão, que uma lágrima rolasse do olho. Sentiu-a escorrer pela face.

— Como se a casa tivesse aguentado um terremoto, mas sem saber se suportará as avarias.

John esticou a mão e tocou a dela.

— Te... tenha cal... calma, menina.

Não podia nem imaginar pelo que ela havia passado. Tampouco sabia se teria forças para lidar com provação semelhante. Sugeriu-lhe, com uma expressão paternalista, que não pensasse no futuro. Que se congratulasse com a batalha ganha. Fora sua Waterloo, Trafalgar, ou Gettysburg pessoal, e nada mais importava. Não valia a pena lutar contra inimigos invisíveis.

Sarah sorriu com timidez. John tinha razão, embora parte das palavras não fossem dele, mas da doutora Pratt, fato que omitira à amiga e colega de ofício. Não fazia mal nenhum usar palavras de outros quando se aplicavam à situação, como era o caso no momento.

— Como você me encontrou?

John não respondeu de imediato. Levou o copo de cerveja à boca e sorveu o líquido dourado até a metade. Limpou a espuma que se alojara no lábio superior com as costas da mão.

— Te... temos um... um a... migo em... em comum.

Sarah nem se deu ao trabalho de pensar quem seria. A verdade é que sua estada ali não era segredo para ninguém. Seu alojamento não era um local secreto. Claro que sempre haveria coisas que não poderia contar, mas...

— Pre... preciso da... da... sua ajuda — disse finalmente o americano, sem rodeios.

Sarah fixou o olhar nele pela primeira vez naquela noite. Contara-lhe sobre suas desgraças, mas ainda não olhara para ele de verdade. O mesmo ar franzino que conhecia, como um boneco de pano prestes a se desfazer, calças *jeans* desbotadas e uma camisa do mesmo tecido com botões de pressão. Tudo nele emanava praticidade. Tinha a mente ocupada demais com assuntos importantes para se dar ao luxo de se preocupar, nem que fosse o mínimo, com seu aspecto físico, ou mesmo com a maneira de se vestir. Para Sarah, bastava saber que ele tinha 50 anos e que era de confiança. Conhecera-o em Londres, no primeiro ano do primeiro mandato de George W. Bush. Ela fora contratada como estagiária para assisti-lo em uma investigação que ele liderava sobre dinheiro de loteria usado de forma fraudulenta. Ele gostara do profissionalismo dela, e Sarah aprendera os truques e vícios da profissão com ele. John zelara por ela, a alertara e a guiara, sempre com a mesma atitude paternalista que lhe era característica, apesar de ele não ter filhos.

Dez anos depois, Sarah era a editora de política internacional do *Times*, e ele, um jornalista de prestígio em um jornal de renome.

— Não... não quero sa... saber quem... quem são as... as suas fontes — começou o americano —, mas... mas não é difícil ver... ver que vo... você... é, de longe, a jor... jornalista mais... mais bem co... tada dentro da Igreja.

— Ah! Não precisa usar esse discurso barato, John. Se puder ajudá-lo, sabe que não vou lhe dizer não.

John sorriu. Era a Sarah de sempre, mais frágil, mais assustada, mas ainda objetiva e sempre com a resposta pronta na ponta da língua.

— Es... tou fa... zen... do outra in... in... investigação.

— Você não para nunca, não é? Não me diga que anda investigando o Banco do Vaticano — comentou ela, em tom jocoso.

John não respondeu. Nesse ramo, quem cala consente. Sarah baixou a voz e aproximou-se mais do americano.

— Está investigando o IOR?

John assentiu com a cabeça.

— Como?

John explicou-lhe, em voz baixa, sílaba a sílaba, que um alto funcionário da Igreja o havia contatado em sigilo e lhe fornecera um número considerável de cópias de documentos relacionados ao IOR.

— Esse alto funcionário não seria algum bispo em Washington? — Sarah arriscou em tom de provocação, com um sorriso nos lábios. — Ou arcebispo em Nova York?

— Esse al... alto fun... cio... cionário per... permanecerá incóg... incógnito — declarou John, a expressão séria.

— Assunto encerrado. Pode continuar.

John voltou a recorrer ao dossiê de capa marrom, entregando um documento a Sarah. Ela o estudou e voltou a olhar para ele, mas continuava na mesma.

— Isso deveria me dizer alguma coisa? Porque, para mim, não diz nada.

O americano sorriu e levantou-se para arrastar a pesada cadeira para mais perto dela. Pegou o papel e posicionou-o de modo que ambos pudessem lê-lo.

Segundo John, aquilo era um extrato de movimento de uma conta bancária sediada no IOR. Nada de mais. Mostrou-lhe o número da conta, no canto superior esquerdo — 001-3-14774-C —, e o nome. As contas no Istituto per le Opere di Religione não eram iguais às dos bancos dos outros países, e sim constituídas por fundações ou fundos por uma causa solidária.

— Nes... te ca... caso a Fond...

— Fondazione Donato per la lotta dei bambini con leucemia — completou Sarah, atenta. — Fundação Donato para a luta das crianças com leucemia.

— Is... isso mes... mo.

Havia várias colunas com movimentos, uma com depósitos, outra com débitos, além da data das transações.

Sarah assoviou quando viu o total em ativos: mais de quarenta milhões de euros. John olhou ao redor para verificar se alguém mais parecia interessado na conversa deles. A cafeteria era um ponto de passagem e um local agradável para lanchar ou mesmo jantar depois de uma tarde de lazer. Ficava a poucos metros de um dos locais mais visitados do mundo. Todas as mesas estavam ocupadas, e havia várias pessoas esperando por uma. Uma senhora tirara os sapatos e aguardava sentada no chão, perto de uma das portas de entrada. Ninguém parecia interessado no que aqueles dois jornalistas conversavam, ainda que no meio de tanta gente fosse difícil entrever olhares suspeitos.

— Es... está vendo aqui?

Sarah balançou a cabeça em um gesto negativo. Para ela, eram só números, aparentemente, bem somados e subtraídos.

— Dei... deixe-me ex... plicar.

As contas do IOR tinham, como as dos outros bancos, um ou vários titulares, mas com uma particularidade: só os gerentes de conta é que podiam movimentá-las, devidamente autorizados pelos clientes. Mas havia mais: apenas os gerentes, e só eles, conheciam a verdadeira identidade dos titulares dentro da carteira de clientes que geriam. Um exercício de privacidade levado ao extremo. Aquela conta, explicou John, entre travamentos e destravamentos de língua, pertencia a uma pessoa que já tinha falecido.

— Como assim?

— O ti... titular é... é um padre que já... já mo... morreu.

— E qual é o problema?

John lhe esclareceu que a conta continuava a ser movimentada como se nada tivesse acontecido. Exemplificou dizendo que era como se ele e ela morressem, e alguém, que não eles, continuasse a movimentar as contas como se estivessem vivos.

— Certo. É um pouco estranho mesmo. Mas será que a conta não passou para a tutela da Igreja depois da morte do tal padre? — questionou Sarah.

— Foi... foi o que eu... pen... pensei.

John retirou outro documento do dossiê e o colocou por cima do primeiro. Era a cópia da titularidade da conta. Dois titulares, um gerente autorizado, além de um conjunto de informações técnicas como número de conta e de cliente, dígitos de controle próprios da instituição, entre outros algarismos ininteligíveis para Sarah, mas perfeitamente lógicos para John.

— O que é este Piccolo? — inquiriu Sarah, intrigada.

John sorriu. As contas do IOR que tinham a peculiaridade de serem designadas por fundações ou fundos de solidariedade, próprias do nome do banco, Instituto para Obras de Religião, além de terem um gerente particular e só ele saber a identidade dos clientes, ainda mantinham o nome oculto sob um pseudônimo.

— Uau. Isso é que é privacidade levada ao extremo — censurou Sarah.

— Ou... ou... um ní... nível de si... sigilo para evi... tar trans... tor... nos — contrapôs John.

— Quer dizer que este Piccolo corresponde a um nome real que só esse gerente conhece?

John fez que sim com a cabeça, mostrando um sorriso de contentamento nos lábios. Parecia uma criança com um brinquedo novo quando se envolvia nessas investigações e seguia a frieza harmônica dos números. Mas Sarah estava bem ciente do quanto aquelas coisas podiam ser perigosas.

O IOR, ao contrário do que se pensava, não era um banco nacional, como o de qualquer outro país. O organismo papal reconhecido pelo Fundo Monetário Internacional como Banco Nacional do Vaticano era, na realidade, um dicastério que tinha o nome de Administração do Patrimônio da Sé Apostólica, mais conhecido pela sua sigla, APSA. O IOR era um banco de investimentos que se beneficiava da extraterritorialidade vaticana e, na verdade, era muito mais que qualquer banco nacional, explicou o americano, que ia articulando o pensamento enquanto discursava em sua fala sofrível. O IOR estava em pé de igualdade com o Banco Central Europeu e, ao mesmo tempo, com um banco de investimentos, e não era, nem podia ser, controlado por nenhuma autoridade independente, sendo também proibido que seus funcionários fossem detidos ou interrogados.

— Não se administra uma Igreja com ave-marias — relembrou Sarah, uma frase do falecido arcebispo Paul Marcinkus, compatriota de John, que presidira os destinos do IOR durante mais de vinte anos.

— Is... isso... mesmo.

O jornalista americano continuou sua explicação. Só o gerente da conta, por norma um clérigo ou leigo autorizado, tinha acesso à identificação real do titular. Cada gerente possuía uma carteira de clientes, maior ou menor, e nenhum sabia que contas os outros administravam, nem quem eram os titulares. Cada um só conhecia os seus.

— Parece uma organização mafiosa.

John explicou que, na verdade, o IOR era composto por um conselho de supervisão que geria as operações, mas que respondia a uma comissão de cardeais que as avalizava. Claro que a maioria dos prelados que compunham essa comissão não tinha formação econômica, e era possível ludibriá-los e manipulá-los.

John chamou a atenção para um conjunto de movimentos mensais, débitos de baixo valor, na ordem de poucos milhares de euros, que saíam sempre no dia trinta de cada mês, exceto em fevereiro, que saíam no dia 28, mesmo em anos bissextos. Eram transferências para outro fundo, que tinha o nome de Fondo Giulietta per i bambini non protetti — Fundo Julieta para crianças desprotegidas. Retirou mais um documento do dossiê que, na parte superior, sob o número da conta, mostrava o nome da conta que o extrato de movimentos indicara. John havia estudado muito bem os documentos. Os débitos da conta Donato batiam, religiosamente, com os créditos do tal Fondo Giulietta na data e no valor, do primeiro euro ao último cêntimo. Desse valor de entrada era feita uma retirada, no próprio dia do crédito, de metade do valor, supostamente em dinheiro. Sarah assoviou quando viu o último movimento: três milhões de euros que haviam sido levantados há dez dias.

— Para onde foi esse dinheiro? — quis saber Sarah.

A trama se enredava cada vez mais.

— Nã... não sei — respondeu John.

Mais importante que *para onde ia o dinheiro?* era de onde vinha, alertou John. Os depósitos eram feitos de modo aleatório, em lotes de dez a trezentos mil euros, sempre em dinheiro.

— Então, como consegue localizar a procedência?

— Ve... Ve... Veneza — revelou o jornalista.

O dinheiro vinha de Veneza. Alguém reunia o montante, proveniente de vários pontos do globo, e levava-o para Roma duas ou três vezes por mês.

E a Fondazione Donato não era o único fundo que recebia esses depósitos vultosos.

— Como é que você conseguiu descobrir tudo isso?

Sarah estava visivelmente fascinada. John hesitou ao responder, mas acabou cedendo. Se confiara nela, tinha de ir até o fim. Quem, durante muitos anos, recolhia o dinheiro de Piccolo em Veneza e o levava ao Torreão Nicolau V era o seu informante. Ele levava o dinheiro dentro de caixas de sapato.

— Em caixas de sapato? Como?

O passaporte diplomático e a batina evitavam qualquer tipo de inspeção alfandegária.

— Quer dizer que sua fonte sabe quem é esse Piccolo?

O americano confirmou. Sarah refletiu sobre aquilo tudo durante alguns instantes. Mais uma vez, quando pensava que a Igreja não era tão má assim, algo a fazia desconfiar e voltar a ficar com um pé atrás. Pensou em Rafael. Sabia que ele não era nenhum santo, mas será que tinha conhecimento disto, ou melhor, será que estaria interessado em tomar conhecimento daquelas coisas?

— O Vaticano anda lavando uma grande quantidade de dinheiro. É isso que está dizendo?

John concordou com expressão triunfal.

— Você mostrou isto para alguém? — perguntou.

John baixou a cabeça de modo comprometedor.

— Para quem?

— Ti... ti... ve uma au... audiên... cia com... com o... o secretário de Es... Estado ontem... de manhã.

Sarah arregalou os olhos e fez o possível para não gritar. Tanto se esforçou, que a voz acabou se tornando um murmúrio.

— Você é louco? Foi levar isto justo para a toca do lobo?

John admitiu que Sarah tinha razão. Talvez não o devesse ter feito. Mas precisava saber; tinha de pedir autorização para entrar no Torreão Nicolau V, nem que fosse para sair de lá de mãos abanando. Contou-lhe o pedido que fizera para visitar o edifício e falar com alguém que pudesse esclarecer a situação.

Sarah sorriu. Ele era completamente maluco.

— Você acha que vão autorizar?

— Nã... não... sei.

John explicou que deviam ter dado a resposta durante o dia, mas ainda não haviam se manifestado.

— Você é doido.

Sarah olhou para o relógio e viu que eram quase onze da noite. O tempo voara. Precisava ir para casa. Será que Rafael já havia chegado? Deu mais uma olhada nos documentos que tinha à frente. O do Fondo Giulietta estava por cima dos demais. Sorriu ao ver o nome do pseudônimo do titular.

— Que... que foi? — perguntou John.

— É muita ousadia escolher um pseudônimo desses — respondeu Sarah, apontando o nome com o indicador.

— Não... não é um pseu... pseudônimo — explicou o americano. — É... é o ver... verdadeiro ti... tular da conta.

Sarah empalideceu. Se fosse verdade, aquela informação era bombástica. O nome era o de Bento XVI.

16

Assim que Jacopo deu a notícia a Rafael, em Dorsoduro, os dois apanharam um táxi aquático em Salute, em frente à basílica, que subiu o Canal até a Ferrovia. Não falaram nada, mas Jacopo notou que uma tempestade furiosa se formava dentro de Rafael. Talvez até o odiasse naquele momento. Mensageiros como ele mereciam ser mortos. Atravessaram a ponte para pedestres em direção ao enorme parque de estacionamento onde Rafael deixara o carro. Inspecionou o veículo por dentro, por fora e embaixo, e, quando se deu por satisfeito, deixaram Veneza. O sol mal se aguentava no horizonte; estava prestes a tombar na península.

A viagem foi feita em silêncio e com o acelerador pressionado ao máximo. Tinham cerca de quinhentos e cinquenta quilômetros pela frente, e Rafael queria chegar depressa. Rumaram ao sul pela A13, com destino a Bolonha. Deixaram rapidamente para trás a região do Vêneto e entraram na Emília-Romanha, passando por Ferrara. A maior parte do percurso foi feita por autoestradas a fim de manter a velocidade elevada. Jacopo controlou-se como pôde no banco do passageiro. Esteve tentado, algumas vezes, a dizer a Rafael que guiasse mais devagar, mas considerou que, dadas as circunstâncias, talvez fosse melhor relevar. Se morresse daquele jeito sempre teria a quem culpar no além, onde os mortos viverão eternamente.

A lua crescia no céu noturno, e dois pontos brilhantes realçavam seu domínio, um em cima e outro embaixo. Pareciam estrelas, mas Jacopo lera no jornal, durante a viagem de trem até Veneza naquela manhã, que eram Vênus e Júpiter. Fora uma daquelas que os chamados reis magos haviam seguido quando Jesus nasceu. Não deixava de ser interessante notar, e Jacopo fazia sempre questão disso quando discutia o assunto com alguém, que a chamada estrela-

-guia dos reis magos era, na realidade, um planeta, e que os supostos reis magos eram, na realidade, astrônomos.

Os Apeninos dominaram a paisagem durante grande parte do caminho, até se transformarem em penumbra ao cair da noite. Pararam apenas uma vez para abastecer. Rafael nem sequer perguntou a Jacopo se desejava comer ou beber alguma coisa, ou mesmo se precisava ir ao banheiro. Por três ou quatro vezes deixaram a autoestrada para que Rafael verificasse se estavam sendo seguidos. Contornaram praças, entraram em estradas secundárias e, quando a verificação era dada como concluída, regressavam à autoestrada. Em Bolonha, seguiram pela A1, que os levaria direto a Roma, e entraram na Toscana. Cruzaram Florença, Arezzo, entraram em Umbria e saíram em Orvieto para verificar de novo se estavam sendo seguidos. Sucedeu-se a província de Lácio e, ao fim de cinco horas e quinze minutos, juntaram-se ao trânsito que se aglomerava para entrar em Roma. Jacopo já dormia e só percebeu que haviam chegado porque acordou quando uma freada mais brusca o sacolejou dos braços de Morfeu. Estavam à porta de sua casa na Via Brittania.

— O que pretende fazer, Rafael? — quis saber, antes de sair do carro.

O outro esticou o braço para a maçaneta que abria a porta do passageiro, invadindo o espaço de Jacopo.

— Vou precisar que me faça um favor, Jacopo. — E contou-lhe o que necessitava.

— Tem certeza? — perguntou o historiador.

— Tenho. Telefono quando chegar o momento.

Jacopo fitou-o, conformado. Não desejava nem um pouco lhe fazer aquele favor, mas não estava em condições de recusar nada. Aquela noite prometia ser longa.

— E depois, como vou saber o que fazer? — inquiriu Jacopo.

— Vai saber, não se preocupe.

O historiador resignou-se às palavras do padre.

— Vai contar para Nicole?

— Dê um olá a Norma por mim — respondeu Rafael, ignorando completamente a pergunta.

Jacopo deixou o carro devagar. Uma perna, depois a outra, e deu uma última olhada para Rafael antes de se levantar. Era estranha a sensação que o invadia. Por um lado, desejara chegar em casa o dia todo; por outro, parecia que abandonava um amigo.

— Pode contar comigo; meu celular está sempre ligado.

Rafael nada respondeu. Limitou-se a olhar para a frente, mantendo as duas mãos pousadas no volante. Se tivesse acelerado uma ou duas vezes, se assemelharia a um piloto à espera do sinal verde para iniciar uma corrida. Jacopo fez menção de dizer mais alguma coisa, mas as palavras não saíam.

— Eu... — balbuciou o historiador.

— Eu sei, Jacopo — limitou-se a dizer Rafael.

Jacopo saiu, enfim, e ficou observando o carro arrancar em grande velocidade, logo depois de ter batido a porta.

17

Rafael não tinha tempo a perder. Eram quase onze da noite. Pensou em Luka, o bom amigo alemão, e em como fora possível que levasse dois tiros na cabeça sem nenhuma reação. Luka era tão experiente quanto ele. Ou fora rendido, ou confiava na pessoa que o matara. E quanto a Niklas... Não passava de uma criança... Era melhor não pensar nisso.

Atravessou a ponte Vittorio Emanuele II e desembocou na Via della Conciliazione, poucos metros à frente. Percorreu-a até São Pedro, verificando sempre se estava sendo seguido. Estava sozinho; ninguém em seu encalço. Procurou uma vaga em uma das vielas perpendiculares à Conciliazione e foi a pé até o apartamento. Subiu ao terceiro andar e o encontrou vazio. Nem Sarah, nem Arturo. Pegou o celular e esperou que Arturo atendesse; enquanto isso, dirigiu-se ao quarto de Sarah e colocou a mala de viagem dela em cima da cama.

Nenhuma resposta no celular. Largou-o de lado e abriu o enorme guarda-roupa. Começou, com cuidado, a colocar as roupas dela dentro da mala.

— O que está fazendo, Rafael? — ouviu Sarah perguntar.

— Por onde vocês andaram?

— O que pensa que está fazendo? — disparou Sarah, enrubescida de raiva.

— O que significa isso?

Rafael não respondeu; continuou a encher a mala com calças, blusas, camisolas, todo tipo de roupa, exceto peças mais íntimas — nessas não se atreveria a tocar.

— Não está me ouvindo?

— Sarah, você vai regressar a Londres — comunicou, a voz seca, como se fosse uma decisão consumada e inapelável.

Sarah fechou a mala em um gesto brusco, violento, quase sem lhe dar tempo para tirar as mãos.

— Deixe isso aí, Rafael. Eu mesma farei minha mala. — A voz, apesar de trêmula, não deixava margem para dúvidas. Era melhor não argumentar e se afastar.

Com muita calma, Sarah tirou toda a roupa de dentro da mala e começou a dobrá-la e a colocá-la em montes organizados em cima da cama. As calças, as blusas, além das peças íntimas, que foi buscar em uma gaveta na cômoda, e das meias — tudo obedecendo a uma lógica própria, seguramente científica.

— Arturo vai com você. Vou arranjar uma equipe para zelar pela sua segurança em Londres, Sarah — informou Rafael, na tentativa de pôr fim ao silêncio pesado que se instalara.

— Não quero mais padres atrás de mim — sentenciou ela, enquanto continuava a empilhar a roupa. *Não quero mais ninguém, a não ser você.* Mas isso ela não disse. — Além disso, não vou já para Londres. Farei uma investigação com um colega para o jornal.

— Que investigação é essa? — Ele desconhecia o fato de ela ter retornado ao trabalho de campo. — Ficarei muito mais tranquilo se estiver em segurança, Sarah.

Ela passou a colocar a roupa de modo metódico dentro da mala, em uma organização absolutamente perfeita.

— Sua missão acabou, Rafael. Com certeza alguém na clínica já deve tê-lo informado de que estou curada por enquanto. Mais uma vida salva. Obrigada por tudo.

Não conseguiu disfarçar o cinismo nem a amargura que sentia. Não havia imaginado uma despedida assim. Pensara em muitos cenários nos quais havia lágrimas, choro e tristeza; era um desfecho inevitável. Tinha consciência de que doeria, mas nenhum deles começava daquele jeito.

— Não está compreendendo, Sarah. Não estou mandando você embora.

— Ah, espere um pouco. Então é uma surpresa? Vamos passar o final de semana em um local paradisíaco? Ah! Não. Hoje é terça-feira.

Rafael calou-se. Era melhor deixá-la pensar o que quisesse. Doeria muito, mas o tempo se encarregaria de apagar a mágoa.

Sarah foi ao banheiro e reuniu cremes e loções que usava dentro de um estojo próprio para essa função. Colocou os medicamentos que ainda tinha de tomar dentro de um saco e voltou ao quarto para enfiá-los em um espaço que havia deixado na mala para esse fim. A eficácia feminina, sempre admirável. Fechou a mala e também a mente para os seis meses de recordações, medos, rotinas, marcados pela presença de Rafael. Tudo acabado, depositado no cesto de lixo das recordações. Fora apenas mais uma missão para ele? Um caso de piedade? De dívida? Fosse por que razão fosse, preferia que nada daquilo tivesse acontecido. Pegou a pesada mala e a colocou no chão. Elevou a alça e transportou a mala para fora do quarto.

— Adeus, Rafael.

O padre ficou estático, mudo, ao vê-la sair com a mala. O lenço que lhe cobria a cabeça foi ao chão, e ela ainda fez menção de apanhá-lo, mas, depois, lançou um olhar enfurecido a Rafael, os olhos injetados, e saiu com a cabeça descoberta. *Adeus, Rafael.*

Segundos depois, ele ouviu a porta da rua se abrir e fechar à sua saída. *Adeus, Sarah.*

Arturo apareceu à entrada do quarto. Rafael o fitou.

— Siga-a — ordenou-lhe. — Não deixe que ela o veja, mas não a perca de vista nem por um segundo. Ligue-me de hora em hora.

Arturo desapareceu para cumprir as ordens, e Rafael sentou-se na beirada da cama, o olhar fixo na parede. Não queria que nada daquilo tivesse acontecido. Não daquela maneira. Levantou-se e apanhou o lenço caído no chão. Levou-o ao nariz e inspirou. *Sarah.* Fechou os olhos e tentou não sentir nada. Precisava não sentir nada. Invocou o Rafael insensível, frio, aquele que mentia, matava e feria em nome do Santo Padre, e, por consequência direta, de Deus Todo-Poderoso, mas ele não se apresentou. Só o covarde que ficara olhando-a fazer a mala, sem dizer nada. Lembrou-se de Londres e da pergunta dela — *O que há entre nós?* —, há mais de um ano, há uma eternidade, e da sua resposta: o mesmo incompreensível silêncio de agora.

Deitou-se de lado na parte esquerda da cama, pois Sarah preferia a direita, as pernas encolhidas, e abraçou-se ao lenço, como se a abraçasse. Sentiu o perfume dela e fechou os olhos.

Adeus, Sarah. Não queria que fosse assim.

18

Os dias sucedem-se uns aos outros numa cadência repetitiva que transforma o segundo em minuto, hora, dia, semana, mês, ano, depois tudo se repete: invernos, Natais, verões — uma renovação permanente numa sucessão interminável.

Sarah já vira este filme. Lembrou-se do Walker's Wine and Ale Bar, em Londres, há mais de um ano, e das palavras dela e do silêncio dele. Um romance com um Adônis escultural chamado Francesco que não aguentara a pressão que era a vida dela. Pobre homem. Depois, viera a doença e toda a atenção de Rafael, os *caffellatte*, fatias de *panino ciabatta*, tortas de maçã, suco de laranja e pêssego, chá, *croissants*, manteiga, queijos e frutas, os filmes, as conversas, os passeios, os temperos dele… E no dia da vitória sobre o tumor acontecera aquilo… aquilo que nem sabia descrever o que havia sido.

— Esse sujeito ainda não percebeu que Deus não está à sua altura? — reclamou Vincenzo.

Sarah sorriu, enquanto subiam pelo elevador ao oitavo andar.

— Não devia estar em casa?

Vincenzo era o diretor do Grand Hotel Palatino, onde normalmente Sarah se hospedava quando estava em Roma, exceto nos últimos meses. Ele afrouxou um pouco a gravata, como se de repente tivesse sentido que o nó não deixava o ar passar.

— O hotel está cheio. Três grupos grandes. Há jogo da Liga dos Campeões. Sabe como eu aprecio *hooligans* no meu hotel.

Saíram no oitavo andar e percorreram o corredor sóbrio, de paredes creme e carpete aveludado carmim dando maciez aos passos de ambos. As portas e os rodapés eram de madeira negra. Vincenzo usou o cartão para lhe abrir a porta do quarto e, antes de a deixar entrar, inseriu-o na ranhura que se conectava à corrente elétrica. Parecia estar no quarto da própria casa, tal a naturalidade com que se movimentava. Era diretor do hotel há dezessete anos, mas tinha experiência há mais de trinta naquele ramo. Afastou a cortina que cobria uma das portas e a abriu. Dava para uma varanda com uma mesa e duas pesadas cadeiras de ferro. Dali assistia-se em lugar privilegiado à noite romana, ao ruído da cidade vibrante que não era mais que um eco de respiração. Estava frio, mas nada de insuportável. Aliás, para Sarah, depois do que havia passado com Rafael, qualquer coisa era suportável.

A jornalista saiu para o ar da noite e abraçou Vincenzo.

— Obrigada, querido. — Lágrimas escorriam-lhe pelo rosto livremente.

— E então, menina? — Vincenzo correspondeu ao abraço paternal e lhe afagou os cabelos. — Quer que dê uma surra nele? — perguntou o italiano.

Sarah sabia que ele falava sério, porém ignorava no que estaria se metendo. Ela esboçou um sorriso débil.

— Vou ficar bem, Vincenzo.

Observaram os telhados, que se espalhavam até onde a penumbra da noite deixava entrever, e os pontos de luz que saíam das janelas, evidenciando vida humana em meio à escuridão. Lá embaixo, invisíveis ao olhar deles, ouviam-se os motores de carros e lambretas, vozes e passos, que se misturavam num ruído desconexo, gutural, chegando à varanda como um latido.

— Pode ir para casa. Não precisava ter subido.

— Não seja boba, Sarah. Suas dores são as minhas.

Sarah sorriu, os olhos marejados.

— Seus filhos já estão criados, querido.

Foi a vez de Vincenzo sorrir com uma expressão de "pobrezinha, não sabe o que está dizendo".

— Eles nunca estão, Sarah. Quando for mãe, saberá disso. — Mal havia terminado a frase, e o italiano já se arrependera do que havia dito.— Desculpe.

— Você não disse nenhuma mentira. Suponho que deva ter razão.

Vincenzo deu-lhe um beijo no rosto e outro na testa.

— Vou embora. Tenho de ir para casa e encontrar minha esposa — falou com um sorriso. — Qualquer coisa de que precise, pode mandar me chamar. Riccardo está de serviço na recepção esta noite.

— Eu sei. Obrigada por tudo.

— "Obrigada" custa cinco euros, você sabe — brincou Vincenzo, tentando quebrar a tensão do ambiente.

— E "desculpe" custa dez — acrescentou Sarah.

— Eu sei. "Desculpa" custa dez. — Deu-lhe outro beijo na testa. — Descanse, está bem? Tente dormir um pouco. Amanhã venho aqui para ver como está e tomamos o café da manhã juntos.

Vincenzo bateu a porta ao sair, mas deixou o silêncio entrar. Sarah apagou todas as luzes do quarto e saiu para a varanda. O frio penetrava-lhe as frestas da roupa, provocando arrepios em sua pele, mas gostava da sensação. Pareciam agulhas sacudindo-a da letargia e a acordando para a vida.

Sentou-se numa das pesadas cadeiras de ferro e fitou a imponência do céu silencioso, majestoso, estrelado. Doía. Recriminava-se por não poder controlar a dor que a fazia sofrer tanto. O dia começara tão bem, com uma notícia de vida, um prazo de existência prorrogado, uma carta de alforria que a libertava do peso da morte, que havia pairado sobre sua cabeça constantemente nos últimos meses, e nem mesmo essa grandiosidade a fazia feliz.

Queria ouvir os grilos, as cigarras, os zumbidos dos insetos, mas só lhe chegava o rufar artificial e cruel da natureza humana. Sarah fechou os olhos e deixou-se ficar ali, escutando. Um carro, uma moto, uma gargalhada conivente, uma voz masculina, uma donzela indefesa com vontade de acreditar no amor e entregar o coração, um coro de rapazes discutindo a própria virilidade, conversas e mais conversas, numa verborragia ininterrupta e crescente. Roma adormecia tarde, quase sempre muito depois da meia-noite, mas acabava sempre adormecendo.

Pensou nele outra vez — os passeios cúmplices pelas ruelas, os jantares, o cuidado com ela, os livros de Nicholas Sparks. Sabia que, inevitavelmente, a vida de casal idílico terminaria e que doeria mais que uma faca entranhada no ventre, mas não tinha de ser assim...

Ouviu o celular soar no quarto e levantou-se com esforço. Não queria falar com ninguém; não tinha força para aturar nenhum tipo de conversa, mas o toque estridente a incomodava. Tirou o aparelho da bolsa e leu o nome no visor. Era John Scott. Atendeu e preparou-se para repreendê-lo devido ao adiantado da hora, mas o americano não lhe deu tempo.

— Des... des... culpe li... li... ligar a... esta hora da noite — começou ele, com certa agitação na voz. — Re... re... re... viraram me... meu quar... to e... e... e a... acho que es... estou sen... sendo ... seguido.

94

19

Os homens não são todos iguais. Essa ilusão vai se desfazendo com o tempo, de desilusão em desilusão, até que cada um assuma sua real posição na escala hierárquica da vida. Os poderosos mandarão sempre nos que detêm menos poder, os quais, por sua vez, vão impor a ordem a outros menos poderosos ainda, e assim sucessivamente, até se chegar aos que não têm poder nenhum, na base da cadeia alimentar da sociedade.

Rafael não respondia apenas a Deus e ao Santo Padre pelas suas ações. Tinha um superior, alguém que lhe dizia o que fazer, que lhe transmitia as diretrizes enviadas pelo topo da cadeia, onde residia o chefe do chefe de Rafael.

Jacopo já lhe havia transmitido a ordem peremptória que clamava sua presença no edifício administrativo, anexo ao Palácio Apostólico, com a máxima urgência. Levantou-se da cama que fora a de Sarah nos últimos meses e, mal-humorado, dobrou o lenço que ainda segurava na mão e guardou-o no bolso. Foi ao banheiro lavar o rosto e depois saiu do apartamento.

Poucos minutos depois, entrou no Estado Papal pela Porta de Sant'Anna. À exceção dos guardas suíços de vigília às portas e dos gendarmes que faziam a segurança do perímetro do pequeno Estado, não se via nenhuma alma viva.

Estacionou no parque junto ao alojamento da Guarda Suíça, enfiou as mãos nos bolsos do casaco e venceu os escassos metros que o separavam do edifício administrativo, onde entrou já passando da meia-noite.

Guillermo não estava em seu escritório, no térreo, e não parecia haver mais ninguém em todo o edifício. Era dali, daquele recôndito espaço desconhecido, colado ao palácio mais influente do mundo, que partiam as ordens dos servidores da Igreja e saíam os emissários para cumpri-las onde quer que o Vigário de Cristo bem entendesse. Tinha o simples nome de "edifício administrativo", mas ali não se administrava nada; executava-se. Seu nome correto raramente era usado. Ali operavam os serviços de espionagem do Vaticano, a Santa Aliança, mais conhecidos como A Entidade.

Rafael puxou uma das cadeiras alinhadas ao lado de outras duas encostadas à parede e se sentou no interior do gabinete do chefe, à espera. Sentia-se cansado e um tanto exasperado. A imagem de uma Sarah revoltada cravara-se em seu cérebro e não o abandonava. Arturo ligara-lhe para informar que a jornalista se alojara no Grand Hotel Palatino, na Via Cavour. Imaginara que o fizesse. Era seu abrigo em Roma quando outros lugares falhavam. Faltavam alguns minutos para Arturo lhe dar mais informações.

— Ah! Aqui está — ouviu Guillermo dizer atrás de si. Parecia ter vindo correndo, tal a forma como arfava.

Guillermo Tomasini, o quinquagenário chefe dos agentes secretos papais, de quem nunca ninguém ouvira falar, nem era provável que viesse a ouvir, entrou no gabinete e cumprimentou-o com um forte aperto de mão. Rafael nem se deu ao trabalho de se levantar.

— Nossa, está um trapo, homem. Não conseguiu dormir nem um pouco? — perguntou Guillermo, sentando-se na beirada da mesa.

— Você não deixou — protestou o subordinado.

— Tem razão. Desculpe, mas as coisas por aqui estão uma loucura.

— Como sempre.

— A Polizia di Stato não larga do nosso pé.

— Já liberaram o corpo do Luka? — Sentiu um aperto no coração quando disse o nome do colega, mais um que transitara para a já longa lista de mártires.

Guillermo fez que não com a cabeça.

— Estão fazendo pressão para ver se lhes damos alguma coisa em troca. Sabe muito bem como é quando o Comte e o Cavalcanti estão no comando — explicou, ao mesmo tempo que, com a mão direita, pegava algumas moedas espalhadas em cima da mesa caótica. — Aceita um café?

— Aceito. Esses dois nunca se deram bem.

— E jamais vão se dar.

Guillermo saiu do escritório, e Rafael levantou-se para segui-lo. O caminho não era longo; pararam junto a uma máquina automática de bebidas quentes ao lado do escritório. Privilégios da chefia. Guillermo enfiou algumas moedas na abertura da máquina e pressionou um botão que a fez emitir bipes e ruídos elétricos para cumprir o pedido.

— O café aqui ainda não é de graça? — reclamou Rafael.

— E o que é gratuito por aqui?

A primeira bebida ficou pronta em poucos segundos, e a máquina, bem comportada, entregou-se ao silêncio. Guillermo entregou o copo de plástico a Rafael e enfiou mais moedas para tirar outro para si.

— Obrigado. Tem alguma ideia do que aconteceu em Sant'Andrea? — perguntou Rafael, depois de sorver um gole da bebida quente.

Guillermo deu de ombros. A vida e o ofício, em medidas iguais, haviam se encarregado de torná-lo um homem frio. Nada era, verdadeiramente, importante ou impressionante. Claro que preferia Luka vivo, mas a morte dele não lhe tiraria o sono.

— Luka foi direto para a toca do lobo. Só não conseguimos entender por que o rapaz foi com ele.

— Luka era muito experiente — argumentou Rafael. — Ser surpreendido assim não faz o gênero dele.

— Sei disso, Rafael, mas... talvez... Já não tenho certeza de nada. Ele tinha uma arma na mão e mesmo assim levou dois tiros na cabeça — comentou Guillermo, retirando seu copo da máquina. — O que acha disso?

Rafael respirou fundo antes de responder, tentando imaginar a cena na cabeça, mas Sarah continuava invadindo seus pensamentos. Sempre ela.

— Ele tinha a arma em mãos?

— É o que diz o relatório preliminar.

Entraram novamente no escritório, e Guillermo tentou encontrar algo em cima da mesa. Soltou alguns estalidos de impaciência com a língua.

— Estava por aqui. Ainda há pouco estava com ele na mão. — Acabou encontrando alguns papéis, que entregou a Rafael. Este sentou-se para lê-los.

— Encostado à coluna da capela de Nossa Senhora do Sagrado Coração, com dois tiros na testa?

— É o que diz o relatório.

— E a Beretta na mão.

Continuou a ler o relatório preliminar da polícia italiana com atenção. Posição dos corpos, ferimentos visíveis, disposição do terreno, condicionantes, entre muitos outros tópicos, a maioria ainda à espera de resposta laboratorial.

— O outro padre tinha dois tiros na têmpora direita. Quem era ele?

Guillermo soltou um "ah" de frustração.

— Lamentável. Ficou com a cabeça dilacerada. Os homens de Cavalcanti ainda não sabem quem é. Estão tentando identificá-lo.

— E nós sabemos?

— Um dos relatores — revelou Guillermo, apreensivo. — Domenico.

— E o nosso relatório preliminar? — perguntou Rafael.

— Pode não acreditar, mas desta vez o Cavalcanti chegou primeiro.

— Como isso aconteceu?

— Alguém o avisou. Ainda não descobrimos quem foi. Comte ficou possesso. Acho que está ruminando a raiva até agora — disse o chefe da espionagem com um sorriso.

Em qualquer crime perpetrado em solo católico, salvo raríssimas exceções, uma equipe de agentes sob a tutela do intendente da Gendarmaria Vaticana, Girolamo Comte, avaliava, antes de qualquer outra entidade, a cena do crime. Comte enviava uma assim que tomava conhecimento do caso. Só depois de efetuada essa análise preliminar é que se entregava o caso às autoridades civis. Essa era a prática corrente em todos os edifícios católicos do mundo. Desta vez, a equipe de Comte chegara depois dos agentes da Polizia di Stato.

Guillermo tornou a se perder em meio ao caos da própria mesa, até encontrar várias folhas presas por um clipe. Era a análise pericial da equipe pontifícia. Rafael também avaliou esse documento com atenção.

— Por que ele levou o rapaz? — perguntou Rafael, mais para si próprio, com uma nota de incredulidade impressa na voz.

— Luka me ligou para falar de um encontro com Domenico. Mas jamais mencionou que levaria o rapaz. Aliás, eu não sabia quem era o rapaz até ontem. Quem fez isso sabia que Luka era tutor do jovem e que ia levá-lo. Mais: sabia aonde iam e a que horas.

Guillermo contornou a mesa desorganizada, retirou o telefone de cima da cadeira e sentou-se. Rafael continuou a ler o que os colegas haviam encontrado em Sant'Andrea.

— Quem é que Comte enviou para Sant'Andrea? — quis saber.

— Ele foi lá pessoalmente. Depois, encarregou Davide das operações. Claro que o Cavalcanti fez de tudo para atrapalhar.

Rafael conhecia Davide. Era extremamente competente e acima de qualquer suspeita, apesar de ser bastante desagradável. Sempre houvera uma rivalidade latente entre os homens de Guillermo e os de Girolamo, alimentada pelos dois chefes, mas Rafael tentava ignorá-la. Profissionalismo era tudo. O relatório não apresentava discrepâncias em relação ao da polícia italiana.

— Quem recebeu o pedido de resgate?

— Ninguém. Foram os italianos que descobriram o bilhete colado num confessionário. Não há nenhuma pista nele. Por isso o entregaram para nós.

Rafael tirou o *post-it* azul do bolso e o depositou sobre a mesa. Mais um papel ali não faria diferença.

Guillermo já sabia o que dizia, mas leu-o em voz alta.

— *Os relatores de Gumpel estão fazendo um trabalho ruim. A punição não tardará. Anna P. e padre Rafael S. 36 horas. Aguardem instruções. Se as seguirem, o rapaz vive; caso contrário, o rapaz morre.*

— O que é que os relatores do Gumpel estão aprontando? — perguntou Rafael.

Guillermo deu de ombros com desinteresse.

— Não faço ideia. O Comte é quem está tratando disso, e o idiota impediu meu acesso à investigação. Não entendo o interesse deles em você.

— Nem eu. Comte não pode fazer isso.

— Teoricamente, não. Na prática, ele tem o apoio do cardeal secretário de Estado, como sempre teve, e…

— Não podemos ir contra as ordens do cardeal secretário de Estado — completou Rafael. — Teremos de contornar essas ordens e agir pelas costas de Comte.

Os dois homens deixaram as palavras reverberarem no ar e impregnarem o ambiente, adotando uma postura pensativa. Precisavam de respostas, mas, naquele momento, só tinham dúvidas, empecilhos e perguntas, perguntas e mais perguntas.

— Como souberam dela? E de você?

— E como souberam do rapaz?

— Por onde você andava? — perguntou Guillermo de súbito.

— Estava tratando de assuntos pessoais.

— Correu tudo bem?

— Sim, tirando alguns imprevistos.

— O homem planeja; Deus sorri — comentou Guillermo com um sorriso.

— Já tinham me dito isso antes — afirmou Rafael, endireitando-se na cadeira. — Voltando ao assunto… Como procederemos então?

— Por mim, devíamos ignorar. Não podemos negociar com terroristas, ponto-final. Federico que lide com os estragos. Esse é o trabalho dele. Claro que é uma pena acontecer isso com o rapaz, tão jovem e com tanta vida pela frente, blá-blá-blá, mas muitos nem sequer chegam à idade dele e...

— O que diz o pessoal do terceiro andar? — interrompeu Rafael. Esperava que não pensassem como Guillermo.

— A mesma coisa. Que devemos ignorar as instruções e eliminar a mulher com a máxima rapidez possível, de uma vez por todas. Ela é uma pedra no sapato, diga-se de passagem. Sempre foi. Por mim, eliminamos as duas.

Pesaram os prós e os contras, cada um para si mesmo, ainda que a decisão já houvesse sido tomada por instâncias superiores à vontade deles, insondáveis e, sobretudo, inquestionáveis. Jamais podiam esquecer que eram o braço que executava, e não a cabeça que pensava.

Rafael deixou os relatórios periciais sobre a mesa e se levantou.

— Dois tiros na testa — repetiu, fato longínquo de um assunto que já ficara para trás, pelo menos para o chefe. — Foi projetado contra a capela de Nossa Senhora do Sagrado Coração. — Guillermo fitava-o em silêncio. Rafael parecia ter encontrado uma explicação plausível. — O outro ficou com a cabeça dilacerada, com dois tiros na têmpora direita. Quem disparou neles estava do lado direito.

— Isso mesmo, Einstein.

— Ao lado deles, não à frente.

— Agora você ganhou minha atenção.

— Era alguém em quem confiavam ou, pelo menos, não consideravam uma ameaça.

— Mas ambos estavam armados — contrapôs Guillermo.

Rafael tentou imaginar a cena. Conhecia bem Sant'Andrea e, mesmo que não a conhecesse, quem já vira uma igreja vira todas, era apenas uma questão de tamanho. No caso da Basílica de Sant'Andrea della Valle, era muito grande, tendo a segunda maior cúpula de Roma, seguida pela de São Pedro.

— Talvez tivessem sacado a arma por outro motivo.

— Que motivo, Rafael? — questionou Guillermo, impaciente. — Não está vendo coisas onde elas não existem? Eu também desejava que ele não tivesse falhado, mas deve ter simplesmente baixado a guarda.

Rafael negou com a cabeça.

— Você não leva dois tiros na testa se desconfiar que quem está ao seu lado vai matá-lo. Já saquei muitas vezes minha arma sem razão, apenas por me sentir ameaçado.

— Isso tudo é muito relativo.

— Aposto que o relatório forense vai dizer que os tiros foram dados a curta distância. Pelo amor de Deus, um deles teve a cabeça dilacerada... — Depois, deteve-se, como se refletisse sobre algo.

— O que foi?

— Domenico.

— O que tem o Domenico?

— Dois tiros na têmpora direita.

— Dois tiros. Pum. Pum — zombou Guillermo, o indicador apontado para a frente, simulando uma arma. — Cabeça destruída.

— Esse foi o primeiro a morrer. A ameaça com certeza veio da direita, mas ele nem se deu conta do que havia lhe acontecido. O relatório menciona o corpo do zelador na tribuna. Se o viram, sacaram imediatamente as armas. Portanto, sabiam que havia perigo, mas não notaram que estava perto? Talvez houvesse alguém dentro do confessionário.

Guillermo levantou alguns papéis que estavam sobre a mesa. De novo, procurava alguma coisa. Finalmente, encontrou um bloco de notas e uma caneta que lançou na direção de Rafael.

— Para que isto?

— Para escrever o endereço.

Rafael olhou para o chefe, a expressão perplexa.

— Para quê?

— Para tratarmos da mulher.

— São ordens do Santo Padre?

— Evidentemente. Já falamos sobre o que o terceiro andar decidiu — advertiu Guillermo. — Não teríamos importunado o doutor Sebastiani se soubéssemos onde ela está.

Rafael torceu o nariz.

— Por alguma razão, só eu sei onde Anna está — tornou o prelado inferior. — Se bem se lembra, a ideia foi do cardeal secretário de Estado. Quando ele assumiu o cargo, disse-me que não queria saber onde ela estava e que eu não devia mencionar seu paradeiro a ninguém. Nem a ele. O único a quem posso revelá-lo é ao próprio Santo Padre.

— Eu sei, Rafael. E é o próprio Santo Padre quem o solicita. A situação alterou-se e saiu do nosso controle. Ameaçam matar uma pessoa por causa disto...

— Não podemos deixar que isso aconteça — interrompeu Rafael.

— Concordo. Não se trata de um jovem padre qualquer. Mas não está nas nossas mãos, e o destino de Niklas já foi traçado.

Rafael sabia bem por quê; não precisava que Guillermo lhe refrescasse a memória. Niklas era filho de um diplomata alemão, e isso devia ser levado em conta.

— Alguém mais sabe do rapto?

— Além de nós? Os raptores. O embaixador ainda não sabe, por enquanto — respondeu Guillermo enquanto se levantava. — Trinta e seis horas, lembra? Perdemos mais de dois terços desse tempo para tentar contatá-lo. Temos menos de oito horas para resolver o assunto. Não entendo como tomaram conhecimento da existência dela. Estamos sendo atacados de todo lado.

— O que quer que eu faça?

— Já lhe disse. Quero que escreva o endereço dela — declarou Guillermo, taxativo, ao mesmo tempo que apontava com o indicador o bloco de notas que lançara na direção de Rafael. Era uma ordem.

— E por que não permite que apenas eu a traga?

— Olhe para você. Mal está se aguentando sobre as pernas. Além disso, preciso de você aqui em Roma.

— Para quê?

Guillermo atirou outro monte de folhas para a frente, derrubando outras no chão. Estavam presas por um clipe maior, e sobre elas havia uma fotografia de um homem em tamanho dez por quinze.

— Ainda hoje, Rafael. O pessoal lá de cima quer que isto seja resolvido com urgência. Rápido e sem problemas.

— Depois posso buscá-la? — insistiu Rafael.

— Depois quero que faça uma visita aos relatores.

— O quê? — Rafael não podia acreditar no que ouvia.

— Isso mesmo.

— Comte destacou uma equipe de segurança para a residência deles, suponho. Não precisam de uma babá.

— Não seja insolente. Escreva logo o endereço, Rafael. Como está mal-humorado, homem!

Rafael fitou Guillermo e se resignou. Rabiscou algo no bloco de notas e o atirou para o chefe, que arrancou a folha com as informações.

— E este, quem é? — perguntou Rafael, apontando para a fotografia do homem.

— Ninguém — limitou-se a dizer Guillermo. — Assim que receber sua visita, não será ninguém.

Rafael levantou-se, tirou a fotografia do clipe e pousou o resto das folhas sobre a mesa repleta de papéis.

— Trate desse assunto, esteja ele com quem estiver — acrescentou o chefe.

— E se estiver em um café ou em um restaurante... ou numa igreja? Acabo com a vida de todos? — perguntou Rafael, para provocar Guillermo.

— Não faça isso numa igreja, por favor... — pediu o chefe, depois olhou para Rafael, contrariado. — Sabe muito bem o que eu quis dizer. — Rabiscou algo apressadamente no mesmo bloco de notas em que Rafael escrevera o endereço e arrancou a folha. — Este é o hotel onde ele está.

Rafael esboçou um meio sorriso, pegou a folha de papel e saiu do gabinete sem um boa-noite ou qualquer outro cumprimento. A cortesia não era um atributo desses homens.

Deixou o edifício e caminhou em direção ao carro, estacionado a poucos metros dali. Nesse momento, seu celular tocou. Era Arturo.

— Sim? Santini. — Escutou o relatório conciso do colega. — Aonde é que ela vai? — Esperou pela resposta. — Está bem. Avise-me assim que souber o local.

Desligou e guardou o celular no bolso. Abriu a porta do carro e, antes de entrar, olhou uma última vez para o rosto impresso na fotografia que o chefe lhe entregara. Tirou a Beretta de cabo de madeira do coldre de ombro e verificou o carregador antes de recolocá-la no mesmo lugar.

— Qual terá sido seu pecado, John Scott?

20

John Scott tragou com sofreguidão a fumaça do tabaco até lhe encher os pulmões, ao mesmo tempo que o cigarro tremia entre seus dedos. Estava sentado no balcão do bar do hotel, um copo de uísque à frente, enquanto, junto à pia, um empregado lavava copos e xícaras. Além dele, um grupo de ingleses que ocupava três mesas encostadas em um canto, repletas de garrafas de cerveja, discutia em grande algazarra.

Todos lhe pareciam suspeitos, mas preferia estar ali a subir de novo para o quarto no segundo andar. Talvez todos fossem espiões, mas não tivessem conhecimento de que a missão deles era a mesma: apagá-lo do mapa para todo o sempre e banir o rastro de sua existência. Arrepiou-se ao pensar nisso.

Quando se despedira de Sarah, no Don Chisciotte, cerca de onze da noite, não lhe agradou a ideia de voltar logo ao hotel. Preferiu perambular pela cidade, admirar as luzes, o movimento, sempre agarrado ao dossiê de capa marrom como se a vida dele dependesse disso. Demorou bastante na *piazza* Papa Pio XII, em frente a outra praça, a de São Pedro, na fronteira que separava a República Italiana do Estado da Cidade do Vaticano, encostado às grades acinzentadas, contemplando o poder silencioso que a basílica emanava. Do lado direito, por cima da Colunata de Bernini, erigia-se o Palácio Apostólico. Sentiu um calafrio. As luzes ainda estavam acesas nas janelas do terceiro andar — na esquina do lado direito do edifício — dos apartamentos papais. John se perguntou se não seria ele o motivo da falta de sono do papa; se estariam falando dele dentro daquelas paredes onde estivera na manhã do dia anterior. Contemplou as duas colunatas, o Obelisco Egípcio, as fontes, e temeu pela própria vida. Ponderou, pela primeira vez, que talvez aquele dossiê abreviasse seu destino em vez de salvá-lo.

Olhou ao redor e avistou dezenas de pessoas, entre meros turistas, profissionais e membros do clero, de sorriso aberto, tirando fotografias. A praça ficava interditada a todos a partir das seis da tarde e tornava a abrir às sete da manhã. As fotografias noturnas eram tiradas do lado exterior da grade. John viu um homem com uma máquina fotográfica apontada para ele e sentiu os pelos do corpo se eriçarem. Depois viu o mesmo homem abrir um sorriso para uma mulher que passara pelo jornalista com a mão esticada, como se quisesse tapar a lente da câmera, um sorriso constrangido estampado no rosto enquanto dizia *Chega! Chega!*

Dali, seguiu pela Via della Conciliazione em direção ao Castelo Sant'Angelo e passou à anteriormente chamada ponte de Adriano, que nos dias atuais tinha o mesmo nome do castelo. As estátuas de anjos que repousavam em cima das balaustradas de mármore travertino mais se pareciam com figuras demoníacas a lhe lançarem olhares suspeitos. Até mesmo as estátuas de Pedro e Paulo pareciam conspirar contra ele. Havia muita gente na rua; nas zonas turísticas era sempre assim, o ano inteiro, todos os dias, fizesse chuva, frio ou sol. Ao fundo, a cúpula da Basílica de São Pedro ainda dominava o céu em meio aos prédios do Corso Vittorio Emanuele II, o pai da pátria, avenida mais movimentada de Roma.

Chegou ao hotel depois da meia-noite. Pediu a chave na recepção e subiu ao quarto. Assim que abriu a porta, recuou, amedrontado. Depois entrou, ainda temeroso, passo a passo, pé ante pé. Tudo revirado. Uma cadeira tombada em cima da cama, a mala de viagem no chão, a roupa espalhada pela cama e sobre os criados-mudos. Quem entrara ali queria, era evidente, que ele soubesse que havia sido visitado. A mensagem era clara. Deu por si com o revólver Amtec, de cinco balas, tremendo em suas mãos, como se soubesse usá-lo. Sentiu-se um idiota, um covarde. Era melhor levá-lo à cabeça e puxar o gatilho.

Pegou o celular e ligou para Sarah, em pânico, a apreensão e a paranoia ganhando seu ponto alto nos batimentos cardíacos. Mesmo não sendo religioso, rogou a Deus e a todos os santos para que ela atendesse e não o deixasse pendurado na linha. Ela atendeu, tranquilizando-o de imediato. Disse-lhe que fosse para o bar e que o encontraria em dez minutos. Ele ainda procurou por alguma mensagem que lhe tivessem deixado, mas não encontrou nada e desceu para o bar, correndo, avançando escada abaixo de dois em dois degraus.

Levou o copo de uísque à boca, mas teve de segurá-lo com as duas mãos, tal era o nervosismo. *Acalme-se*, gritou mentalmente. Mas o coração continuava a latejar como um louco dentro do peito. O empregado lançou-lhe olhares curiosos, perguntando-lhe se estava bem por duas vezes.

— S... s... sim. Es... tou be... bem — respondeu em ambas as vezes.

Por certo, o empregado era um espião e esperava que o veneno que pusera no uísque fizesse efeito. Por certo, ele, John Scott, era um idiota. Já passara por situações semelhantes, evidentemente. Ninguém fazia o que ele fazia sem ganhar alguns inimigos. Já recebera telefonemas no meio da noite com uma voz séria ameaçando-o de morte ou com a fratura de alguns ossos do corpo, ou mesmo a extirpação de algumas partes sensíveis. Mas nunca passara disso. Sabia que seu nome impunha certo respeito. Causar-lhe algum mal acarretava sérios inconvenientes. Preferiam caminhos mais sutis como um carro, uma viagem, uma oferta em dinheiro ou uma mulher deslumbrante que de repente se apaixonava perdidamente por ele e queria se despir na sua cama ou em qualquer quarto, desde que ele estivesse presente. Os criminosos americanos e ingleses tinham estilo: apelavam para o caráter, os vícios, as fraquezas humanas. Porém, ali, na Cidade Eterna, nada disso se aplicava. Era um estrangeiro em meio a uma investigação muito estranha. Não tinha ninguém a quem recorrer, a não ser Sarah. Sem ela teria de pedir ajuda à Embaixada do seu país ou se meter em um avião e fugir dali às pressas. Conhecia bem os métodos italianos, muito diferentes dos americanos e ingleses. Ali não se perdia tempo com sutilezas nem com as convenientes explorações do gênero humano. Em Roma, os inconvenientes eram eliminados e atirados ao Tibre, sem direito a réplica, sem interferência da justiça.

Olhou para a entrada do bar pela milionésima vez desde que entrara ali. Qualquer ruído ou movimento brusco, real ou imaginário, fazia-o desviar os olhos para a única entrada que havia. Não existia porta. Era apenas uma grande passagem que dava acesso a outras zonas do hotel. O empregado parecia estar sempre lavando o mesmo copo. Ou seria outro? O grupo de ingleses continuava a berrar sobre aventuras e desventuras, tudo sempre regado a muito álcool, gargalhadas exuberantes e movimentos de braço exagerados.

Estava prestes a enlouquecer quando Sarah chegou. Foi como se um anjo protetor tivesse aparecido no bar para acabar com todos os seus temores.

— E então, John? — O americano abraçou-a com força, quase impedindo-a de respirar. — Menos, John, menos — pediu ela.

Ele a soltou. Tinha os olhos marejados; libertara-se de uma enorme pressão.

— Des... culpe. Des... des... culpe — pediu. — Des... culpe por tu...
tudo, por... por te ter... ter li... ligado, por ter i... i... ido en... encon... trá-la...

— Chega de tanta desculpa — zombou Sarah, deixando a mente vagar,
recordando-se de outra pessoa de quem queria ouvir aquele tipo de pedido. —
Calma, John. Sente-se e me conte tudo bem devagar.

John contou tudo como se se tratasse de um relato jornalístico. Falou sobre
o passeio noturno por Roma até a Praça de São Pedro e o percurso que fizera
a pé de volta ao hotel.

Sarah ouviu com atenção. Era uma forma de evitar os próprios fantasmas
e se envolver com os dos outros, com os de John, que estava visivelmente agi-
tado.

— Parece que você conseguiu chamar a atenção de alguém, John — comentou. — Alguém que não está muito satisfeito com o que está investigando.

John bebeu mais um pouco de uísque e olhou fixamente para Sarah.

— A... acha que eles po... podem me ma... mat... mat...

Sarah não permitiu que ele terminasse a frase.

— Não, John. Que ideia. — Esboçou um sorriso tranquilizador enquanto
dizia aquela mentira.

Sarah sabia muito bem do que as pessoas eram capazes naquele mundo,
mas não queria alarmá-lo enquanto não tivesse uma ideia mais precisa do que
estava acontecendo. Apesar de ser eternamente grata por tudo aquilo que lhe
haviam proporcionado, as condições de tratamento, a clínica, a casa, Rafael...
sabia perfeitamente que tudo era uma questão de gestão de equilíbrios. Os
aliados do presente podiam ser os inimigos do futuro. A verdade era que, desde que os conhecera pela primeira vez, em 2006, na ocasião de um caso rela-
cionado à morte do papa João Paulo I, sempre a haviam tratado bem. Talvez
até lhes devesse o fato de ainda estar viva. Mas, a pergunta que John queria
ver respondida, embora não a tivesse verbalizado, era se a Igreja era capaz de
matar para zelar pelos seus bens. E a resposta era sim, claro que sim. Rafael e
um exército de outros homens como ele encarregavam-se disso. Se seriam eles
por trás da ameaça a John Scott? Não poderia afirmar. Mas havia uma maneira
de descobrir.

John olhou para a entrada e viu dois homens entrarem e se sentarem numa
mesa perto da saída, longe dos ingleses. Estremeceu. Seriam aqueles os carras-
cos dele? Ou apenas dois hóspedes à procura de uma bebida? Fossem quem

fossem, o certo era que um deles não tirava os olhos de John, num exame quase descarado.

— A... acho que... que temos com... compa... companhia — disse, a voz evidenciando seu temor.

Sarah olhou para os desconhecidos e depois novamente para John. Em seguida, dirigiu-se à mesa junto à saída do bar, onde os dois homens estavam, e se sentou.

— Veio me pedir desculpas, Rafael?

21

Para o cliente, as últimas oito horas eram as mais importantes. Ele fora muito específico ao dizer que não toleraria nenhuma falha. Para o francês, falha significava morte. Contrato fechado era contrato executado, e depois passava ao próximo, se houvesse, ou entraria em seu tão bem-vindo modo letárgico. No fundo, ele matava para alimentar o próprio vício, que, na maior parte das vezes, revelava-se caro. Não tinha por hábito aceitar adendos ao contrato, tampouco modificações. Um contrato era um contrato; cumpria-se até que chegasse ao fim. A dupla liquidação fora feita na Basílica de Sant'Andrea della Valle, e o jovem levado ao local combinado. Primeira fase encerrada. Olhou para o cronômetro do relógio, que recuava inexoravelmente... Um objetivo sem um plano não passava de um desejo.

O cliente revelara-se alguém pontual. Ele mesmo não estaria ali se não o fosse. O dinheiro referente à primeira fase já havia sido transferido. Todos os homens tinham um preço, não havia ilusões a respeito desse assunto, e o dele era bem alto. Em torno de três milhões de euros. Não lidava com emergências. O cliente sabia disso e, por esse motivo, para a conclusão da segunda fase, além do dinheiro, sugerira um pagamento especial para lhe sustentar o vício por uns tempos. Era algo precioso, que fez o francês aceitar o contrato sem reservas. Se não estivesse interessado, a conversa não chegaria a se prolongar. O cliente sabia disso também. Se continuava a ouvir, era porque aceitara as condições.

— Como pagamento pelo seu trabalho posso lhe arranjar uma verdadeira joia — propôs o cliente.

E que joia seria essa que o cliente, até um tanto bobamente, ousava sugerir? A revelação o surpreendeu.

— Uma obra do século XIV. O *Inventio Fortunata*, já ouviu falar?

Depois daquela revelação, não podia sequer pensar em não fazer o trabalho. Pouquíssimas pessoas conheciam sua paixão, seu vício por livros raros. Eram sua perdição. Ler a edição mais próxima, em termos de tempo, do autor era algo imperativo. Gostava de partir em busca de um manuscrito que nem sabia se existia, só porque se falava dele no círculo fechado de colecionadores e alfarrabistas — seguir a vontade dos homens, a imponderabilidade implacável da vida que fazia objetos valiosíssimos andarem de casa em casa, de sótão em sótão ou de porão em porão, esquecidos, perdidos, sem que tantas vezes seus proprietários se dessem conta do real valor do que tinham em mãos. Eram capazes até de os usar para acender a lareira. Se alguma vez encontrasse alguém fazendo isso, seguramente lhe daria um tiro nos miolos com um sorriso nos lábios.

Sabia que um vício era uma fraqueza, e que uma paixão era a morte. A falha, o fracasso não estavam nas paixões, mas na falta de controle sobre elas. O francês não se importava de sofrer uma morte simples se o preço fosse a leitura.

Sofria da maldição de querer saber tudo, uma avidez de conhecimento capaz de o levar à loucura. Se pudesse, leria tudo o que já fora escrito pelos homens. Lia para poder viver. Era louco, tinha consciência disso. Mas, se nos lembrássemos de que todos somos loucos, os mistérios desapareceriam, e a vida se tornaria simples. O cliente conhecia seu vício. Poucos o conheciam. Naquele momento, necessitava pôr ambos os pés no chão, esquecer a *Inventio Fortunata*, desprender-se do aroma de papel velho e de pó, que já quase conseguia sentir. A descrição do Polo Norte por um monge franciscano do século XIV que se julgava perdida para sempre. Uma coisa de cada vez. Concentrou-se nas palavras do cliente.

— Deve seguir o plano como estipulado no contrato. Mantenha-me informado sobre qualquer eventualidade, e lhe darei instruções sobre como lidar com ela.

Um cliente que lidava com o imponderável. O francês nunca dizia nada. Nem podia. As palavras não lhe saíam da boca desde que nascera. Apenas escutava. Era um sancionador. Servia para punir aqueles que já não podiam viver.

O manuscrito da *Inventio Fortunata*. O pensamento voltou a debandar para o vício. Uma mente treinada era capaz de conter um pensamento sem aceitá-lo.

Poetas e filósofos tinham a resposta para todas as dúvidas da alma humana. Quem precisava da ciência quando os fantasmas que amaldiçoavam os grandes pensadores podiam responder das profundezas dos próprios pensamentos? Alguns tinham chegado a se matar em busca de respostas ou, simplesmente, porque não aguentavam mais. Haviam se aventurado pelas vísceras do ser, mais que quaisquer outros.

O francês não ligava para os vivos. Só para os mortos. Poetas e filósofos.

Tinha trocado o Alfa Romeo por um Fiat. Misturou-se ao trânsito noturno e continuou a avançar. Olhou para o cronômetro do relógio de pulso que recuava implacavelmente, insensível, como um sancionador. Estacionou na Via dell'Erba e saiu para a fria noite romana. Seguiu na direção norte e virou à esquerda, na Via dei Corridori, depois foi em frente e o encontrou na praça, como o cliente dissera.

— Se se apressar vai encontrá-lo na *piazza* Papa Pio XII, junto a São Pedro. Não preciso lhe dizer que espere pela ocasião certa, como foi contratado. Para o caso de não chegar a tempo, enviei-lhe uma mensagem com o endereço de onde poderá encontrá-lo.

22

— Viemos tomar café. Ou é proibido? Esse é um local público — retrucou Rafael.

Arturo sorriu com timidez diante da resposta do superior.

— E foi escolher logo este bar, neste hotel?

— Está hospedada aqui? — perguntou o padre despreocupadamente.

O empregado do bar chegou nesse exato momento para anotar o pedido daqueles clientes tardios. Com os ingleses pedindo mais cerveja e aqueles recém-chegados, a noite iria ser longa.

— Dois cafés — pediu Rafael, sem sequer consultar Arturo.

— Pois não — respondeu o empregado, retirando-se.

Sarah fez um gesto a John Scott para que se juntasse a eles.

— Sabe muito bem onde estou hospedada, Rafael — contra-atacou Sarah. — Ou acha que não percebi Arturo me seguindo?

Na verdade, não havia percebido. Jogara o verde para colher o maduro. Soube que acertara em cheio quando viu a expressão constrangida de Arturo.

John se aproximou deles, tímido, pé ante pé, o dossiê de capa marrom encostado ao peito e protegido com as mãos. Manteve-se em pé, sem saber o que fazer. Sarah puxou uma cadeira e lhe pediu que se sentasse. O americano não conseguia compreender o que se passava ali. Nem como Sarah podia estar tão à vontade.

— Sente-se, John. Este é o padre Rafael Santini, enviado especial de Sua Santidade. Posso falar assim, não posso, Rafael? — Sua voz expressava um cinismo dolorido ao fazer as apresentações. — E este é Arturo, responsável pela minha segurança até há poucas horas. Senhores, este é o meu amigo John Scott, renomado jornalista do *The New York Times*. Um homem famoso.

— Olá, John — disse Rafael, ao mesmo tempo que estendia a mão em um cumprimento para confirmar, fisicamente, suas palavras. — Muito prazer.

O americano estava visivelmente embaraçado, mas estendeu a mão também, como preconizava a boa educação.

— Mu... mui... to... pra... zer.

Arturo também cumprimentou o jornalista.

— Tomam alguma coisa? — perguntou Rafael em um tom de voz jovial.

— Não... não. O... obrigado — respondeu John de imediato.

— Aceite, John. Não é todo dia que pode beber uma cerveja paga com dinheiro do papa — tornou a inglesa, sem desviar o olhar de Rafael.

John não havia captado a ironia da situação. Em seu entender, aquela era razão mais que suficiente para não aceitar bebida alguma. Nunca a vira tão arisca e ofensiva.

— Não... não que... quero. O... obrigado — repetiu.

Os olhares mantiveram-se estáticos, como se pousassem para uma fotografia. Sarah e Rafael, como se não existisse mais ninguém, só eles. Arturo, atento ao grupo barulhento de ingleses, e John, o único que destoava daquele cenário, olhando ora para uns, ora para outros, ora para a entrada, sem entender direito o que se passava.

Pareciam estar ali há muito tempo, naquela mesma posição, a se medirem mutuamente, embora o café ainda não servido não levasse tanto tempo assim para ser preparado.

— Por que foram revistar o quarto do John? — perguntou Sarah de supetão, quebrando o silêncio e aumentando a tensão.

— Acabamos de chegar — respondeu Rafael. Era ele o único interlocutor do dueto de clérigos. — Não fomos ao quarto de ninguém. Seria falta de educação. E não somos mal-educados, não é, Arturo?

O outro padre, visivelmente em posição hierárquica inferior, nada respondeu.

— Podiam ao menos ter tido a decência de arrumá-lo depois — continuou Sarah, ignorando de modo deliberado a resposta de Rafael.

Rafael desviou o olhar para Arturo, visivelmente incomodado.

— Sabe algo a respeito disso? — O outro fez um meneio negativo com a cabeça. — Pode falar livremente, Arturo — insistiu Rafael. — Sabe alguma coisa sobre este assunto?

Sarah começou a acreditar que nenhum deles tinha conhecimento daquilo de que os acusava, mas... estariam, talvez, ainda representando seus personagens?

Arturo voltou a negar.

— Não, Rafael. Estive o tempo todo com... Sarah — respondeu, abaixando o olhar envergonhado. Rafael virou-se para o americano.

— Levaram alguma coisa?

— Não... não.

— Tem certeza?

John assentiu, apertando bem o dossiê de capa marrom contra o peito. Na verdade, não tinha certeza; não havia inventariado seus pertences, mas não queria revelar que havia fugido do quarto o mais depressa possível.

— O que é que guarda aí? — quis saber o padre, sem nenhuma cerimônia.

— Na... na... nada — respondeu o jornalista um pouco intimidado. Quem seria aquele homem?

— Ei, Rafael, onde estão seus bons modos? — retrucou Sarah em defesa do colega. — Ah! Tinha-me esquecido. Você não os tem.

Rafael olhou para a única entrada que dava acesso ao bar, também a única saída, e para o balcão. Uma porta lateral de serviço na cozinha. As janelas estavam ocultas por pesadas cortinas. Inspecionou os ingleses, que continuavam a se divertir no outro canto. O empregado se aproximou da mesa com uma bandeja que continha cafés e um brigadeiro para cada um.

Rafael virou-se para Arturo.

— Dê um pulo lá fora e veja se tem alguém vigiando o hotel. Depois, traga o carro pela Via Machiavelli.

— Mas...

— Faça o que estou dizendo — repetiu Rafael com cara de poucos amigos.

Os dois padres se levantaram. Arturo saiu no momento em que o empregado colocava na mesa as xícaras de café e os brigadeiros.

— Dê-me a chave do quarto — pediu Rafael, a mão estendida, apesar de mais parecer uma ordem.

— Vai arrumar o quarto? — zombou Sarah.

— Vo... cê es... es... tá im... possível, Sa... Sarah — disse John, entregando a chave ao padre. — É o 221.

Rafael sorriu e se inclinou sobre o americano com uma expressão intimidadora, de maneira que Sarah também o ouvisse.

— Acho que podemos ser amigos, John — falou com um sorriso sarcástico nos lábios. — Esperem aqui. Não saiam desta mesa! — ordenou, taxativo.

Viram-no sair pelo único caminho possível em direção ao quarto do jornalista. Sarah queria ter dito "Cuidado", mas não conseguia lhe falar nenhuma palavra que não estivesse repleta de rancor, amargura e cinismo.

— Que... quem são... e... eles? — quis saber John.

— Arturo é meu segurança, e Rafael é meu namorado — disse Sarah, sem pensar direto no que falava.

John lhe lançou um olhar severo e franziu o cenho. Não estava gostando nada da maneira como Sarah se comportava. O que estava acontecendo com ela?

— Con... con... concentre-se. Es... tou fa... falan... do sério. O... o que é que... de... deu em vo... cê?

Sarah respirou fundo e tentou acalmar o coração nervoso e zangado. O padre a deixava fora de si, fosse para o bem ou para o mal.

— Desculpe — declarou em um tom um pouco mais brando. — Oficialmente são meros padres.

John estampou no rosto uma expressão de indagação, à espera de que ela esclarecesse o que eram extraoficialmente.

— A verdade? — Aproximou-se dele e abaixou a voz para um tom quase inaudível. — Santa Aliança. Sendo mais específica, Sodalitium Pianum.

John arregalou os olhos, evidenciando seu espanto.

— Sa... Sa... Santa... pen... pensei que fos... fosse uma len... da.

— Com o Vaticano, compreenda uma coisa — recomendou Sarah. — Não há lendas. E, se hoje o são, é porque foram realidade algum dia.

John levou algum tempo para digerir aquela revelação. Santa Aliança. Sodalitium Pianum. As organizações de espionagem e contraespionagem da Santa Sé, mais conhecidas como A Entidade. Como era possível? Ouvira dizer que a Sodalitium Pianum, fundada no papado de Pio X, em 1907, acabara com Bento XV, em 1922. Não podia acreditar que a criação do monsenhor Umberto Benigni, à época para combater o modernismo, perdurara e se tornara um serviço de contraespionagem efetivo.

— Você a... acha que... vão me ma... tar?

Sarah pegou sua mão para tentar acalmá-lo.

— Não, John. Acho que não. — *Pelo menos não na frente desta gente toda,* pensou, sem coragem para verbalizar as palavras.

— San... Santa Ali... Ali... — Ainda não conseguia acreditar.

— Santa Aliança — completou Sarah.

— A Santa Aliança não existe — ouviu-se Rafael dizer.

O padre regressara do quarto no segundo piso e não ficou na mesa com eles. Ao contrário, dirigiu-se ao balcão. Viram-no entregar uma nota de cinquenta euros ao empregado, que a guardou sutilmente, olhando ao redor e sorrindo, enquanto Rafael conversava com ele e apontava para a mesa deles. Só então regressou à mesa.

— Vamos embora, querida — disse-lhe, pegando a mão de Sarah. Desviou o olhar para o americano. — Venha, John.

Saíram pela porta de serviço que dava para a cozinha industrial, que servia o restaurante do hotel, naquele momento completamente vazia. Atravessaram-na de uma extremidade à outra, por entre bancadas e armários metálicos, fornos e fogões, tudo impecavelmente limpo. O empregado ia à frente indicando o caminho, seguido por Sarah e John, com Rafael por último no grupo.

— De onde surgiu esta gentileza repentina? — perguntou Sarah em português, para que só ela e o padre entendessem.

— Disse-lhe que Sarah era uma grande amiga minha, mas que minha esposa tinha me seguido até o hotel, e que o desfecho ia ser uma...

— Certo, certo. Já entendi — vociferou Sarah, furiosa, sem olhar para trás, limitando-se a seguir o empregado.

A porta seguinte dava para um corredor estreito e sujo, o oposto da cozinha, iluminado por lâmpadas fracas e tímidas, repleto de teias de aranha, e onde havia caixotes por todo lado, frutas podres e peças de vestuário espalhadas; parecia uma espécie de depósito de parafernálias sem utilidade e roupa suja. Mais duas portas, um corredor de serviço e, por fim, a rua.

Rafael lançou uma piscadela ao empregado e lhe entregou mais cinquenta euros. Este tornou a fazer a mesma cena dramática ao guardar a nota, como se tal gesto afetasse, de algum modo, a sua honra. O padre foi o primeiro a sair. Esquadrinhou ambos os sentidos da rua. Havia poucos carros passando. Estudou as fachadas com uma expressão séria.

— Aonde vamos? — perguntou Sarah.

Um carro dobrou a esquina com a *piazza* Vittorio Emanuele II e lhes fez um sinal luminoso com as lanternas. Estacionou junto deles. Rafael abriu as portas com cautela, sempre olhando ao redor, como um falcão à procura da presa. Depois de Sarah e John terem entrado no banco de trás, ele entrou no da frente.

— O caminho está livre — assegurou Arturo, agarrado ao volante.

Rafael concordou. Ninguém vigiava o hotel.

— E agora? Para onde vamos? — quis saber Arturo. Não lhe pagavam para pensar, apenas para executar.

Rafael segredou-lhe um endereço. Arturo o fitou, espantado.

— Tem certeza?

O padre, seu superior, fez que sim com a cabeça.

— A que horas você acha que invadiram seu quarto? — questionou Rafael.

John não se deu conta de que a pergunta era para ele até o padre que liderava aquela situação repetir a pergunta.

— Ah! N... não... não sei.

— Quanto tempo esteve ausente do quarto?

— U... um... umas três ou... ou qua... quatro horas.

Arturo desceu a Via Machiavelli e virou à esquerda em direção à *piazza* Dante. Seguiu até a Via Petrarca e passou pela *piazza* di Porta San Giovanni, entrando na Via Appia Nuova.

— O que está acontecendo, Rafael? — Sarah indagou.

— Provavelmente John chateou alguém ou não está nos contando tudo. Ainda não sei.

John engoliu em seco, tenso.

— Por que é que não começa nos dizendo o que foi fazer no hotel, Rafael?

Rafael tirou do coldre de ombro, por sob o casaco, a Beretta de cabo de madeira, e a exibiu aos dois passageiros do banco de trás.

— Fui lá para matar John Scott — disse em um tom áspero. — E quem quer que estivesse com ele.

23

A noite abriga todo tipo de mistérios, demônios e vilões. Até o frio se torna mais pungente e ousado quando o sol se curva, e penetra os ossos como se as trevas concedessem autorização a todos os furores e abrisse as portas da escuridão. O inferno anda à solta no céu noturno.

Bertram corria com passos trêmulos e trôpegos, como se a qualquer momento fosse despencar nas lajes gélidas da rua. Não escolhera o melhor trajeto. Deixara a *piazza* Papa Pio XII e entrara numa encruzilhada de ruas estreitas e escuras, ótimas para passar despercebido, mas não para fugir. Não se atrevia a olhar para trás. *O', meu Deus! Ajude-me*, implorou.

As sombras se esgueiravam, ameaçadoras, pelas paredes encardidas nos fundos de um prédio qualquer, esquecidas devido à má sorte de pertencerem a um lugar secundário, distante dos olhares.

Ouviu um ruído atrás de si, ou seria apenas o coração a esmurrar o peito, aflito para sair dali? Olhou por cima do ombro, mas não viu nada. A ruela por onde viera tinha uma iluminação fraca, mas o restante estava imerso em penumbra.

Bertram arquejava, e o ar frio que inalava com vigor arranhava-lhe a garganta. Sentia-se encharcado de suor, mas não acalorado. Parecia que um grande peso lhe envergava os ombros, dificultando-lhe a caminhada.

Estava cansado, no limiar do esgotamento físico. Lidara com emoções demais nas últimas horas. O pior de tudo haviam sido as ameaças. *Senhor, dá-me forças*, voltou a suplicar mentalmente.

Escutou movimento mais à frente. Automóveis, pessoas — havia vida para além das ruelas. Acelerou o passo ainda mais. Faltava pouco para deixar aquele lugar sombrio e adentrar a luz da cidade. Trinta metros. Míseros trinta metros, que pareciam trezentos.

Ouviu novo ruído. Um farfalhar. Soava-lhe como passos; como se alguém não quisesse ser ouvido. Ou seriam seus passos? Maldita escuridão, amante de segredos e conjurações, cúmplice do pavor e da suspeita.

Queria ouvir melhor, mas o barulho da cidade se intrometia. O frio, o cansaço e o medo, principalmente o medo, também não ajudavam. Tentou olhar de novo por sobre o ombro quando, de súbito, foi empurrado e quase caiu ao chão, não fosse uma mão firme agarrá-lo.

— Perdão — ouviu a voz de um jovem se desculpando.

O velho fitou-o depois de se recuperar do susto. Um grupo de jovens irrompera da rua principal num espalhafato incontrolável, trazendo garrafas de cerveja na mão. Vinham de algum bar e provavelmente dirigiam-se a outro. O rapaz alto que o segurava havia colidido com ele sem querer.

— O senhor está bem? — perguntou o rapaz.

— Sim — respondeu o velho, recompondo-se. O jovem repetiu o pedido de desculpas e seguiu os amigos, que haviam prosseguido.

O velho olhou para a ruela de onde saíra. Não havia ninguém lá. O coração acalmou-se à medida que os metros se interpunham entre ele e a ruela, e era cada vez mais envolvido pela algazarra da rua. Esta estava repleta de bares apinhados de gente febril por uma dose de álcool, que lhes daria a coragem, o estímulo, o desprendimento necessários, ou o esquecimento das mágoas ou do vício, conforme o objetivo ou o grau de dependência. Reconheceu o local onde estava: Campo dei Fiori.

Tranquilizou-se, por fim, focando o olhar em algumas pessoas, na gargalhada contagiante de uma mulher, em um jovem que atirava uma lata de cerveja no chão depois de ter despejado totalmente nele próprio o líquido que bebia, em um casal se beijando como se o mundo fosse acabar no minuto seguinte... em uma garrafa se estilhaçando em mil pedaços, que o assustou. Seguiu-se um coro de risos exultantes pelo ritual do macho que mostrava às fêmeas, ou a outros machos, sua habilidade na arte de quebrar garrafas.

Bertram virou à esquerda, deixando para trás a alegria ébria do local, e, quando deu por si, estava em outra rua. Sucediam-se carros e lambretas, além de grupos de pessoas. Desembocou numa rua mais larga. Havia menos gente ali. Pequenos grupos e alguns casais que seguiam em sentido contrário ao dele.

Aos poucos, a rua se esvaziou, e ele voltou a olhar para trás, incomodado. Não viu ninguém.

Decidiu apanhar um táxi. Seria mais seguro e rápido. Fez sinal a um que ia passando e quinze minutos depois estava em casa, na Via Tuscolana. Chamou o elevador, mas este não respondeu ao seu pedido. Apertou mais um par de vezes o botão, como se esse gesto fizesse alguma diferença. Nada.

Subiu pelas escadas até o quarto andar. Já não tinha fôlego para ascensões sem ajuda da tecnologia. Chegou à sua porta arfando e suando. Apertou o interruptor de luz do corredor, mas nada aconteceu. Apenas uma fraca luz de emergência emanava um tênue fio de claridade. *Que droga*, praguejou.

Recuperou o fôlego e procurou a chave da porta no bolso. Inseriu-a na fechadura e a abriu. Enfim, o descanso. Nesse exato momento foi empurrado para dentro do apartamento com tanta violência que bateu o queixo na pequena mesa do *hall* de entrada, tombando no chão. Virou-se a tempo de ver um homem entrar em seus aposentos e fechar a porta com calma. Ele ajeitou o casaco e se virou para o velho, que o encarava desorientado no chão de mármore, as mãos agarrando o queixo.

— Que... quem é o senhor? — Bertram murmurou, hesitante.

O homem debruçou-se sobre ele e lhe colocou uma das mãos no ombro. Depois, esboçou um sorriso.

— O que é que você quer de mim?

O intruso tirou um retrato do bolso do casaco e lhe mostrou. Bertram corou e desviou o olhar assim que reconheceu a figura de Pio XII.

— Não tive culpa. Juro. Foi uma decisão do Colégio — respondeu, a voz repleta de temor.

O homem tirou uma arma de dentro do casaco. Pegou um *post-it* amarelo que tinha no bolso e começou a escrever algo nele em cima da mesa de canto. Depois, olhou para o cronômetro do relógio de pulso, que recuava implacavelmente, insensível, tal como um sancionador.

24

John estava sentado no banco traseiro do carro, a cabeça encostada para trás, imerso nas palavras sentenciosas do padre. O Vaticano mandara matá-lo. Não havia dúvidas. O padre que seguia no banco do passageiro fora bem claro. Aquela visita à Secretaria de Estado selara seu destino. *A toca do lobo.* Haviam sido essas as palavras de Sarah. Ela sabia o que dizia. Conhecia bem os meandros daquele mundo e ainda estava viva para contar a história... ainda. E agora? Estava dentro do carro de seus executores, os algozes que tinham como missão adiantar--lhe a hora de partida do mundo dos vivos. Pensou em abrir a porta do carro e se lançar para fora, fugir para salvar a vida, mas não era esse tipo de homem.

Sarah pegou sua mão. Com certeza sabia o que lhe passava pela mente. *E quem quer que estivesse com ele.* Eram essas as palavras do carrasco. Também lhe dizia respeito, mas, ao contrário dele, Sarah não parecia preocupada. Havia um laço entre ela e o padre algoz. Deu-se conta disso. Não eram indiferentes um ao outro. Por outro lado, se bem conhecia Sarah, ela preferia morrer do que ceder a ameaças.

— Conte-me seus pecados — ordenou Rafael sem olhar para trás.

— O... o... quê? — perguntou John, presumindo que a pergunta fosse para ele.

— Quais são seus pecados? Se a Igreja o quer ver morto, algum pecado você deve ter. E não deve ser pequeno.

— John é perito em assuntos econômicos — interveio Sarah, servindo de intermediária. — E descobriu algumas irregularidades nas contas do IOR — acrescentou de modo sarcástico. — Para onde estamos indo?

— Desembuche. Que irregularidades são essas? — perguntou Rafael em tom áspero, ignorando, deliberadamente, a pergunta dela.

John contou tudo o que sabia, de maneira concisa e objetiva, para que não restassem dúvidas. Já bastavam suas limitações comunicativas para dificultar as coisas. Falou dos fundos, das fundações, dos pseudônimos, dos gestores, da forma como o IOR funcionava. Manifestou uma sabedoria e um profissionalismo acima de qualquer suspeita, mencionando, mais de uma vez, ter em mãos documentos que o comprovavam, apesar de não considerar aquele o lugar mais apropriado para mostrá-los. Lembrou-se de dizer também que tinha mais cópias guardadas em locais seguros; esperava que isso funcionasse como argumento e fizesse os padres pensarem duas vezes antes de puxar o gatilho.

— E qual é o problema dessa Fondazione Donato e do Fondo Giulietta? Onde está a ilegalidade? — questionou Rafael, sem olhar para trás e em tom seco e desconfiado.

— O... o... pro... proble... ma...

— O problema é que a Fondazione Donato, cujo titular é um tal de Piccolo, é financiada com dinheiro ilegal — interveio Sarah.

Rafael olhou para trás e fitou os dois jornalistas.

— O que isso quer dizer exatamente?

Sarah continuou com um olhar fulminante cravado no padre.

— Que John identificou a proveniência do dinheiro. Sabe de quem vinha e para quem ia.

John omitira apenas a fonte. Essa tinha de ser preservada a todo custo. Era um imperativo profissional e ético. Levaria o segredo para a cova, que agora lhe parecia mais próxima do que nunca. Pensou no que aconteceria ao seu corpo. Talvez o atirassem no Tibre, que o envolveria com gentileza em seu leito até se fartar e o expelir para alguma margem. Era pouco provável que o queimassem. Dava muito trabalho. Imaginou-se vendado, o cilindro frio da arma fazendo sua nuca se arrepiar, a cabeça coberta por um capuz, pedindo, como último desejo, que o cremassem, por favor. Depois, lembrou-se de que nesses casos ninguém lhe perguntaria sobre seu último desejo; que não teria direito a um. Ali não havia os privilégios do corredor da morte.

Pensou na doutora Pratt, nas pernas cruzadas e em seu sorriso. Quem lhe dera estar em Manhattan, no consultório dela, com vista para o Hudson, e não ali. Será que ela acreditaria em sua história ou apenas recomendaria uma internação em alguma instituição psiquiátrica? Apreensão, paranoia e pânico. Era isso que sentia, diria sua psiquiatra, que nunca saberia a razão de ele ser seu paciente há onze anos. Sem saber que vivia a semana toda só pensando naquela hora, das três às quatro da tarde, às terças e quintas, em que falava pouco, no seu jeito travado e tímido, e que só ia até lá por ela, pela doutora Pratt, pelas pernas cruzadas, o sorriso, a voz melodiosa, a pele acetinada, morena devido à ascendência africana. Morrer sem lhe dizer que se apaixonara por ela era um desgosto insuportável.

Viraram à direita para a Viale Tito Labieno e passaram pela *piazza* di Cinecittà. Sucediam-se ruas, praças, parques iluminados. A noite esfriara ainda mais, e os carros estacionados ao longo do caminho estavam cobertos de uma camada fina de orvalho congelado. Entraram numa rua larga, e Arturo reduziu a velocidade à procura de lugar.

— Onde estamos? — perguntou Sarah, olhando ao redor.

John também tentava descobrir onde estavam, procurando referências visuais. Não reconheceu nada. Era uma rua com prédios residenciais de um lado e de outro. Não costumava andar por ali. Sentia-se cada vez mais apreensivo.

Rafael não respondeu à pergunta de Sarah. Percorreram mais alguns metros, devagar, e o padre apontou para um carro que arrancava.

— Estacione ali. Aquele Fiat está de saída.

Arturo seguiu a sugestão do superior e, em poucos segundos, estacionou o carro. Rafael foi o primeiro a sair, o mesmo olhar de falcão inspecionando a área com atenção. Abriu a porta de trás para deixar os dois jornalistas saírem para o frio da rua. De imediato, a respiração começou a fazer nuvens de vapor no ar, anunciando a temperatura baixa.

Sarah estava irritada com o comportamento de Rafael e tentou encontrar uma placa que lhe dissesse onde estava, já que ninguém lhe dava essa informação. Encontrou-a adiante, afixada à parede de um prédio.

— Via Tuscolana — disse ela em voz alta. — O que estamos fazendo aqui?

Andaram alguns metros até se aproximarem de uma porta. Rafael tocou a campainha.

— Viemos tratar de um assunto — limitou-se a dizer o padre.

Ninguém respondeu ao toque. Rafael debruçou-se sobre a fechadura e enfiou uma gazua no tambor. Instantes depois, ouviu-se um clique, permitindo a entrada deles no edifício.

— Um verdadeiro cavalheiro — escarneceu Sarah.

— Entrem.

John engoliu em seco. Seria aquela sua última morada? Um prédio na tal Via Tuscolana? Queria enfiar as mãos nos bolsos, na tentativa de afastar o frio, mas não podia largar o precioso dossiê. Enfiou a mão que tinha livre no bolso e o sentiu. Frio e metálico. Achou-se um idiota ao acariciar o revólver Amtec de cinco disparos.

25

Ninguém era mais importante em horas de desespero que Nosso Senhor Jesus Cristo, filho unigênito de Deus Pai Todo-Poderoso, um e outro a mesma pessoa, a origem e o fim de todas as coisas, o detentor da centelha divina, Criador e titereiro deste mundo, Senhor de um bilhão e duzentos milhões de católicos, mais oitocentos milhões de outras Igrejas cristãs, o mesmo Cristo de todas.

A capela, no *secondo piano*, era sua e só sua. Tinha três fileiras de bancos de madeira e fora adornada com afrescos de Giorgio Vasari. O piemontês estava ajoelhado aos pés do Cristo, cuja autoria era atribuída a Michelangelo, com um aspecto de sofrimento que perdurava há mais de quatro séculos. O mármore de Carrara fora desbastado até onde possível e fazia transparecer contagiosamente o padecimento daquele Cristo a quem quer que o contemplasse. Tarcisio sentia o tormento Dele como seu, desde que nascera. Vivia para a Sua glória e a Seu serviço. Por vezes, era um fardo difícil de suportar, como naquela noite, mas Ele o colocara para dirigir Sua Igreja. Competia-lhe fazê-lo da melhor maneira que sabia e podia.

— Pai e Senhor do Universo. Sois o Rei dos Reis. Vós que fizestes o paralítico andar, o morto voltar a viver, o leproso sarar. Vós que vedes as minhas angústias, as minhas lágrimas, bem sabeis como preciso alcançar sabedoria e ponderação. Iluminai os meus passos, assim como o Sol ilumina todos os nossos dias. Jesus, tenho confiança em Vós.

Estava cansado. A noite ia avançada, e já há alguns dias não conseguia dormir. Insônia provocada pelo peso do mundo. A indesejada interrupção chegou antes do final da oração. Guillermo entrara na capela benta com timidez, mas a porta rangera, anunciando sua presença. Tarcisio elevou uma mão pedindo silêncio. Ao fim de alguns instantes, elevou-se com esforço. Os 78 anos pesavam-lhe nos ossos implacavelmente. O tempo subsistia sempre, contra tudo e contra todos.

— O que quer? — perguntou Tarcisio um tanto bruscamente.

O chefe da espionagem fez uma mesura e avançou com passos discretos para o interior da capela privada. Fez uma segunda mesura e se ajoelhou para beijar a mão do secretário.

— Está resolvido? — perguntou o secretário.

— Não, Eminência — respondeu Guillermo com apreensão.

Não era algo comum as ordens que o secretário de Estado dava não serem cumpridas. Tarcisio o encarou com um quê de afronta no rosto. Parecia não ter entendido. Não estava cumprido? O que ele queria dizer com isso?

— Explique — ordenou o piemontês de modo altivo.

— A mulher. Sarah Monteiro estava com o americano no hotel — respondeu, a cabeça baixa.

Tarcisio cruzou os braços atrás das costas e caminhou de um lado para o outro, refletindo sobre as informações que Guillermo trouxera.

— Mais uma razão para resolvermos isso com rapidez.

— Vamos tratar disso, Eminência.

— Precisamos resolver esse assunto com urgência — prosseguiu o secretário. — Não pode haver pontas soltas. É uma bomba-relógio, Tomasini.

— Compreendo, Eminência. Não deixaremos que isso aconteça.

— É bom que não mesmo.

Tarcisio respondera de modo mecânico. Sua mente vagava em meio a teses e teorias, concepções e estratégias. Contemplou de novo o semblante dolorido de Jesus; Seu sofrimento penetrava-lhe profundamente na alma. Era aquela dor que o fazia sustentar o pesado fardo.

— Precisamos desse dossiê — sentenciou. — Já têm a mulher?

Guillermo continuava de cabeça baixa, perto da porta, como um menino sendo repreendido pelo mestre.

— Estão a caminho da casa dela neste exato momento. Mas... — Guillermo não prosseguiu. Era outro assunto que o inquietava. Tarcisio se voltou para ele.

— Desembuche, homem.

— Sarah Monteiro estava com o americano. Não creio que Rafael seja o homem indicado para...

Tarcisio parecia escandalizado. Conhecia muito bem Rafael. Era um grande servo do Servo de Deus. Ali, ninguém estava acima Dele, o único a quem serviam.

— Não consegue controlar seus homens, Tomasini? — proferiu o intendente Girolamo Comte, que acabara de entrar na capela a passos largos com sua presença intimidadora. Beijou o anel do secretário. — O dossiê não estava no quarto. Meus homens procuraram em todos os cantos. Deve estar com ele.

— Foram ao hotel dele? — perguntou Guillermo, desgostoso. Não gostava que agissem pelas suas costas.

— Alguém tem de fazer alguma coisa — contrapôs o intendente de modo áspero.

— A mulher não fazia parte da equação, Eminência — argumentou o chefe da espionagem, ignorando a crítica do intendente. — Ela tem um histórico conosco.

Tarcisio tornou a se ajoelhar aos pés da estátua. Sempre ela, a imagem da dor, do peso, da mágoa, do sofrimento, a lembrar-lhe que havia uma força muito superior a eles para preservar, acima de qualquer ser humano.

Fechou os olhos e balbuciou uma oração ininteligível. Um rumorejar entre ele e Deus que pedia sabedoria, ponderação, iluminação. Outros, antes dele, haviam sido confrontados com situações semelhantes, colocados perante graves dilemas morais e pessoais. Ninguém ocupava aquele ofício sem ter a noção exata do que ele significava. Ninguém imaginava que um simples administrador de duas seções, a nacional e a internacional, tivesse de decidir sobre a vida e a morte dos outros. Tornou a se levantar, os ossos esboçando um novo protesto pelo esforço.

— Onde Rafael está? — perguntou o cardeal secretário de Estado.

— Deixou o hotel com eles e com Arturo.

O piemontês refletiu durante alguns segundos, levando o indicador ao lábio em um gesto de reflexão. Não havia manual de instruções para aqueles casos. A decisão tinha de partir dele. Para isso Guillermo estava ali — para determinar novas instruções. Consultou Comte com um olhar.

— Quando o saudoso papa Paulo VI publicou a encíclica *Humanae Vitae*, o futuro papa João Paulo I, o bispo Luciani, que não a viu com bons olhos, disse: *Roma pronunciou-se, cabe-nos cumprir* — relatou Tarcisio.

— Aqui cumpre-se, não se questiona. Repita a eles esta ordem — ordenou o intendente com rispidez. — Eliminar o americano… e quem quer que esteja com ele. — Desviou o olhar para o secretário. — Se Sua Eminência permitir, posso cuidar da situação. Precisamos da *moeda de troca* em Roma o mais depressa possível. E também é importante lembrar que devemos recuperar o dossiê do americano o quanto antes.

Guillermo escutou as palavras do intendente com atenção, um certo rubor tingindo-lhe o rosto. Quem ele julgava ser? Não cabia a ele dar-lhe ordens. Permaneceu com o olhar fixo no secretário, à espera de instruções.

— Tomasini já tem os homens no local. Basta que cumpram as ordens. — Lançou um olhar frio ao homem da espionagem. — Faça o que Comte disse.

— E se Rafael não acatar?

— Arranje quem o faça — retrucou Girolamo, já farto daquela conversa. — Você mesmo disse que Arturo está com ele. São essas as suas ordens.

Guillermo sentiu-se humilhado. Recuou para o exterior da capela sem dar as costas ao secretário, pois seria considerada uma ofensa. O intendente exercia demasiada influência junto ao cardeal secretário de Estado. Tinha de estar atento a esse fato.

— Tomasini — chamou Tarcisio, de novo voltando-se para ele. — Se ele não cumprir a ordem, certifique-se de que isso não volte a acontecer.

— Perfeitamente, Eminência.

Tarcisio ajoelhou-se de novo aos pés de Cristo. Havia novos pecados pelos quais queria pedir penitência. Girolamo acompanhou seu gesto e partilhou a oração. Não desejava pedir penitência pelos pecados. Um homem como ele não perdia tempo com isso. Sua oração contemplava o irmão Giovanni, que o deixara há mais de trinta anos.

— Não podemos nos dar ao luxo de ter ovelhas desgarradas do rebanho — sentenciou o secretário.

26

Subiram as escadas a pé, porque o elevador não estava funcionando. Também não havia luz nas áreas comuns do edifício, fato que os dois padres estranharam. Subiram até o primeiro andar, e Rafael os mandou parar. Pegou uma pequena lanterna, de onde emanou uma luz forte, e sacou a Beretta.

— Fique aqui com eles — ordenou a Arturo. — Eu já volto.

Arturo também sacou sua arma por precaução.

— O que é que está acontecendo? — perguntou Sarah, alarmada. — Que lugar é este?

Rafael a fitou. Desta vez, não havia nenhum traço de animosidade em seu rosto.

— Ainda não é hora de explicações. Vão ter de esperar.

Deixou-os ali com Arturo, atento como um falcão às possíveis ameaças. A fraca iluminação provinha apenas da porta envidraçada da entrada, que deixava entrar a luz da rua.

John continuava com o coração acelerado. Sentia-se desorientado. Não entendia nada do que se passava ali. Ainda que tivesse o raciocínio nublado pela apreensão, pela paranoia e pelo pânico, dadas as circunstâncias, não lhe parecia que estivessem no local de uma execução. Embora, é evidente, não soubesse como seria um local propício a esse fim. O comportamento dos dois padres era claramente defensivo, e não ameaçador.

Rafael não deu sinal de vida durante alguns minutos. Subira as escadas com a pequena lanterna iluminando o caminho até desaparecer da vista deles. Seus passos silenciosos foram tragados pela penumbra, e a espera aumentou ainda mais a ansiedade.

As luzes da área comum acenderam-se minutos depois, expulsando a escuridão. Rafael apareceu no patamar de cima e fez um gesto para que subissem. Parecia transtornado.

Subiram ao quarto andar e percorreram um corredor com paredes cor creme e teto recoberto com tábuas de madeira. Havia portas que, suspeitavam, davam para apartamentos. O edifício estava imerso num silêncio constrangedor, ameaçado apenas pelos passos deles. Ninguém parecia morar ali. Não se ouviam vozes, nem televisões, tampouco qualquer outro som de equipamentos elétricos. Sarah ia à frente, seguida por John. Arturo, atento, fazia a retaguarda do grupo.

Encontraram uma porta aberta, no fundo do corredor, e luz no interior do apartamento. Rafael estava lá dentro, debruçado sobre um... cadáver.

Sarah levou uma das mãos à boca, chocada com a cena que testemunhava.

— O... o... que é que... que o se... senhor fez... fez? — John deixou escapar, visivelmente nervoso e confuso. Não era todos os dias que se via um cadáver. No seu caso, era a primeira vez.

— Não fui eu — respondeu Rafael, enquanto fazia uma inspeção visual no corpo. — Já estava assim quando entrei.

— Mi... minha No... No... Nossa Senhora — balbuciou o jornalista, invocando uma divindade na qual jamais acreditara.

Todos adentraram o apartamento, e Arturo fechou a porta, o que provocou um calafrio nos jornalistas.

— É ele? — perguntou Arturo.

— É. O Bertram.

Sarah fitou o cadáver com dificuldade. Manteve o olhar por dois segundos apenas antes de desviá-lo. Não queria estar ali, na presença *daquilo*. Era um velho, a pele enrugada pelos anos, um olhar vítreo de horror no rosto sem vida. Tinha dois orifícios na testa, dos quais saíam dois fios de sangue que se reuniam no queixo.

— Não morreu há muito tempo — comentou Rafael.

— Quem... quem era?

— Um bom homem — limitou-se a dizer. — O último homem bom que ainda existia.

Levantou-se e dirigiu-se a outras divisões do apartamento. Estava indignado. Girolamo, o intendente da Gendarmaria Vaticana, devia ter providenciado segurança para Bertram e os outros relatores. Era o mais lógico a fazer. Entrou num quarto e saiu de lá com um lençol azul-claro, que usou para cobrir o corpo. Fez uma prece em silêncio, só para si e para Ele, e se benzeu.

— Descanse em paz, Bertram. — Virou-se para Arturo. — Comte não mandou ninguém para cá.

— Ele disse que trataria do assunto.

— Não tinha ninguém aqui — protestou Rafael, apontando para o lençol que cobria o corpo de Bertram. — Filho da mãe.

Sarah percebeu o transtorno que Rafael tentava disfarçar. Provavelmente era um amigo, mais um a deixá-lo sozinho em um mundo no qual estava cada vez mais solitário. Os padres percorreram o apartamento com o olhar. Era espaçoso, sobriamente decorado, confortável. Devia ser um local acolhedor para se viver, antes daquilo.

— Olhe ali, Rafael — Arturo apontou para um espelho. Nele, estava colado um *post-it* amarelo. Rafael arrancou-o e leu. Os dois jornalistas ficaram imóveis, encarando-o, à espera de que desvendasse o mistério do papel amarelo e acabasse com a curiosidade deles, mas o padre limitou-se a mostrá-lo a Arturo e depois o guardou no bolso do casaco.

— O que fazemos com eles? — perguntou Arturo, referindo-se a Sarah e John.

O jornalista americano ficou com a boca seca de repente e agarrou o revólver Amtec de cinco disparos, sem tirá-lo do bolso. Não era nenhum pistoleiro; jamais havia disparado um tiro na vida. Na verdade, abominava armas. Esperava não dar um tiro em si mesmo. Com a outra mão, espremia o dossiê contra o peito, como um escudo protetor.

— Eu cuido deles — disse Rafael em um tom de voz determinado.

No acaso das coincidências que Deus controla a seu bel-prazer, alimentando os momentos dramáticos, os celulares de Rafael e Arturo tocaram ao mesmo tempo, anunciando a chegada de uma mensagem. Ambos leram o texto nos respectivos aparelhos e se entreolharam. Rafael imaginava que tipo de mensagem Arturo recebera. Os dois homens mediram-se em silêncio durante alguns momentos. As circunstâncias haviam mudado.

— Eu cuido deles, Arturo — reiterou Rafael.

— Então faça isso — disse o outro, com um olhar desafiador e à espera.

Rafael se encontrava em uma situação difícil. Recebera uma ordem que não pretendia cumprir e tinha ao seu lado uma sentinela que, como missão, deveria se certificar de que o serviço fora cumprido e, pior, se fora *bem* cumprido. O padre sentia que devia uma justificativa a Arturo em virtude de seus fiéis serviços dos últimos meses. Só por isso. Arturo não conhecia a história toda; nada daquilo lhe dizia respeito. Guillermo agira mal e o colocara na posição de ter de matar um colega que estimava. Se mais alguém tivesse de morrer naquele apartamento, seria Arturo, e não ele.

— É este o momento em que me sinto obrigado a dizer que um homem inteligente viraria as costas e iria embora.

A tensão era quase palpável. Os jornalistas observavam, mudos e espantados, sem saber direito o que pensar, muito menos o que fazer. Estavam ali dois homens decidindo o destino deles, como se fossem simples objetos inanimados, sem direito a opinião.

— E o que digo a Tomasini? — perguntou Arturo. — Que virei as costas?

— Que eu lhe disse que vou cuidar deles.

Aquilo era um teste. A resposta àquela pergunta confirmaria ou não as suspeitas de Rafael. Não queria fazer mal a Arturo, Deus era testemunha.

— E por que não faz isso agora? — insistiu Arturo, visivelmente nervoso e inseguro.

Aquela fora a confirmação de que Rafael necessitava.

— Mate-os aqui e agora — sentenciou Arturo.

27

Matteo Bonfiglioli abriu um olho e depois o outro, aturdido. Parecia ter ouvido uma porta se fechando, mas devia estar sonhando. Habituou-se à luz fraca e mirou o teto de madeira, que fazia lembrar o convés de um barco virado ao contrário. Estava deitado numa cama de solteiro que não era a sua, num quarto que, seguramente, não era o seu. Um cobertor marrom de lã grossa o cobria. Transpirava, e o coração palpitava nervoso dentro do peito.

Levantou-se e pisou no assoalho frio de madeira. A cabeça doía, e sentiu uma tontura que lhe provocou náuseas. Sentou-se na beirada da cama. Lembrou-se do homem que tinha aparecido em seu quarto, na casa de Verona, e depois o vazio, a escuridão. Não se recordava de mais nada. Sentiu um calafrio. A imagem da arma que o homem lhe apontara não lhe saía da cabeça. Deitou-se de novo e fechou os olhos. Precisava se acalmar. Por quantas horas teria dormido? Onde estaria? As perguntas bombardeavam-lhe a cabeça, assim como o coração latejava nas têmporas. Deixou-se ficar assim durante alguns minutos e depois voltou a abrir os olhos e a se levantar lentamente. Sentia um grande peso na cabeça, um zumbido nos ouvidos e dores no pescoço. Procurou os sapatos, mas não os encontrou. Caminhou devagar pelo quarto, os passos fazendo ranger as tábuas do assoalho.

Um abajur em cima de uma cômoda, ao lado de uma porta fechada, era a única fonte de luz do local. A janela estava fechada. Não sabia se era dia ou noite. Havia uma grande cruz de Cristo em cima da cabeceira da cama, além de uma escrivaninha com alguns livros encadernados em capa dura antiga sobre ela, uma cadeira, e era tudo. Nem molduras com retratos, nem quadros, nem quaisquer outros objetos decorativos. Um cômodo despido dos bens materiais mais usuais, sem vida.

Ao fim de alguns minutos, Matteo começou a se sentir melhor. A dor de cabeça passara; restava apenas a dor do pescoço, talvez devido ao excesso de horas na cama. Tentou encontrar um relógio, mas não havia nenhum no quarto. Também nem sinal dos seus sapatos.

Dirigiu-se à porta fechada e girou a maçaneta que, não tinha dúvidas, lhe informaria que o quarto estava trancado. Enganara-se. A porta se abriu. Olhou para o espaço desconhecido fora do quarto. O coração voltou a acelerar. Era um corredor estreito e escuro. Conseguiu enxergar um feixe de luz alguns metros à frente. Caminhou devagar, descalço, os pés já habituados ao piso frio, tentando não fazer nenhum ruído. Escutou o som de louça e água escorrendo, e um tique-taque, tique-taque, tique-taque. Chegou a uma sala. Estava vazia, pelo menos a parte que conseguia entrever. Em frente, havia uma porta encostada, de onde vinham os sons de água correndo e ruído de louça. Devia ser a cozinha. Sentiu passos ligeiros do outro lado da porta e viu um vulto se movimentar.

Entrou na sala e avistou um relógio de pé, antigo, com um pêndulo prateado que marcava quatro e meia. Tique-taque, tique-taque, tique-taque. Faltava saber se era de tarde ou de madrugada. Deu por si caminhando em direção à porta encostada. Alguém devia estar em plena atividade do outro lado.

— Boa-noite — ouviu uma voz masculina e rouca dizer atrás de si.

A saudação o fez dar um salto. Era um homem de idade que estava sentado numa poltrona e o fitava com atenção. A seu lado, apoiada ao braço da poltrona, repousava uma bengala. A porta que estava encostada abriu-se de repente para permitir a saída de uma jovem mulher que carregava uma bandeja com xícaras de chá fumegante. Passou por Matteo, que se encontrava completamente confuso e sem reação, e a pousou numa mesa de centro em frente à poltrona do idoso. Depois, pegou a colher e abriu a tampa do açucareiro.

— Três — disse o homem com um sorriso maroto. — Sou um guloso.

Matteo viu a jovem colocar três colheres de açúcar e entregar o pires e a xícara ao idoso.

— Obrigado, minha querida Mia. Você seria um anjo do céu, se eu acreditasse nisso — agradeceu o senhor, desviando o olhar irônico para Matteo. — Sente-se, por favor.

Matteo continuava atônito. Nunca tinha visto aquelas pessoas, que agiam como se o conhecessem. Sentia-se um peixe fora d'água. Tinha tantas perguntas para fazer, mas nenhuma lhe assomava à boca. Mia colocou uma cadeira ao lado da poltrona, e Matteo, sem saber direito por quê, seguiu a sugestão e se sentou ao lado do velho, que sorvia lentamente o chá quente.

— Onde... onde estamos? — perguntou, ainda que aquela pergunta lhe soasse idiota. Havia outra bem mais importante. *O que está acontecendo?*

— Não importa — respondeu o ancião, sem acrescentar mais nada.

— O que querem de mim? — enfim criou coragem para perguntar. Afinal, tratava-se de um idoso e de uma moça; com certeza daria conta dos dois.

— Nada.

— Então por que me trouxeram para cá? — O ancião não respondeu e continuou concentrado em seu chá. — Onde estão meus sapatos? — perguntou, já sem paciência, imprimindo uma nota de irritação à voz e ao semblante.

— Perderam-se pelo caminho.

Matteo levantou-se de súbito e agarrou a gola da camisa do idoso, de tal maneira que a xícara e o pires foram ao chão e se espatifaram, derramando o líquido quente sobre seus pés descalços, sem que se desse conta disso. No momento em que ia levantá-lo pelo colarinho, sentiu algo se colar à sua nuca e ouviu um estalido.

— Comporte-se — ordenou-lhe uma voz masculina vigorosa. — Sente-se imediatamente. Não vou repetir.

A jovem mulher estendeu as mãos, aproximando-as das de Matteo com serenidade contagiante, e as afastou do idoso que o fitava sem nenhum resquício de medo. Fez-lhe uma carícia na face e tornou a sentá-lo na cadeira ao lado do velho. Parecia hipnotizada. Matteo olhou para o outro homem, que guardava a arma no interior do casaco. Não era o mesmo que tinha entrado em seu quarto, em Verona, mas possuía o mesmo vigor físico. Vestia um terno Armani elegante, e ele notou que mancava de uma perna enquanto se dirigia à cozinha, resmungando entredentes.

— Mia, você se importa de me trazer outro? — pediu o idoso, enquanto se sentava novamente, como se aquilo tudo houvesse sido apenas um infortúnio acidental.

— Com certeza, senhor.

Matteo voltou a focalizar o olhar no frágil ancião que estava a seu lado.

— Quem é o senhor? Por que estou aqui? Onde estou? — perguntou, desnorteado, as mãos na cabeça. Queria tanto que aquilo não passasse de um pesadelo...

— Calma, Matteo. O mundo é feito de vilões e heróis. Não sou nem uma coisa, nem outra. Divirto-me de ambos os lados, conforme me aprouver. Desta vez, e ao contrário do que possa pensar, estamos aqui para defender os heróis dos vilões, que lhes desejam fazer mal. — Depois, o idoso esboçou um sorriso cáustico. — E pode me chamar de JC.

28

— Que conversa é essa? — interveio Sarah, temerosa. — Vão nos matar? Estão malucos?

Rafael e Arturo continuavam a se medir, como num duelo do Velho Oeste, à espera de descobrir quem seria mais rápido no gatilho. A responsabilidade fora lançada a Rafael, e não lhe restava muito tempo para reagir. Os jornalistas estavam incrédulos. Sarah não conseguia acreditar que Rafael fosse capaz de lhes fazer mal. Seria o desfecho mais triste do mundo. Cuidar dela durante tantos meses para, no despontar da esperança, terminar tudo assim? Seria uma tragédia grega de qualidade duvidável.

Os dois padres: Rafael e Arturo. Tudo dependia deles agora.

— Pa... pa... parem — ouviu-se a voz trêmula de John, o revólver Amtec de cinco disparos apontado para os padres. Não queria morrer naquela noite, naquele dia. A imagem da doutora Pratt lhe veio à cabeça. As pernas cruzadas com meias acetinadas, o sorriso tranquilo.

Sarah fitava o colega, boquiaberta.

— O que está fazendo, John? Guarde isso.

O que se passou depois aconteceu com muita rapidez. Arturo recuou um passo, atento ao revólver de John, e Rafael investiu na direção do colega. Um pontapé forte nas partes baixas, primeiro, e um potente soco na cabeça, depois. Arturo despencou no chão de mármore, inconsciente. Em seguida, Rafael lhe tirou a arma. Guardou o carregador no bolso do casaco e a desmontou em segundos, deixando as peças soltas pelo chão. Manteve para si a culatra e o cano para que Arturo não pudesse voltar a montá-la.

John assistia àquilo tudo atônito, sem se mexer, e continuou estático quando Rafael se aproximou dele com uma expressão ameaçadora e imponente.

Sem tirar a arma da mão do jornalista, abriu o tambor e fez as balas caírem no chão, sem jamais desviar o olhar dele.

— Na próxima vez que apontar uma arma a alguém — disse com voz fria —, certifique-se de que tem coragem para disparar. — Debruçou-se sobre Arturo e lhe tirou a chave do carro. — Desculpe — balbuciou para o colega. — Você não me deu outra alternativa.

Em seguida, abriu a porta do apartamento e saiu.

— Vamos — chamou os jornalistas.

Sarah olhou para John e esboçou um sorriso.

— Não ouviu? Vamos.

Sarah o seguiu. Desconhecia grande parte do que se passava, mas de uma coisa tinha certeza: ele deixara de cumprir uma ordem direta. John também se apressou, receoso de que o padre caído no chão, inconsciente, acordasse de repente e ainda quisesse cumprir o que lhe haviam ordenado. Pelo sim, pelo não, fechou a porta do apartamento. Sarah e o padre já seguiam escada abaixo.

— Vai me contar agora? — perguntou a jornalista.

— É uma longa história.

— Por que eles querem matar John?

— Porque ele sabe demais.

— E agora?

Saíram para a rua e percorreram os poucos metros que os distanciavam do carro. John os alcançou. Rafael sentou-se ao volante, e Sarah ocupou o outro lugar à frente. John enfiou-se no banco de trás, resignado.

— Quem era aquele homem que mataram? — perguntou Sarah, enquanto o carro arrancava.

— Um relator — disse Rafael, os olhos cravados na estrada vazia.

— Um relator? Vai me obrigar a lhe perguntar que droga significa ser um relator?

— É um historiador, um hagiógrafo, que investiga em detalhes a vida dos candidatos a santos. É com base no relatório deles que o processo de canonização avança ou não.

— E que mal um relator pode fazer?

— Depende da perspectiva e do candidato.

Sarah não entendeu aonde Rafael queria chegar, e, embora lhe parecesse que ele tinha outros assuntos em mente, teria de insistir.

O padre pegou o celular e fez uma chamada. O interlocutor atendeu depois de alguns instantes.

— Boa noite, Jacopo. — Fez uma pausa para ouvir o resmungo sonolento do historiador. — Chegou a hora. — Nova pausa para dar tempo à reação do interlocutor. — Sim. Agora.

Sarah ficou alarmada ao ouvir as palavras que Rafael dissera a Jacopo Sebastiani. Ela tivera oportunidade de conhecê-lo meses atrás.

— O que é que aquele relator fez de mal, Rafael? — insistiu Sarah, preocupada, assim que o padre desligou o celular.

Rafael não respondeu de imediato. Estava longe, refletindo, em busca de caminhos alternativos. Depois de alguns instantes, tirou o *post-it* amarelo do bolso e o entregou a Sarah. A jornalista acendeu a luz interior do automóvel e leu. Ficou perplexa.

— O que é que... — Sarah olhou para o relógio. — Temos menos de sete horas.

— Eu sei.

Rafael trocou a marcha do carro e acelerou rua abaixo na máxima velocidade possível.

— Lá vamos nós outra vez — anunciou Sarah, segurando-se no banco. — Não podemos ter um momento de paz?

O carro deixou para trás o corpo de Bertram, que jazia no quarto andar do prédio da Via Tuscolana. Alguém cuidaria do corpo. Havia outros assuntos prementes para tratar, e o relógio, inclemente, não parava.

— Para onde vamos? — perguntou Sarah a um Rafael inteiramente concentrado na condução do carro.

— Procurar respostas.

Sarah voltou a olhar para o papel e o releu. *A filha da freira pode ter um pai beato. Anna P. e Rafael S. no Obelisco do Vaticano, às oito horas, sozinhos, ou o rapaz morre.*

Segunda Parte
VIRGO POTENS

Ainda vai necessitar muito de mim.
Deus tratará de mostrar-lhe isso, Excelência.

Frase da irmã Pasqualina em carta ao monsenhor
Eugênio Pacelli, da nunciatura de Berlim, em dezembro de 1929,
quando este se recusou a levá-la a Roma

Levante-se e mostre seu arrependimento à madre Pasqualina.

Ordem de Pio XII ao cardeal Tisserant, no Palácio Apostólico, em 1955

CASTEL GANDOLFO
6 de outubro de 1958

Tudo é como tem de ser, segundo a vontade de Deus Pai Todo-Poderoso, Criador de todas as coisas visíveis e invisíveis, onipresente, onipotente, que traça vidas certas através de linhas tortas, amo de todos os destinos... amém.

Quis o Senhor do Universo chamar à Sua companhia eterna a alma do Seu servo Eugênio, ao fim de 82 anos de vida, quase todos dedicados a Ele em sua plenitude.

O chamamento ocorreu às 3h52 da madrugada do dia 9 de outubro de 1958, na villa *papal de Castel Gandolfo, onde o Vigário de Cristo passava férias desde 24 de julho. Na realidade, férias era um termo incorreto para alguém que trabalhava dezoito horas por dia, mesmo doente.*

Seu último ato consciente, antes de entrar num estado comatoso irreversível, no final da tarde do dia 6 do mesmo mês, foi dar um beijo fraterno na testa da madre Pasqualina — amiga, confidente, mãe, protetora, sem a qual Eugênio não podia nem conseguia viver, provavam-no os mais de quarenta anos que passaram juntos —, depois de esta tê-lo censurado por ele querer alimentar Gretel, seu bem-querido pintassilgo.

— Eu vou alimentá-lo, Santidade — comunicou a madre com autoridade. — Os médicos ordenaram-lhe repouso absoluto. Ainda ontem caiu na cama esgotado de cansaço. O corpo castiga aqueles que não têm juízo.

Em Roma, Eugênio ordenara que a gaiola de Gretel se mantivesse aberta para ele poder voar livremente. Por vezes, de manhã, Pasqualina encontrava o papa fazendo a barba e conversando com o pássaro canoro, que, habitualmente, pousava-lhe no ombro. Quem imaginaria que o papa poderia se comportar como um garoto brincalhão?

Muitas línguas pérfidas pronunciaram-se sobre a relação deles — Eugênio e Pasqualina —, sem entender, nem se esforçarem por fazê-lo, o que unia o pontí-

141

fice à freira. Um descaramento, *diziam alguns nos corredores do Palácio Apostólico.* Inadmissível, *criticavam outros, sem nunca se manifestarem às claras, ocultos por rumores covardes lançados no ar. No fundo, tinham medo do poder que o amor puro de um homem dera a uma mulher em um mundo misógino.*

Depois do beijo, ela o viu entrar no gabinete, trajado em seu imaculado hábito branco, que combinava, assustadoramente, com a palidez do rosto.

— Há muito trabalho por fazer, madre — *enfatizou ele, fechando-se, solitário, no gabinete.*

Pasqualina sabia que ele estava mentindo. Há dois dias, passara tão mal que haviam lhe dado a extrema-unção. Miserere mei, Deus, *secundum magnam misericordiam tuam, era o que o Santo Padre dizia a toda hora. O fim estava próximo, cada vez mais próximo, e ele queria enganá-la da mesma maneira que enganava a morte há quatro anos, fazendo um esforço para aparentar um estado de perfeita saúde. Não queria que ela sofresse, mas Pasqualina andava com o coração nas mãos desde que ele tivera o primeiro infarto, ali mesmo, naquela sala onde lhe beijara a testa e para onde fugiam dos incessantes problemas de Roma, que, embora tão perto, parecia tão distante. Era um bálsamo para os dois, ainda que Eugênio não abrandasse o ritmo. O excesso de trabalho acabaria por matá--lo. Fora por insistência dela que haviam permanecido na* villa *mais tempo do que o previsto. Eugênio não estava em condições de enfrentar as intrigas do palácio, os desmandos, as confusões, as ininterruptas solicitações. Atores, políticos, diplomatas, todos queriam beijar o* annulus piscatoris *e tocar, nem que fosse de leve, a mão do santo homem que geria os destinos da Igreja há quase vinte anos. E, depois, as birras insuportáveis de Eminências, Excelências, Reverências, que se alimentavam de sua mente e de seu corpo como abutres famintos rondando um moribundo. Apenas o espírito se mantinha imune aos aborrecimentos; esse pertencia-Lhe.*

Pasqualina ouviu o ruído persistente da máquina de escrever durante alguns minutos, depois tudo cessou inesperadamente. Aflita, a madre entrou no gabinete de Eugênio e o encontrou caído no chão, inerte. A alvura absoluta sobre o tapete carmim. A madre idosa conseguiu reunir forças para arrastar o corpo desfalecido do Santo Padre até o sofá, encostado a uma das paredes.

— Santidade — *chamou, aflita.* — Meu... meu amor — *ouviu-se dizer.*

Lágrimas escorriam-lhe pelo rosto, enquanto continuava a chamá-lo, dando palmadas carinhosas no rosto pálido do papa, apelando ao Senhor que adiasse essa última viagem.

— Santidade, por favor, não me deixe — suplicou em desespero, batendo com mais força no rosto dele. — Que será de mim, Eugênio? Que será de nós?

Eugênio já se encontrava na anteporta do céu, preparado para encontrar o Criador de todas as coisas e ser julgado pelos pecados e pelas virtudes. A suprema das justiças, à qual ninguém é poupado, nem mesmo o Servo dos Servos de Deus.

Pasqualina sentiu sua pulsação, distante, abafada, débil; a vida se esvaía com rapidez do corpo do Santo Padre.

— Oh! Meu Deus! — evocou Pasqualina. — Na Tua infinita sabedoria, ilumina-me. — Os olhos estavam marejados de lágrimas doloridas. Agarrou as mãos de Eugênio e as levou ao peito. — Quis tanto contar a você... mas...

Eugênio não esboçava nenhuma reação. Pasqualina levantou-se e se dirigiu ao telefone que estava em cima da imponente mesa à qual o Santo Padre trabalhava. Em meio aos papéis, encontrou-o. Discou o número do médico, um tolo, a seu ver, que não passava de um simples oftalmologista, mas em quem Eugênio depositava uma confiança cega na resolução de qualquer enfermidade. Seu nome estava no topo dos dezoito profissionais de saúde para acudir ao papa onde ele estivesse. Seria uma falsidade de sua parte passar ao segundo, sabendo que o doutor Galeazzi-Lisi estava, seguramente, disponível.

A chamada completou-se sem demora. O médico estaria na villa dentro de quinze minutos e traria dois especialistas, os doutores Gasbarrini e Mingazzini, para melhor examinarem o pontífice. Pasqualina sabia que o que o oftalmologista queria, na verdade, era não ser acusado de inaptidão agora que o fim estava próximo.

Precisava chamar Robert e Augustin, Francis, a marquesa e os príncipes, os mais chegados. Não tardaria, a villa estaria repleta de almas maledicentes, abutres prontos para rapinar os despojos. Tisserant, o diácono do Colégio, seria o primeiro, sem dúvida. Antes de fazê-lo, entretanto, aproximou-se de Eugênio. Tudo estava acabado. Conseguia sentir a alma dele abandonando o corpo. Nada voltaria a ser como antes. Tinha certeza disso. Juntou seus lábios aos dele por alguns instantes, como naquela longínqua noite em Berlim. Estavam gélidos. Admirou aquele rosto nobre e sacrossanto enquanto lhe tocava os lábios com delicadeza.

— Vai, meu amor. Que Deus o aconchegue em Seus braços — disse em voz baixa. — Nós duas ficaremos bem.

ROMA, ITÁLIA
14 de outubro de 1958

Cinco dias depois, o corpo de Eugênio Maria Giuseppe Giovanni Pacelli, o décimo segundo papa a usar o nome Pio, foi sepultado na cripta da Basílica de São Pedro, enterrando para a posteridade um pontificado que havia começado no dia de seu sexagésimo terceiro aniversário, 2 de março de 1939.

Nunca um último suspiro mudara tanta coisa em tão pouco tempo. Pio cultivara mais inimigos do que amigos ao longo dos anos. Afastara-se da hierarquia romana, despira de todo o poder o Colégio dos Cardeais. Rodeara-se de gente duvidável e de estrelas de Hollywood, disso o acusavam os cardeais do Sacro Colégio, enciumados pela perda de influência junto ao papa. Porém, o poder daqueles em quem Pio confiava terminou com seu sepultamento.

O corpo nem bem esfriara, e já os cardeais se atropelavam uns aos outros à procura daquele que sucederia Pio como Bispo de Roma, Sumo Pontífice da Igreja Universal, Servo dos Servos de Deus.

Eugène Tisserant, decano do Sacro Colégio dos Cardeais, um francês de barba farta, que descia rebelde pelo queixo, tomara as rédeas da situação mal entrara na villa *papal, em Castel Gandolfo, na noite do dia 6. Fizera-se acompanhar de seu séquito mais fiel e, como íntegro cumpridor do protocolo, iniciara os rituais mal a morte fora confirmada pelos médicos, na madrugada do dia 9, no quarto melancólico onde jazia o corpo do Sumo Pontífice.*

Chamou o nome Eugênio por três vezes. Não houve resposta.

— O papa está morto — proclamou o francês com sua voz troante.

Mandou que os sinos de San Sebastiano tocassem. Ao longo da noite, os badalos dos sinos de todas as igrejas de Roma se juntariam ao lamento do de San Sebastiano no triste anúncio da morte do papa. Depois, Tisserant retirou o annulus piscatoris *do dedo do Santo Padre e entoou o* De Profundis.

Mandou notificar os cardeais da má notícia e, completamente encharcado de suor pelo imenso calor que fazia naquela noite, ajoelhou-se aos pés da cama, junto de mais alguns prelados, dos três príncipes, sobrinhos do papa, e das irmãs de Santa Cruz, entre as quais se incluía Pasqualina, e rezou um rosário pela alma do Santo Padre.

— Vinde, Espírito Santo, enchei o coração dos vossos fiéis e acendei neles o fogo do vosso amor. Enviai o Vosso Espírito, e tudo será criado, renovareis a face da terra — suplicou Tisserant.

Durante a hora que se seguiu, o francês comandou com fervor os mistérios do Rosário, sendo a sua voz a que mais ressaltava do coro que rezava.

— A marquesa? — perguntou Tisserant, de maneira brusca, à madre Pasqualina quando terminaram.

— Passou mal quando viu o irmão. Está num dos aposentos repousando — respondeu a madre, cabisbaixa.

Tisserant debateu os procedimentos do embalsamamento com o doutor Galeazzi-Lisi, que havia acordado explicitamente com o papa um novo procedimento, inovador, que não só conservava o corpo como também todos os órgãos internos.

— Sua Santidade queria manter-se como Deus o trouxe ao mundo — reiterou o médico. — Com esse procedimento, durará séculos.

— Não é verdade — intrometeu-se Pasqualina. — Nunca Sua Santidade tomou nenhuma resolução a favor desse novo processo.

— Cale-se, mulher — ordenou Tisserant, aproximando sua boca do ouvido dela. — Lembra quando lhe disse que seus dias estavam contados?

Tisserant aprovou o método inovador de embalsamamento, que seria executado assim que fossem cumpridos os prazos de espera legais.

— Este calor não é nada bom — reclamou o médico.

Tisserant ordenou às irmãs alemãs — que, com Pasqualina, cuidavam do papa — que mantivessem o aposento o mais arejado possível.

Em seguida, já com os primeiros raios do sol matutino a iluminarem a villa, *o cardeal francês instruiu o Colégio para que se elegesse um camerlengo, o chefe de estado interino da Igreja Católica Apostólica Romana em período de sede vacante, pois o papa não o fizera desde que o cardeal Lorenzo Lauri falecera nos idos de 1941. Pio certificara-se de que seria o último* Pontifex Maximus *absoluto, imperial. Quando o secretário de Estado Luigi Maglione falecera, em 1944, o papa se encarregara pessoalmente da Secretaria de Estado, nomeando dois pró-*

-secretários, os monsenhores Domenico Tardini e Giovanni Montini. Este último fora, depois, degredado para o arcebispado de Milão, em 1953. Nunca havia se visto coisa semelhante antes.

— Foi ideia daquela mulher — rugiu Tisserant numa reunião do Colégio impotente. — Ela ainda vai ser nossa perdição. Escutem o que vos digo.

E, como se não bastasse, Pio terminou com a hegemonia italiana no Colégio. Pela primeira vez na história da Igreja, havia mais cardeais estrangeiros que italianos. Os consistórios de 1946 e de 1953 criaram tantos desequilíbrios na composição do Colégio, que o próximo conclave podia, pela primeira vez, não eleger um pontífice italiano, como era tradição. Tisserant não se opusera muito a isso, pois era francês e, não fossem os inimigos que sua personalidade combativa cultivara ao longo dos anos, poderia muito bem ser o próximo Pontifex Maximus devido a essa alteração.

O cortejo fúnebre saiu de Castel Gandolfo no dia 10, em direção à Basílica de São Pedro, onde o caixão repousaria. Milhares de pessoas aguardavam ao longo da Via Ápia e por toda a cidade para verem passar aquele que os guiara em períodos tão conturbados.

Pasqualina, pela primeira vez em quarenta anos, vira-se privada de motorista. O Cadillac preto já não estava a seu dispor.

— Lamento, madre — desculpou-se Angelo Rotta, o motorista, a cabeça curvada. — Minhas ordens são para levar os cardeais Tisserant e Roncalli.

— Não se preocupe, meu filho — tranquilizou-o Pasqualina, levando a mão terna ao ombro dele.

Estava habituada a que Rotta a levasse para todo lado. Ele era motorista dela e de Pio havia mais de vinte anos. Na viagem para Castel Gandolfo, em julho, Pio e ela pediram a Rotta que acelerasse o máximo possível. O motorista sabia que o papa era amante da velocidade, e gostava que ele fizesse aquele percurso em menos de dezoito minutos. Quando não conseguia, o papa e a madre exibiam uma expressão de decepção no rosto. Mal sabia Rotta que era mais uma maneira de se divertirem. Na verdade, não estavam nem um pouco aborrecidos.

— Não se preocupe, Angelo — repetiu Pasqualina. — Vou procurar quem possa me levar.

E encontrou. Uma boleia de um grupo de jardineiros ruidosos da villa conduziu-a à entrada da cidade. O resto do caminho ela fez a pé. Chegou à atulhada Praça de São Pedro no início da noite, suada e muito cansada. Andar mais de três quilômetros a pé era um esforço considerável para uma mulher de 64 anos.

Mas, de outra maneira, jamais conseguiria chegar lá. Roma estava apinhada de gente.

Ela sabia que Tisserant não lhe arranjara nenhum lugar especial na cerimônia fúnebre. Só os mais chegados da família, os cardeais e os dignitários estrangeiros teriam acesso privilegiado. Havia apenas um canto, bem atrás, longe da vista das pessoas, reservado aos serviçais na cerimônia fúnebre marcada para o dia 14. Era melhor que nada. Pela praça seria muito difícil chegar ao palácio. Decidiu entrar pela Porta de Sant'Anna, ali perto. Passou pelo guarda, que lhe bateu continência, e seguiu em direção aos seus aposentos nos apartamentos papais.

Alguns minutos depois, Pasqualina percorria um dos longos corredores do térreo a caminho do elevador.

— Pasqualina — ouviu alguém chamar. Virou-se para trás. Era Spellman.

— Francis — saudou a madre.

O corpulento cardeal americano, cinco anos mais velho que Pasqualina, deu-lhe um abraço forte e um beijo na face, que aliviou o ar austero que ela envergava. Seus olhos ficaram marejados. Conheciam-se há décadas, desde férias memoráveis que os três haviam passado nos Alpes suíços em 1931.

— Oh! Meu bom amigo — disse, comovida.

— Não devia andar por aqui — advertiu o americano com voz suave. — O Colégio proibiu sua entrada no palácio.

— O Colégio, ou Tisserant?

— Tanto faz. Venha comigo — pediu-lhe o americano.

— Aonde vamos?

— Para os meus aposentos. Lá ninguém vai nos incomodar.

Pasqualina parou e fitou o cardeal americano, que também a observava.

— Gostaria de ver o Santo Padre, Francis — rogou, as lágrimas se desprendendo dos olhos. — Pode me levar até ele?

Spellman suspirou, resignado.

— Meu poder também acabou com a morte do nosso querido amigo, Pasqualina — explicou, desapontado. — Quem dita as regras agora é Tisserant e Masella, que foi eleito camerlengo ontem. Lamento, mas só poderá vê-lo no dia 14. — Abraçou-a. — Venha. Vamos à capela rezar pela alma dele.

Pasqualina estava muito abalada. Sabia que Tisserant se vingaria, mas jamais pensara que nem sequer respeitariam um intervalo mínimo de luto. Queria ficar com o Santo Padre até o último instante. Por ela, só alguns familiares é que teriam direito a lhe prestar a última homenagem. Aliás, apenas a irmã, Elizabetta.

Ela o protegeria do mundo na morte como o fizera a vida toda. Seria um momento íntimo. Mas não lhe permitiram.

Entraram na capela de Nicolau V, no segundo andar, pois a do papa, nos apartamentos papais, que utilizavam sempre, já não podiam mais utilizar. Sentia-se cansada física e psicologicamente. Os últimos meses haviam sido muito difíceis. Dormira pouco, pois queria estar sempre disponível para Pio caso ele necessitasse de alguma coisa durante a noite. Usava uma cadeira de balanço, na qual aproveitava para tricotar meias e camisolas, às vezes cochilando, mas sempre disponível caso Eugênio precisasse dela. Estava exausta. Fez bem a ela se sentar nos bancos da capela rodeada pelos afrescos de Fra Angelico.

— Gostaria de poder estar com ele — admitiu.

— Não é um cenário digno de um pontífice, Pasqualina.

— Por que, Francis? — perguntou, alvoroçada.

Spellman se precipitara. Não queria que Pasqualina ficasse com aquela imagem. Falara demais.

— Alguma coisa correu mal com o embalsamamento. — Teve de contar; ela não o deixaria em paz enquanto não o fizesse. — O médico diz que foi por causa do calor intenso, mas, se quer saber minha opinião, parece-me que foi um trabalho malfeito.

A imagem do corpo do homem que tanto amava sendo corrompido fez Pasqualina se desmanchar em lágrimas. Spellman tentou confortá-la.

— Já resolveram a situação — mentiu-lhe.

Decidiu omitir que até mesmo alguns guardas suíços de vigília do caixão se sentiram mal, e que tiveram de suspender o acesso dos fiéis à basílica por duas vezes para contornarem a situação. Ela não aguentaria.

Permaneceram em silêncio durante alguns instantes. Um coro de orações desencontradas erguia-se da praça, invadindo o palácio. Pasqualina sufocava um pranto descontrolado. Spellman também estava visivelmente perturbado. Não tinha mais nada para oferecer, a não ser estender as mãos e juntá-las às dela. Por mais que se queira, ninguém pode sentir a dor alheia.

— O que vai ser de nós? — lamentou-se Pasqualina. Levantou-se de súbito, largando as mãos do cardeal. — Preciso ver minha menina.

Spellman levantou-se também.

— Não, Pasqualina. Está fora de cogitação.

— O que vai ser dela sem mim? — questionou, desnorteada, afundando o rosto nas mãos.

— Tudo vai correr tão bem quanto até agora. Você tem tratado muito bem dela, Pasqualina. Vou me assegurar de que continuará a ser assim, esteja onde estiver — afiançou o prelado.

Pasqualina serenou. Ele tinha razão. Ela estava desorientada. Os acontecimentos haviam se precipitado de tal modo que praticamente fora tragada por eles.

— Aconteça o que acontecer? — perguntou, já mais tranquila.

— Aconteça o que acontecer.

*

Os dias seguintes custaram a passar. Pasqualina tentou descansar, mas os minutos passavam lentos, como se cada segundo se recusasse a avançar de livre vontade e tivesse de ser empurrado à força. O calor continuava a agredir, impiedoso, os hábitos dos servidores de Deus, corrompendo também, com ainda mais rapidez, o corpo do Santo Padre.

Enfim chegou o dia 14, e à madre Pasqualina, governanta de Pio XII, ficou reservado um lugar atrás de todos os serviçais, oculto por uma das colunas grandes que suportavam a cúpula. Podia ouvir mais do que ver, mas não se importou. Conseguiu vê-lo quando entrou, magnânimo, plácido. Seu Eugênio, alvo de todas as honras, amado pelos fiéis, tal como merecia. Conteve as lágrimas até o corpo ser colocado no triplo ataúde e levado à cripta. Acabara. Eugênio tornara-se história.

Limpou as lágrimas e se dirigiu ao exterior da basílica, seguindo a multidão. Sentiu um braço no ombro.

— Madre, por favor — ouviu atrás de si.

Era um jovem guarda, que lhe entregou um bilhete e, sem proferir mais nenhuma palavra, deu-lhe as costas. Em breve juraria fidelidade a outro papa.

Pasqualina afastou-se, não sem esforço, da turba de Eminências, Excelências, Reverências e outros convidados que a empurravam para a saída, encostando-se em uma das colunas da entrada, junto à Pietà de Michelangelo. Abriu o pequeno bilhete que trazia as armas do Colégio dos Cardeais na parte superior. Estava escrito à mão e em letra cursiva.

Madre Pasqualina,

Serve esta nota para informá-la de que terá de recolher os seus pertences até o final do dia. Está disponível uma gratificação de 170 mil liras, no Tesouro da Cúria, que deve ser retirada na saída.

A assinatura era a parte mais legível do bilhete. Lia-se Cardinal Eugène Tisserant. O cardeal francês queria que ela soubesse exatamente quem era o autor do texto.

Sentiu os nervos à flor da pele, mas se conteve. Ali não. Não lhes daria esse prazer. Era hora de enfrentar os problemas, e Pasqualina nunca fora mulher de desistir; não seria diferente agora.

Dirigiu-se ao Palácio Apostólico. Tantas vezes percorrera aqueles corredores como se fossem seus. Não conhecera todas as mais de oito mil divisões do Palácio, nem utilizara as mais de trezentas escadarias, embora tivesse subido e descido, vezes sem conta, por muitas delas, ao longo dos quase trinta anos que ali habitara.

Sabia muito bem para onde se dirigia. Entrou no gabinete do cardeal francês. Um assistente estava à porta.

— Boa tarde. Pode anunciar-me ao cardeal Tisserant?

O assistente, que revia um texto, nem se dignou a levantar o olhar.

— Pode entrar. Sua Eminência está à sua espera.

A freira fechou os olhos, respirou fundo para se acalmar e entrou no elegante gabinete. A mesa era maior que a de Pio, e havia um odor de charuto no ar. Tisserant estava recostado em uma grande cadeira, que lembrava um trono, tendo os pés sobre a mesa.

— Madre Pasqualina, que bom vê-la — cumprimentou com um sorriso largo.

Ela sabia que a hipocrisia não era um dos defeitos do francês. Estava apenas zombando dela.

— Eminência, recebi a nota do Colégio para que eu libere os meus aposentos ainda hoje — disse, controlando-se para se manter cordial. — Será que o Colégio poderia dar mais algum tempo para me organizar e tomar algumas providências?

O cardeal tirou os pés de cima da mesa e se inclinou para a frente. Entrelaçou as mãos sobre o tampo de mogno.

— Perfeitamente, madre Pasqualina. Tem até as oito da noite para abandonar a Santa Sé.

Não havia nada a fazer. Tisserant não cederia.

— Muito bem — aquiesceu a madre, resignada. — Fico feliz em saber que o tapa que lhe dei em 1943 ainda lhe dói.

Relembrou a ocasião, quinze anos antes, em que Tisserant irrompera pelo gabinete do papa e dissera: "O filho da puta do Mussolini foi preso". Pasqualina aproximara-se dele e o esbofeteara com toda a força de que fora capaz. Não eram modos nem palavras admissíveis na presença do Santo Padre, mesmo vindos de um cardeal tão intempestivo como Tisserant. Ninguém falara mais nada, e o francês se retirara ao perceber que Pio aprovava a atitude da freira.

Agora, não havia mais Pio para defendê-la. Restava apenas uma memória, e essa não defendia ninguém. Deu as costas ao francês e avançou para a saída.

Tisserant fitou-a, frustrado. A alemã nunca se rebaixava.

— Aproveite e leve também o pássaro. Já não precisamos nem de você, nem dele.

O conteúdo dos últimos vinte anos de uma vida dedicada a um homem cabia em duas pequenas malas. Não se censurava. Sempre fizera o que quisera. Nunca ninguém a obrigara a nada. Nem mesmo o pai, George, quando a proibira de ingressar no convento e se entregar a Deus, aos 15 anos, conseguira impedi-la. Arrastou as malas pela Praça de São Pedro, levando também a gaiola de Gretel.

Pegou um táxi no largo diante da Praça. Olhou para a imensa basílica onde tantas vezes estivera e contemplou o terceiro andar do palácio, em que fora tão feliz servindo Eugênio.

— Fique bem, querida — disse em voz alta. — Um dia voltarei para ver como está, minha querida filha.

Ninguém percebeu a freira que, desajeitadamente, enfiava as malas e a gaiola dentro do veículo. Ninguém apareceu para se despedir, nem um adeus, um obrigado, um até mais — nada foi dito à freira idosa que até há poucos dias fora a mulher mais poderosa que já residira no Vaticano.

Faltavam sete minutos para as oito da noite.

29

Gennaro Cavalcanti não era um policial qualquer. Se ainda tivesse algum amigo, este diria que o inspetor era um homem insuportável, e talvez não andasse muito longe da verdade. Para se conhecer um pouco esse homem da Polizia di Stato, era preciso saber que Gennaro nunca se esquecia de nada.

Havia outros fatores, porém, que o faziam ser apenas um inspetor. Cedo se viu que não iria progredir na carreira além de onde se encontrava. Outras forças se levantavam e o impediam de voar mais alto. É que Gennaro acreditava que a lei era para ser cumprida por todos, sem exceção. Tolice. Em sua área, era um pensamento imperdoável.

Gennaro tornara-se uma celebridade quando o famoso caso Mani Polite o catapultara às manchetes dos jornais. Nessa época, as detenções eram quase diárias e não obedeciam credo, profissão nem berço, ou assim se pensava. Gennaro não tinha receio de nada... nem de ninguém. Era a obstinação de quem pensava que não tinha nada a perder. Gennaro ignorava, na época, que não era só Deus quem escrevia o destino tortuoso dos seres humanos... os poderosos também.

A primeira mulher deixou-o a essa altura, levando os filhos com ela. Duas crianças que não tinham sequer 5 anos e mal o viam, se é que alguma vez souberam quem era aquele homem que chegava em casa de madrugada, quando chegava, e saía antes do amanhecer. Os telefonemas anônimos que os ameaçavam a toda hora do dia e da noite contribuíram para o fim do primeiro casamento. O inspetor não se deixou abater, não cedeu um milímetro na maneira de agir, tampouco censurou a esposa por querer o melhor para ela e os filhos. Gennaro possuía um senso de sacrifício descomunal.

Mantivera-se alguns anos solteiro depois disso. Esse descomprometimento proporcionava-lhe certa independência. Os telefonemas anônimos nunca cessaram, em particular à noite, mas Gennaro tinha uma missão, e não seriam detalhes que o fariam recuar.

O inspetor era responsável pelo departamento de crimes violentos, o que tornava o título *inspetor* um tanto inadequado, e o termo *responsável*, inteiramente incorreto. Este romano, nascido no dia de Ano-Novo de 1950, era um agente que detestava o trabalho administrativo, relatórios, teorias, cafés e bolinhos no conforto dos gabinetes; preferia ir a campo, estar, de fato, nos locais dos crimes.

Gennaro Cavalcanti não possuía apenas qualidades, se é que algumas de suas características podiam ser definidas assim. Com a idade, e depois de ver partir mais duas senhoras Cavalcanti, que, assim como a primeira, levaram-lhe quase metade do salário, deu-se conta de um fetiche que sempre tivera, ainda que latente, mas que nunca se evidenciara tanto como depois dos 50 anos. Tinha um fetiche por mulheres casadas ou, no mínimo, com algum nível de compromisso com alguém que não ele.

Era como se todos os alarmes disparassem assim que via uma aliança de casamento, um anel de compromisso, ou um simples gesto, um beijo, uma carícia no rosto, as mãos dadas. O desejo de conquistar, de possuir essas mulheres, tocadas pelo amor de outras pessoas, tornava-se irrefreável.

Não era tanto o fator cama que o atraía. Se fosse, o que mais havia por aí era exemplares do sexo feminino disponíveis em busca de amor. Não; isso não lhe interessava de maneira alguma. Com 62 anos, não queria um relacionamento estável — bastavam-lhe as três senhoras Cavalcanti que tivera. Ansiava por aventuras com mulheres comprometidas que tivessem muito a perder. Essa conquista, essa sedução é que o impeliam a adulterar o sétimo mandamento.

Gennaro vinha envelhecendo bem. Algumas rugas conferiam-lhe um ar maduro, o cabelo grisalho ajudava, mas era sobretudo a voz de barítono que provocava nelas um segundo olhar, aquela curiosidade fugaz tantas vezes comprometedora.

Naquela noite, ele indenizara-se pelos dez anos de promoções prometidas, mas jamais cumpridas. A cama onde estava deitado, de barriga para cima, era a de um hotel, e a senhora, que o usava para algumas horas de prazer sexual, chamava-se Marcella, sendo a venerável esposa de seu chefe, Amadeo.

Cada vez que ela cavalgava em cima dele, Gennaro lembrava-se do chefe — corpulento, sempre transpirando, a respiração arquejante, confidenciando-lhe naquela tarde, em específico, que sua senhora estava num congresso em Milão. Gennaro sorriu, enquanto lhe apertava os seios caídos e a ouvia gemer.

— Está gostando do congresso, senhora doutora? — provocou Gennaro com um olhar irônico.

Marcella balbuciou um *sim* entrecortado pelos gemidos simultâneos de dor e prazer, e um sorriso que ela julgava cúmplice do dele. Estava longe de imaginar que o Gennaro por quem caíra em tentação não existia. O colega do marido, subordinado a ele, pela primeira vez em dez ou quinze anos — nem sabia mais quanto tempo — reparara nela, vendo algo além do objeto em que ela se transformara para o marido e os filhos. Escutara suas palavras sem julgá-la, e ela desejara senti-lo dentro de si. Mais que uma vontade, tornara-se uma necessidade.

Enquanto Marcella sentia Gennaro, sua mente falou, falou, falou muito. Já não eram lamentos, nem protestos, nem constatações de quem se via relegada a segundo plano, mas exclamações e gemidos de luxúria bem-vindos. Disse o nome de Deus em vão por quatro ou cinco vezes, Jesus também foi mencionado, e até Sua mãe, Nossa Senhora, foi evocada uma vez. Gemeu várias outras coisas e outros tantos disparates que, com certeza, não combinavam nada com evocações divinas.

Gennaro não falou muito. Não por alguma razão especial, ou mesmo por estar com quem estava. Não costumava falar durante o ato sexual, fosse com quem fosse. Achava que não havia necessidade, que não era a ocasião propícia. Ou então era mesmo verdade que um homem só conseguia fazer uma coisa de cada vez. Por outro lado, para ele a caçada havia terminado no momento em que a esposa de Amadeo, o idiota do seu chefe, tinha se despido e se metido na cama com ele. Para ele, o importante era a conquista, a sedução.

E, enquanto Marcella o usava, ele pensava no caso que tinha em mãos. Afinal, sempre conseguia fazer mais que uma coisa ao mesmo tempo.

O duplo assassinato na Basílica de Sant'Andrea. Aquilo fora obra de profissionais, e era uma história muito mal contada. Tanto que, no tocante à Igreja, a expressão que sempre utilizava era *culpados até prova em contrário*. Estivera na basílica no início da noite e tinha dúvidas, muitas dúvidas.

Ouviu o celular vibrar em cima do criado-mudo e esticou o braço para pegá-lo.

— Não atenda, por favor — pediu Marcella com um sorriso tímido, o corpo suado. A esposa de Amadeo tinha energia de sobra, Gennaro era testemunha disso.

— Gostaria de ligar para a polícia e que ninguém a atendesse? — argumentou Gennaro, apertando o botão para atender à chamada e levando um dedo à boca a fim de pedir silêncio. Depois sorriu. — Boa noite, chefe.

A senhora enrubesceu e parou imediatamente o que fazia. Sentia-se como uma criança atrevida flagrada em alguma travessura. Abafou uma risada quando Gennaro lhe deu uma piscadela.

— São três e meia da manhã — protestou o inspetor. — Neste momento, estou com sua mulher em cima de mim.

Marcella não acreditava no que acabara de ouvir. Ele seria louco? Manteve-se em silêncio, muda e atenta ao resto da conversa, visivelmente preocupada.

— A única coisa certa que esses sujeitos sabem fazer é criar problemas. Como a sua esposa está fora e está sozinho na cama, achou que era uma boa ideia me chatear a essa hora, isso sim.

Gennaro continuava deitado, de barriga para cima, e, ao escutar as palavras de Amadeo, arrastou-se para cima na cama, levando a mulher com ele, de forma a ficar com as costas encostadas à cabeceira da cama. A esposa do chefe ficou quase colada ao rosto de Gennaro. Ela tentou não respirar; precisava encobrir sua presença.

— A investigação é minha — disse o inspetor com irritação. — Liberto os corpos quando quiser. Não serão esses papa-hóstias que vão me dizer o que tenho de fazer. — Ouviu a reação do chefe e se enfureceu. — Não me encha o saco, Amadeo.

A senhora viu Gennaro perder a paciência e ficou admirada. Nunca o ouvira falar daquele modo. O fato, no entanto, de estar falando com seu marido, que a imaginava dormindo o sono dos justos em Milão, excitava-a ainda mais. Não sabia explicar por quê; talvez fosse o doce sabor da vingança e, enfim, se sentisse valorizada e importante. Queria voltar a se movimentar em cima de Gennaro, mas o inspetor parecia cada vez mais irritado. Decidiu arriscar, com um sorriso travesso nos lábios, devagar a princípio, para estudar sua reação. Gennaro, que segurava o celular com uma das mãos, começou a massagear seu seio com a outra, apesar de continuar irritado com a conversa. Talvez esta fosse também sua forma de se vingar do chefe. Aos poucos, retomaram o ritmo, limitando o ruído ao mínimo roçar de pele dos corpos. A senhora queria gritar, mostrar que estava ali, mas achou melhor não fazê-lo e manter o marido na ignorância... por enquanto.

— Qual é a pressa? — Gennaro continuou a berrar no aparelho. — Um deles nem sequer foi identificado. O idiota do Comte não contou a história verdadeira, Amadeo. Podemos pressionar com os...

Nesse momento foi interrompido pelo chefe, que deve ter lhe dado alguma ordem direta, não passível de discussão — a autoridade de quem podia sobre a submissão de quem cumpria. A senhora tentava conter sua respiração, entremeando movimentos rápidos com outros mais lentos. A esposa do chefe era bastante vigorosa. Água em ponto de ebulição.

— O chefe quer, o chefe tem — respondeu Gennaro secamente. — Amanhã de manhã trato disso.

E desligou sem dizer mais nada. A senhora aproveitou esse momento para aliviar o prazer que havia contido durante aqueles últimos minutos com um gemido mais intenso, que poderia ter sido ouvido nos quartos ao lado. Gennaro mostrou-se mais presente; queria, agora mais do que nunca, deixar sua marca. Pegou Marcella com ambas as mãos, levantou-se, sustentando o peso dela, e encostou-a à parede, enquanto a esposa de Amadeo sorria.

— Tenho de pedir ao meu marido que ligue mais vezes para você — disse ela em um tom provocativo.

— Seu marido é um banana — replicou Gennaro. — Devia ser padre, não policial.

O celular voltou a dar sinal de vida, vibrando e tocando em cima da cama, enquanto a luz do visor acendia e apagava. Marcella sorriu.

— Atende. Pode ser ele outra vez — tornou ela com uma expressão maliciosa, como se houvesse feito ou dito alguma bobagem e esperasse um castigo.

Gennaro a colocou no chão e pegou o aparelho. Esboçou uma expressão de estupefação ao olhar para o identificador de chamada.

— Cavalcanti. O que está havendo?

Gennaro escutou com atenção. A senhora aproximou-se dele com nova dose de sensualidade, mas ele fez um gesto para que ela parasse.

— Outro? O que é que esses sujeitos estão fazendo? — Escutou o interlocutor. — Entendo. Já identificaram o cadáver de Sant'Andrea? — Esperou pela resposta enquanto consultava o relógio de pulso. — Investiguem quem deu o alerta de Sant'Andrea e este. Uma vez é lapso, duas é deliberado. Estarei lá dentro de vinte minutos.

Atirou o celular em cima da cama e tornou a abraçar Marcella. A sessão de prazer teria de ser abreviada, sem, no entanto, colocar em risco a qualidade, que era sua marca registrada. Os gemidos voltaram com mais vigor; as exclamações e evocações divinas também. Esperava-o mais um cadáver e uma noite insone. Pensou no idiota do chefe e sorriu.

— Vou lhe mostrar já quem é que manda — disse em voz alta, o tom de voz confiante.

Marcella sorriu e o beijou. Não percebeu que ele não falava com ela.

30

Duválio suava enquanto usava o chicote para massacrar as costas nuas e rasgar a carne. Ele merecia. Os piores castigos não eram suficientes. Os ferimentos dolorosos que o atormentavam não bastavam para atenuar o sofrimento da alma, que era mais excruciante que a dor física. Nenhuma tortura que infligisse a si mesmo seria mais pesada que a culpa que sentia. Não havia cura para os males da alma, Duválio sabia bem disso. Nem o perdão Dele, no alto dos céus, era suficiente para limpar a mácula que ele próprio fizera se abater sobre si. Como fora imprudente.

— Meu Deus, aceite minha penitência — suplicava, entre lágrimas, enquanto supliciava as costas com violência.

Estava dentro de um gabinete espaçoso, repleto de armários que ocupavam metade das paredes e onde havia uma grande mesa de trabalho no centro, rodeada de pesadas cadeiras de madeira. Em cima, acumulavam-se livros e documentos dos mais variados teores. Uns mais antigos, outros recentes, numa aparente organização caótica. Duválio estava completamente nu, flagelando-se em frente a uma imagem da cruz de Cristo. Mais que as palavras Dele, a sagrada instituição explorava Sua morte e sofrimento. A cruz, sempre a cruz pesando nas costas dos mortais comuns. Não precisava ver o Cristo gravado nela; sabia que Ele estava lá, onipresente e onipotente, testemunha de suas falhas, de seus pecados e tentações.

O sangue caía no tapete e se confundia com o carmim do tecido. As investidas continuavam a lhe rasgar as costas numa cadência veemente e insistente. Por Bertram, Domenico, Gumpel, pelo Santo Padre, Bento XVI, pelo Venerável Santo Padre Pio XII, por Pasqualina, Piccolo... Uma chicotada violenta por sua mãe, dona Santinha, que não o havia criado para aquilo. Era um homem íntegro, reto, nascido em Porto Alegre, e trilhava os tenros anos de sua terceira década de existência. Era um garoto ainda, diria dona Santinha. Era um cafajeste, diria ele.

— *Intéllige clamórem meum, inténde voci oratiónis mea, rex meus et Deus meu, quóniam ad te orábio Dómine.*

Cessou os açoites e arrastou uma cadeira para o lado. O sangue pingava em fio no tapete, que absorvia o fluido da vida. Largou o chicote e pegou o cinto que estava nas calças largadas a esmo no chão. Subiu na cadeira e, com esforço, o suor se acumulando na testa e no rosto, passou o cinto pelo grande lustre que pendia do teto. Prendeu-o e depois o sopesou. Aguentaria. Desceu da cadeira e voltou a se ajoelhar. Fez o sinal da cruz e evocou Deus. Pensou novamente na família, em Porto Alegre, nas Igrejas das Dores e da Conceição, onde acordara para Deus, no calor, nos churrascos, no samba, na mãe, dona Santinha. As lágrimas escorriam pelo rosto e se misturavam ao suor. Limpou os olhos com a mão. Sentiu o desespero, a culpa, as mortes, a responsabilidade. Não tinha intenção. Quando se dera conta já era tarde. Apenas fazia o trabalho como lhe haviam ordenado; jamais quisera prejudicar alguém. As estranhas linhas tortuosas da vida haviam originado um emaranhado incontrolável. Merecia aquele destino. Era um homem morto de qualquer maneira. Deus o julgaria como achasse melhor. Dona Santinha perceberia que ele havia sido enganado. Era o mais importante para ele. Ela criara um bom homem. A culpa não fora dela. A mãe não o orientara para o seminário, com tanto sacrifício, para que ele fugisse às suas responsabilidades. Não fora destacado para Roma para fugir às suas obrigações. Era importante fazer as pazes com ele mesmo. E só o conseguiria na presença do Bom Deus.

Subiu de novo na cadeira e passou o cinto pelo pescoço. Respirou fundo, olhou para o teto e chutou a cadeira. Levou as mãos ao pescoço em desespero. A falta de ar, a asfixia, o curso da morte inexorável.

A fivela estava bem presa. Sentiu o couro esticar com seu peso. O lustre tilintava à medida que ele se contorcia com violência, ameaçando ceder a qualquer momento, embora ele soubesse que isso não aconteceria. Estava bem fixado ao teto.

Sentiu-se desfalecer à medida que se asfixiava. Deus estava quase acolhendo-o em seus braços, fazendo com ele o que quisesse. Iria lhe pedir clemência. Pensou em Bertram, o bom Bertram, e também se Domenico estaria lá à espera dele. Uma imagem da mãe, dona Santinha, inundou-lhe a mente ávida por ar.

Perdoe-me, mãe, ainda conseguiu balbuciar mentalmente.

A porta do gabinete se abriu naquele momento com violência. Viu um homem, talvez fossem dois ou três, ou mais, ou então apenas um truque de sua mente agonizante que já não conseguia discernir a realidade. Sentiu-se cair com violência no chão, desamparado; as costas castigaram-no com uma dor lancinante, o cinto ficou frouxo, e o oxigênio voltou a alimentar os pulmões sôfregos.

— O que tinha na cabeça, Duválio? — perguntou o homem que o arrancara da morte, em português.

— Eu... eu... — balbuciou, ao mesmo tempo que recuperava o fôlego e a consciência, tentando entender o que estava acontecendo. Morrera ou não? — Eles vão me matar.

Abriu os olhos e contou três pessoas. Um homem franzino, uma mulher e um outro homem, o que o agarrara, reconhecendo-o.

— Acabo de trazê-lo de novo para junto de Deus — disse Rafael, levantando-o sem nenhuma delicadeza. — Mas antes temos de conversar.

31

Um homem é os problemas que ele cria e fomenta. Há uma necessidade inata de se andar emaranhado em uma teia problemática que apimente o ambiente e incite o protesto. Qual seria o interesse em se viver num mundo sem traições, punhaladas, enganos e roubos? Quem, no seu juízo perfeito, gostaria de viver numa casa em que pudesse dormir tranquilo, de porta aberta?

O carpete silenciava os passos vigorosos de Giorgio, o belo, enquanto caminhava em direção ao Secretariado. Mais uma noite em claro, em nome de Deus, tentando desatar os nós que teimavam em se enroscar mais e mais, enredando-se em si próprio. Consultou o relógio. Pouco mais de três da manhã. Utilizou a Scala Nobile e continuou seu caminho, corajoso, determinado. Abriu as duas portas que davam acesso à antecâmara do gabinete do secretário no segundo andar.

— Aconteceu alguma coisa, Excelência? — perguntou um noviço, confuso.

— O secretário de Estado?

— Retirou-se para os seus aposentos. Pediu para não ser incomodado. Eu também já estava me preparando para ir dormir.

— Vá acordá-lo — ordenou o secretário pontifício.

O noviço nem sabia como reagir àquela ordem, que, com certeza, seria mais adequada se se tratasse de um pedido veemente. Jamais se vira um simples secretário, mesmo este que tinha como função auxiliar o Santo Padre, irromper no Secretariado com ordens.

— Não posso, Excelência. Ele me deu instruções muito explícitas.

Giorgio desviou-se do jovem padre e, a passos rápidos, alcançou a porta do gabinete sagrado, centro político do Estado Pontifício, nacional e internacionalmente.

— O que está fazendo, Excelência? Não pode entrar aí!

Giorgio abriu a porta e entrou sem dar ouvidos ao jovem, que já transpirava de ansiedade e medo. Este viu o secretário do Santo Padre sentar-se no grande sofá de couro do gabinete e cruzar uma das pernas.

— Ou você vai chamá-lo… ou vou eu — declarou Giorgio, taxativo. — Escolha.

O rapaz ponderou por alguns instantes, fitando a expressão fria do alemão, e lhe deu as costas. Seria muito ruim acordar o secretário, mas ainda mais inconcebível seria o alemão fazê-lo. Um escândalo inadmissível.

— Não saio daqui sem falar com ele. Certifique-se de avisar sua Eminência sobre esse fato — advertiu Giorgio, elevando a voz para se fazer ouvir pelo rapaz, que já ia deixando o aposento.

O secretário papal teve pena do rapaz. Guardadas as devidas proporções, o jovem ocupava um cargo similar ao seu. Era assistente do número dois do Vaticano, enquanto Giorgio assistia ao número um, tendo mais alguns privilégios, com certeza. Tarcisio nunca tivera homens maduros para assessorá-lo. Era estranho, agora que pensava nisso. Preferia os mais jovens, talvez por ser mais fácil intimidá-los. Ao contrário dos mais velhos, os jovens ficavam com medo, e não com raiva.

Levantou-se do sofá e avançou para a enorme mesa de mogno. Tirou o fone do gancho e o levou à orelha, enquanto, com a outra mão, pressionou três algarismos. Passaram alguns segundos até alguém atender do outro lado da linha.

— Tomasini, boa-noite. Venha me encontrar no gabinete do Secretariado — pediu Giorgio, passando uma das mãos pelo rosto fatigado. — Agora.

Deixou o agente secreto responder e desligou o telefone. Voltou a pressionar alguns números e levou o aparelho ao ouvido.

— Como estão as coisas? — Aguardou o relato do interlocutor. — Atingimos um ponto do qual não há mais retorno. Às oito horas veremos o que vai acontecer. — Escutou o que lhe disse a voz. — Vou para lá daqui a pouco. Mantenha-me informado.

Devolveu o fone ao aparelho, regressou ao sofá e esperou. Não lhe restava fazer mais nada.

O jovem padre chegou instantes depois, o rosto corado. Não acreditava que o secretário de Estado estivesse mesmo dormindo — as noites tiravam o sono de toda a alta hierarquia naqueles tempos, mas tinha certeza de que não era fácil lidar com o temperamento hostil de Tarcisio.

— O cardeal secretário de Estado pediu para aguardar.

Giorgio curvou a cabeça em um gesto ligeiro e conivente. O secretário levou certo tempo para aparecer, e não veio sozinho. O intendente Comte acompanhava o arrastar das pernas cansadas do piemontês, que não parecia nada contente com aquela intromissão inconveniente. Contornou a mesa e se sentou na grande cadeira. Comte ficou de pé junto à porta.

— A que devo a honra? — inquiriu Tarcisio com menosprezo.

Tarcisio não morria de amores pelo alemão. Os olhares, os sorrisos podiam enganar todo mundo, exceto ele. Era um oportunista. Conseguira cair nas boas graças do Santo Padre muito antes de ele o ser, quando era o decano do Colégio, o prefeito da Congregação para a Doutrina da Fé, o *Panzerkardinal*, como os outros chamavam o papa Bento. O monsenhorado chegara pouco depois, e não se admiraria se Bento o fizesse cardeal antes de partir para os braços do Pai. Seria um ato profano. Se dependesse dele, isso jamais aconteceria. Infelizmente, não dependia só dele.

— Chegaram aos ouvidos do Santo Padre zumbidos e rumores muito perturbadores.

O piemontês fitou-o com um olhar apreensivo. Uma estranha escolha de palavras aquela do secretário papal.

— Zumbidos? Foi isso o que disse?

— *Zumbidos e rumores.*

— Por favor, esclareça o que quer dizer com *zumbidos e rumores* — solicitou com cortesia incomum, a expressão beirando o escárnio, que não podia deixar de se notar quando pronunciou as palavras *zumbidos e rumores.*

— Ao que parece, partiu deste gabinete uma ordem para tratar de um certo jornalista americano — soltou o alemão repentinamente.

O tom sarcástico sumiu do semblante de Tarcisio, e ele exibiu uma postura séria.

— Não vejo como isso possa interessar ao Santo Padre.

— Ao Santo Padre interessa tudo o que se faz ou manda fazer no seu palácio e em seu nome.

— Não seja petulante, Giorgio.

Giorgio levantou-se e aproximou-se da mesa. Se não estivessem na sala dois diplomatas, a impressão era de certa postura intimidadora por parte do alemão.

Nesse momento, ouviu-se uma leve batida na porta, que revelou o chefe da Santa Aliança. Girolamo afastou-se para deixá-lo passar.

— Tomasini? O que está fazendo aqui? — perguntou o intendente com rispidez. Tarcisio também estava espantado com a presença dele.

— Fui eu que tomei a liberdade de chamá-lo — comunicou Giorgio. — O Santo Padre gostaria que os senhores tivessem conhecimento de seu desagrado no caso de os *zumbidos e rumores* — disse as palavras fitando o piemontês — serem verdadeiros, o que, segundo ele acredita, não são, é óbvio.

Depois, espalmou as mãos sobre o tampo da mesa em uma atitude ainda mais provocativa.

— O Santo Padre gostaria também que lhe fosse entregue um relatório bastante detalhado sobre esse jornalista americano até amanhã ao meio-dia.

Tarcisio não respondeu, dissimulando o asco que sentia pela insolência daquele alemão, e permaneceu mudo.

Giorgio desviou o olhar para Guillermo.

— A *moeda de troca* já está conosco?

Guillermo fez um gesto negativo com a cabeça.

— Devo ter mais informações dentro de minutos.

— Já devia estar aqui — advertiu Girolamo, que, depois, voltou-se para o secretário do papa. — Preciso lhe falar, Excelência.

— Avise-me assim que a moeda de troca estiver com nossos homens — pediu o alemão a Guillermo, e, em seguida, fitou o intendente. — Procure-me no gabinete do Santo Padre.

Girolamo anuiu. Assim faria.

— Mais alguma coisa? — quis saber o secretário de Estado com uma nota de desafio na voz.

Giorgio tirou as mãos do tampo da mesa e se dirigiu à porta do gabinete.

— Boa-noite, meus senhores.

Guillermo fechou a porta assim que o alemão saiu, e avançou para o centro do gabinete.

— Vai encostá-lo na parede? — perguntou Tarcisio para Girolamo, um ar de cumplicidade estampado no rosto. O intendente não respondeu.

— Esse monsenhor não é o que parece. Esconde-se muito bem por trás do Santo Padre, mas não me engana. Ele está tramando alguma coisa — disse para o agente secreto. — E o nosso assunto, Tomasini? Está resolvido?

— Não — limitou-se a responder Guillermo. — Mataram Bertram, e querem a mulher e Rafael na Praça de São Pedro às oito da manhã.

— Como soube disso? — quis saber o intendente.

— Arturo me ligou da Via Tuscolana.

— Quem fez isso? — Tarcisio arregalou os olhos e respirou fundo, transtornado.

— Os mesmos que mataram Luka e Domenico. Duas balas na cabeça — explicou Guillermo.

— Vou para lá antes que avisem Cavalcanti — disse o intendente.

— Faz bem — concordou Tarcisio.

— Nem se dê o trabalho. Cavalcanti já foi avisado — disse Guillermo.

— O quê? Como isso aconteceu?

— Do mesmo modo que em Sant'Andrea. Alguém ligou para o serviço de emergência.

— Mande Davide para lá — sugeriu o cardeal secretário de Estado.

— Davide está com outro serviço — respondeu Girolamo, pensativo. — É a segunda vez que avisam a Polizia di Stato. Não pode ser coincidência.

— Seguramente não é — respondeu Guillermo. — Alguém está interessado em que fiquemos para trás.

— Acham melhor convocar o Federico? — perguntou o cardeal.

— Faça isso, Eminência — respondeu o intendente. — Com o Cavalcanti à frente vamos precisar minimizar os danos perante a opinião pública. Vou falar com o secretário do papa. — Olhou para Guillermo. — É melhor que você vá a Via Tuscolana.

— Eu? Mas é você o intendente da Gendarmaria. Eu não existo, lembra?

— Precisamos de alguém lá. Se Comte não pode e os homens dele estão ocupados, vá você, Tomasini. Fique atento a todos os detalhes e não conte nada ao inspetor — ordenou o cardeal.

Guillermo soltou um suspiro de impaciência, mas depois lembrou-se de onde estava e quem tinha à frente, e se recompôs.

O secretário levantou-se e se aproximou da janela. Lá fora estava escuro. Uma penumbra enigmática encobria o desconhecido e não deixava entrever nada; havia apenas um candeeiro que a combatia debilmente, com uma luz que quase se apagava de tempo em tempo.

— E quanto ao jornalista?

— Rafael rendeu Arturo, como já era esperado.

— Claro — murmurou Girolamo, que nunca perdia uma oportunidade sequer para criticar o colega de espionagem.

O piemontês virou-se para Guillermo com expressão decidida.

— Temos de conseguir aquele dossiê. Encontre-os e resolva o assunto de uma vez. Já temos problemas suficientes por aqui. — Levantou o indicador no ar. — Se falhar, entrego o caso a Comte.

Girolamo deixou Guillermo sair e esboçou uma expressão cúmplice para o cardeal secretário de Estado.

— Sei para onde Rafael e o jornalista foram, Eminência — garantiu Girolamo em meio a sussurros. — Davide já está a caminho.

*

Guillermo avançou pelo corredor e desceu para o edifício administrativo onde funcionava a Santa Aliança, junto ao Pátio de São Dâmaso. Era questão de tempo. Rafael não tinha como escapar, e os problemas daquele dia ficariam resolvidos. Nada era para sempre. Que droga de vida. Sentiu a camisa apertando-lhe a garganta, impedindo-o de respirar. Estava nervoso. Tirou o colarinho branco e desabotoou o primeiro botão da camisa. Sentiu o celular vibrar no bolso. Atendeu.

— Tomasini — apresentou-se.

Escutou o que lhe diziam e sentiu o rosto se crispar, depois enrubescer. Desligou o telefone depois de ouvir a informação. Deu um murro na porta antes de entrar no edifício e sorriu com cinismo. Não sabia se devia ficar irritado ou aliviado.

— Você é um grande patife, Rafael. O maior de todos.

32

— Sente-se aqui — ordenou Rafael, arrastando com uma das mãos a pesada cadeira que estava caída e servira, de certa maneira, como testemunha do ato hediondo que Duválio desejava perpetrar contra si mesmo, enquanto segurava o inerte padre brasileiro com a outra.

Pegou a camisa negra que estava no chão e a entregou a ele para que a vestisse. A falta de reação do brasileiro o irritou tanto que o sentou de modo brusco, dando-lhe um tapa na cara.

— Reaja, homem.

— O que é isso, Rafael? — balbuciou Sarah, incomodada com aquela atitude grosseira.

Duválio transpirava por todos os poros e mantinha os olhos fechados. Não queria pensar, não queria ver nada nem ninguém. Rafael não tinha o direito de impedir sua morte. Não tinha.

John Scott manteve-se à porta, apenas observando o cenário, sem saber como classificá-lo. Quem era aquela gente? E por que razão pareciam tão estranhos?

— Devia ter me deixado morrer — disse Duválio.

— E perder a história tão bonita que você tem para nos contar? — continuou Rafael em tom irritado, atirando-lhe as calças para que as vestisse.

— Quem é ele? — perguntou Sarah, na tentativa inconsciente de distrair um pouco Rafael e amenizar a rispidez que ele manifestava para com o homem que estava, visivelmente, atormentado.

Rafael dissera que iam procurar respostas. Com rapidez, conduzira-os para as proximidades de São Pedro. Durante alguns momentos, o americano pensou que ele os levaria à *toca do lobo*, a expressão que Sarah utilizava para se referir ao Vaticano, mas depois acabara por estacionar numa rua secundária e os conduzira àquele edifício, no número 10 da *piazza* Papa Pio XII, o Palácio das Congregações. Em boa hora, pelo que via.

— Ele se chama Duválio. É brasileiro. Faz parte do Colégio dos Relatores — anunciou Rafael, não sem uma nota de cinismo na voz, uma das mãos segurando o peito do relator para que ele não caísse da cadeira, sem jamais desviar dele o olhar férreo.

— E... e... o... que faz esse colé... colégio? — inquiriu John Scott.

— Não quer explicar, Duválio? — sugeriu Rafael, acrescentando rancor à ironia. — Não? — Imprimiu um tom professoral à própria voz. — O Colégio dos Relatores é um órgão que integra a Congregação para a Causa dos Santos. É composto por um oficial curial, o relator, que orienta inúmeros colaboradores. Podem ser historiadores, hagiógrafos, teólogos, filósofos que se dedicam a pesquisar a vida e a obra dos *Servus Dei*. São eles que conduzem os longos processos de canonização em seus variados estágios. Leem documentos, livros, consultam outros historiadores ou qualquer outra fonte fidedigna da época estudada, entrevistam familiares, amigos e qualquer pessoa que, por alguma razão, tenha sido íntima do candidato. Não é, Duválio? — berrou para o brasileiro.

— Pare com isso, Rafael — disse Sarah com voz firme, aproximando-se do padre que estava sentado. — Não vê que ele está sofrendo?

Rafael recuou alguns metros.

— Quer água? — perguntou a jornalista com voz terna, em português.

Duválio sentia-se intimidado e não respondeu. Ela olhou para Rafael.

— Vá buscar um copo de água.

— Isto não é, propriamente, um bar — reagiu o padre.

— Mas deve haver água por aqui — insistiu Sarah em um tom ríspido. — Vá logo.

Procurou lenços dentro da sua mala e os encontrou depois de ter tirado um molho de chaves, o celular e um batom. Tirou a embalagem de plástico e limpou o suor do rosto de Duválio. O homem continuava sem reação, mas evidentemente lhe faziam bem os gestos reconfortantes da mulher.

— Obrigado — agradeceu por fim, um pouco mais calmo.

Rafael regressou ao gabinete, pouco depois, com um copo de água e o entregou a Sarah.

— Beba um pouco.

O brasileiro levou o copo à boca com as duas mãos, que, mesmo assim, tremiam como se houvessem sido acometidas por uma doença, ou pelo implacável frio da rua. Bebeu o líquido do copo de uma só vez e arfou no final. O coração latejava menos e, aos poucos, a respiração retomava o ritmo normal. Sarah o fitava com preocupação. Ele retribuiu seu olhar e esboçou um sorriso tímido.

— Bertram? — perguntou instantes depois, praticamente certo de qual seria a resposta.

Rafael fez um meneio negativo com a cabeça, que sentenciou o nome proferido pelo brasileiro.

— Não adianta nada ter me salvado da morte. Eu sou o próximo, não vê?

— Quem são eles? — perguntou Rafael.

— Não sei. Quando percebi que alguma coisa não ia bem... — Não conseguiu continuar.

Sarah e John assistiam àquela conversa sem sentido sem compreender nada. A única coisa que conseguiam entender, no fundo, era que algo não ia bem. Mas o que seria que o relator sabia de tão grave que lhe causara tanto terror, a ponto de tentar se matar?

— Quem é que estavam investigando? — intrometeu-se a jornalista.

Duválio baixou o olhar. Não se sentia confortável em falar sobre aquele assunto na presença de desconhecidos.

— Pode falar à vontade — incitou Rafael. — Quem é o candidato que os colaboradores do padre Gumpel andam investigando?

O brasileiro respirou fundo e olhou para Sarah. Era preferível dar a informação a ela a falar com o intratável padre Rafael.

— Estávamos, já há longos anos, elaborando a *Positio* do papa Pio XII.

— O que é isso?

— A *Positio Super Virtutibus* é o documento que os relatores elaboram sobre o *Servus Dei*, o Servo de Deus, o candidato à canonização. É elaborado com base em testemunhos, documentos e muitas consultas; é um trabalho que pode levar décadas, como é o caso do Santo Padre Pio XII. Depois, a *Positio* é apresentada à Congregação da Causa dos Santos, que, por sua vez, recomendará ou não ao Santo Padre que o candidato seja declarado Venerável. Esse é apenas o segundo estágio da canonização. Se o papa declarar o *Servus Dei* como *Venerabile*, teremos de aguardar por um milagre para a postulação avançar para *Beatus*, que é o terceiro estágio do processo.

Sarah puxou uma cadeira e se sentou. A náusea havia levado um bolo à sua garganta. Talvez fosse cansaço. Não estava mais habituada a ficar acordada até tão tarde, e o corpo, ainda fraco, ressentia-se disso. As emoções e as sensações das últimas horas haviam-na enfraquecido. Uma ligeira tontura também a incomodava.

— O processo do papa Pacelli nunca foi pacífico — prosseguiu o brasileiro.

— Pudera — interrompeu John. — A... a po... po... posição dele... dele... na Se... Segunda Guerra Mun... Mun... Mundial foi... foi mais que... que de... de... deplo... rável.

— Tolice — refutou Rafael com rispidez. Estava farto de ouvir aquelas bobagens sendo proferidas por pessoas ignorantes.

— As pessoas tendem a repetir o que ouvem outras dizerem, e tanto repetem que se torna verdade. Nunca ninguém se dá ao trabalho de investigar e verificar se é mesmo verdade — argumentou Duválio.

— Aposto que também pensa que Einstein era tão ruim de matemática que teve problemas com ela quando era criança — acrescentou Rafael, visivelmente irritado.

— Por que não nos explicam a versão dos fatos? — pediu Sarah, cada vez mais interessada no tema.

Duválio ajeitou-se na cadeira e pigarreou. Talvez fosse melhor buscar mais água, por isso Sarah pegou o copo que o relator segurava nas mãos e o entregou a Rafael para que tratasse disso. Ela o fez sem pronunciar uma única palavra, e, provavelmente por esse motivo, o padre lhe lançou um olhar enfurecido. Desde quando o haviam contratado como criado?

— O nome de batismo do Santo Padre Pio XII era Eugênio Pacelli — começou Duválio em um discurso pausado, mas claro. — Apesar de relacionada à Nobreza Negra — os aristocratas que se alinharam ao papa Pio IX na ocasião da reunificação da Itália, em 1870, pela casa de Saboia, e em sinal de protesto mantiveram as portas dos palácios fechadas, trajando-se de negro —, a família de Pacelli não pertencia a essa esfera. Sim, os Pacellis eram uma família respeitável e fervorosos simpatizantes da causa papal, mas suas origens eram muito modestas. Os antepassados estavam envolvidos no mundo rural e remontavam a uma aldeia perto de Viterbo. O prestígio dos Pacellis não foi conquistado pelo sangue azul, mas com muita dedicação e devoção. O avô de Eugênio, Marcantonio, estudou a lei canônica para Roma em 1819. Tornou-se braço direito de Pio IX e, devido às relações privilegiadas com a aristocracia romana e italiana, foi confundido com eles. Os Pacellis transformaram-se nos melhores advogados canônicos do Vaticano.

Rafael chegou nesse momento com o copo de água e o entregou a Duválio com um gesto contrariado. Puxou uma cadeira e se sentou, o relato não lhe surtindo o menor interesse. Era provável que Duválio não dissesse nada que já não soubesse.

O relator bebeu um gole de água para umedecer os lábios antes de continuar.

— Os Pacellis eram advogados canônicos brilhantes. O jovem Eugênio vivia com os pais, o avô e os irmãos num apartamento na rua Degli Orsini. Cedo se mostrou aberto ao mundo da Igreja. Com oito anos, começou a ajudar na Chiesa Nuova, como acólito, nas celebrações eucarísticas de um primo. E, como muitos rapazes destinados à vida eclesiástica, sua brincadeira favorita era justamente a celebração eucarística que fazia no quarto, imaginando as vestes de clérigo, que ainda lhe estavam vedadas em tão tenra idade. Quando tinha dez anos, chegou a celebrar uma missa completa na casa de uma tia que estava doente e não podia ir à igreja. E incluía tudo. Os quatro ritos: os iniciais, da palavra, sacramentais e finais. No rito da palavra, incluiu a Primeira Leitura, o Salmo Responsorial, a Segunda Leitura, a Aclamação ao Evangelho, a Proclamação do Evangelho, a Homilia, a Profissão de Fé e a Oração da Comunidade. Não faltou nada. A mãe apoiava e estimulava esse dom ascético do filho. Era um rapaz obstinado, solitário, muito independente. Estava sempre em seu mundo. Tinha sempre um livro em mãos, e era comum vê-lo lendo, mesmo durante as refeições. Apesar disso, não era indiferente ao que o rodeava. Tinha um grande amigo que se chamava Guido Mendes e era judeu. Ele se tornou, mais tarde, um médico reputado. Pacelli frequentava a casa dos Mendes. Foi o primeiro papa, depois de Pedro, a frequentar sabás judaicos quando era criança.

— Há necessidade de recuar tanto no tempo? — reclamou Rafael, farto de toda aquela conversa.

Sarah lançou-lhe um olhar reprovador. Ela estava interessada na história. Se ele não quisesse ouvir, que tampasse os ouvidos.

— Continue, padre.

— Em 1901, foi integrado à equipe do cardeal Pietro Gasparri como *apprendista*, na Sagrada Congregação dos Assuntos Eclesiásticos Extraordinários. Na hierarquia, Pietro Gasparri ainda não era cardeal, mas, com Pacelli, foi um dos criadores do Código de Direito Canônico, que começou a ser compilado em 1904 e levou cerca de treze anos para ser concluído. No entanto, tudo podia ter sido diferente. Mais ou menos nessa época, um primo de Pacelli, Ernesto, pediu-lhe ajuda com sua filha Maria Teresa. Ela estava alojada no convento da Assunção desde os cinco anos e, quando atingira os treze, entrara numa depressão profunda e num silêncio sepulcral. Pacelli começou a visitá-la todas as terças-feiras à tarde. Os encontros levavam entre duas e quatro horas. Maria Teresa voltou, aos poucos, a sorrir, a falar; os olhos resplandeciam e ansiavam pelas tardes de terça-feira. Aqueles encontros duraram cerca de cinco anos. Foi o pai de Maria Teresa, Ernesto, quem terminou com as visitas que havia sugerido, pois suspeitava de que ambos mantivessem um relacionamento em segredo. Era certo que se amavam, ainda que Maria Teresa tenha garantido perante os postuladores da beatificação que jamais aconteceu algo entre eles... nem sequer um beijo. Eram duas almas unidas por Deus. Fosse como fosse, a interrupção abrupta das visitas semanais a Maria Teresa foram um baque para Eugênio, que o deixou desalentado. Seu estômago, delicado desde sempre, não aguentava comida nem líquidos, e vomitava tudo. Foi a mãe quem o ajudou a passar por essa fase complicada. A mãe e o trabalho.

— Não precisa narrar a *Positio* inteira — tornou a interromper Rafael, batendo com o indicador no visor do relógio de pulso, pedindo que se apressasse.

— Pare de interromper — interpôs-se Sarah, irritada.

— Ele ainda está em 1901. Só vai chegar a 1939 às oito da manhã — argumentou Rafael.

— Tudo bem. Vou abreviar. No mesmo ano em que se publicou o Código de Direito Canônico, em 1917, ele foi nomeado núncio da Baviera. Começou então sua jornada alemã que durou até 1929. Em 1925, mudou-se de Munique para Berlim. Diziam os diplomatas de outros países, e mesmo os alemães, que a nunciatura de Berlim era a mais bem informada de toda a Alemanha. No final de 1929, foi chamado a Roma, e assumiu a Secretaria de Estado em 1930.

— Essa história é maravilhosa, mas por acaso não se esqueceu alguém? — confrontou Rafael.

John Scott e Sarah, curiosos, desviaram o olhar para Rafael, que observava Duválio fixamente. O relator o fitou de soslaio, ignorando-o.

— Em 1933, assinou-se a célebre *Reichkonkordat*, o tratado que vinculava o Estado da Cidade do Vaticano e a Alemanha de Hitler — prosseguiu Duválio. — Havia quem criticasse Pio XI, o papa de então, e seu secretário de Estado, Eugênio Pacelli, pelo documento. Ele foi todo idealizado por Pacelli. Talvez tivessem certa razão. A concordata obrigava ao desmantelamento do partido do centro, que era uma organização católica. A concordata previa que a Igreja e seus padres não podiam intervir nem interferir na vida política. Hitler nunca recuou nesse ponto. Só o desmantelamento do partido permitiria ao Partido Nazista obter a maioria necessária, algo que veio a acontecer. Mas é necessário compreender que estamos falando do pai do Código de Direito Canônico, cujos membros da família tinham alcançado prestígio como homens de direito. Ele era um homem da lei, um advogado. Obviamente que acreditava nela, mas também estava ciente de que Hitler não a cumpriria.

— Se sabia, por que assinou? — perguntou Sarah.

— Porque ele precisava de um documento legal como base para poder protestar — esclareceu o relator. — A maioria das pessoas pode não compreender isso, mas qualquer homem de direito entende. A verdade é que, até 1938, o secretário de Estado do Vaticano, Eugênio Pacelli, emitira cinquenta e cinco protestos ao governo alemão por violações flagrantes à concordata assinada em 1933. Chegou a mencionar a ideologia de raça. A concordata condenava as perseguições em relação ao credo e à raça. A opinião pública não tinha conhecimento desses protestos; nunca teve. Pacelli sempre preferiu as vias legais à comunicação social. Soube-se, nos julgamentos de Nuremberg, que Hitler achava graça dos protestos e tinha até um lugar especial na sua mesa onde os empilhava à medida que chegavam, fazendo até piadas sobre eles. Mal foi eleito papa, sua primeira medida foi contatar Hitler.

— Finalmente, 1939 — gracejou Rafael, embora ninguém tenha achado engraçado.

Duválio bebeu mais um pouco de água. Estava ficando cansado, mas prosseguiria. Se pudesse transformar duas mentes que fosse em relação ao pensamento negativo que se generalizara sobre o Santo Padre Pio XII, já se consideraria um afortunado.

— Havia me esquecido de um fato importante que aconteceu ainda antes de o cardeal Pacelli ter sido eleito papa — referiu o relator, recuando um pouco na narrativa. — A *Mit Brennender Sorge*.

— A qu... quê? — perguntou o americano.

— A encíclica *Mit Brennender Sorge* — repetiu Rafael. — Quer dizer "Com profunda preocupação". Foi uma crítica direta ao nacional-socialismo, na qual Pio XI chegou a insultar Adolf Hitler. Foi escrita em 1937.

— É interessante notar que é um dos dois únicos documentos oficiais do Vaticano não escritos em latim. O primeiro também foi de Pio XI, que era, na verdade, um prodígio — acrescentou Duválio.

— Em que língua foi escrito o primeiro? — quis saber Sarah.

— Italiano — respondeu Rafael. — Chamava-se *Non Abbiamo Bisogno*. Não devíamos nos prolongar mais... Era uma crítica forte ao fascismo de Mussolini. Foi o fim do interlúdio pacífico entre o ditador italiano e o papa, que tinha começado com o Tratado de Latrão, em 1929. Mussolini se enfureceu e depois disso a relação deles foi sempre de ódio.

— Em 1929 também se odiavam. Mas Pio XI precisava terminar de vez com a Questão Romana.

— Mais um Pacelli envolvido — disse Rafael.

— Esperem um pouco — pediu Sarah. — Não estou entendendo. Tratado de Latrão? Questão Romana? O que é isso?

— Eu explico, senão jamais sairemos daqui — atalhou Rafael. — Quando a Casa de Saboia, liderada por Vittorio Emanuele II, reunificou toda a Itália, o que aconteceu em 1870 incluiu os Estados Pontifícios, que eram compostos por toda a Lácio, a Umbria, as Marcas e a Romanha, praticamente todo o centro da península. O papa Pio IX não aceitou e se refugiou no Vaticano, declarando-se prisioneiro do governo italiano. Apesar de o parlamento italiano ter aprovado a lei das garantias, em 1871, conferindo ao Vaticano liberdade de culto e soberania sobre seu território, as quatro basílicas papais e Castel Gandolfo, Pio IX não aceitou nenhuma negociação e nunca mais saiu do Vaticano. Isso ficou conhecido como Questão Romana. Durou cinco pontificados e terminou em 11 de fevereiro de 1929, com o Tratado de Latrão, que conferia total soberania ao Estado da Cidade do Vaticano e a mais alguns territórios, oferecendo ainda uma vultosa quantia financeira como indenização pela perda dos Estados Pontifícios. De um lado estava Benito Mussolini e, do outro, o papa Pio XI e o seu secretário de Estado, Pietro Gasparri. Mas há uma coisa que a opinião pública não sabia. O próprio Benito Mussolini, que se vangloriara por ter posto fim à Questão Romana, fora usado e manipulado sem ter se dado conta. Quem elaborou o texto do Tratado, peça crucial nas negociações, foi um eminente advogado de direito canônico chamado Francesco Pacelli, irmão de Eugênio. A Santa Sé precisava com urgência resolver a Questão porque estava completamente falida. Haviam sido cinquenta e nove anos de gastos, e a fonte estava prestes a secar por completo.

— Não é necessário contar esses pormenores — contestou Duválio.

— Para o bem e para o mal, Duválio. Para o bem e para o mal — Rafael prosseguiu. — Ninguém contestava a soberania do Vaticano. Nem os Saboia o fizeram. Pio XI necessitava da indenização para manter o Estado solvente. E Mussolini caiu como um patinho. Chegou a pagar a construção do caminho de ferro do Vaticano. Com a Questão Romana ultrapassada, o Estado solvente e rodeado das pessoas certas para que a insolvência não voltasse a acontecer, Pio XI pôs fim ao interlúdio em 1931 com a encíclica *Non Abbiamo Bisogno*, que é um ataque brutal ao fascismo, mas, especialmente, a Benito Mussolini.

Rafael fez uma pausa, ciente do que revelaria a seguir:

— Os dois homens odiavam-se a ponto de, dentro dos corredores do Vaticano, se acreditar que Mussolini havia ordenado a morte de Pio XI.

33

O tempo estava a seu favor. Era o que dizia o cronômetro, que recuava implacavelmente. O pior de tudo era a espera, uma vez que não era homem de adiar o que podia fazer de imediato. O tempo era muito relativo. Lento para aqueles que esperavam, rápido para os que tinham medo, longo para os que sofriam, curto para quem celebrava.

Passara ao próximo da lista. O cliente fora explícito. Seguir a ordem de eliminação, aconteça o que acontecer. Aquele era o seguinte. Depois do alemão, na Via Tuscolana, dera um pulo no endereço que conhecia, mas sem sucesso. O pior de tudo era a espera, e decidiu não esperar muito. Dirigiu-se ao Palácio das Congregações. Se não estava em casa, só havia outro local em toda a Roma onde ele poderia estar. Ali, no palácio. A rotina deles era muito previsível, e a conhecia bem. Não o tinham contratado pelo seu belo par de olhos. Sua competência o precedia nesses meios obscuros.

O francês estava dentro do carro, colocando as luvas, quando os viu. Eram três. Sorriu. Os caminhos entrelaçavam-se misteriosamente, como que elaborados por um tear invisível. Era uma oportunidade que não podia perder. *Audaces fortuna iuvat*. Não podia levar a arma grande. Teria de se virar com a pequena. Era uma Glock modificada por ele mesmo. Colocou o duplo silenciador e verificou as munições. Eram dezesseis. Mais do que suficiente. Só precisava de seis, e não era homem para gastar mais do que necessitava.

Enviou uma mensagem com a nova informação para o cliente. Com certeza ele gostaria da novidade.

Havia câmeras na entrada e um segurança da Gendarmaria Vaticana. Três câmeras até o elevador e depois nada mais. Para o Vaticano, o importante era quem entrava e quem saía. Essa informação era meticulosamente registrada. O que se fazia no silêncio dos gabinetes não devia jamais ser testemunhado. Naquele edifício lidava-se com assuntos delicados. Era necessário muito cuidado.

O francês não queria saber de nada disso. Sabia muito bem aonde tinha de ir e em quanto tempo. Exatamente cento e oitenta segundos, nem mais, nem menos. O celular informou-o da chegada de uma mensagem. Com certeza era o cliente que lhe respondia. Sorriu ao ler a resposta com instruções. Olhou para o cronômetro e pegou um *post-it* cor-de-rosa. Rabiscou alguma coisa, aproveitando os dois lados do papel. Enfiou um capuz preto que encobria o rosto todo e saiu do carro.

A sorte protege os destemidos.

34

Aquela revelação de Rafael deixou os jornalistas ainda mais perplexos. Não era novidade que um papa fosse eliminado, Sarah sabia-o muito bem, talvez melhor que ninguém, mas não conseguia evitar um sentimento de assombro.

— E... e... o Mu... Musso... Mussolini ti... nha... tinha acesso ao papa? — perguntou John Scott.

Rafael assentiu com um gesto de cabeça.

— O médico de Pio XI, Francesco Petacci, era pai da amante de Mussolini. Isso, por si só, não significa que ele o tenha assassinado, mas desse rumor ele nunca se livrou.

— E do que Pio XI morreu?

— Insuficiência cardíaca. Teve três ataques cardíacos. Morreu um dia antes do décimo aniversário da assinatura do Tratado de Latrão. Isso também contribuiu para atribuir a culpa ao doutor Petacci — acrescentou Rafael.

— São apenas conjecturas — comentou Duválio. — Aqui lidamos apenas com fatos. Falávamos da encíclica *Mit Brennender Sorge*, de 1937, que é digna de um filme de aventura.

— Por quê?

— Como dissemos, a encíclica foi escrita diretamente em alemão, porque era endereçada ao povo germânico. Foi enviada por correio diplomático, em segredo, e não houve nenhum anúncio sobre sua elaboração para não ser sujeita a inspeção pelos agentes da Gestapo. Algumas tipografias alemãs ofereceram seus serviços em segredo. Foram impressas cerca de trezentas mil cópias e, mesmo assim, foi insuficiente. Distribuíram-se as cópias por todas as igrejas católicas germânicas, e todas foram lidas no Domingo de Ramos de 1937, ocasião em que havia mais gente na missa. Os nazistas responderam no dia seguinte. Invadiram todas as dioceses, apreenderam todas as cópias da encíclica, mas não ficaram por aí. Perseguiram os católicos e prenderam mais de mil pessoas. Fecharam e selaram as tipografias que colaboraram na impressão da encíclica. Encararam-na como um ataque direto ao regime nazista. Proibiram a circulação dos jornais católicos e denegriram a imagem dos clérigos, chegando a julgar alguns. Foi uma perseguição sem precedentes à Igreja Católica e a Pio XI.

— Esqueceram-se de um detalhe — disse Rafael. — Quem redigiu a encíclica não foi Pio XI, mas Eugênio Pacelli. Foi ele quem escreveu *Somos todos semitas*. Dizem que Pacelli nunca se insurgiu contra Hitler e, no entanto, refere-se a ele como um profeta louco, detentor de uma arrogância repulsiva.

— E depois temos a Operação Pontífice e Rabat, se é que ainda houvesse dúvidas de que, para Hitler, Pio XII era um inimigo, jamais um aliado — argumentou Duválio.

Sarah sentia-se atacada por duas frentes informativas. A do relator e a de Rafael. Ambos com informações pertinentes.

— E que operações foram essas?

Duválio e Rafael se entreolharam, como que estudando quem lhe concederia a explicação.

— Rafael é o mais indicado para falar disso. Tudo o que envolva militares é sua especialidade.

Cansado de ficar sentado, Rafael levantou-se.

— Essas duas operações foram lançadas por Hitler, a Pontífice em 1940 e a Rabat em 1943, e ambas tinham o mesmo objetivo... eliminar o papa. A primeira caiu por terra por ordem do próprio Hitler, que vira mais contras do que prós em eliminar Pio XII àquela altura. Aliás, esse sempre foi um tema muito sensível para todos os seus generais e assessores. Nunca nenhum deles considerou que a eliminação física do papa trouxesse algum benefício à causa nazista. A segunda foi bem diferente. O ditador deu ordens ao general Karl Wolff, comandante supremo das SS na Itália, para raptar e matar o papa Pio XII. Mussolini caíra em desgraça, os alemães tinham invadido a península e estavam instalados na capital. O general Wolff e o embaixador alemão para a Santa Sé, Ernst von Weizsäcker, não viam a operação com bons olhos. Com a desculpa da progressão dos aliados e dos ataques aéreos, o general conseguiu enganar Hitler e justificar o atraso na conclusão da operação. Os tanques e um cordão com cerca de setecentos homens cercaram o pequeno Estado, mas nunca nenhum soldado se atreveu a passar a linha da fronteira sem autorização pontifícia.

Os olhares dos três seguiam Rafael, enquanto ele andava de um lado para o outro, dentro da sala do Colégio.

— O general Wolff, um militar muito experimentado, explicara ao mundo que aquele cerco era para proteger o papa, e não para atacá-lo — continuou Rafael. — A verdade era que o cerco serviria para capturar o papa, caso não pudesse enganar Hitler durante mais tempo. A operação Rabat não previa que o papa fosse eliminado no Vaticano. Seria raptado e depois transferido para o Liechtenstein, local onde seria assassinado. Por essa razão, Pio XII emitiu uma ordem verbal. Ele não queria que, caso Hitler invadisse o Vaticano, encontrasse provas documentais do que quer que fosse sobre suas decisões durante a guerra. Essa ordem previa que, caso o Sumo Pontífice fosse raptado, renunciaria ao cargo de modo automático. Os soldados alemães ficariam então na posse do cardeal Pacelli, e não do papa Pio XII, que deixaria de existir. Os cardeais deviam procurar refúgio em Portugal, um país neutro, instalar a Igreja nesse território e eleger um novo papa. Alguns cardeais chegaram a partir para Portugal por precaução.

— Como é que ele sabia que podia ser raptado ou morto? — quis saber Sarah, totalmente envolvida no relato.

— Primeiro, porque suspeitava que esse pudesse ser seu destino — continuou Rafael. — Segundo, porque o embaixador Weizsäcker e o próprio general Wolff tinham-no informado dos objetivos de Hitler e da operação Rabat, bem como de sua intenção em não seguir as ordens alemãs. Mas Pio XII não facilitou o trabalho deles. A essa altura, final de 1943, mandara falsificar certificados de batismo para os judeus romanos, uma das comunidades mais antigas do mundo, que estavam sendo perseguidos por forças nazistas. No Vaticano, refugiaram-se cerca de quatro mil. Em igrejas e mosteiros de todo o país, foram vários milhares. Isso chegou aos ouvidos de Hitler. Weizsäcker e Wolff estavam quase sem desculpas. A operação Rabat tinha de avançar.

— E por que não avançou?

— Porque os aliados tomaram Roma. Foi por pouco.

— Mas... mas... por que é... é... que... que Pio XII nun... nunca se... se insur... insurgiu abertamente con... contra o nazis... nazismo?

— Porque o pressionaram para não fazê-lo — respondeu Duválio. — Podem consultar as correspondências do Vaticano entre 1939 e 1945. Estão acessíveis a qualquer pessoa. Foram os próprios padres, em toda a Europa, que apelaram ao papa para que não denunciasse o nazismo, pois seriam eles que pagariam. Ele teve o documento de denúncia escrito e pronto para ser lido na rádio Vaticano. A essa altura, um bispo holandês denunciou o nazismo. As tropas de Hitler mataram o bispo e mais quarenta mil católicos na Holanda. Depois disso, queimou o papel em que escrevera a denúncia. Não queria, caso fosse raptado ou morto, que nenhum documento que comprometesse católicos e judeus fosse encontrado, pois as represálias seriam, a exemplo da Holanda, terríveis. Montini, o futuro papa Paulo VI, seu assessor, ouviu-o dizer enquanto queimava o papel: *Se um bispo denuncia o nazismo e matam quarenta mil pessoas, quantas não matarão se for um papa a dizê-lo?*

— Vendo as coisas dessa perspectiva, talvez ele tenha agido bem — disse Sarah.

— Claro que agiu bem — afirmou Rafael. — Sem esquecer que salvou centenas de milhares de judeus e refugiados. Mais que qualquer outra organização não governamental ou privada.

— Mais do que Schindler e Aristides Sousa Mendes? — perguntou Sarah.

— Quem foi Aristides Sousa Mendes? — devolveu Rafael.

— Um diplomata português — explicou Duválio. — Cônsul de Bordeaux. Emitiu mais de trinta mil vistos a judeus contra as ordens recebidas do governo de Lisboa. Acabou exonerado. Morreu na miséria. Justificou seus atos com uma expressão que ficou famosa: *Se milhares de judeus sofrem por um cristão, certamente um cristão pode sofrer por muitos judeus.* É um dos Justos entre as nações do Yad Vashem. — Virou-se para Sarah. — Provavelmente, Aristides Sousa Mendes venha primeiro, mas estima-se que o papa tenha salvado cerca de oitocentos mil judeus.

— Oitocentos mil? — repetiu John Scott, espantado.

— Essas histórias nunca eram reveladas — disse o relator. — Alguém parecia ter orquestrado um plano para que Pio XII fosse visto como um demônio adorador de nazistas.

— Então, qual foi o problema? — prosseguiu Sarah. — Qual é a dúvida em beatificar o papa Pacelli?

Duválio trocou um olhar comprometedor com Rafael. Pelo visto, havia dúvidas.

— Nossa investigação nos levou, inevitavelmente, a um nome que se torna incontestável sempre que se fala do papa Pacelli — respondeu Duválio.

— Quem?

John Scott e Sarah esperavam a resposta com avidez. O mistério é, sem sombra de dúvidas, o melhor combustível para despertar o interesse de um jornalista.

— A tal pessoa que ele se esqueceu de inserir no relato — censurou Rafael.

— Não se pode falar do papa Pacelli sem mencionar madre Pasqualina — concluiu Duválio, cabisbaixo.

— Quem foi essa Pasqualina?

— Governanta, confidente e assistente do papa durante mais de quarenta anos. A influência dela foi tão grande que afetou até o papa Pio XI. Foi ele quem quis que ela fosse ajudar Pacelli na Secretaria de Estado. Aliás, foi uma ordem. A encíclica de denúncia a Mussolini, em 1931, a *Non Abbiamo Bisogno*, foi ideia dela — foi a vez de Rafael explicar. Depois, puxou novamente a cadeira e colocou-se diante de Duválio, inclinando-se na direção dele com ar ameaçador. — E agora chegamos à parte mais importante, não é, Duválio?

Gotas de suor voltaram a se formar na testa do relator, a respiração alterada, novamente audível.

— Sim.

— Vou facilitar sua vida — prosseguiu o italiano. — Como ficou sabendo da existência delas?

O brasileiro levantou a cabeça espantado. Não esperava por aquilo. *Elas?*

— Elas? — perguntou em tom evasivo. Queria sondar até que ponto Rafael não estaria apenas tentando a sorte com ele.

— Sim. Anna e Mandi. Como soube? — insistiu.

Duválio ficou ainda mais nervoso. Ele sabia. Como podia saber?

— Mas…

— Mas nada, Duválio. Fale logo.

35

Para Jacopo Sebastiani, as noites serviam para dormir, e qualquer alteração desse ritual fisiológico era, seguramente, uma imbecilidade incomum, exceto se se tratasse de um caso de força maior, o que era o caso e fazia com que, ironia das ironias, fosse ele a imbecilidade incomum daquela noite.

Acordou Norma logo que Rafael desligou. Não foi tarefa fácil. O sono pesado da esposa seria motivo mais que suficiente para tornar Hércules um menino franzino, sem força nenhuma. Estava nervoso. O tom preocupado de Rafael deixara-o alterado, e o pedido que lhe fizera no carro era um acréscimo para que saíssem logo dali, assim que Norma o permitisse. As coisas tinham saído do controle, era quase certo, e seria necessário reequilibrar a balança, não fosse o diabo tecer novas coisas e vencer Deus desta vez, mesmo que ele não acreditasse nem num nem noutro.

Acordada a esposa, ao fim de intermináveis quinze minutos, prepararam uma pequena mala para os dois e, em seguida, se vestiram.

— O que está acontecendo, Jacopo? — perguntou Norma, enquanto preparava algo para o café da manhã na cozinha apertada.

— Rafael ligou. É melhor irmos embora e fazer o que ele disse — respondeu, evasivo. Não havia lhe mencionado nada sobre o que se passava, nem a respeito da viagem a Veneza, muito menos sobre o rapto de Niklas.

Norma envolveu dois sanduíches em um filme PVC transparente, pegou uma garrafa de água na geladeira e saiu da cozinha.

— Estou pronta.

Norma conhecia Rafael muito bem, ou melhor, tão bem quanto ele permitia. Ultimamente não se viam com tanta regularidade, mas gostava muito dele. De certa maneira, considerava-o como o filho que não haviam tido. Insistira várias vezes com o marido teimoso para que fossem visitá-lo ou, pelo menos, para que o convidasse para jantar na casa deles, mas o evasivo Jacopo respondia sempre com um incerto *um dia destes*, expressão que entre os povos latinos significa, na verdade, *nunca*. Se Rafael ligara no meio da noite e lhes pedira que saíssem de Roma por alguns dias, sua vontade seria cumprida.

— Espero que não seja nada grave — proferiu Norma, mais para si própria, já sentada dentro do carro. — Para onde vamos?

— Torano.

— Torano? O que vamos fazer em Torano?

— Logo você vai saber. Descanse um pouco. Não vai demorar muito para chegarmos lá. Sem trânsito é num instante.

— Você sabe que não consigo dormir em viagens de carro; não sei por que insiste — disse Norma, elevando o tom de voz.

— Pronto. Vai começar. Santa paciência.

— De paciência preciso eu para aturar você — prosseguiu Norma, irritada, enquanto Jacopo percorria as ruas que os levavam para fora de Roma. — Durante todos esses anos, por acaso me viu dormir no carro alguma vez? Não sabe disso porque só se interessa pelos seus assuntos. O que importa se estou bem ou não? Aposto que também não sabe que quando estou nervosa falo demais.

— Então presumo que esteja nervosa todos os malditos segundos de sua vida — devolveu Jacopo, atento à estrada.

Norma lançou-lhe um olhar furioso, a testa franzida.

— O senhor meu pai é que tinha razão, Jacopo Sebastiani.

A menção ao pai falecido de Norma era uma carta que sempre tinha efeito nocivo em Jacopo. Nunca tinham se dado bem e, mesmo morto há mais de vinte anos, o historiador continuava a odiá-lo... mortalmente, se isso ainda era possível.

— Deixe-me dirigir em paz, Norma. Por favor.

Ninguém disse mais nada durante alguns minutos, poucos, mas suficientes para tomarem a autoestrada que os conduzia para longe de Roma.

— *Você vai fazer um péssimo casamento* — murmurou ela, imitando a voz do falecido pai, enquanto avançavam pela A24 rumo ao oriente, a oitenta quilômetros por hora, já que Jacopo não era dado a grandes velocidades. — *O filho do almirante Cassutto está no exército, há de ir longe, e gosta de você. O que é que esse tal Jacopo pode lhe dar? Aulas de história?*

O historiador respirou fundo. Ouvira aquelas palavras inúmeras vezes. Antes de serem proferidas pela boca de Norma, haviam sido verbalizadas pelo velho sogro, aquele idiota de Frascati que se julgava melhor que os outros.

— O filho do almirante Cassuto não ficou tetraplégico? — perguntou Jacopo, que já sabia a resposta. — Se estivesse com ele, agora estaria trocando fraldas e lhe dando de comer na boca. Que vida próspera o seu pai desejava para você — acrescentou em tom de provocação.

Norma demorou algum tempo para responder. Não que não tivesse a resposta já preparada, era difícil apanhá-la desprevenida, talvez mesmo impossível, mas porque sabia que a espera irritava o marido. Não costumavam estar acordados àquela hora, mas, pelo visto, nem de madrugada se poupavam de discussões. Era assim há mais de trinta anos.

— Já estaria viúva, querido. E recebendo uma pensão polpuda do Estado. O que é que você recebe por trabalhar para a Santa Madre Igreja? Telefonemas no meio da noite. — Fez o sinal da cruz no fim. Não se importava de brincar com a Igreja, mas o temor a Deus era mais forte e não queria ser castigada por Ele por não saber conter provocações.

A viagem continuou nesse tom quase até o destino, sendo interrompida por duas vezes. A primeira porque Jacopo sentiu uma súbita e incontrolável vontade de ir ao banheiro, e a segunda porque entendeu que Norma o afrontara em sua honra de modo tão grave, que se recusava a continuar a viagem enquanto ela não emitisse um sonoro e sincero pedido de desculpas. Norma não era mulher de pedir desculpas a ninguém, muito menos a Jacopo Sebastiani, e manteve-se muda e calada, ambos parados no acostamento da autoestrada, no escuro da madrugada campesina, junto à saída de Valle del Salto, onde não se via uma única iluminação que evidenciasse presença humana. Apenas duas pessoas birrentas dentro de um carro parado e o ronco do motor à espera da ordem para arrancar.

Ao fim de dez minutos, ou um quarto de hora, segundo a versão de cada um dos membros do casal, Jacopo arrancou de novo, sem o almejado pedido de desculpas, mas decidido a não pronunciar nem mais uma palavra o resto da viagem e durante sua vida em comunhão com aquela mulher intratável. Essa seria sua vitória. O desprezo total. Ela ia ver só. Norma não suportava o silêncio.

— Quer comer alguma coisa? — perguntou ela, quando já tinham percorrido mais alguns quilômetros.

— Quero.

Comeram os sanduíches que Norma preparara e beberam água. Pouco depois, deixaram a autoestrada e entraram numa estrada nacional, saindo para outra secundária, repleta de buracos que Jacopo não conseguia evitar, apesar dos protestos de Norma.

— Cale-se, mulher — berrou ele fora de si. — Não consigo mais ouvir sua voz.

O fim do trajeto, para mal dos pecados de Jacopo, era uma estrada de terra batida, cheia de altos e baixos que os fazia avançar aos solavancos dentro do carro, apesar de estarem com o cinto de segurança.

Chegaram ao destino, Jacopo ainda enfurecido pelo acesso que o assaltara. Aquela mulher tirava-o do sério. Norma estava amuada porque o marido havia gritado com ela.

— De quem é esta casa? — perguntou a esposa antes de abrir a porta do carro.

— Já vai descobrir.

O tom de voz de ambos havia retornado à normalidade. Aproximaram-se da porta de entrada. Era uma casa térrea estranha. Norma nunca havia visto uma construção daquele tipo. Parecia uma casa de betão, com ângulos retos. O sensor de movimento fez acender uma luz sobre eles. Uma câmera na porta estava apontada na direção do casal.

— Que droga de lugar é este? — quis saber Norma, entre curiosidade e apreensão.

Jacopo não respondeu. Uma voz metálica proveniente do interfone ao lado da porta irrompeu o ar frio.

— O que desejam?

— Chamo-me Jacopo Sebastiani. Venho por ordem do padre Rafael Santini — explicou para a máquina.

— Um momento, por favor.

Instantes depois, a porta se abriu com um estalido elétrico e recuou alguns centímetros para o interior. O casal entrou, Jacopo à frente, Norma o seguindo, colada a ele o máximo possível. Sentia um frio na barriga que só podia ser de nervoso. Entraram em um átrio muito sóbrio, de mármore branco, com um cubículo negro do lado esquerdo, onde estava um homem de uniforme, na casa dos trinta anos, com cinco monitores à sua frente, cada um projetando quatro imagens diferentes.

— Boa-noite, doutor Sebastiani — cumprimentou o homem com um sorriso, assim que saiu do cubículo. — Boa-noite, minha senhora.

Pegou a mala que eles traziam e os conduziu ao interior da casa. Entraram em um corredor estreito com cerca de três metros. Ao fundo, outra porta.

— Aguardem um momento, por favor. Essa porta só abre depois de esta fechar — explicou o segurança.

Assim que a primeira porta se fechou, sentiu-se o estalido da tranca travando automaticamente, e depois a outra se escancarou. Os três avançaram, o segurança à frente.

— Fizeram boa viagem?

O casal Sebastiani se entreolhou com esgares comprometedores.

— Fizemos. A esta hora não há trânsito — respondeu Jacopo.

— A governanta está dormindo, mas, se necessitarem dos serviços dela, posso chamá-la.

— Deixe-a descansar. Não vamos precisar de nada — asseverou Jacopo.

Seguiram por um corredor comprido que descia para um patamar inferior. Afinal, não era uma casa térrea; estava apenas construída sobre um declive, ou assim parecia. Jacopo reparou numa luz vermelha que piscava a intervalos cadenciados em cima de algumas portas.

— O que é aquilo? — quis saber o historiador.

— É o sinal de chamada na porta de entrada. Como a casa é muito grande, serve para nos avisar, caso não tenha ninguém na recepção. Foi a chegada dos senhores que o acionou. Quando regressar à recepção, vou desligá-lo. Norma puxou o casaco do marido e sussurrou-lhe ao ouvido:

— Que lugar é este?

Jacopo levou o indicador aos lábios pedindo silêncio. Quando estivessem sozinhos explicaria… ou não.

O jovem segurança conduziu-os até uma porta, esta maior que as outras que haviam visto. Abriu-a e apresentou os aposentos deles. Eram espaçosos, com banheiro, *closet* e até um pequeno escritório particular. Colocou a mala em cima de um estrado próprio para esse fim e lhes desejou boa-noite.

— A que horas acorda a senhora? — perguntou Jacopo.

— Às seis e meia — informou o jovem. — Tenham uma boa-noite — repetiu.

O jovem segurança saiu e fechou a porta atrás de si. Norma sentiu um calafrio percorrer-lhe a espinha. Talvez fosse impressão sua, mas sentia-se observada de todos os ângulos.

— Que senhora é essa? — quis saber Norma, a curiosidade aguçada ao máximo.

— Deixe de ser curiosa, Norma — resmungou Jacopo, visivelmente irritado.

— Mas, afinal, para que lugar você me trouxe? — insistiu ela. Queria saber pelo menos isso. — Onde estamos?

Jacopo sentou-se na beirada da cama e a fitou depois de soltar um profundo suspiro. Raciocinava. Norma conhecia-o muito bem. Refletia agora na quantidade de informação que lhe daria.

— Numa casa segura.

Norma lhe lançou um olhar inquisitivo. Ela deveria saber o que era uma *casa segura*? Não eram todas seguras, por acaso?

— É uma casa parecida com um esconderijo, um lugar que ninguém conhece, para onde só vem quem necessita de proteção e segurança.

Norma esboçou uma reação realmente preocupada pela primeira vez, e se sentou ao lado do marido.

— Estamos em perigo por alguma razão? Diga-me a verdade, Jacopo.

O historiador colocou-lhe uma mão tímida no ombro e depois a abraçou.

— Está tudo bem, Norma. Está tudo bem. Mas há outras pessoas que não têm tanta sorte.

— Quem? Rafael está bem? — Foi a primeira preocupação dela.

— Está sim, não se preocupe — respondeu ele, sem ter muita certeza do que dizia.

— E que senhora é essa a respeito de quem você perguntou ao rapaz?

— Não sei, Norma. Só sei que Rafael quer que a ajudemos.

— Não minta para mim, Jacopo Sebastiani.

O historiador se desvencilhou do abraço e se levantou.

— Vai começar? Nem numa casa desconhecida você me respeita.

Norma lhe lançou mais um de seus olhares enfurecidos. Era hábito fazê-lo várias vezes ao longo do dia. Não raro, mais vezes do que conseguia lembrar. Este dia tinha começado bem cedo.

— Viúva, Jacopo Sebastiani. E com uma pensão polpuda. Era como eu podia estar agora.

Jacopo saiu do quarto e fechou a porta. Queria batê-la com a maior força possível, mas achou por bem não fazê-lo, para não acordar as demais pessoas que dormiam naquela casa, quem quer que fossem. Encostou-se à parede e fechou os olhos. Às vezes, provocava a esposa de modo deliberado para que pudesse ter essas explosões, aparentemente irracionais, que nada mais eram que uma farsa. Não queria lhe contar; não podia. A senhora contaria, se assim entendesse por bem. Não tinha o direito de fazê-lo. Quanto menos pessoas soubessem, melhor. Um favor. Uma droga de um favor às seis e meia da manhã, quando a senhora acordasse. Deixou-se deslizar pela parede até se sentar no chão de mármore frio. Respirou fundo. Faria um favor a um amigo. Mais nada.

— Espero que corra tudo conforme planejou, Rafael.

36

Sarah e John Scott ignoravam por completo o que se passava no gabinete do terceiro piso do Palácio das Congregações. Desconheciam os nomes que Rafael mencionara. Anna e Mandi. Mais dúvidas, mais perguntas.

— Como soube? — repetiu Rafael, inclinando-se ainda mais para a frente na cadeira, em uma postura intimidadora.

— Ao contrário do que se possa pensar, o trabalho que este colégio faz é muito sério.

— Ninguém pensa o contrário — asseverou Rafael.

Duválio levantou-se de repente e se dirigiu a um dos armários. Sentiu uma ligeira dor de cabeça e cambaleou. Sarah fez menção de ajudá-lo, mas ele acabou se equilibrando sozinho. Pegou uma chave que estava sobre uma mesa grande e abriu uma das gavetas de madeira escura. Vasculhou o interior, mexendo em alguns dossiês de capa marrom, e retirou um deles. Regressou trôpego à cadeira e o entregou a Rafael.

— O que é isto?

— Um teste de DNA.

Rafael analisou as folhas que estavam no interior do dossiê. Três sujeitos que, segundo os dados recolhidos, eram parentes. Os nomes dos sujeitos eram G. P., Anna P. e M. A análise tinha a data de 2002.

— Quem lhe enviou isto? — perguntou Rafael.

— Estava nos arquivos — respondeu Duválio, a expressão séria.

— Estava nos arquivos? — repetiu Rafael, surpreso.

Duválio assentiu.

— Traduza essas informações para mim — pediu Rafael, embora soubesse perfeitamente do que se tratava.

— G. P. é pai de Anna P., que por sua vez é mãe de M. — explicou Duválio. — Com certeza está mais inteirado desse assunto do que eu.

— Validaram essa informação?

— Está tudo explicado no arquivo.

— Está brincando comigo? — duvidou Rafael. — O que é que está explicado?

— Quem mandou fazer a análise e por que razão. Foi um tal Ivan. Nunca o encontramos.

— Então foram investigar.

Duválio assentiu mais uma vez.

— Relemos tudo novamente para ver se havia escapado alguma coisa. Mais de cem anos de informação recolhida para a *Positio* de Pio XII. É uma quantidade monumental de informação. Caixas e caixas. Revimos as entrevistas que foram feitas com centenas de testemunhas, notícias de jornais, diários, livros, documentos, tudo, tudo, tudo. Procuramos elementos novos que nos permitissem chegar a alguma conclusão. Passamos a limpo todo o trabalho do padre Gumpel e dos que o precederam. Sempre no maior sigilo, obviamente.

— E não encontraram nada — interrompeu Rafael, certo do que dizia.

— Não. Você parece muito seguro disso — respondeu Duválio.

São muitos anos, rapaz, pensou Rafael.

— E depois?

— Acabamos descartando o teste de DNA. Tudo apontava para charlatanice, ou um péssimo trabalho de arquivo. O padre Gumpel ordenou que parássemos com a investigação e nos obrigou a obedecer ao *Totalis Secretum*, procedimento normal nesses casos… — Duválio entregou a Rafael uma encadernação pequena, bastante velha e usada. — Até que encontrei isto.

Rafael a pegou. Parecia um caderno de anotações de capa dura, bastante robusto e de boa qualidade.

— O que é isto?

— Um diário.

Rafael o folheou. Estava escrito em alemão e tinha registros desde 1960. A letra era bonita, segura, ligeiramente inclinada para a direita. Reconheceu-a de imediato. Só não entendia como aquele caderno tinha ido parar ali.

— Isto era de Pasqualina.

— Correto — confirmou Duválio com um aceno de cabeça. — Não havia nada sobre isso nos diários do Santo Padre. Até encontrar esse livro, nem sequer fazíamos ideia de que a madre Pasqualina escrevera um. É claro que era perfeitamente natural que o tivesse feito e que não tínhamos, obrigatoriamente, que saber de sua existência. Já tinha visto isso?

Rafael negou com um gesto de cabeça. Continuava a folheá-lo ao acaso. Alguém fizera marcações no livro. Cartões pequenos marcavam várias páginas. Sempre que deparava com um, passava os olhos com rapidez pelo texto em busca de algo que chamasse atenção. Nunca sentira necessidade de escrever um diário. Considerava uma perda de tempo. De que servia deixar informações uns dos outros impressas em papel, à mercê da posteridade? Era um perigo. E aquele exemplo era a prova disso. Deixar a vida por escrito não fazia bem a ninguém. No quarto ou quinto cartão, encontrou o que não desejava ler. Alguém sublinhara o texto para que não se perdesse a informação.

Fui ver minha menina. Sei que não devia, mas não aguentei. Nada mais me resta do tempo que passei com Eugênio. Até as memórias estou perdendo. Preciso recorrer a retratos para me lembrar do rosto dele, antes tão bem gravado na minha mente. O toque, o sorriso, o olhar divino e ascético, tudo isso vai se esvanecendo diariamente, uma parte, um pouco, até não restar nada. Não me lembro mais do cheiro dele. Precisava vê-la. Minha Anna... nossa. Tem as feições dele. O nariz e os olhos são cópias perfeitas. Que loucura cometemos naquela noite em Berlim. Que loucura. Nunca ninguém poderá saber. Minha querida Anna. Nossa menina. Sorriu-me, e isso bastou-me. Está uma mulher, mas para mim será sempre uma menina. Só Deus Pai saberá, e a Ele responderei pelos meus atos quando for chamada à Sua presença. O papa Roncalli aceitou receber-me...

O texto continuava, mas Rafael preferiu ver a data de entrada daquele relato. Vinte e cinco de setembro de 1960. Trigésimo aniversário de Anna.

Pasqualina era uma mulher muito pragmática. Nunca a conhecera, apesar da sua longevidade. Vivera oitenta e nove anos. Por ela haviam passado nove papas, entre os quais servira três. Todos, sem exceção, respeitavam-na. Seu sacrifício, em nome da Santa Madre Igreja, foi descomunal.

— Onde o encontrou?

— No arquivo — tornou a responder Duválio.

— Não quer mesmo dar outra resposta?

— Foi no arquivo — repetiu Duválio, engolindo em seco.

— Confirmaram a autenticidade do diário? — perguntou Rafael, embora soubesse que era verdadeiro.

— Claro. Foi mais difícil do que prevíamos a princípio para alguém que viveu tanto tempo no Palácio Apostólico. Em quase trinta anos, pouca gente teve um contato maior com ela. Muitos nem sequer chegaram a vê-la. Por fim, encontramos um conjunto de notas escritas por ela, a mando do cardeal Spellman, quando estava no departamento de comunicação. A análise paleográfica não deixou margem para dúvidas. Era a letra de Pasqualina.

— O nome Piccolo lhe diz alguma coisa? — Rafael perguntou de súbito.

Duválio franziu as sobrancelhas, incomodado, e se ajeitou na cadeira.

— Não.

— E Fondazione Donato per la lotta dei bambini con leucemia?

— Por... Por... por que... que ra... razão está per... gun... tando... i... isso? — perguntou John Scott, agarrando-se ao dossiê de capa marrom.

Rafael ignorou a pergunta e continuou a encarar Duválio com uma expressão séria. Sabia que havia muitas maneiras de responder além de verbalizar palavras.

— E o Fondo Giulietta per i bambini non protetti, diz alguma coisa para você?

Duválio engoliu em seco. Estava com sede de novo.

— Não. Nunca ouvi falar.

— Qual a re... la... ção? — insistiu John Scott, que não havia compreendido a conexão dos fatos.

— Então autenticaram o diário e verificaram que pertencia mesmo a Pasqualina. E depois? — inquiriu Rafael, sem dar ouvidos ao jornalista.

— Mas quem é essa Pasqualina? Por que tinha tanta influência sobre Pio XII? — perguntou Sarah, intrigada.

Os dois homens do Vaticano se entreolharam com expressões suspeitas. Rafael não queria contar a história. Preferia ouvir a versão de Duválio. Com certeza, tinham um dossiê bastante completo sobre ela.

— Fale você — sugeriu. — Você gosta mais de contar histórias.

Duválio bebeu o que restava da água.

— Pasqualina nasceu em agosto de 1894, na pequena vila de Ebersberg, na Baviera, a pouco mais de quarenta quilômetros de Munique. Seu nome de batismo era Josefina. Suas origens eram muito pobres, e teve de trabalhar cedo na pequena chácara dos pais com seus seis irmãos e cinco irmãs. Com sete anos, era tão madura e autoritária com os irmãos que eles começaram a chamá-la de madre superiora. É interessante como a vida se encarrega de apresentar pequenas ironias. Foi com essa idade que ela sugeriu aos pais ajudar no campo, uma ideia irreverente para seu tempo. O campo era para os homens, e a casa, para as mulheres. O certo é que depois de birras, discussões e conversas, finalmente levou sua vontade adiante e foi trabalhar com o pai e os irmãos no campo. Levantava-se às cinco da manhã, sem que ninguém a acordasse, e não se recusava a fazer nenhum dos trabalhos dos rapazes. Sua única distração era a Oktoberfest em Munique. Aí então dançava, dançava e se esquecia da vida.

Aos quinze anos, Josefina tomou uma decisão que mudou para sempre sua vida e, por consequência, a de Eugênio Pacelli. Queria servir Jesus Cristo e entrar para um convento. Os pais não concordaram de modo algum com essa aspiração da jovem, e ela não encontrou uma maneira de transformar a oposição veemente em apoio. Como não cederam, ela deixou a casa numa madrugada, sem um adeus ou alguma satisfação. Foi o padre da aldeia quem a ajudou e, sob a tutela dele, ela entrou para a Ordem das Irmãs de Santa Cruz, em Altötting, nos arredores de Munique.

A vida no convento era extremamente rígida. Muito mais que aquela que Josefina levava no campo. Levantava-se diariamente às quatro e meia da manhã. Rezava, depois tinha as tarefas de limpeza; rezava, ajudava na cozinha; rezava. Os sinais usados pelas freiras também eram severos. Um estalar de dedos era para levantar, dois para dar meia-volta. Mão erguida com os dedos indicador e médio levantados significava que a freira necessitava de um garfo. Naquele mundo silencioso, todos os gestos tinham significado, e ela devia decorar todos. Ela gostava de regras. O mundo não podia viver sem elas. Contudo, havia uma que a perturbava: o apito da madre superiora. Quando o silvo estridente se fazia ouvir, todas tinham de parar de imediato o que faziam no mesmo instante. Isso implicava deixar uma palavra pela metade se estivessem escrevendo ou uma sílaba por dizer se estivessem falando, ou mesmo engolir a comida sem mastigá-la se estivessem comendo. No convento, a palavra de ordem era obediência. E Josefina tornou-se mestre em obedecer. "Nunca dizer nada. Tudo observar." Quando fez os votos perpétuos, adotou o nome de Pasqualina, em alusão à Páscoa, a ressurreição de Cristo, a quem desejava dedicar a vida.

Foi colocada no retiro Stella Maris, em Rorschach, nos Alpes Suíços. Foi lá que, em um dia de muita neve de 1917, quando ainda não havia completado vinte e três anos, colocaram-na a serviço de um prelado recém-chegado, com enorme poder em Roma. Estava com problemas de saúde. Ele era frio e taciturno. Tinha quarenta e um anos e já era arcebispo. Chamava-se Eugênio Pacelli.

O diplomata andava havia três anos em negociações de paz, como enviado de Bento XV, para buscar uma solução alternativa para a guerra que tinha eclodido na Europa. O fracasso, a má alimentação, o excesso de trabalho e a frustração haviam-no lançado à enfermidade. Fora uma ordem explícita de Bento XV que o levara ao retiro de Stella Maris. Durante dois meses, Pasqualina dedicou-se de corpo e alma à recuperação de Eugênio, apesar de seu gênio difícil e frieza. Ela o fez pensar que ele era seu único paciente. O que não era verdade. Continuava a tratar de todos os outros que chegavam. Vivia para trabalhar. Dormia muito pouco. A toda hora ia ver como Pacelli estava e lhe dar os medicamentos. Também o censurava assim que o flagrava tentando voltar ao trabalho. Nunca ninguém o afrontara, pois era difícil esquecer o poder que ele detinha. Só Pasqualina o fizera. E, se no início ele se surpreendera, depois acabara achando graça.

Aos poucos, Pacelli recuperou-se por completo e foi embora sem ao menos um adeus ou um obrigado. Pasqualina soube que havia partido quando foi ao quarto dele e não o encontrou. Não restava nenhum sinal dos dois meses que o prelado passara lá. Ficou ressentida. Pasqualina estava longe de imaginar o efeito que havia tido sobre ele. Três meses depois, ele regressara ao retiro e dissera à madre superiora que fora colocado na nunciatura de Munique e necessitava de uma governanta para tratar da casa. Gostara muito do trabalho daquela irmã que cuidara dele. Em dezembro de 1917, Pasqualina partiu para se juntar ao séquito de Pacelli em Munique. Nunca mais se separaram.

— Sabe que isso não é verdade — interrompeu Rafael.

— Sei?

— Quando Pacelli regressou a Roma, em dezembro de 1929, ela não foi com ele.

— Sim, você tem razão — concordou Duválio. — Há quem diga que ela foi contra a vontade dele, três semanas depois, e que ficou na casa da irmã de Pacelli, já que não tinha outro local onde se instalar, mas essa informação é falsa.

— Então, quando é que ela foi? — quis saber Sarah, curiosa.

— Um ano depois — respondeu Rafael. — Primeiro foi trabalhar sob as ordens do monsenhor Francis Spellman, de quem Pacelli era grande amigo e que depois se tornou um dos melhores amigos da própria Pasqualina no Vaticano. Há cartas entre Pasqualina e Pacelli, no início de 1930, em que ela lhe pede para servi-lo em Roma.

— Há? — perguntou Duválio, admirado.

Rafael fez que sim com a cabeça.

— Não as encontrou no arquivo? — questionou o espião, o semblante exibindo uma expressão cínica.

— Não tivemos acesso a esses documentos.

— Nem deviam ter — limitou-se a dizer Rafael, o tom de voz seco. — As respostas de Pacelli foram sempre taxativas. As de Pasqualina começaram a se tornar amargas, até que deixou de fazer o pedido. Houve um longo silêncio por parte de Pasqualina, que continuava na nunciatura em Berlim. Depois, em fevereiro de 1930, ela se ausentou, sendo seu destino desconhecido.

Foi a vez de Duválio escutar Rafael, boquiaberto. Desconhecia tudo o que ele confidenciava.

— Pacelli e Spellman foram para os Alpes em julho de 1930, exatamente para o retiro onde Eugênio conhecera Pasqualina treze anos antes — continuou Rafael. — As férias no retiro de Rorschach eram um hábito que ele e Pasqualina mantiveram desde que se conheceram. Mas, daquela vez, ela não estava lá. Não foi por falta de convite. Pacelli escreveu-lhe várias vezes convidando-a. Nunca obteve resposta. Ficou tão preocupado que pediu ao amigo norte-americano, Spellman, que a procurasse, sem sucesso. Pasqualina só lhe respondeu em novembro, e em dezembro Pacelli não titubeou. Pediu ao amigo que fosse buscá-la. Marcaram encontro no retiro Stella Maris, em Rorschach, na Suíça. O jovem monsenhor americano conduziu toda a noite e chegaram ao Vaticano pela manhã. Spellman levou-a imediatamente aos aposentos dos serviçais, nos fundos do andar térreo do Palácio Apostólico. Iria cozinhar, limpar, fazer todos os trabalhos que fossem necessários. Ela não se importava. Queria era estar perto de Eugênio. Mesmo assim, Pacelli e Pasqualina não se viram logo que ela chegou. A primeira vez que se cruzaram nos corredores sagrados ocorreu em 1931, quatro meses depois de ela já estar lá. Entretanto, Spellman reparou na mente brilhante de Pasqualina e sugeriu a Pacelli que ela prestasse auxílio no departamento de comunicação. Não deixaria de ajudar na cozinha nem nos afazeres de limpeza, entretanto. Seria um acúmulo de deveres. Depois, foi o próprio Pio XI quem tratou do assunto.

— Pio XI? — interrompeu Sarah. — Não está confundindo com Pio XII?

— Não. Pio XII foi o nome que Eugênio Pacelli adotou quando foi eleito papa, em 1939. Estamos em 1931, na virada para 1932. Pasqualina fez uma revisão em um dos discursos do papa que continha certos erros de conteúdo graves. Sugeriu a Pacelli que lhe transmitisse quais eram esses erros. Mas o secretário de Estado não estava no Vaticano, e Spellman também não. Pasqualina foi então chamada à presença do robusto e autoritário Pio XI, aborrecido com os erros que ela encontrara em seu discurso. Agradeceu-lhe as correções e lhe perguntou que outros trabalhos a freira executava no palácio. Pasqualina disse a verdade. Pio XI anunciou que iria repreender o cardeal Pacelli por manter uma mente tão brilhante descascando batatas na cozinha. No dia seguinte, partilhava uma mesa no andar inferior do Secretariado. Seria uma das assessoras do cardeal Pacelli, por ordem do Santo Padre. Seu colega de mesa não achou graça nenhuma. Era uma insossa e entediante figura que se chamava Giovanni Montini. — Depois de 1932, nunca mais se separaram.

— Eram tão unidos, que Pasqualina foi a única mulher em dois mil anos a ter presenciado um conclave — acrescentou o relator.

— Co… como? — perguntou John Scott, admirado.

— Os cardeais podiam levar serviçais ou ajudantes aos conclaves. Foi Paulo VI quem acabou com esse costume. O cardeal Pacelli decidiu levar a irmã Pasqualina. Foi um escândalo, é preciso dizer, mas ela se portou muito bem — explicou Duválio. — Pacelli foi eleito na primeira votação. Acabou por fazer como o cardeal Camilo Laurentis fizera em 1922, no conclave que elegeu Achile Ratti, tendo este escolhido o nome de Pio XI. Recusou a eleição e pediu que fizessem outra votação e não o incluíssem. Saiu da capela correndo. Pasqualina foi atrás dele, assim como alguns guardas suíços. Ele tremia com grande intensidade. Lamentava-se. Não parava de pronunciar a expressão *Miserere Mei*. Dizia que não era digno de assumir o lugar. Mas Pasqualina deu-lhe a mão e disse-lhe que Deus lhe daria forças para suportar o fardo. Não podia dizer não a um pedido do Altíssimo. Cristo escolhera-o, e não lhe cabia decidir o contrário. Entraram de mãos dadas na Capela Sistina. A segunda votação já tinha começado, conforme seu pedido. O resultado foi diferente de 1922. O Colégio voltou a eleger Pacelli por unanimidade, no dia de seu sexagésimo terceiro aniversário.

— Certo. Diário validado. O que aconteceu em seguida? — perguntou Rafael, continuando o interrogatório que parecia não ter fim.

— O Colégio se reuniu para deliberar o que faria em relação à *Positio*.

— Como assim? — perguntou Sarah.

— A *Positio* é que dá ao Santo Padre todos os elementos para uma recomendação positiva ou negativa à beatificação.

— Essa reunião foi quando? quis saber Rafael.

— Há duas semanas — respondeu Duválio, a respiração se alterando novamente. — Estávamos todos visivelmente transtornados. Domenico esfregava as mãos, Bertram pouco falava, e o padre Gumpel... O peso da decisão era evidente. A recomendação foi negativa. A existência delas colocou tudo a perder.

— Mas quem são elas? Alguém pode me explicar? — interrompeu Sarah de modo repentino. Pelo desenrolar da conversa, percebera, ou julgara ter percebido, que se tratava das tais Anna e M. Mas quem seriam essas duas?

Os dois homens se voltaram para ela. Rafael refletiu durante alguns segundos.

— Já deu para perceber quem é Anna. Mas quem é essa M.?

— M. é...

— Não é ninguém que os senhores jornalistas devam conhecer — ouviu-se uma voz masculina dizer. — Vocês têm o péssimo hábito de querer compartilhar informações com o mundo — acrescentou de maneira cínica.— Davide — pronunciou Rafael em tom frio.

O colega da Gendarmaria Vaticana estava acompanhado de outros dois homens, mais novos que ele, todos com armas empunhadas. Um deles era Arturo.

— Sabia que o encontraria aqui — disse o jovem agente da Santa Aliança.

— Agora é amigo dos gendarmes? — provocou Rafael.

— Foram os únicos dispostos a me dar atenção depois do que você fez comigo em Tuscolana — respondeu, aborrecido.

— Não vá fazer nenhuma tolice, Rafael — advertiu Davide, avançando em sua direção lentamente, a Beretta mirando sua cabeça.

Os outros dois também concentravam a atenção no padre espião, como se ele fosse a única fonte de ameaça no gabinete. Sua fama o precedia. Embora Arturo soubesse por experiências reais.

John Scott estava encostado à parede. Se pudesse, teria se fundido a ela para desaparecer. Sarah, por sua vez, assistia à cena com o coração aos saltos. Jamais vira aqueles homens, à exceção de Arturo.

— Convém que *você* não faça nenhuma tolice — declarou Rafael com voz ríspida.

— E o que seria uma tolice neste caso? As ordens são claras e exigem cumprimento.

— Sei muito bem quais são as ordens, mas elas partem de suposições equivocadas.

— Dê-me sua arma — ordenou Davide.

A tensão entre os três homens e Rafael era evidente. Todos se mediam, calculando as probabilidades de vida e morte. A vantagem de Davide era evidente, mas um gesto mal interpretado poderia causar um acidente desnecessário. Rafael levantou a parte de trás do casaco, lentamente, para revelar a Beretta enterrada entre o cós da calça e as costas. Davide aproximou-se, pé ante pé. Não queria chegar muito perto. Rafael podia ser muito perigoso em um confronto físico. Quando sentiu que bastava esticar o braço, fez o movimento e removeu a arma com um gesto brusco. Entregou-a a Arturo, que a guardou. Davide recuou dois passos de imediato, colocando-se em uma distância segura. Rafael esboçou um sorriso.

— Sinto muito por tudo isso, Rafael — confessou o colega.

— É de fato uma pena. Desejo a vocês boa sorte ao tentar encontrá-la.

Davide soltou um risinho irônico.

— Você já deu o endereço da mulher ao tolo do Tomasini.

Rafael abriu ainda mais o sorriso, que ganhou um ar de cinismo.

— Dei? — indagou o padre. — Será que dei mesmo?

— Você sabe onde Anna está? — perguntou Duválio, incrédulo.

Davide refletiu sobre as palavras de Rafael. Pegou o celular e reparou que tinha três chamadas não atendidas. Silenciara-o para que não interferisse na operação. Era Girolamo Comte quem havia ligado. Retornaria a ligação mais tarde. E havia também uma chamada do chefe da Santa Aliança. Esta retornou de imediato. Rafael continuava a sorrir, como se zombasse dele, o que o irritava. Ninguém atendeu do outro lado.

— Não acredito no que está dizendo!

— Claro que acredita. Por que acha que ainda não disparou?

Nesse exato momento, a luz do visor do celular de Davide acendeu. Era Guillermo. O agente atendeu.

— Davide — identificou-se ao atender. — Sim. Está aqui à minha frente. — Uma breve pausa. — Sim. Os três estão. — Escutou as instruções, depois desligou o aparelho.

— Você é mesmo um imbecil, Tomasini. Espere só até Comte saber disso.
— Davide fitou Rafael com desdém e aproximou-se dele ameaçadoramente.
— Um terreno baldio? Você deu o endereço de um terreno baldio? Só mesmo um idiota como o Tomasini para cair nessa. O Comte vai tratar desse assunto.

Deu um passo à frente e bateu a coronha da arma na nuca de Rafael com tanta violência, que o fez cair pesadamente no chão, inerte.

— Você sempre foi um canalha, Rafael — praguejou Davide.

37

— Você só pode estar brincando comigo — vociferou Gennaro Cavalcanti.

— Por que diz isso? — perguntou Guillermo, exibindo uma expressão de ingenuidade.

— Largue isso — falou, apontando o celular. — Está preocupado se o marido já chegou em casa? Olha para esta merda!

Gennaro apontou para o corpo de Bertram, já em cima de uma maca, dentro de um saco para cadáveres, fechado até o peito, deixando à vista apenas o rosto pálido e acinzentado, além das marcas da morte na testa.

— Quando é que me entrega os outros dois? — retrucou Guillermo, prevendo o efeito da pergunta. Gennaro rosnou de impaciência.

— Mais um padre morto e, depois de guardar essa porcaria de celular, é essa a primeira pergunta que me faz?

O apartamento de Bertram na Via Tuscolana estava abarrotado de gente, com certeza muito mais do que o padre já recebera em casa desde que morava ali. Paramédicos, o delegado do Instituto Médico Legal e agentes do departamento forense da Polizia di Stato que, com luvas e máquinas fotográficas, inspecionavam o apartamento. Pelas janelas, entravam os reflexos azuis e avermelhados da iluminação de carros de polícia e da ambulância, que estavam estacionados embaixo, na rua. Alguns moradores haviam saído para conferir o que se passava; outros tentavam descobrir, a uma distância segura, de janelas ou varandas de apartamentos. Pelo sim, pelo não, Gennaro mandara instalar um perímetro de segurança para afastar os olhares curiosos. Haviam perguntado ao jovem agente fardado, que assegurava que ninguém sem autorização invadisse o perímetro, qual o motivo da confusão. A resposta espalhara-se com rapidez pelas redondezas, elevando-se até varandas e janelas dos andares superiores. *Homicídio*. A pergunta seguinte versava sobre a identidade da vítima, mas essa não fora respondida por não ser do conhecimento do prestativo agente.

Ninguém sabia precisar muito bem quando tinham chegado os repórteres, ávidos por saber quem havia sido assassinado barbaramente na tranquilidade do lar, na Via Tuscolana. Em poucos minutos, gravadores, câmeras, microfones, celulares e, no caso dos revivalistas da velha guarda jornalística, blocos de notas, começaram a registrar as palavras *padre*, *Vaticano* e *Santa Sé*, e os murmúrios passaram depressa a intrigas e conspirações.

Lá em cima, Gennaro Cavalcanti fitava o preocupado Guillermo Tomasini com um olhar enfurecido.

— Não vai ver nenhum dos corpos antes de isto estar muito bem resolvido. Pode ligar para o Comte e transmitir o que acabei de lhe dizer.

— Não foi o que Amadeo lhe disse.

— O que ele combinou com o seu amigo Amadeo está a um cadáver de distância. Três é diferente de dois.

— Já identificaram o que ficou com a cabeça dilacerada? — retrucou Guillermo, na tentativa de mudar de assunto.

Gennaro fez que não com a cabeça.

— E vocês não deram pela falta de nenhum papa-hóstias?

Guillermo não se dignou a responder. Gennaro agarrou um dos braços do homem da Igreja e o arrastou para um canto menos movimentado do apartamento de Bertram.

— Ficou irritado por termos chegado primeiro? Não é o costume, não é mesmo? — perguntou Gennaro, um ar de ironia estampado no rosto. — Ainda por cima, duas vezes seguidas.

— O que quer dizer com isso, Cavalcanti?

— Acha que sou algum idiota? Está habituado a chegar às cenas do crime primeiro, com o corpo ainda quente. O estúpido do Girolamo faz o que bem entende, retira o que lhe aprouver e depois nos chama, *quando* nos chama.

— Você é maluco, Cavalcanti.

— Desta vez, alguém traiu vocês. Você e o Comte têm um traidor na equipe.

Guillermo odiava Gennaro. Felizmente, eram raros os momentos em que tinha de lidar com ele. A verdade é que seria mau sinal se fossem muitos. Muito mau. Essa função era de Girolamo. No início, antes de Guillermo chefiar o serviço de espionagem que Gennaro ignorava, tratavam-se com cortesia. A maior parte das mortes que ocorriam na Santa Sé, ou em território que se beneficiasse do mesmo estatuto de extraterritorialidade, eram suicídios. O Vaticano estava entre os Estados com a taxa mais alta *per capita*. Um suicídio não requeria grande esforço, apenas formalidades burocráticas. Ainda que, àquela altura, Guillermo houvesse detectado em Cavalcanti uma predisposição a imaginar um pouco mais do que realmente acontecera, com certa razão, para não dizer toda em alguns casos, nunca houvera motivos para conflitos nem nada que abalasse a relação cordata.

O verniz fora arranhado em maio de 1998, quando o comandante da Guarda Suíça e a esposa tinham sido assassinados a tiro, e um cabo se suicidara *sem pistola*, como costumava dizer Cavalcanti, entre a ironia e a hipocrisia. O grande culpado fora o patife do Girolamo, que, com Guillermo, dificultara a investigação ao máximo, ou, mais bem explicado, não facilitara em nada o trabalho de Cavalcanti. Chegara até a expulsá-lo do apartamento do comandante da Guarda Suíça, onde o crime ocorrera. O resultado das investigações, que se tornou público por intermédio do assessor de imprensa do Vaticano, Navarro-Valls, na mesma noite do crime, foi que o cabo Cédric Tornay perdera a cabeça por lhe ter sido recusada uma medalha de mérito e decidira ir ao apartamento do novo comandante da Guarda, Alois Estermann, nomeado naquele mesmo dia, matando-o, bem como à esposa, e se suicidando em seguida. A verdade sobre o que ocorrera naquele apartamento, no entanto, era muito diferente.

— Quem é o infeliz? — perguntou Cavalcanti intempestivamente, enquanto a maca era levada por dois paramédicos, o corpo dentro do saco já fechado por completo, a caminho de uma mesa de autópsia para que os preceitos científicos confirmassem o que se via a olho nu.

— Adolf Bertram. Um padre alemão — informou Guillermo. — Amanhã, faço chegar até você tudo sobre ele e o trabalho que fazia para o Santo Padre.

— Desta vez, não corte as partes picantes — devolveu o inspetor, que não perdia uma oportunidade sequer de provocá-lo. — Em que ele trabalhava?

— Nada de mais — adiantou Guillermo. — Fazia uma pesquisa para a *Positio* de um candidato qualquer à canonização. Trabalhava na Congregação para a Causa dos Santos.

Gennaro observou o local. Estavam no *hall* de entrada do apartamento. Não havia uma gota de sangue em canto nenhum. Também nenhum vestígio de tiros nem de qualquer outro objeto. Um trabalho limpo.

— O que você acha? — perguntou Guillermo.

— Se é que não está gozando da minha cara, a mim parece que estamos diante do trabalho de um profissional. Mas isso você percebeu assim que entrou. No entanto, há uma coisa que me intriga.

— O quê? — perguntou Guillermo, fingindo interesse.

— O corpo estava coberto com um lençol. Um profissional não dispara dois tiros à queima-roupa para depois cobrir o corpo com um lençol. É um gesto muito cristão.

— O que está sugerindo?

— Diga-me você.

Guillermo o ignorou e correu os olhos pelo apartamento. Não convinha mencionar a visita que seus homens e os jornalistas haviam feito naquela noite. Gennaro vigiava-o com um olhar atento. Aquele homem estava cada dia mais insuportável. Odiava ter de lidar com ele. Quantas vezes aquele pensamento passaria pela sua mente naquela noite? Precisava falar com Davide com urgência. Ligara para ele há pouco tempo, mas sem sucesso. O celular soou naquele exato momento. Era Davide. Que droga. Belo *timing*. Decidiu não atender; não era o momento propício. Apertou o botão que silenciava o aparelho e tornou a guardá-lo.

— Não vai atender? — perguntou Gennaro descaradamente, sem nenhum traço de constrangimento. — Quer um pouco de privacidade?

Guillermo fechou a cara. Cavalcanti não o deixaria em paz tão cedo. A sugestão de obter um pouco de privacidade era, obviamente, zombaria. Decidiu pegar de novo o celular e atender, mas Davide já tinha desligado. Apertou o botão para retornar a chamada. Levou o aparelho ao ouvido e deu dois passos para se afastar de Cavalcanti, mas este se aproximou, fingindo estudar uma agenda que pertencia ao defunto Bertram. *Idiota*. Davide atendeu assim que ouviu o primeiro toque.

— Ele está com você? — Pausa. — E os jornalistas? — Nova pausa. — Esperem por mim. Não os deixe sair daí. Não faça nada. O endereço que ele nos deu era de um terreno baldio. Faça o que for necessário para retê-los.

Ignorou o insulto de Davide e desligou. Trataria disso mais tarde. Os homens de Comte precisavam de um corretivo. Preferiu se concentrar nas boas notícias. Rafael estava sob controle, pelo menos por enquanto.

— Problemas? — perguntou Cavalcanti por trás dele.

— Nada fora do normal.

— Se precisar desabafar, pode contar comigo — ironizou o outro, colocando uma das mãos sobre o ombro de Guillermo.

Um agente chamou por Cavalcanti, que deu as costas ao homem do Vaticano, sem deixar, no entanto, de ouvir um murmúrio de insulto carregado de raiva. O inspetor sorriu de satisfação.

— O que descobrimos até agora? — perguntou ao agente. — Já temos a identificação de quem fez as chamadas de emergência?

Cochicharam durante alguns minutos, até Cavalcanti ser interrompido pelo próprio celular. Escutou durante breves segundos e depois o lançou, em um ataque de fúria, contra uma das paredes do *hall*, espatifando-o em várias peças. Todos se detiveram por alguns segundos, mas logo voltaram aos respectivos afazeres. Eram comuns esses acessos por parte do inspetor.

— Pegue essas peças para mim, por favor — pediu ao agente com voz contida. Tentava se acalmar o mais rápido possível.

— Será que ainda funciona?

— Funciona. É bem resistente. — Deixou o agente e se aproximou novamente do homem do Vaticano.

— Más notícias? — perguntou o outro.

— Recebemos um novo alerta na central.

Guillermo engoliu em seco.

— O que aconteceu?

— Hoje você vai passar a noite comigo — comunicou o homem da polícia italiana. — E pode se preparar, porque vai ser longa.

— Mas o que aconteceu? — insistiu Guillermo.

— Um massacre. Uma droga de um massacre.

38

Abriu os olhos e não viu nada. Escuro. Breu. Tornou a fechá-los e a abri-los novamente. Nada. Trevas. Depois, percebeu uma nesga de luz, muito tênue, um feixe tímido que provinha daquilo que parecia ser uma janela. Levantou-se com esforço, as pernas bambas, e dirigiu-se para a fonte de luz escassa, passo a passo, lentamente. Mesmo assim, o pé direito bateu em algo mole, e ele tropeçou. Praguejou mentalmente e levou a mão à nuca. Doía. Massageou-a por alguns instantes. Não sabia dizer se começara a doer naquele momento, ou se já doía antes e só se dera conta naquele instante. Sentia também uma ligeira tontura e náuseas. Levantou-se com esforço, mais uma vez, e caminhou para a janela com passos prudentes e cautelosos. Abriu-a com um gesto brusco para deixar passar a luz dos candeeiros que iluminavam a praça lá fora. O ar frio inundou o cômodo, e a luz artificial conquistou certo espaço, escasso, em meio às sombras.

Tropeçara num corpo que estava estendido no chão, e a sensação fora estranha. Não era a primeira vez que via um cadáver. Nem seria a última. Já não sentia nada, mas desta vez... *Sarah*, pensou. *Onde está Sarah?* Procurou um interruptor e o encontrou do outro lado do corpo, na parede oposta, à meia altura. Passou por cima do corpo; era um homem de barriga para baixo; não respirava. Estava morto. Acendeu a luz e analisou a cena. Cinco corpos estavam espalhados no gabinete. Sentiu o nervosismo invadir seu corpo. Nada conveniente. Tentou identificar as vítimas. Aquele em quem tropeçara era Davide, o colega da Gendarmaria Vaticana. Virou-o de barriga para cima e viu o buraco na testa, quase sem sangramento. Morte instantânea. Nem se dera conta do que lhe acontecera. Identificou os outros dois colegas, mais jovens, que acompanhavam Davide. Um era Arturo; não se lembrava do nome do outro, se é que alguma vez o soubera. Faltavam dois, e engoliu em seco, a respiração se acelerando. Calma. Calma. Evocou toda a frieza que conseguiu e os identificou. Um era o infeliz Duválio, o relator, que se mantivera à cadeira, inclinado para trás, mas fora, como era sua vontade, ao encontro do Criador. Por mais estranho que pudesse parecer, aos olhos de Deus, segundo a Igreja Católica, era melhor ter partido nessas circunstâncias funestas, enviado por outrem, do que por *motu proprio*, o maior dos pecados que se podia cometer.

E havia o outro corpo, o do jornalista americano John Scott. Pobre homem. A vida interrompida em um instante, segundo a permissão de Deus e a vontade de algum homem. Olhou ao redor, à procura. Não encontrou mais ninguém. *Sarah. Onde está Sarah?*

Abriu a porta do gabinete e saiu, deixando a luz se dispersar pelo corredor escuro. Nada. Ninguém. Por um lado, sentia alívio por não tê-la visto entre as vítimas; por outro, a apreensão adensava-se dentro dele. Aquele fora um trabalho impecável de um atirador profissional implacável. Cinco tiros. Cinco corpos. Nem um a mais. Não havia vestígios de disparos equivocados nem balas perdidas. Precisava pensar e agir com rapidez. Não tinha muito tempo.

Havia uma pergunta que o massacrava como uma lâmina afiada cravada no peito. Cinco mortos espalhados pela sala dos relatores do Palácio das Congregações. Cinco. Mas por que não seis ou sete? Por que é que ele e Sarah tinham sido poupados? Sentiu um arrepio na espinha. No caso de Sarah ter tido o mesmo fim em outro local, por que não ele? A resposta estava diante de seus olhos, num *post-it* cor-de-rosa grudado em um pequeno espelho, ao lado de um crucifixo com Cristo resignado ao sofrimento, a cabeça tombada para o lado direito, à espera do Pai ou da morte, ou de ambos. Descolou-o do vidro e gelou ao lê-lo. Estava ciente de que havia dois lados, dois reversos da mesma moeda, mas imaginava que estivesse alguns passos à frente. Enganara-se.

Quem escreve a trilha destas vidas só pode desejar o mal de todos nós, cogitou para si mesmo, revoltado. Guardou o *post-it* no bolso da camisa, pegou sua Beretta, que Arturo guardara, e saiu para o corredor. Havia ainda muita história para contar, muitas palavras para escrever, para o bem ou o mal de todos. Percorrera aquele corredor muitas vezes e conhecia bem o local, o que lhe permitiu seguir praticamente tateando-o. Cegou com o clarão forte de duas lanternas que se acenderam naquele momento e tentou se proteger da luz com as mãos.

— Pare imediatamente — ouviu uma voz forte ordenar. — Deite-se no chão.

Rafael resistiu. Deu dois passos para trás a fim de avaliar as opções de fuga. A janela aberta do gabinete era uma alternativa, mas não estava em condições físicas para tal. Por ora, não havia como fugir.

— Deite-se no chão de barriga para baixo, ou vai se deitar de qualquer maneira com um tiro nas tripas — insistiu a voz.

Rafael obedeceu. Um recuo estratégico. Logo veria o que poderia fazer em seguida. Um homem de cabelos grisalhos surgiu à sua frente, exibindo-lhe um distintivo dourado.

— Inspetor Gennaro Cavalcanti. Polizia di Stato.

39

Sarah não sabia dizer há quanto tempo tinha sido levada. O capuz que lhe fora enfiado pela cabeça, ainda dentro do gabinete, depois de ter assistido à cena traumatizante, não lhe fora retirado até o término do percurso.

Se lhe pedissem para descrever o ocorrido, não conseguiria. Olhava para Rafael caído no chão, inerte pela pancada que o tal Davide lhe dera na cabeça, o que a deixara muito aflita, quando viu o homem mais velho tombar à sua frente. Levantou os olhos para tentar compreender o que se passava, mas logo os demais que acompanhavam Davide também tinham tombado, um buraco na testa de cada um. Sequer ouvira os disparos da arma.

Depois, o movimento cessou. Era um homem de cabeça encoberta. Duválio e John Scott fitavam-no em choque e... Ele se aproximou dela, o olhar terno, como se lhe dissesse que tinha muita pena pelo que ela havia assistido. Não pronunciou uma única palavra; apenas lhe enfiou o capuz pela cabeça, e ela não viu mais nada. Só escuridão. Indicou-lhe o caminho, puxando-a com um toque delicado, e saíram do gabinete. Ouviu ruídos antes de sair, mas não conseguiu compreendê-los. Estava em pânico, mas depois passou... ou não. Não sabia direito. Não entendia o que se passava. Temeu por Rafael, por John, pelo relator. Ouviu quando ele desligou o interruptor do gabinete e fechou a porta. Não se ouviu mais nada, a não ser os passos de ambos rangendo no assoalho. A mão terna a guiou até um carro, dentro do qual se encontravam agora, e depois dera por si pensando quando haviam começado os problemas e quem os criara.

O primeiro culpado fora o padrinho, Valdemar Firenzi, que há seis anos a arrastara para onde ela nunca sonhara ir, envolvendo-a em uma teia de problemas com a CIA, a Santa Sé e uma loja maçônica proscrita que a levara ao segundo culpado, talvez também o primeiro. J. C. — o espião que tudo via e sabia, como um ser onipotente, ou talvez não, caso contrário já a teria tirado daquele carro. Rafael também era culpado, de uma maneira ou de outra. Há pouco mais de seis meses tivera uma arma apontada à nuca e, naquela noite, tudo voltara a acontecer.

Ninguém falou durante toda a viagem, nem mesmo durante a transferência para outro veículo, que parecia ser menor e menos confortável. O assento era duro e andava aos solavancos. Estava com medo, mas aprendera a se controlar. Antes de Firenzi, J. C. e Rafael, nunca fizera ideia de como uma pessoa podia se sujeitar a provações tão terríveis, muitas vezes letais. Sabia que existiam, mas era sempre algo que aparecia nas notícias, ou que ela própria escreveria para informar o público — algo distante, quase em um universo paralelo, que não a afetava minimamente. Estava apenas no papel ou em uma imagem. Não feria. As coisas haviam mudado, no entanto, e ela percebera que a maioria das pessoas não passava de marionetes nas mãos de alguns poderosos preocupados apenas com o próprio bem-estar e com a conquista de mais poder.

O homem que conduzia era um profissional. Acabara com três vidas humanas, a sangue-frio, antes mesmo que pudessem reagir. Provavelmente, matara também o tal Bertram na Via Tuscolana. Como estaria Rafael? E John? E o pobre relator? O que lhes acontecera? Por que o homem não matara todos eles?

As palmas das mãos suavam devido ao nervosismo, e sentia calafrios de frio ou calor intenso, alternada ou simultaneamente, não sabia dizer. Tentava se acalmar. Não era a primeira vez que passava por situação semelhante, mas o desconhecido era sempre obscuro e não apresentava nenhum conforto, nem para a alma nem para o corpo. Às vezes, sentia tremores e não conseguia controlá-los, por mais que tentasse. *Vai passar*, tentava se convencer. *Vai passar.*

A certa altura, o carro diminuiu a velocidade, tomando um caminho com pista irregular. Avançaram aos solavancos durante um tempo que não soube precisar, até que pararam. Ouviu o ronco do motor cessar e uma série de estalidos de arrefecimento. Estava alerta a todos os sons. A porta do motorista se abriu, e Sarah sentiu um aperto no peito e outro calafrio. O tremor ameaçava atacar com mais vigor, por isso tentou contê-lo, porém sem muito sucesso. O pânico impregnava-lhe as veias, alastrando-se pelo corpo inteiro. Deu um salto, tamanho o susto que sentiu quando a porta lateral se abriu. Uma mão terna a puxou para fora do carro, com a máxima delicadeza possível, dadas as circunstâncias, e encaminhou-a sem nenhuma imposição exagerada. Queria muito tirar o capuz, mas as mãos estavam presas atrás das costas com uma braçadeira de plástico. Não conseguia escutar a respiração do captor, sequer seus passos. Apenas a mão meiga que a guiava pelos ombros e o latejar do coração nos ouvidos e no peito.

Foi conduzida às cegas e desceu alguns degraus de modo desajeitado, sempre com uma mão a guiá-la, sem nunca pronunciar uma palavra. Pelo cheiro, o local era úmido. Descia para um subsolo, e foi ficando mais nervosa. Para onde estaria sendo levada? Pouco depois, parou e sentiu as mãos serem libertadas. Silêncio total. Hesitou durante alguns instantes, tentando escutar alguma coisa, um ruído, um sussurro. De início não conseguiu escutar nada, mas depois sentiu-o muito fraco, frágil, em seguida mais forte: a respiração de alguém. Seria do captor? Levou as mãos à cabeça e arrancou o capuz.

Levou algum tempo para se habituar à luz escassa. Devia ser um porão, mas se assemelhava mais a uma cela. O local era estreito e tinha uma cama encostada em uma das paredes. No lado oposto, um vaso sanitário. A porta se fechou nesse momento. Olhou ao redor e o viu pela primeira vez, sentado na beirada da cama, fitando-a com timidez, um temor exasperado marcando seu semblante, os braços envolvendo a si próprio em um abraço de autoproteção. Tinha a roupa preta dobrada em cima de uma cadeira, aos pés da cama, e vestia apenas roupa íntima.

— Quem... quem... é a senhora? — perguntou amedrontado, mal conseguindo encará-la.

Sarah também tinha o coração acelerado e os nervos à flor da pele. Nem uma pista, nem uma palavra, nem uma satisfação. Não fazia ideia de onde estava; aquele lugar encerrava fora de si todas as respostas, mas não deixava nenhum vestígio para compreensão em seu interior. Do coração de Roma para uma cela no meio do nada.

Naquele momento, ouviu-se um rangido na parte de baixo da porta. Foi uma portinhola que se abriu, permitindo a entrada de uma bandeja com comida quente, água e bolachas. Havia uma boa notícia: aparentemente quem quer que estivesse por trás daquilo, pelo menos por ora, não desejava que passassem fome.

Pensou novamente em Rafael e em onde estaria, e só depois refletiu sobre a pergunta do jovem que permanecia sentado, na beirada da cama, fitando-a com uma expressão que mesclava pânico e curiosidade. *O que estaria acontecendo?*

— Meu nome é Sarah — respondeu. Pensara em inventar um nome, mas acabara decidindo que seria ridículo.

— E o que está fazendo aqui, Sarah?

A jornalista se aproximou do jovem e sentou ao lado dele, exibindo um sorriso tímido.

— Não faço ideia — confessou. — E você, como se chama?

O jovem não sabia se deveria dizer ou não. Por outro lado, dificilmente ficaria ali sem que sua identidade fosse revelada. Há mais de 24 horas não falava com ninguém. Não havia nenhuma resposta às suas perguntas, embora, de fato, não se atrevera a fazê-las. A portinhola sob a porta se abrira quatro vezes desde que entrara ali para que lhe fossem deixadas comida e água. Em todas as vezes, não perguntara nada. Tinha vontade de fazê-lo, mas o pânico lhe paralisava os movimentos do corpo.

— O... o meu nome é... Niklas.

40

Rafael não mostrou o *post-it* a ninguém, até Gennaro mandar revistá-lo. O falcão romano não deixava pontas soltas ao acaso, em particular quando se tratava de agentes do Vaticano.

— Isso é mesmo necessário? — protestou Guillermo, que não via com bons olhos semelhante humilhação.

— Agora ainda mais — asseverou Gennaro, guardando o distintivo no bolso.

Estavam no corredor, já de luzes acesas, enquanto uma multidão de agentes se acotovelava no interior do gabinete, processando a hedionda cena do crime.

Um agente revistou Rafael, sem encontrar nada de muito significativo. Algumas notas de dinheiro, cerca de seiscentos euros, um cartão de crédito negro sem nenhuma identificação, apenas com os algarismos gravados em relevo dourado, que permitiam fazer transações, e uma Beretta com cabo de madeira, ilegal no Estado italiano.

— Não estamos na Itália — informou Rafael.

— Este edifício se beneficia do estatuto de extraterritorialidade — atestou Guillermo, que lançou um olhar desconfiado a Rafael. — Tecnicamente, está agindo ilegalmente, Cavalcanti.

A extraterritorialidade significava que aquele edifício, no coração da Itália, era independente do país e se beneficiava do mesmo estatuto do Estado da Cidade do Vaticano.

— De qualquer forma, ficaremos com ela — informou Gennaro, uma expressão irônica estampada no rosto. — Para nossa segurança... tecnicamente.

O agente a tomou. Tirou o carregador de munições para verificar seu estado. Não fora usada. A revista prosseguiu.

— Sério, Cavalcanti — protestou Guillermo com veemência. — Isto é indecente e ridículo. Não pode fazer isto. Comte vai acabar com você.

Gennaro Cavalcanti olhou ao redor, para as dezenas de técnicos forenses e paramédicos que se apressavam num caos ordenado, analisando a cena do crime — a mesma que ele próprio chamara de massacre.

— Acha ridículo? Olhe à sua volta. — Fez um gesto com a mão, mostrando os cinco cadáveres, cada um com um tiro certeiro na testa. — Já viu quanto dinheiro os cidadãos italianos vão gastar com vocês hoje? Cinco mortos nesta sala, e mais um lá embaixo, na portaria.

— Não me venha com essa, Cavalcanti. Morre gente todo dia.

— Ah, para você isso não é importante. Sabe quantas horas de trabalho isso vai custar a cada contribuinte italiano? E eles não causaram nada disso.

— Então por que não vão embora? — sugeriu Guillermo.

Cavalcanti fulminou-o com o olhar.

— Você não está nem aí porque não paga impostos, meu caro. — Apontou para Rafael. — Ele é a única pessoa que sobreviveu a isto. Logo, é o principal suspeito.

O agente estendeu a Beretta, já dentro de um saco de provas, a Cavalcanti.

— Não parece ter sido usada recentemente, inspetor — indicou o subalterno, depois de uma análise superficial. — Mas teremos certeza depois de analisada.

Cavalcanti manteve a prova em mãos, fitando Guillermo com um ar desafiador. Assistiu à conclusão da revista. Um lenço feminino.

— Gostaria de ficar com ele — pediu Rafael.

— Veremos depois — respondeu Cavalcanti.

O *post-it* foi encontrado a seguir. Um papel cor-de-rosa, quadrangular, com palavras em italiano. O agente entregou o pequeno bilhete a Gennaro Cavalcanti, depois de tê-lo colocado dentro de outro saco de provas para posterior análise laboratorial, como fizera com o lenço de Sarah. O inspetor o leu, curioso. Enquanto juntava as palavras, fazia pausas para fitar Rafael e Guillermo.

Até quando vamos brincar desse jogo de gato e rato? Levamos a mulher para o estimular a proceder da forma mais correta, no caso de o rapaz não ser suficiente, o que duvidamos, padre Rafael. Temos mais uma surpresa esta noite.

— Esse não é o procedimento normal, Cavalcanti — atacou Guillermo em uma última tentativa de protesto que, seguramente, não seria bem-sucedida. — Devia deixar meus homens processarem a cena do crime primeiro.

Cavalcanti sorriu com sarcasmo.

— Estes que estão aqui mortos? Não me parecem em condições de investigar o que quer que seja. — Evidenciava-se certo prazer na voz do inspetor italiano. Depois, ele empregou um tom sério. — Quem são eles?

Guillermo mostrou-se apreensivo.

— Sério, Tomasini? Não sabe quem são? Que palhaçada. E ainda vem me falar de indecência? Tenha vergonha na cara.

O homem do Vaticano engoliu em seco e abaixou a cabeça.

— São três agentes da Gendarmaria Vaticana, um relator e um jornalista americano — disse Rafael com voz arrastada devido à dor que ainda sentia na nuca.

A revista terminou, e o agente deixou Rafael em paz.

— Proceda à identificação deles — ordenou Gennaro Cavalcanti, enquanto colocava uma mão no ombro de Rafael. — Venha se sentar.

Encaminharam-se para o interior do gabinete, de onde já tinham sido retirados três corpos. Restavam ainda John Scott e Duválio. As infelizes vítimas da atitude do homem em nome de Deus em breve seriam levadas dali, tal como os demais, dentro de sacos fechados.

Gennaro Cavalcanti arrastou uma cadeira que estava na sala e bateu com a mão no assento.

— Sente-se aqui, padre. — Era mais uma ordem que um pedido.

Rafael vira um dos agentes tirar o dossiê de capa marrom das mãos do jornalista americano. Este o apertara contra o peito até o fim como uma garantia de vida, o que estava longe de ser. Fora um trabalho muito bem-feito. O terceiro nos últimos dias, sempre pelo mesmo autor, sem equívocos.

— O que é que aconteceu aqui? — perguntou Cavalcanti de súbito.

— Ei, não há procedimentos legais a serem seguidos? — contrapôs Guillermo com irritação. — Vai interrogá-lo assim? Ele tem direito a um advogado, sabe disso?

— Esta é apenas uma conversa entre amigos. Não é, padre…? Não me lembro do seu nome.

— Rafael.

— Não é, padre Rafael? — completou o inspetor.

Rafael anuiu com a cabeça.

— Por que não liga para o tal advogado enquanto converso com o seu homem? Ou então chame Comte. Vai ser rápido — sugeriu o romano. — Pode começar nos dizendo o que veio fazer aqui.

Guillermo não se moveu dali. Em todo caso, resolveu telefonar para Comte, mantendo-se atento a tudo o que era dito. Aquela situação toda beirava o surreal; jamais havia enfrentado tal descontrole. Não podia deixar que Rafael revelasse a Gennaro mais do que lhe era permitido. Pisavam em areias movediças que podiam tragá-los, todos, a qualquer momento.

— Vim me encontrar com o relator — disse Rafael. As preocupações dele eram outras; precisava finalizar aquela situação com rapidez, e só havia uma alternativa.

— O tal Duválio, certo? — perguntou Cavalcanti, olhando para o bloco de notas negro que tinha na mão.

— Isso mesmo.

Rafael gastou algum tempo explicando o que era um relator, o que fazia o Colégio, sem entrar em detalhes sobre o candidato à santidade católica que agitava o habitual marasmo daquela congregação.

— Não faziam nada de importante, portanto — provocou Cavalcanti. — E o que você tinha para falar com este relator que não podia esperar por uma hora mais apropriada, por exemplo, amanhã durante o dia?

Guillermo tentou chamar a atenção de Rafael. Obviamente que seus homens estavam mais que preparados para lidar com esse tipo de situação, porém, convinha não esquecer que esse fiel colaborador da Santa Aliança tinha razões para duvidar de a quem devia lealdade.

— O jornalista tinha um assunto para falar com o relator sobre um candidato americano à beatificação, e o voo de regresso dele aos Estados Unidos era logo pela manhã. Só podia ser hoje, e não foi possível o encontro em horas mais convenientes — mentiu descaradamente o padre. Sabia que Cavalcanti tentaria confirmar aquelas informações, entretanto, ficaria também bastante irritado, e era isso que Rafael pretendia.

— Nossa, vocês são mesmo muito prestativos. A ponto de abrir as portas de madrugada só para ajudar um jornalista — declarou Cavalcanti, mais para si mesmo do que para os dois homens do Vaticano. — Isso me faz lembrar como foi simpático comigo em 1998.

— Apenas cumpro ordens — afirmou Rafael, a voz segura e confiante.

— Vou fingir que acredito nisso. E então, como se chamava o tal candidato a beato?

Rafael não demorou mais que dois segundos para responder:

— O arcebispo Fulton Sheen.

Cavalcanti rabiscou o nome no bloco de notas.

— Continuando a fingir que acredito nessa história, há uma coisa que me chamou a atenção...

Rafael sabia muito bem que o inspetor era um falcão da velha guarda, arguto, inteligente, e que dificilmente seria enganado, a não ser que quisesse. Guillermo e ele aguardavam que Cavalcanti lhes dissesse o que o inquietara.

— O chicote e aquele cinto pendurado no lustre — disse, apontando para o enorme objeto, lotado de cristais, que pendia do teto.

Guillermo reparou nele pela primeira vez. Rafael também fitou o cinto de couro negro com espanto.

— O que é que tem? — perguntou.

— Por que está ali? Alguém cometeu algum crime?

— Só reparei nele agora — mentiu Rafael.

Gennaro sorriu.

— E não lhe pareceu estranho o relator ter despido as calças?

Rafael tentou disfarçar o desconforto. Nada havia escapado ao inspetor. Estava em desvantagem naquele confronto. Precisava reagir rápido, mas o agente que o revistara aproximou-se de Cavalcanti.

— Há um monte de jornalistas lá fora, inspetor.

— Raffaella que trate disso.

— E qual será nossa versão? — perguntou o agente.

— A verdade — afirmou Cavalcanti, sem tirar os olhos de Rafael. — A verdade completa, sem se omitir nada.

— Não — balbuciou Guillermo com uma nota de desespero na voz.

— Não? — inquiriu Cavalcanti, impassível e sereno, o tom de voz denotando sarcasmo. — Não podemos dizer que assassinaram dois relatores, quatro agentes da Gendarmaria Vaticana, um padre há trinta horas e um indivíduo que ainda falta identificar? Ah! Quase ia me esquecendo. Também um jornalista do *The New York Times* que estava no local errado, na hora errada, para fazer uma entrevista às quatro da manhã, que vocês autorizaram. Não podemos divulgar isso?

Guillermo arrastou uma cadeira e sentou-se de frente para Cavalcanti.

— O que você quer? Diga logo de uma vez.

— Que deixe de me fazer de idiota. Quero a verdade. Pode começar a falar agora.

Guillermo sentia-se encostado na parede, completamente imerso em terreno hostil, sem expectativa de fuga. Gennaro Cavalcanti, inspetor da Polizia di Stato, era um grande canalha. Tinha de lhe dar alguma coisa para distraí-lo.

— Muito bem — assentiu por fim o homem do Vaticano.

Cavalcanti levantou a mão para o agente.

— Diga a Raffaella que não há comentários por enquanto. Discretamente, faça chegar a essa gente um rumor sobre um pretenso ataque terrorista ou crime passional. Mais nada, entendido?

O agente assentiu com um gesto de cabeça e, antes de atender às ordens, cochichou algo ao ouvido do inspetor. Cavalcanti fitou os dois homens. O tempo passava depressa. Não estava com paciência para ouvir histórias criadas pela imaginação fértil dos representantes da Igreja. Eram todos uns mentirosos... ou quase todos. Talvez apenas um escapasse.

— Vocês são uns mentirosos de merda. O senhor é o único suspeito, padre Rafael, o único sobrevivente; não restou mais ninguém... até prova em contrário.

— Olhe o respeito, Cavalcanti — protestou Guillermo. A situação se precipitava novamente a olhos vistos.

— Tem razão — concordou o inspetor. Olhou ao redor e acenou para um agente se aproximar. — Leve-o — ordenou, referindo-se a Rafael.

— Cavalcanti! — protestou Guillermo.

— Tem toda razão, Tomasini. É melhor seguir as vias legais — disse o outro.

— Mas...

O agente algemou Rafael e o encaminhou para fora.

— Amadeo vai tomar conhecimento disso, Cavalcanti — advertiu Guillermo. — E o Santo Padre também.

Gennaro Cavalcanti levantou-se da cadeira e sorriu.

— Espero que sim, Tomasini. Espero de verdade que sim.

41

— Lucarelli?

— Monsenhor Stephano Lucarelli.

— E quem é este homem?

— Esperava que Vossa Excelência Reverendíssima me explicasse. Afinal, a ordem partiu deste gabinete e está assinada pelo senhor.

Giorgio, o belo, levantou-se da cadeira e fitou o homem sentado à sua frente. De que Comte o acusava exatamente? O sujeito parecia cansado. Não era muito normal que um encontro daqueles ocorresse de madrugada, mas aquela noite estava sendo bem diferente das demais.

— Explique-se melhor, Girolamo — pediu Giorgio.

— Chegou uma ordem ao retiro das irmãs de Santa Cruz, em Trento. Foi por telefone, e a prioresa garantiu que quem falou se apresentou com o nome de Vossa Excelência Reverendíssima, reservando todo o terceiro andar para esse tal Stephano Lucarelli.

Giorgio lhe deu as costas e caminhou pelo gabinete. Na verdade, era o do papa, pois ele tinha apenas uma pequena sala, ali perto, que dividia com mais três colegas. Seu trabalho era feito ao lado do Santo Padre, a qualquer hora que ele necessitasse, sendo o restante feito em silêncio, como nesse caso, sem o conhecimento do herdeiro de Pedro. Iria poupá-lo o máximo que pudesse. O Papa Bento já tinha muito com que se preocupar, todos os dias, a todo minuto, a vida inteira.

— Continue.

— Tudo foi cumprido conforme o *pedido* de Vossa Excelência Reverendíssima — continuou o inspetor, enfatizando o substantivo. — O monsenhor ficou quatro noites, deixou o retiro entre a madrugada e o amanhecer do quinto dia, ou seja, ontem de manhã, terça-feira. Não há testemunhas. Gostou tanto do trabalho da freira que o serviu que *pediu* a Vossa Excelência para trazê-la com ele, pedido que Vossa Excelência Reverendíssima concedeu, é evidente. — Notava-se certa ironia em sua voz. — A ordem seguiu do seu *e-mail*.

— Do meu?

Girolamo assentiu com a cabeça.

Giorgio contornou a mesa e voltou ao seu lugar, ou, melhor dizendo, ao lugar do Santo Padre, que ele ocupava apenas por conveniência. Ligou o monitor do computador, usou o *mouse* e digitou um conjunto de comandos no teclado para obter acesso ao *e-mail*. Procurou entre as mensagens enviadas e encontrou, na manhã do dia anterior, às 9h27, o pedido, em benefício do monsenhor Stephano Lucarelli, dos serviços da irmã Bernarda, de 23 anos. Assinava o documento eletrônico a Excelência Reverendíssima Giorgio, em nome da vontade do Santo Padre.

— Como isso é possível? Como tiveram acesso ao meu *e-mail* para enviar esta mensagem? E de onde? Quem é essa irmã Bernarda? — perguntou Giorgio, perplexo.

Girolamo pegou um bloco de anotações pequeno e o folheou à procura da resposta.

— Uma freira da ordem de Santa Cruz. Fez os votos perpétuos há um mês. Vem de uma família suíça. O pai trabalha com investimentos. O nome de batismo dela é Mia Gustaffsen.

— E o que você descobriu sobre esse Lucarelli?

Girolamo fechou o bloco de anotações e voltou a guardá-lo no bolso interior do casaco preto.

— Nada. Tanto quanto sei, não existe ninguém com esse nome.

Giorgio franziu as sobrancelhas.

— Não há nenhum padre com esse nome?

— Nem nenhum padre, nem outra pessoa qualquer. Não existe ninguém com esse nome.

Giorgio respirou fundo e levou as mãos à cabeça. Fitou o relógio. Eram quatro e meia da manhã. As últimas noites vinham sendo muito difíceis. O que dormia não era suficiente para se recuperar dos dias com tantos afazeres. Naquela noite ainda não fora ao quarto nem para um breve momento de descanso.

— E por que ele levou a freira?

O homem da Gendarmaria deu de ombros. Não sabia. Aquele episódio todo parecia ser bastante estranho. Além disso, o envolvimento do nome do secretário pessoal do papa em toda a história não era agradável, tampouco desejável.

— Isto não pode sair desta sala, Comte.

— Tenho certeza disso... A não ser que já tenha saído.

Giorgio levantou a cabeça, espantado. O que o policial queria dizer com aquilo?

— As paredes têm ouvidos, e estas chegam até a enviar *e-mails* — explicou Girolamo.

O secretário do papa olhou ao redor, esquadrinhando paredes, armários, afrescos, tapeçarias, objetos de decoração, e por fim deu uma olhada para uma enorme arca com motivos renascentistas, feita por encomenda do papa Júlio II, em cujo interior se dizia conter — embora nunca ninguém houvesse se dignado a verificar — os originais do Pentateuco. Haveria alguma escuta naquela sala?

Girolamo sorriu.

— Tranquilize-se, Excelência Reverendíssima. Já verifiquei os apartamentos papais. Estão limpos.

Giorgio sentiu-se um idiota, mas disfarçou com altivez.

— Tem certeza?

— Absoluta. Podemos falar à vontade.

Giorgio já tinha delineado uma lista de suspeitos na qual Tarcisio, o cardeal secretário de Estado, figurava no topo, seguido por Giovanni Angelo e Dominique François, todos com agenda própria e muito interessados no mal-estar do papa, quer fisicamente, quer aos olhos dos fiéis, sendo seguidos por Tomasini e pelo próprio Comte. O papa Bento, sabia-se, já não era uma figura benquista pelos fiéis por natureza, não porque fosse pior que João Paulo II, mas pelo simples fato de não ser João Paulo II. Nunca teria o carisma do papa polaco, tampouco se manteria por tantos anos, e, não fossem as primeiras razões suficientes, não tinha a personalidade de Wojtyla. Era diferente em tudo — talvez fosse isso — a imagem intransponível que sua longevidade dera a esta Igreja Católica Apostólica Romana. Giorgio conhecia bem os meandros daquele palácio. Conhecia as motivações e, em parte, as agendas ocultas. Eram três, só naquele palácio, sem contar nos outros edifícios em território Vaticano, os que ambicionavam ocupar o trono de Bento. E, para dois deles, o limite de idade estava quase chegando. Se Bento não morresse antes de eles completarem 80 anos de idade, nunca mais seriam papas. Seria esse motivo suficiente para matar? O tempo diria.

— Alguma teoria à vista? — perguntou Giorgio, voltando a abaixar a cabeça. Já não conseguia mais pensar.

— Por que não vai descansar um pouco e depois voltamos a falar, Excelência? — sugeriu Girolamo com uma ponta de sarcasmo.

Giorgio recusou com um gesto veemente de cabeça. Não podia. Havia muita coisa em jogo.

— Será que a freira foi levada pelas mesmas pessoas que levaram o padre Niklas? — inquiriu Giorgio. Precisavam chegar a alguma teoria mais consistente.

— E não fizeram nenhum pedido de resgate? Não creio. Sobretudo porque não sabemos quem ela é.

— De fato. Mas necessitamos saber. Faça um levantamento de tudo que conseguir sobre ela. Deve haver alguma coisa.

O policial se levantou.

— Com certeza, Excelência.

— Precisamos de um fio condutor para essa história.

— E se não existir nenhum?

Giorgio encarou Girolamo. Apesar de não confiar nele, precisava de seus serviços. Tinha um olhar clínico sobre os acontecimentos e uma mente mordaz, justamente o que necessitava. O Vaticano era um verdadeiro ninho de víboras em que prevalecia, literalmente, a vontade do mais forte. O papa andava cansado, frágil, a se desvanecer a cada dia que passava, restando apenas a memória de seu vigor, daquele que outrora fora chamado de *Panzerkardinal*. Pior que esse declínio, próprio da idade e do fardo do cargo, era a alienação consentida do Santo Padre, uma conformação consciente que custava a Giorgio assistir.

— Como assim?

— E se os dois acontecimentos não tiverem nada a ver um com o outro? Se forem dois assuntos distintos? E se o caso da irmã Bernarda e do tal Lucarelli não tiver nada a ver com o rapto de Niklas e a *moeda de troca*?

Giorgio refletiu sobre as palavras de Girolamo. Claro que ele podia ter razão; os dois casos poderiam não ter ligação alguma. Não o verbalizou, mas sabia que os dois estavam relacionados.

— Vou ter de me reunir com meu pessoal. Esses últimos dias têm sido malucos. E Tomasini não tem me deixado em paz — informou Girolamo.

— Compreendo. Não tem sido fácil, de fato. Também tenho de fazer uma visita.

Bateram levemente à porta, uma pancada sutil, temerosa, que parecia não desejar de modo algum incomodar. Giorgio levantou-se.

— Pois não? Entre.

A porta se entreabriu para permitir a entrada hesitante do franzino assistente do secretário de Estado, a quem Giorgio fizera passar momentos tão desagradáveis pouco tempo atrás.

— Qual o problema, Theo? — quis saber o secretário do Santo Padre.

— O cardeal secretário de Estado solicita a presença do intendente com urgência no Secretariado, Excelência — informou o jovem, a cabeça baixa e as mãos unidas.

— Por quê? Algum progresso no caso de Niklas? — perguntou Girolamo.

Theo fez que não com a cabeça.

— Não, Excelência. Aconteceu uma tragédia.

42

Tarcisio benzeu-se e, enquanto se ajoelhava, beijou a cruz de ouro que lhe pendia à altura do peito. Uniu as palmas das mãos, apoiou com gentileza a cabeça nelas e fechou os olhos.

Todos os filhos de Deus mereciam uma prece para que fossem acolhidos pelo Pai, o supremo juiz dos atos, que haveria de decidir sobre o destino de todos.

Os paramédicos que transportavam os corpos aguardavam, as macas alinhadas uma ao lado da outra, observando o cardeal ajoelhado, em sinal de respeito.

Três dos corpos já tinham sido encaminhados para as ambulâncias, mas o secretário pedira que os fossem buscar, trazendo também o agente que havia perecido na portaria. O ritual dizia respeito a todos; Deus não virava as costas a nenhum dos Seus filhos.

Ninguém se atrevia a emitir o menor ruído. O segundo homem mais importante do Ocidente, cujo ministério influenciava a vida de um bilhão e duzentos milhões de fiéis, o primeiro, se atreveriam a dizer alguns mais temerários, estava ali, na frente dos agentes da polícia italiana, beneficiando-se de sua ligação privilegiada com o Altíssimo.

Gennaro Cavalcanti observava a cena com desdém, um cigarro na boca com mais cinza que tabaco, pendendo perigosamente.

Guillermo também imitara o cardeal, ajoelhando-se, assim como meia dúzia de prelados e alguns agentes sob a alçada de Cavalcanti mais sensíveis ao mundo do além.

Davide, Arturo, um outro agente cujo nome não se conhecia, Duválio, John Scott e o agente da portaria — todos chamados à presença do Senhor. A oração levou cerca de dez minutos, silenciosos, um sibilo mudo de rogo em favor das almas que haviam desencarnado.

Cavalcanti consultou o relógio, irritado com a inconveniência do ritual, e depois seu olhar foi atraído pela nova presença que assomara ao fundo do corredor com passos rápidos e firmes, aproximando-se da sala dos relatores. Era o último homem que Cavalcanti queria ver, por muitas razões ligadas ao passado, e também pelo que significaria em termos de investigação dali para a frente. Sabia que ele viria, mais cedo ou mais tarde. Sentiu uma mescla de fúria e resignação, mas talvez a segunda não se tivesse instalado por completo, pois acenou para um dos agentes se aproximar.

— Já levaram todas as provas? — sussurrou no ouvido dele.

— Ainda não, inspetor. Faltam algumas.

Cavalcanti pensou com agilidade e murmurou para o agente o mais próximo possível de sua orelha:

— Vamos perder a jurisdição. Levem tudo o que puderem, o mais discretamente possível.

O agente se apressou em cumprir a ordem com a maior discrição possível. Murmurou alguma coisa aos outros agentes, que se mantiveram no mesmo lugar para não levantar suspeitas.

Gennaro Cavalcanti continuou fitando o recém-chegado abertamente, fato que não passou despercebido, ainda que a figura em questão não tenha se mostrado nem um pouco incomodada.

Tarcisio benzeu-se de novo e foi ajudado ao se levantar por dois assistentes, um apoiando cada braço. Quase dois metros de corpo, faltando muito pouco tempo para chegar aos 80 anos. Olhou ao redor, em direção à sala dos relatores, e encontrou quem procurava. Bastou um gesto de cabeça, uma permissão divina, para o recém-chegado avançar com o distintivo acima da cabeça, para que todos vissem.

— Meu nome é Girolamo Comte. Sou intendente da Gendarmaria Vaticana. Estão em território soberano da Santa Sé. Serei grato por deterem imediatamente o trabalho de vocês e abandonarem o local.

A voz era firme, sem brechas para nenhuma dúvida e avessa a desafios e protestos. Parecia um detetive dos anos 1970, a quem faltava apenas o casaco de cor creme.

Os técnicos forenses e os paramédicos da Polizia di Stato olharam para Cavalcanti, à espera de orientação.

Girolamo avançou para o inspetor.

— Que ideia foi essa? — afrontou-lhe o homem do Vaticano. — Agora invade território soberano sem autorização?

Cavalcanti deu de ombros.

— Foi uma gentileza do Estado italiano. Apenas adiantamos o trabalho — respondeu o inspetor, a voz carregada de ironia.

— As normas legais não foram cumpridas. Eu podia prender todos vocês.

Cavalcanti juntou as mãos e as esticou na direção do intendente, como um pedido mudo para ser algemado.

— Prenda-nos. Terei o maior prazer em conhecer as catacumbas. Têm espaço para todos?

Girolamo respirou fundo. Cavalcanti era intratável.

— Mande o seu pessoal dar o fora daqui.

— Claro.

Cavalcanti fez um gesto com a mão para que os homens dispersassem. Os doze técnicos e paramédicos começaram a deixar a sala dos relatores. Um dos paramédicos passou a empurrar uma das macas para fora da sala, mas Girolamo pousou uma mão férrea na extremidade oposta, impedindo que prosseguisse.

— Os corpos ficam. — Era uma ordem sem direito a apelação.

Gennaro Cavalcanti deixou o cigarro cair em cima do carpete e o pisoteou com um dos pés, manchando o tom carmim com um pouco de fuligem negra.

Os agentes de Cavalcanti saíram da sala do Colégio dos relatores e percorreram o corredor em direção aos elevadores e à escadaria. No lugar deles, ficaram os agentes de Girolamo.

— Quer que eu chame o Inspetorado? — perguntou Cavalcanti, referindo-se aos agentes da Polizia di Stato que asseguravam a ligação entre a República Italiana e o Estado da Cidade do Vaticano. Eles possuíam um gabinete no edifício da Gendarmaria.

— Se considerar que serão necessários, eu mesmo tratarei disso — respondeu o outro com uma nota de desprezo na voz.

Os dois homens se odiavam. Não era sequer necessário conhecê-los para se perceber esse fato. Porém, ambos sabiam e conviviam bem com isso. Não tinham idade para esconder sentimentos, muito menos para dissimulações.

— Muito bem. Sinto-me como se estivesse novamente em 1998 — atacou o inspetor.

Girolamo fitou-o como se estivesse em um altar, e a razão jamais o abandonasse.

— Seus superiores vão tomar conhecimento disto. Apresentaremos uma queixa formal. — Depois, deu-lhe as costas. — Boa-noite, Cavalcanti.

O inspetor italiano caminhou para o exterior da sala do Colégio dos relatores e cuspiu no chão, atitude considerada repulsiva por quem a testemunhou.

— Fico à espera da devolução das macas — disse antes de sair. *Que se danem vocês*, pensou, abandonando o local.

Girolamo Comte foi muito rápido ao tomar conta da situação. Indicou a seus homens que recolhessem todas as provas que os agentes italianos haviam embalado. Seguramente, o falcão arguto havia levado algumas com ele, sem mencionar registros fotográficos que nunca veria, pois Cavalcanti se certificaria disso. Bem, trataria desse fato mais tarde. Aproximou-se de Guillermo.

— Como pôde permitir que algo assim acontecesse? — perguntou com ar reprovador.

— Você e seus homens é que não estavam no lugar certo na hora certa... como sempre.

— Tenho três mortos que comprovam que estávamos no lugar certo, na hora certa... Ele não tinha jurisdição.

— Nem eu — argumentou Guillermo. — Não existo, você não se lembra?

— Sim, eu me lembro.

O cardeal secretário de Estado aproximou-se dos dois homens.

— Eminência.

— Comte, que tragédia — balbuciou o piemontês, os olhos marejados e a voz embargada. — Já chamou Federico? — perguntou, referindo-se ao porta-voz do Vaticano.

O intendente anuiu com a cabeça.

— Deve estar chegando. O que fazemos com os corpos, Eminência?

Tarcisio observou os sacos em cima das macas como se os visse pela primeira vez. Sua expressão manteve-se introspectiva, como se procurasse mentalmente uma solução ou, talvez, aguardasse a ajuda divina do Criador.

— É meu dever lembrar a sua Eminência que, nesses casos de crime violento, a autópsia é um imperativo — notificou Girolamo.

Tarcisio saiu momentaneamente de sua letargia e fitou o intendente.

— Sou eu que decido o que é imperativo ou não.

Um outro caso invadiu-lhe a memória, ocorrido meses antes, no próprio Palácio Apostólico, poucos pisos abaixo dos apartamentos papais, na Sala das Relíquias. Ursino, o padre que chefiava o departamento mais tranquilo do mundo, fora assassinado. Daquela vez, conseguira conter a situação. Nada se soubera na mídia. Este caso, entretanto, era diferente. Não havia como fugir da exposição pública. Requeria uma política de comunicação muito bem-feita, mesclando informação e desinformação. Os abutres já deviam estar se acotovelando à espera de um pronunciamento.

— Vamos enterrar os cinco corpos no cemitério de Montesanto... sem autópsia.

Girolamo assentiu. O cardeal secretário de Estado havia decidido, e a ordem seria cumprida.

Um dos homens de Comte aproximou-se dele e lhe entregou um dossiê de capa marrom.

— Era isto que procurava, senhor intendente? A PS ainda não o tinha processado como prova.

Girolamo pegou o dossiê. Era exatamente o que queriam. Pelo menos alguma coisa dera certo. O dossiê já não seria problema para ninguém.

— O relator era brasileiro. O que vamos dizer à família, Eminência? — perguntou o intendente, guardando o dossiê para analisá-lo mais tarde.

Tarcisio respirou fundo. Precisava de Federico, com sua cabeça fria, para esboçar a versão oficial. Ele, melhor que ninguém, saberia como proceder. Estava mais que habituado a apagar incêndios.

— Deixe-me pensar um pouco mais — desculpou-se o piemontês, aparentando certa desorientação.

— E o jornalista? — acrescentou Guillermo.

Tarcisio não respondeu. Refletia. Era uma situação difícil. Grave. Não se tratava apenas de um padre ou guardas suíços, cenários fáceis de contornar, sem mencionar os teóricos da conspiração que em tudo viam crimes hediondos e disputas de poder. Tinha de medir bem as opções.

— Eminência — chamou Girolamo. — Eminência.

— O jornalista tem de se submeter à autópsia — ouviu-se a voz de Federico dizer.

O porta-voz acabara de chegar. Trazia um sorriso estampado no rosto, que foi prontamente substituído por uma expressão pesarosa em sinal de respeito para com os defuntos que haviam partido para a Casa do Pai. Benzeu-se e beijou a própria mão no fim do rito. O piemontês despertou do entorpecimento apático com a chegada do porta-voz.

— Acha mesmo necessário?

— Tem de ser assim. Se não a fizermos aqui, eles farão nos Estados Unidos. Temos de evitar isso. Fazemos nós a autópsia, depois enviamos o corpo para a família num caixão de chumbo selado para evitar surpresas. Assim não correremos riscos.

O cardeal secretário de Estado assentiu com a cabeça. Estava de acordo. O porta-voz tinha toda razão. Era desse pragmatismo jesuíta que necessitava.

— E quanto ao relator brasileiro, padre? — perguntou Girolamo.

— Enviaremos uma carta à família na qual manifestaremos a vontade dele de ser sepultado na Santa Sé. Eu mesmo trato disso. Pagamos a viagem à família para assistir à cerimônia fúnebre. Seria... — Federico deixou a frase suspensa no ar, o que deixou os outros três intrigados, e abaixou o tom de voz para sussurrar: — Seria importante se o próprio Santo Padre realizasse os ritos fúnebres.

Tarcisio abaixou o olhar. As relações entre o Secretariado e o papa passavam por uma fase turbulenta demais para que se oferecesse para lhe pedir o que quer que fosse.

— Se me permitem, falarei com o secretário de sua Santidade para apresentar o pedido — sugeriu Girolamo.

O piemontês soltou um suspiro de alívio.

— Excelente — congratulou-se o porta-voz, esfregando as mãos.

Alguns instantes de silêncio cercaram os quatro homens, que evitavam se entreolhar.

— Como está o outro assunto? — quis saber Federico.

— O prazo termina às oito da manhã — informou Guillermo, um tanto constrangido. Aquele assunto lhe dizia respeito.

— E já temos a *moeda de troca*? — perguntou Tarcisio.

Guillermo sentiu-se irrequieto.

— Tivemos um contratempo.

Girolamo lançou-lhe um olhar reprovador.

— Isto não é mais contratempo. É um desastre total.

— E onde você estava para evitar o desastre? — retrucou Guillermo, dando um passo à frente.

Os dois homens tinham um histórico antigo de discussões e disputas. Ambos conviviam com a sensação de que um sobrepujava sempre o outro e de que eram os preferidos do Santo Padre. Pareciam duas crianças mimadas em busca de atenção.

— Senhores — chamou o porta-voz jesuíta. — Acalmem-se. Terão tempo para resolver as diferenças em particular. Agora estão na presença de sua Eminência. Respeito, por favor. Bem, tenho de ir para comunicar qualquer coisa à imprensa — acrescentou Federico, cheio de vigor.

— E qual vai ser nossa versão? — perguntou Girolamo.

O porta-voz sorriu.

— Não existe *nossa* versão — indicou, com ênfase no pronome possessivo. — Existe apenas a verdade oficial do Vaticano. E, quando a Santa Sé se pronuncia, não há necessidade de procurar outra versão.

O cardeal secretário de Estado concordou.

— Deixo isso em suas mãos — pronunciou Tarcisio, a voz fatigada. — Reunião no Secretariado às seis e quinze da manhã para fazermos uma análise da situação.

— Muito bem, Eminência — respondeu Federico.

— Isso é para todos. Para o menino de recados do Santo Padre também.

O piemontês encaminhou-se para o exterior da sala dos relatores, acompanhado pelos assistentes quase invisíveis, e se voltou antes de sair.

— Resolva o problema... custe o que custar — disse para Guillermo.

O porta-voz pretendia saber mais sobre o assunto Anna P.

— O que falta para resolver o problema da mulher?

— Pergunte ao homem do serviço de informação por que é que ainda não sabemos dela — disse Girolamo em tom de reprovação.

O porta-voz encarou Guillermo à espera de explicações, e este, por sua vez, olhava com desdém para o intendente.

— O homem encarregado de encontrá-la... — começou Guillermo, ocorrendo-lhe depois o teatro que Cavalcanti armara.

— O que tem?

Guillermo se apressou para a saída.

— Foi detido — disse, antes de desaparecer pela porta.

*

230

A polícia italiana armara um perímetro de segurança com cerca de quinhentos metros. Na verdade, o termo mais correto seria barreira jornalística, pois era efetivamente essa a função.

Gennaro Cavalcanti encaminhou-se para fora a passos lentos, esquadrinhando a praça como um falcão em busca da presa. Tinha de estar por ali. Só faltava localizá-la. Encontrou o agente que procurava junto a uma viatura à paisana, falando com outro colega. Despediram-se, e o agente se sentou no banco do motorista. Em segundos, Cavalcanti alcançou a viatura, abriu a porta e estudou seu interior. Além do motorista, havia outro agente no banco do passageiro.

— Saiam.

Os agentes se entreolharam, incrédulos. Cavalcanti tirou um molho de chaves do bolso e o entregou ao agente que estava ao volante.

— Levem meu carro. Eu levo este.

— Mas... inspetor — murmurou o agente.

— Ande logo. Não pense; apenas faça o que eu digo — retrucou Cavalcanti, que começava a ficar irritado.

Os agentes saíram do carro e ficaram imóveis do lado de fora, vendo-o arrancar em grande velocidade e desaparecer de vista ao dobrar a esquina. Um deles segurava o molho de chaves na mão.

Instantes depois, um ruborizado Guillermo Tomasini desceu a rua. A maioria dos agentes já tinha ido embora, exceto os que controlavam o perímetro, e nem sinal de Cavalcanti. Aproximou-se de alguns agentes que ainda permaneciam ali.

— Onde está o inspetor Cavalcanti? — perguntou, ainda recuperando o fôlego, liberando pequenas nuvens de vapor para o frio da noite.

— Acabou de sair — respondeu um dos agentes.

— E o detido?

Os agentes continuavam olhando para o local onde o carro que o inspetor levara havia desaparecido.

— Foi com ele.

Guillermo esmurrou o ar, revoltado, enquanto os agentes recuperavam a compostura e procuravam o carro do inspetor. O homem do Vaticano consultou o relógio. Eram cinco e meia da manhã.

— Mas que droga!

43

A casa era muito grande. Um palácio, mas sem a arquitetura habitual. Era composta por patamares que se uniam ao declive da colina. Jacopo contou cinco até chegar a um conjunto de portas trancadas que não conseguiu abrir. Sentiu sede e procurou a cozinha, tarefa árdua numa casa tão grande, com corredores em praticamente todas as direções e portas por todos os lados.

Jacopo sorriu quando viu, pregadas nas paredes, placas com indicações. Numa delas leu a palavra *Cucina*, justamente o que procurava, abaixo de outra que dizia *Gallerie* 1, 2, 3 e *Bagno*, indicando a respectiva direção. Seguiu as instruções e subiu dois andares, até encontrar outra placa que indicava que virasse à direita, ao fundo, depois outra à esquerda, e desembocou em uma enorme cozinha, decorada com bom gosto, segundo sua despretensiosa opinião.

Abriu a geladeira gigante, mais alta e mais larga que ele próprio, e tirou de lá uma grande garrafa de água. Não perdeu tempo vasculhando os itens arrumados nas várias prateleiras de vidro. Procurou logo um copo na parte de cima dos armários.

Colocou água no copo e voltou a guardar a garrafa na geladeira. Sorveu o líquido gelado de um só gole, depois se deu conta de que não deveria ter guardado a garrafa. Repetiu os gestos anteriores e bebeu mais um pouco.

— É nervosismo ou ansiedade? — ouviu uma voz feminina perguntar atrás de si.

Jacopo quase engasgou com o susto e acabou cuspindo um pouco de água.

— Desculpe se o assustei.

Ele virou-se e viu uma mulher baixa, loira, com as marcas do tempo impressas em um rosto formoso. Emanava uma tranquilidade ascética, quase como um anjo pairando sobre o assoalho de mármore. A voz era angelical, suave.

— Não faz mal. Eu é que lhe devo desculpas. Não devia andar por aí fazendo barulho a essa hora.

A senhora aproximou-se dele.

— Nesta casa não se ouve nada. Escute — Levou uma mão à orelha, como se quisesse ouvir algum ruído em particular.

Jacopo manteve-se atento, mas não conseguia ouvir nada. Nada de nada.

— Consegue escutar? — continuou ela, abaixando a voz para um sussurro.

— Silêncio sepulcral. Esta casa é um túmulo. Além disso, não durmo bem há muitos anos, senhor... — Deixou a frase suspensa no ar, propositalmente, para que o historiador se apresentasse.

— Jacopo Sebastiani — completou ele, que, sem saber muito bem por que, num ato involuntário, beijou a mão enrugada da senhora.

— Anna. Anna Lehnert.

Jacopo estremeceu ao ouvir o nome, ainda que os aguçados ouvidos de historiador esperassem outro ainda mais sonante.

— Encantado, Anna Lehnert.

Anna exibiu um sorriso tímido.

— Você tem um nome muito musical — elogiou a senhora, ou, pelo menos, era essa sua intenção. — O que o traz aqui a essa hora da noite?

— A sede — brincou Jacopo. Não estava interessado em falar de coisas sérias, não por enquanto. — Temos um amigo em comum — acrescentou.

Anna abaixou o olhar e estampou no rosto uma expressão pesarosa. O brilho plácido desapareceu.

— Só tenho um amigo — confessou com mágoa.

— Estamos falando da mesma pessoa? Do padre Rafael Santini?

Anna exibiu uma expressão de incômodo no semblante, esboçando um meio sorriso.

— Padre não, por favor. Para mim, ele é Rafa.

Rafa?, cogitou Jacopo. Nunca imaginaria que alguém pudesse tratar o frio Rafael daquela forma tão carinhosa. Rafa era o nome de uma criança rebelde que não bebia o leite e fazia birra para comer.

Anna serviu-se de água também. Pegou um copo e o encheu até a metade. Depois, tirou uma pequena caixa de plástico do bolso do roupão. Eram medicamentos. Tirou três e os levou à boca. A água encarregou-se de fazê-los chegar ao destino. Sorriu novamente.

Jacopo lançou-lhe um olhar cúmplice.

— Tomo seis por dia. Já não funciono sem esses artifícios. Um é para diluir o sangue, outro para engrossá-lo, mais um para fazê-lo circular e outros para contornar o mal que os primeiros causam — disse o historiador com um sorriso.

Ficaram sem assunto, e um silêncio absoluto tomou conta do espaço e do tempo, sem respeitar o constrangimento que o historiador sentia, muito mais que Anna.

— Há algum problema com Rafa?

A senhora parecia angustiada. Ele costumava ligar para ela todos os dias, religiosamente, e naquele dia não o fizera. Não devia estar equivocada. Sua intuição não a enganava; era quase como uma mãe, que conhecia telepaticamente o estado do filho, ainda que não fosse esse o caso. Mas o elo que os unia era muito forte. Temia por seu Rafa. Não desejava que algo de mal lhe acontecesse, de modo algum.

— Não. Ele está bem. Ainda há algumas horas falei com ele — Jacopo a tranquilizou. Na verdade, não era uma mentira, apesar de não estar cem por cento seguro do bem-estar do amigo.

Anna lhe deu as costas, desconfiada. Talvez tivesse percebido certa insegurança na voz do historiador.

— Sabe, estou habituada demais à rotina. Sempre tive horários definidos para tudo. Hora de comer, descansar, ler, aprender. Até quando era criança os meus passos sempre foram controlados pela minha mãe... e pelo meu pai, de certa forma. — Os olhos ficaram marejados. — Havia muitas limitações para uma criança que vivia dentro do Vaticano.

Jacopo engoliu em seco e se sentiu enrubescer. Ainda bem que ela estava de costas para ele. Por que estaria lhe confidenciando aquilo?

— Sempre fui muito controlada — continuou. — Acabei me habituando. A rotina faz parte de mim, assim como as constantes insônias. Deve ser minha punição nesta vida: vivê-la num estado permanente de vigília.

— Rafael está bem, Anna — disse Jacopo com mais confiança desta vez.

Ela continuava de costas para o historiador, que não a viu esboçar um frágil sorriso.

— Em breve saberemos, não é? — hesitou. — Mas o que eu queria dizer é que o senhor é uma ameaça à minha rotina.

Jacopo manteve-se surpreso e emudecido, sem saber como reagir àquela confissão tão franca. Depois, tentou dizer alguma coisa, mas apenas balbuciou:

— Eu... Eu...

— Não se justifique, Jacopo. Por favor. O senhor não tem culpa nenhuma. Perdoe minha sinceridade. Estou habituada à solidão. A ter longos monólogos comigo mesma. Os telefonemas de Rafa são a melhor parte dos meus dias. Sinto-me no céu quando ele arranja tempo para me visitar. Não consigo desfazer o sorriso quando sei que ele vem me ver. — Voltou a sorrir, só ao imaginar o que sentia quando isso acontecia. — Sou um bicho do mato, Jacopo. Foi isso que fizeram de mim. Não é todos os dias que recebo visitas. Perdoe-me.

Jacopo se aproximou de Anna.

— Não vou causar nenhuma alteração à sua rotina. Prometo que eu e minha esposa seremos invisíveis — garantiu com um sorriso infantil, apesar de saber que era mentira.

— Não estou me queixando, Jacopo. — abaixou a cabeça. — Minha vida foi sempre obedecer... sem contestar.

Jacopo queria abraçá-la, mas se conteve. Não sabia como ela responderia ao gesto. Por fim, decidiu avançar. Primeiro, pousou ternamente uma das mãos em seu ombro, depois, a abraçou quando ela se voltou para ele, lágrimas escorrendo-lhe pelo rosto.

Não foi só o sono que ficou comprometido, pensou o historiador. Naquele momento, percebeu uma luz vermelha que piscava, intermitente, junto à soleira da porta. O sinal de chamada na porta de entrada.

— Chegou mais alguém? — perguntou Jacopo, ainda que soubesse a resposta.

Depois de alguns segundos, a luz se apagou. Anna olhou para o sinal e depois para o historiador.

— Mais visitas.

Jacopo engoliu em seco e sentiu os pelos se eriçarem com o calafrio de medo que o percorreu. Quem acabara de chegar?

44

O Alfa Romeo acelerou ao longo da Via della Conciliazione, deixando para trás a Praça de São Pedro e o Palácio das Congregações, os corpos e as mortes trágicas. Não havia trânsito àquela hora, o que facilitava, e muito, o avanço de Gennaro Cavalcanti. Desrespeitou todos os sinais vermelhos que encontrou e atravessou a ponte Príncipe Amedeo di Savoia Aosta, rumando à *piazza* della Chiesa Nuova.

Rafael manteve-se em silêncio no banco de trás, as mãos algemadas e presas a uma barra de ferro que saía das costas do banco da frente. Olhava para o exterior, para as ruas da cidade adormecida, salpicada, aqui e ali, de mendigos enrolados em cobertores que se encostavam, num sono gélido, aos batentes das portas, e de equipes de limpeza que preparavam a cidade para o novo dia que, em breve, nasceria para milhares de romanos e turistas de todo o mundo.

— Você é perito em empatar o jogo — protestou Gennaro Cavalcanti, sem tirar os olhos da estrada.

— Assim você sempre tem uma desculpa para ficar mal-humorado.

— Agora se chama Santini? — perguntou o inspetor, estendendo a mão para trás até sentir os dedos de Rafael, que recolheu o pequeno objeto.

— É o meu nome.

Instantes depois, ele se libertou das algemas e saltou para o banco livre da frente.

— Quando o conheci, seu nome era Ivan.

— Não era o meu nome.

— Acha que perceberam alguma coisa?

Rafael fez que não com a cabeça.

— Estão mais preocupados com outros assuntos. — O padre estendeu a mão. — Quero o meu lenço.

— O que é que aconteceu ali? — perguntou Cavalcanti, enquanto o tirava do bolso e o devolvia a seu dono.

Rafael guardou o lenço no bolso e passou a narrar resumidamente o que presenciara, sem mentir ou omitir nada. Cavalcanti era um velho conhecido. Podiam não se considerar amigos, sabiam muito pouco da vida pessoal um do outro, mas possuíam confiança mútua. Ivan, o nome de Rafael quando haviam se conhecido, fora seu contato privilegiado dentro do território inimigo do Vaticano há alguns anos. Desde 1998 e do célebre caso dos guardas suíços assassinados, Rafael não escondera nada ao, à época, por castigo, chefe interino do Inspetorado de Segurança Pública para a Cidade do Vaticano. Cavalcanti também se dispunha a ajudá-lo sempre que era necessário, se tal missão não se configurasse como algo ilegal, obviamente. Embora Rafael não se prendesse a esses detalhes, o inspetor gostava do pragmatismo e da sinceridade do padre e o admirava por ter estabelecido o próprio lugar naquele ninho de víboras. Rafael servia a Igreja, não tinha dúvidas sobre isso, mas, sobretudo, prezava a verdade, custasse o que custasse, e a quem custasse.

— Sabe quem está por trás disso tudo? — quis saber Cavalcanti.

Rafael deu de ombros.

— Desconfio.

— Então me conte.

Rafael compartilhou suas desconfianças, sem revelar a identidade de quem suspeitava. Não podia contar tudo. Havia coisas que era melhor guardar para si. Algumas porque ainda careciam de confirmação, outras porque não queria que Cavalcanti tomasse conhecimento delas, pelo menos enquanto não fosse necessário.

— O embaixador já sabe? — perguntou o inspetor.

Rafael fez que não com a cabeça.

— E a mulher?

— Chama-se Sarah.

— Não, a outra.

— Chama-se Anna — corrigiu Rafael, que não conseguia tirar Sarah do pensamento. Esperava que ela estivesse bem, dadas as circunstâncias.

— E você sabe onde ela está. — Cavalcanti não perguntava. — Temos de calcular muito bem nosso próximo passo.

Cavalcanti tirou os olhos da estrada e encarou Rafael.

— Por que razão você me avisou do homicídio em Sant'Andrea e na Tuscolana?

— Não o avisei.

— Me engana que eu gosto — proferiu o inspetor com um sorriso irônico. — De qualquer maneira, há uma coisa que não entendo.

Rafael esperou que o policial concluísse.

— Se nocautearam você no palácio, como é que conseguiu avisar a central sobre o que tinha acontecido?

Rafael fitou Cavalcanti, intrigado.

— Não consegui. Eu não avisei ninguém. Não o avisei do que aconteceu em Sant'Andrea, nem na Tuscolana e muito menos no Palácio das Congregações. Se tivesse sido eu, falaria para você. Quando recuperei os sentidos, deparei logo com você.

Cavalcanti pegou o rádio do carro, afixado ao painel, e o levou à boca.

— Atenção, Central. Aqui é Cavalcanti, 08745.

Uma voz fanhosa e metálica invadiu o veículo através do aparelho.

— Zero, oito, sete, quatro, cinco. Respondendo daqui da Central.

— Quero que descubram a identidade de quem deu o alerta sobre os episódios de Sant'Andrea, Via Tuscolana e número dez da *piazza* Papa Pio XII. Com urgência.

— Zero, oito, sete, quatro, cinco, em processamento.

Cavalcanti pousou o aparelho na base do rádio, no painel do carro. Rafael respirou fundo.

— Quem será esse sujeito que nos avisa antes de informar o Comte? — perguntou Cavalcanti, mais para ele mesmo do que para Rafael, que deu de ombros. — E agora?

— A Gendarmaria Vaticana já tomou conta do caso — declarou Rafael em caráter informativo, ainda que Cavalcanti conhecesse muito bem o procedimento.

— O idiota do Comte.

— A versão oficial deve estar sendo transmitida pelo porta-voz, Federico. Jamais será alterada. O Comte vai usar essa sua brincadeira no Palácio das Congregações para tomar a investigação de Tuscolana e Sant'Andrea della Valle das suas mãos.

Cavalcanti mostrou-lhe a mão com o dedo médio para cima num gesto obsceno. Depois, aumentou o volume do rádio do carro, em que já se ouvia a voz de Federico explicando os terríveis acontecimentos daquela noite.

— Ele tem sorte, isso sim — resmungou o inspetor.

— Ah, e, claro, vai tratar de você logo pela manhã. *Sua conduta foi reprovável* — proferiu Rafael, em uma tentativa malsucedida de imitar o intendente.

— Com isso eu consigo lidar bem.

Escutaram as palavras de Federico, que saíam metálicas pelos alto-falantes do carro:

... o Santo Padre foi despertado de seu sono pacífico com uma triste notícia. Seus diletos irmãos haviam se matado uns aos outros. A tragédia ocorreu na Sala do Colégio dos Relatores da Congregação para a Causa dos Santos, do Palácio das Congregações, e nada está sendo deixado ao acaso pelos investigadores, que continuam a trabalhar com afinco para a solução deste crime hediondo...

— Assim que terminarem de lidar com o caso — prosseguiu Rafael —, vão se voltar para nós.

Cavalcanti umedeceu os lábios.

— Temos de desaparecer por algumas horas. Tem ideia de qual deve ser nosso próximo passo?

— O seu devia ser ir para casa.

Cavalcanti sorriu.

— Bem que você queria, não é? Está detido, lembra?

Rafael ficou em silêncio durante alguns instantes.

— Há quatro relatores. Bertram, morto. Duválio, morto. Domenico, morto.

— Domenico? Quem é Domenico?

— Aquele que vocês não conseguiram identificar na Basílica de Sant'Andrea.

— Que filhos da puta — praguejou Cavalcanti, irritado. — Sempre sonegando informação. Você disse quatro. Então falta um.

— Falta o chefe deles. Gumpel... Ele ainda está vivo.

Cavalcanti sentiu a adrenalina percorrer suas veias e se espalhar com rapidez pelo corpo.

— E o que está esperando para me dar o endereço desse tal Gumpel, Santini?

239

45

O francês apreciaria ter longas conversas com alguém cujo conhecimento admirasse, porém, infelizmente, sofria de uma limitação física que impedia a realização desse desejo. O cliente talvez se revelasse um excelente interlocutor, mas não teria como comprová-lo. As únicas conversas decentes a que se podia dar ao luxo aconteciam consigo mesmo. Por vezes, embarcava em grandes debates filosóficos mentais com mais do que uma pessoa, nos quais usava os argumentos de Diógenes ou de Antístenes sobre a virtude ser mais bem revelada pela atitude e não pela teoria, e mergulhava na introspecção durante horas. Apenas filósofos, poetas e escritores tinham capacidade para, de fato, desafiar o mundo, os sentidos e as sociedades. Os demais eram ovelhinhas que seguiam em rebanho quem mais habilmente as soubesse conduzir.

O cliente ficara incomodado com o que fizera no Palácio das Congregações. Devia tê-lo informado da presença dos três agentes da Gendarmaria Vaticana, e não eliminá-los pura e simplesmente. Ele tinha meios para afastá-los do palácio. Às vezes, o francês tinha de improvisar, e cabia ao cliente ser claro para evitar mal-entendidos. Enfim, era um mal colateral de menor expressão, e três mortes extras que não teriam custo adicional.

O francês não seguia ninguém, a não ser os livros, quando em lazer, e os que deviam ser banidos, quando em trabalho. Os livros eram sua perdição. Consultou o relógio e bufou de impaciência. Faltava pouco para o final do prazo que lhe haviam encomendado. No que dizia respeito a ele, tudo estaria terminado antes da hora estipulada, mesmo contando com a imponderabilidade humana. O pior de tudo era a espera. Os malditos segundos que se tornavam minutos e que, apesar de implacáveis, teimavam em demorar. O tempo era uma ilusão, ele sabia, mas não deixava de torturá-lo e existia apenas por uma única razão: para que as coisas não acontecessem todas de uma vez.

Seu método, se o cliente tivesse lhe perguntado, seria diferente. Não havia necessidade de andar de um lado para o outro, para cima e para baixo, correndo o risco de deixar rastros, embora ele, como profissional, deixasse marcas mínimas de sua passagem — apenas a morte. Quando revelou ao cliente que podia fazer o trabalho todo de uma vez, num mesmo espaço, essa opção foi liminarmente recusada, como se a sugestão fosse uma idiotice. Deveria cumprir o plano. Os locais e a ordem seriam indicados pelo cliente, sem margem para enganos. Niklas era o primeiro, peça crucial do plano. Ele aproveitaria a mesma ocasião para eliminar o primeiro relator, Domenico. Era provável que tivesse de se livrar do tutor do jovem, um alemão íntegro, como todos os outros, mas que seria um dano colateral perfeitamente aceitável e cujo nome não precisava conhecer. Depois, mais um relator, Bertram, onde fosse possível; em seguida, o brasileiro, nas mesmas condições. Era importante que os prazos não fossem ultrapassados, mas que essa ordem fosse seguida.

Tivera de improvisar ao longo do caminho e estava preparado para fazê-lo, ainda que odiasse o imprevisto, mas as coisas haviam tido um desfecho positivo. Todos os planos humanos são sujeitos a uma revisão implacável por parte da Natureza ou do Destino, conforme se preferir nomear os poderes que governam o Universo. Banidos os três relatores, o trabalho seguinte era especial. Um trabalho de artesão que requeria talento e sangue-frio. Um serviço poético para aquecer a noite fria e de muito trabalho. Relembrou as palavras do cliente, que lhe invadiram a mente, enquanto delineava meticulosamente o plano ao francês. *Cuidado com a reação deles. Tendem a disparar em todas as direções quando são atacados de maneira tão incisiva e persistente.* Era um alerta pertinente, não fosse esse seu estado natural.

Estava no endereço certo. Manteve-se dentro do carro, em silêncio, e abriu o livro. Percorreu algumas linhas com o dedo, como se buscasse um trecho específico que gostaria de reler.

Quando os homens não creem mais em Deus, isso não se deve ao fato de já não acreditarem em mais nada, mas sim ao de acreditarem em tudo.

O pior de tudo era a espera, exceto quando lia e deixava os sentimentos ruins serem consumidos pelo embalar das palavras.

46

Matteo Bonfiglioli sentia uma dor e uma ardência no estômago que lhe causavam náuseas.

— Acalme-se — proferiu o velho, sentado na poltrona, as mãos apoiadas na bengala. — Isso não faz nada bem à sua úlcera.

Matteo desistira de tentar entender como aquele ancião poderia ter conhecimento de sua úlcera. Era óbvio que ele estava muito bem informado, talvez até demais, e não havia nada que pudesse fazer a esse respeito.

A mulher voltou a entrar na sala para buscar a bandeja com o bule e as xícaras de chá que haviam sido servidas há algumas horas. Há pouco, tinha passado um pouco de pomada no pé de Matteo, que havia se queimado com o chá. As mãos gentis afagaram-lhe a pele.

— Deixe isso para lá, Mia — ordenou o velho com certa rouquidão na voz. — Sente-se um pouco com a gente. Desfrute de nossa companhia.

Mia ficou encabulada, sem saber como reagir. Era muito desajeitada para compartilhar esse tipo de situação. Já não o fazia há tanto tempo, que tinha quase certeza de que esquecera o protocolo a ser aplicado nessas ocasiões.

— Venha. Largue essa bandeja; ela não vai a lugar algum. Além disso, você não está conosco para nos servir. Nosso anfitrião tem empregados para esse fim. Sente-se — insistiu.

A freira atendeu ao pedido do idoso porque lhe pareceu uma ordem. Nem lhe passava pela cabeça contrariá-lo. Deu dois passos tímidos até a poltrona ao lado dele, ajeitou bem a saia cinzenta, puxando para baixo, e se sentou, quase afundando no assento. Limitou-se a observar a sala, sem dizer nada, bastante consciente do fato de que Matteo não tirava os olhos dela. Ele estava inquieto, preocupado e com receio, o que era perfeitamente natural, mas aquele olhar com que a brindava, e que ela fazia questão de ignorar, significava mais do que à primeira vista parecia ser.

Não havia mais ninguém na sala. O segurança do velho devia estar em outro cômodo. Passou pela cabeça do veronês lançar-se de novo contra o velho. Não levaria nem um minuto para rendê-lo, mas era certo que o gorila apareceria antes disso, como um espectro do além, pronto para estabelecer a normalidade. No fim do processo, Matteo teria, provavelmente, mais alguns pontos roxos na pele. Era melhor não arriscar.

— Como foi a adaptação à vida no convento? — perguntou o velho, o único presente na sala com iniciativa suficiente para propor uma conversa.

Mia não esperava por aquela pergunta. Continuava com o olhar perdido pela sala. Estantes repletas de livros, alguns visivelmente muito antigos, quadros de artistas que desconhecia pendurados nas paredes, arrematados por molduras douradas ou cinza, e porta-retratos com fotografias de pessoas que não viviam naquela casa.

— Não vivo, propriamente, em um convento — respondeu com simpatia. — Sirvo o Senhor num retiro para religiosos; é um pouco diferente.

— E esse senhor a quem serve paga-lhe bem?

Por momentos ninguém disse nada. Mia mal podia crer no que acabara de ouvir, e Matteo se arrepiou com a falta de sensibilidade do velho.

— Estou brincando — esclareceu J. C., com uma gargalhada que o fez tossir e perder o fôlego.

Os outros dois sorriram, mais por simpatia do que por verdadeira vontade de rir.

— O senhor não acredita em Deus? — perguntou irmã Bernarda, nascida Mia.

O velho fez que não com a cabeça.

— Quando se vive o que eu vivi e se testemunha o que eu testemunhei, só se pode concluir que Deus não existe ou está de férias — respondeu ele com veemência.

— Já ouvi outras pessoas dizerem algo parecido.

— O que não falta no mundo são idiotas, e esses tanto faz que acreditem em Deus ou não.

J. C. encostou a bengala no braço do sofá e se recostou. Parecia cansado. A respiração era audível, um apelo por ar que pudesse alimentar seus pulmões.

— Não posso acreditar em alguém que tenha prazer em nos ver envolvidos em lutas, matando uns aos outros, competindo ferozmente para sobreviver e, no fim disso tudo, como se não bastasse, desse o prêmio só após a morte, no além. É um absurdo sem pé nem cabeça. E não pense que perco o sono pensando nas criancinhas que passam fome na África ou no trabalho infantil na Ásia. Não é obra de nenhum deus, mas sim do Homem. Todos sofrem à sua maneira, só que uns o fazem em cima de uma cama, aconchegados por cobertores, enquanto outros estão na chuva e no frio. Não se iludam; a única coisa que verdadeiramente impera neste mundo é, como Darwin bem disse, a lei do mais forte. Os outros ou a obedecem, ou morrem. O mundo é, na realidade, muito simples.

Matteo e Mia escutavam a fria argumentação do velho, sem saber o que pensar. Por um lado, parecia um relato apoiado em uma experiência real, mas, por outro, recusavam-se a aceitar tanto pessimismo.

— Acredita mesmo nisso? Parece-me que a maioria das pessoas contraria essa lei.

J. C. sorriu.

— Sabe por que a maioria tenta contrariar a lei do mais forte? — Nenhum dos dois respondeu. — Porque há um pequeno fator que tem efeito catalisador muito poderoso e que nós, os mais fortes, providenciamos. — Deixou a ideia ficar em suspenso, sem dizer logo do que se tratava, apenas para capturar a curiosidade dos ouvintes. Fora bem-sucedido, levando-se em conta as expressões inquisitivas de ambos. — Esse fator chama-se *esperança*.

Matteo e Mia o fitaram como se não houvessem compreendido.

— A esperança é o verdadeiro poder do mundo. A esperança em sair da pobreza, em subir na vida, em sair da cidade pequena e ter sucesso na cidade grande, em enriquecer, no amor. Basta dar aos seres humanos a ilusão de que não são iguais aos outros e podem triunfar, e tudo funciona calma e normalmente, sem agitações, sem mágoas mútuas. Apenas e só porque todos querem ser os sujeitos mais importantes da sua rua.

— Eu não quero ser a mais importante da rua — replicou a irmã.

— Você, Mia, não conta. Você já deu as costas à vida. Desistiu. Veja o exemplo de Matteo, por exemplo, um bom partido. Ele segue embalado, em franca ascensão... enquanto deixarmos, claro.

Matteo engoliu em seco. Mais uma menção à sua vida privada.

Mia corou com as palavras ofensivas.

— O que quer dizer com *desistiu*?

— Há muitas maneiras de ajudar o próximo e servir ao seu Senhor, como diz. Dentro de um convento ou de um retiro, onde se segue uma regra segura e estabelecida há muitos séculos, não é uma delas. Você, Mia, e suas irmãs não estão servindo ninguém. Estão apenas a salvo do mundo, dos perigos... e das tentações.

Aquele velho era muito seguro de si, além de cáustico, para que ela travasse uma discussão com ele.

— Em suma, há quem mande e quem obedeça. Mia obedece; Matteo manda — acrescentou J. C., divertindo-se com a situação.

No fundo, não acreditava em nada do que dizia. Já vivera tempo suficiente para saber que tudo se resumia a três pontos essenciais: nascer, viver e morrer. O que unia esses pontos eram os intervalos nos quais se tentava sobreviver a todo custo.

— Por que é que estamos aqui? — perguntou Matteo, farto de estar preso sem saber por quê.

— Porque os mais fortes decidiram assim— respondeu o velho, dando-lhe uma piscadela e esboçando um meio sorriso cínico.

— O que vai acontecer comigo? — Não tinha certeza de querer ouvir a resposta.

— O que tiver de acontecer. Não se preocupe, Matteo. Não lhe farei nenhum mal, desde que cumpra minhas ordens.

Matteo sentiu um calafrio lhe percorrer a espinha. O que significariam aquelas palavras do velho? Respostas. Precisava de respostas. O gorila entrou na sala nesse momento, mancando de uma perna.

— Já acordou — limitou-se a dizer numa voz seca e pouco amistosa.

J. C. levantou-se com um esforço tremendo, apoiando as duas mãos na bengala e firmando-a o melhor possível no chão. Mia prontificou-se a ajudá-lo, içando o peso-pena do velho pelo braço com brandura.

— Obrigado, minha querida — agradeceu, recuperando o fôlego, e depois olhou para o manco. — Vamos então dar uma palavrinha com nosso anfitrião.

J. C. saiu da sala, auxiliado pelo gorila, que funcionava como um substituto da bengala.

Um silêncio constrangedor instalou-se entre os dois desconhecidos que ficaram, o veronês e a suíça. Mia entrelaçava as mãos no colo, nervosa.

Matteo levantou-se da cadeira e se sentou na poltrona que o velho abandonara, ao lado da freira.

— Pode me contar o que está acontecendo aqui? — perguntou em tom sussurrante.

Era um pedido de auxílio, de socorro, muito mais que uma simples pergunta. Os olhos brilhavam, marejados, como se tudo dependesse da resposta dela.

— Eu não sei de nada. Apenas que estão a serviço do monsenhor Lucarelli.

— Quem é esse?

— Não conhece?

Matteo fez que não com a cabeça.

— Ele ficou de vir até aqui.

Relembrou a noite, não sabia dizer se distante ou não, em que um desconhecido entrara em sua casa. Sentiu o mesmo pânico que naquela ocasião. Seria aquele o tal monsenhor? Mas o desconhecido não tinha cara de padre, se bem que rostos não revelam ofícios.

— Não aguento mais isto.

— Tenha calma — sugeriu Mia, oferecendo-lhe a mão em um gesto de puro reflexo.

Ficaram nessa posição. As mãos se tocando, um olhar preso no outro. Mia não podia lhe contar a verdade. Não podia. Seria muito duro para ele. Roma necessitava de uma oblação de vez em quando, assim haviam lhe dito, e Roma nunca errava nem jamais erraria. Matteo seria essa oferenda, para o bem da Igreja Católica Apostólica Romana, e, por consequência lógica, de Deus Pai Todo-Poderoso.

O veronês se levantou. Estava irrequieto; doíam-lhe a cabeça e os ossos. Precisava respirar ar puro, fresco, andar um pouco pela rua, sem rumo nem destino. Não aguentava mais ficar confinado.

— Quem mais está aqui?

— Não sei. Não vi mais ninguém.

Matteo caminhou em direção ao corredor por onde o velho e o manco tinham seguido e observou. Nada. Estava escuro, exceto por uma luz tênue ao fundo.

— Vou dar uma olhada.

— É melhor não — aconselhou Mia.

— Venha também — disse ele, antes de desaparecer no corredor.

Mia sentiu a pulsação acelerar. Levantou-se e seguiu o belo guia turístico veronês. Não pretendia se meter em assuntos que não lhe diziam respeito, e tinha medo. Alcançou-o em poucos passos. Tentaram não fazer barulho. Avançaram devagar, até chegar em à única porta aberta de onde provinha a luz que vertia para o corredor. Espreitaram o interior do quarto a tempo de ver o manco dar uma bofetada no rosto adormecido de um homem idoso que estava deitado na cama.

— Acorde — disse o gorila de maneira bruta.

O velho deitado abriu os olhos com esforço.

— Quem... Quem são os senhores?

Foi a vez de J. C. se debruçar sobre ele.

— Quem somos não importa. O importante é quem o senhor é, meu caro padre Gumpel.

47

Não se lembrava da última noite em que dormira em paz, tranquilamente, feliz com ele mesmo e com a vida. Talvez isso não acontecesse desde os seus 15 anos, e já haviam se passado muitos anos desde então.

Não se queixava da infância. Fora muito feliz; era a lembrança que guardava com mais apego, numa esperança tenaz de voltar a sentir a mesma felicidade que a envolvera quando criança. Um apego genuíno à vida, reforçado por uma curiosidade inata de querer saber mais, de querer saber tudo... até o dia daquela fatídica revelação, que a atingira de modo brusco. A curiosidade cessara abruptamente. Não queria saber mais nada. Mais nada. Tantos planos, tantas sensações, tantos amores para sentir... Chegou a culpar Deus, os santos, o papa, os *pais*. Chegou a culpar a mãe biológica pelo simples fato de existir. Ninguém merecia. Tampouco ela.

Sentia que a vida se sobrepusera à sua vontade com tamanha insensibilidade, impondo-lhe escolhas que não eram suas, decidindo em seu nome, destruindo todos os seus planos. Odiava-a.

Crescera amargurada, melancólica, farta de si mesma, de tudo, de ter de cumprir a vontade dos outros, e nunca a sua. Estivera para acabar com aquilo várias vezes. Pulsos cortados. Comprimidos. Trinta, quarenta, sessenta, tantos quantos estivessem na caixa. Engolira-os em várias dessas noites de insônia, que eram iguais a todas as outras, há quase três décadas. Arrependia-se mal passavam da garganta e iniciavam a inexorável descida pelo esôfago, com a sentença motivada pela primeira vontade. Quando o arrependimento chegava, um pouco mais tarde, corria para provocar o vômito recuperador, redentor. E, quando isso não surtia efeito, acordava o irmão, Pedro, que partilhava com ela a triste sina das vontades impostas. Apavorado, ele a levava ao hospital, aflito, rogando-lhe a promessa de nunca mais voltar a fazer aquilo. Ela não se lembrava se dizia alguma coisa naquelas circunstâncias que acalmasse o espírito angustiado do irmão.

No hospital — isso acontecera em todas as vezes —, era conduzida a uma área privativa, longe de olhares maledicentes e desejosos de intrigas, em que lhe faziam uma lavagem estomacal para livrá-la dos comprimidos letais. O homem com colarinho branco sobressaindo da gola da camisa aparecia sempre no fim da limpeza e se ajoelhava durante longos minutos aos pés da cama, mãos unidas uma à outra, cabeça baixa, olhos cerrados, lábios sibilando em silêncio palavras de salvação. Por vezes, via o irmão trocar breves palavras com ele. O padre colocava-lhe uma das mãos no ombro para aquietá-lo e saía do quarto sem nunca lhe dirigir um cumprimento nem qualquer outra saudação. Ele já havia falado tudo com ela.

Estava habituada às sentinelas que velavam a porta de entrada do apartamento, sempre do lado de fora, sem pretensão de importuná-la, mas fazendo-o apenas pelo fato de estarem presentes. Eram sempre dois, vestidos de terno preto e camisa branca, o traje do ofício, gravata ornando com a cor do terno, postura profissional. No início, tentava escutá-los, ouvir o que diziam um ao outro, encostando o ouvido à porta do lado de dentro. Nada. Não conseguia ouvir nada. Não acreditava que passassem tantas horas em silêncio. Era desumano. Com certeza falavam; a porta é que devia ser à prova de som. Revezavam-se três vezes ao longo de cada dia. Dinheiro não era problema, ela sabia. Podiam ser seis ou doze seguranças, não fazia diferença. Deixou de se importar. Mesmo quando saía, sabia que algum deles estaria em seu encalço a uma distância segura. Deixou de se importar... com tudo.

Os dias eram longos, assim como as noites. O irmão trabalhava, ela não. Vivia os minutos, as horas, os dias, um de cada vez, lembrando-se de todos os momentos passados.

Aquela noite não era diferente, não deveria ser. O sono a cutucava esporadicamente, acanhado, receoso, sem querer tomá-la por completo e arrastá-la para os braços de Orfeu. Depois de um primeiro sono muito leve, manteve-se acordada, as mantas aquecendo-lhe o corpo, mas impotentes para lhe aquecerem a alma.

Pareceu ouvir uma batida leve, ao longe, mas logo decidiu que seria a mente irritando-a com sons imaginários. Voltou a ouvir a batida com mais vigor na porta de entrada. Uma, duas, três, quatro vezes.

Levantou-se, calçou os chinelos e dirigiu-se devagar para lá. Olhou para a porta do quarto do irmão. Estava entreaberta, como de costume. Aproximou-se, observou seu interior, e viu Pedro dormindo profundamente. Ele não escutara as batidas. Pelo menos um deles fora abençoado com um sono pesado.

Voltaram a bater, desta vez com mais força. Uma, duas, três, quatro vezes. Dirigiu-se para a porta e espreitou pelo olho mágico. Não conseguiu ver ninguém. Apenas a parede oposta, iluminada por uma luz esbranquiçada.

Abriu a porta e deparou com ele. Magro, com um olhar frio e um sorriso nos lábios. Os seguranças estavam ali também. Um caído no chão, de barriga para cima, inerte, e o outro sentado, encostado à parede, o olhar vítreo e um buraco na testa, de onde escorria um fio de sangue.

Ela fitou o homem em pânico, uma sensação que desconhecia até aquele momento. Observou as mãos dele. Numa delas segurava uma arma; na outra, um bloco de *post-its* verde.

48

O sol ainda não tinha nascido, mas já havia algum trânsito na *piazza* dei Cinquecento. Roma preparava-se para um novo dia, igual aos anteriores, tendo aquela praça como peça central, uma vez que se localizava ali a maior estação da capital, Termini, que ligava a cidade ao país inteiro e ao resto do continente europeu. Muitos a usavam para se deslocar até o local de trabalho, outros para viagens de lazer. Termini era uma das principais portas de entrada e saída terrestres da capital italiana. A gigantesca estação tinha mais de duas dezenas de linhas e era ainda servida por duas linhas de metrô, uma central de veículos para longo percurso e outra para os que serviam a cidade. Aquela praça era o centro da mobilidade romana, e Cavalcanti, seguindo as instruções específicas de Rafael, contornou-a para seguir pela Viale Enrico de Nicola, um pouco mais à frente.

— Onde é? — perguntou o inspetor, atento aos números na fachada dos edifícios.

— Vá em frente — disse Rafael. — Contorne a *piazza* dell'Indipendenza e continue.

Cavalcanti seguiu as instruções e entrou, um pouco mais à frente, na Via San Martino della Battaglia.

— E agora?

Rafael apontou para um palácio nas imediações.

— É ali no número 4.

Cavalcanti parou o carro em fila dupla e encarou o padre com irritação.

— Está gozando da minha cara e da do povo italiano?

Rafael não respondeu. Limitou-se a abrir a porta do carro e sair, deixando o outro sem resposta. O inspetor também não perdeu tempo. Saiu do carro e seguiu no encalço do padre, que já havia atravessado a rua.

— O que você vai fazer? — quis saber o policial.

O inspetor o ultrapassou e se colocou à frente dele para impedi-lo de continuar em direção ao edifício.

— Pare e me explique. Sou lerdo para compreender as coisas, mas estamos nisto juntos. Ou você age assim comigo, ou posso dificultar bastante sua vida. Você escolhe. — Abriu o casaco para mostrar a arma que trazia dentro do coldre de ombro.

Rafael se deteve e olhou para trás. Tinha pressa. Não queria perder tempo dando satisfações, mas Cavalcanti tinha razão. Ele era um aliado. Não podia transformá-lo em um oponente. Já tinha o suficiente.

— Temos de equilibrar a balança. Eles têm alguém muito importante para mim. — Custou-lhe admitir aquilo em voz alta.

— E qual é a vantagem de envolver esses sujeitos nessa história? — perguntou Cavalcanti, apontando para o edifício. Não conseguia compreender.

— Eles vão acabar descobrindo, mais cedo ou mais tarde. Prefiro que seja já e por mim.

Que ideia ridícula. Não fazia sentido nenhum.

Rafael contornou o inspetor e lhe colocou uma das mãos no ombro ao passar por ele.

— Não vai demorar para entender. Confie em mim.

O inspetor continuou a encarar o padre.

— Confiar em você? Nem em mim mesmo eu confio. E quanto a Gumpel? — quis saber o policial.

— Fique tranquilo. Gumpel está sob controle.

Cavalcanti resignou-se e seguiu até a porta de entrada. *Isto é o que dá me meter com gente da Igreja.*

Aproximaram-se da grande porta marrom, a águia cravada em cima, na fachada do palácio, vigilante. Não havia câmeras à vista. A única que existia estava no interfone que Rafael pressionou para chamar a atenção de quem quer que estivesse de serviço àquela hora.

— Espero que saiba mesmo o que está fazendo, Santini — advertiu o inspetor uma última vez. — Caso contrário, tomo conta do caso... de uma vez por todas — ameaçou.

Uma voz sonolenta e impaciente se fez ouvir pelo aparelho afixado à parede.

— O que desejam? — perguntou em alemão.

— Boa-noite — cumprimentou Rafael na mesma língua, debruçado sobre o interfone. — Peço desculpa pela hora inconveniente, mas tenho uma mensagem urgente para o embaixador.

— Da parte de quem?

— Padre Rafael Santini.

O aparelho ficou em silêncio durante alguns instantes e pouco depois emitiu nova mensagem.

— Para qualquer assunto, você deve se dirigir à Embaixada da Alemanha para a Santa Sé, em horário de expediente, que fica na Via di Villa Sacchetti — indicou a voz em tom maquinal.

A primeira abordagem não funcionara. Teria de experimentar a segunda.

— Você não está entendendo. Trago uma mensagem urgente para o embaixador da Alemanha para a República Italiana. É uma mensagem do Santo Padre.

Não levou muitos segundos até que um agente da *Bundespolizei* abrisse a porta e os deixasse entrar.

Como era natural nessas situações, quiseram que deixassem na entrada todos os aparelhos de comunicação e instrumentos letais, como a arma do inspetor Cavalcanti. Podiam entrar, sim, mas de bolsos vazios. A hora era imprópria e as intenções, desconhecidas, ainda que o mesmo procedimento lhes seria solicitado se a hora fosse conveniente e as razões da visita, conhecidas.

— A arma pode ficar, mas o celular não. Somos inseparáveis — zombou Cavalcanti para o agente alemão que lhe pedira o aparelho.

O agente pegou no gancho de um telefone afixado à parede e disse algumas palavras em alemão. Devia estar informando que o inspetor não queria deixar o celular. Pouco depois, voltou a colocá-lo no gancho.

— Podem levar os celulares.

Subiram as escadas até um salão imponente no primeiro andar e foram avisados pelo agente que o embaixador viria em seguida. Dois homens, vestidos de negro, encostaram-se em uma das paredes, vigilantes, certamente com a intenção de intimidar os visitantes, embora Rafael e Cavalcanti não se sentissem nem um pouco incomodados com isso. Era normal. Fariam o mesmo caso fossem eles os anfitriões. Era preciso não esquecer que ali, naquele edifício,

253

naquele salão, estavam na Alemanha, e não na Itália. Os dois italianos sabiam que os demais pertenciam ao BND, o serviço de informação alemão. Ambos se mantiveram em silêncio porque, primeiro, não havia nada para dizer, e, segundo, se houvesse, não o diriam ali, onde as paredes, literalmente, tinham ouvidos. Os dois gorilas tinham auriculares transparentes que desciam pela parte de trás do pescoço e se enfiavam por dentro do casaco.

Cavalcanti limitou-se a observar o salão, um olho cravado nos rapazes do BND.

Havia duas entradas para o salão, na mesma parede, uma em cada extremidade; seis sofás espalhados pelo aposento; uma lareira enorme usada apenas como decoração, ao lado dos brutamontes do serviço secreto; além de quadros, vários quadros. O inspetor italiano não tinha cultura nem interesse suficientes para classificá-los. Apenas os admirava sem saber que se tratava de um Sohn, um Füger, dois Nauen e dois Quaglio. Não saberia dizer tampouco se eram originais ou não. Tinha outros interesses e preocupações. Conhecia muito bem os procedimentos naquelas circunstâncias. Os quatro homens se mediam o melhor que podiam. Enquanto esperavam, sob vigilância, alguém, em uma outra divisão do edifício, reunia o máximo de informações possível sobre eles. Rafael decerto teria um cadastro impecável, o Vaticano encarregara-se disso, e o de Cavalcanti falava por si só. Havia, no entanto, uma possível desvantagem. Tanto seu superior como os de Rafael saberiam onde estavam.

Um dos gorilas levou a mão à boca e murmurou algumas palavras.

— O embaixador está a caminho — sussurrou Rafael. — Já o avisaram.

Um minuto depois entrou no salão um homem alto e loiro, olhos azuis e porte imponente, condizendo com a posição que tinha e o traje que vestia, rosto fechado de quem se levantou contra a vontade, o que era perfeitamente compreensível, e nenhum dos dois homens responsáveis pela brevidade de seu sono censuraria. Vinha acompanhado de uma mulher mais nova, também loira, que vestia um conjunto de saia e casaco em tons de azul e meia-calça de seda. Cavalcanti foi envolvido por sua beleza e logo observou seus dedos à procura de um anel de compromisso.

— Bom-dia, meus senhores — cumprimentou com voz áspera, num italiano bastante influenciado pelo alemão. — A que se deve esta visita tão inusitada?

— Bom-dia, senhor embaixador — respondeu Rafael em alemão. — Lamento a hora tão inoportuna, mas a mensagem que trazemos não podia esperar.

— Que mensagem é esta que o Santo Padre poderia ter para mim? Tenho um colega no corpo diplomático que trata de todos os assuntos ligados à Santa Sé. Estou certo de que ele não verá com bons olhos essa intromissão nos assuntos dele. — Notava-se certa exasperação na voz do diplomata alemão.

— Não vão conversar em alemão, vão? É que... faltei às aulas de alemão na escola — intrometeu-se Cavalcanti, encarando Rafael.

— O embaixador alemão para a Santa Sé será contatado no momento oportuno e se for necessário — prosseguiu Rafael em italiano. — Duvido de que seja. E não se trata de uma intromissão. É um assunto que lhe diz respeito pessoalmente.

Estava atento a todos os menores gestos do embaixador. Trejeitos, palavras, olhares, respiração. Os brutamontes continuavam encostados à parede, junto à lareira, o semblante inexpressivo. O embaixador aguardava que Rafael prosseguisse.

— Sejamos breves, então. Transmita-me a mensagem, padre Rafael.

A assistente abriu o bloco de notas e preparou-se para iniciar a transcrição da mensagem *ipsis verbis*. Rafael lançou-lhe um breve sorriso malévolo. Cavalcanti também sorriu ao detectar o aro dourado em seu dedo anular.

— Não creio que queira isto registrado, senhor embaixador — avisou o padre.

O homem levantou o olhar e os calcanhares também para ganhar ainda mais altura.

— Isso compete a mim decidir.

Rafael já sabia que seria aquela a resposta. Bastante explícita para que não restassem dúvidas sobre quem mandava. Podia não parecer, mas ali não estavam em Roma, e sim em Berlim.

— Seu filho Niklas foi raptado há cerca de 35 horas — disparou o padre bruscamente, como um tiro à queima-roupa, de modo deliberado.

A assistente ficou olhando para Rafael sem que a caneta registrasse uma só palavra. Não queria acreditar no que acabara de ouvir. O embaixador se voltou para ela e os seguranças encostados à parede.

— Deixem-nos a sós.

A assistente fechou o bloco de notas, girou sobre os calcanhares e saiu do local sob o olhar atento de Cavalcanti. Não queria ouvir mais nada. Cabeças rolariam, seguramente. Os dois gorilas também deixaram o local sem rodeios nem hesitações. O embaixador caminhou para a entrada mais à direita e fechou as portas, depois fez o mesmo com a outra.

Pobre homem, disse Rafael a si próprio. Será que ele acreditava mesmo que impediria os outros de ouvirem o que seria dito dentro daquele salão? Que ingenuidade. O BND devia ter todos os lugares do edifício abarrotados com microfones, como era sua obrigação. O acesso à informação começava por ouvir os que estavam dentro de casa, lição número um de qualquer agência de serviços secretos do mundo.

— Quem foi? — perguntou, depois de se certificar de que não havia mais nenhuma porta aberta.

— Não sabemos.

O alemão passou a andar de um lado para o outro, exasperado, e em seguida puxou uma cadeira, sentou-se e respirou fundo. Instantes depois, levantou-se e recomeçou a caminhar pelo salão.

— Como isso aconteceu? — perguntou por fim.

— Ainda não sabemos.

— E o resgate? Não somos ricos. — Levou uma mão à cabeça e depois olhou para Rafael, como se só então houvesse começado a raciocinar. — O senhor disse 35 horas?

Rafael anuiu com a cabeça. Cavalcanti deu um passo vigoroso adiante.

— Devo informar que a Polizia di Stato foi informada sobre este rapto há pouco menos de uma hora e não recebeu nenhum pedido de ajuda por parte da Santa Sé.

O embaixador ouviu as palavras do inspetor e desviou o olhar para Rafael, o semblante circunspecto.

— Levaram 35 horas para chegar aqui?

Rafael não teve tempo de censurar Cavalcanti. Não fora à Embaixada alemã para tratar de bobagens nem discutir culpas; a razão era outra.

— Não era para os senhores serem informados. Nem antes, nem agora — respondeu Rafael.

O embaixador engoliu em seco.

— Não disse que veio em nome do Santo Padre?

— Era a única forma de me receber. Peço desculpas. O Santo Padre nem sonha com minha presença aqui. O tempo para o resgate termina às oito horas da manhã. Se depender do Vaticano, Niklas não será resgatado.

O embaixador acelerou a cadência dos passos. Ficou ainda mais nervoso.

— Como pode ser uma coisa dessas? Onde está o amor ao próximo?

Cavalcanti deu um passo à frente.

— Sente-se, por favor, senhor embaixador — pediu o inspetor. Na verdade, tantos passos de um lado para o outro já o irritavam.

— Como isso aconteceu? Quero saber tudo — exigiu, sentando-se e levantando logo em seguida, como se a cadeira tivesse uma mola. — Esperem. Não vou conseguir poupar minha esposa dessa notícia, vou?

Rafael e Cavalcanti fizeram que não com um gesto de cabeça. O embaixador fechou os olhos e respirou fundo. Depois, saiu do salão por uma das portas e os deixou a sós.

— Ele ficou abalado — disse Cavalcanti.

— Você também ficaria.

49

Esta noite, na terceira hora da madrugada, o Santo Padre foi despertado de seu sono pacífico com uma triste notícia. Seus diletos irmãos haviam se matado uns aos outros. A tragédia ocorreu na Sala do Colégio dos Relatores da Congregação para a Causa dos Santos, do Palácio das Congregações, e nada está sendo deixado ao acaso pelos investigadores, que continuam a trabalhar com afinco para a solução deste crime hediondo. Foram seis as vítimas mortais, e o Santo Padre dirigiu-se, prontamente, à capela privada para rezar pela alma delas. Quatro gendarmes, um relator e um jornalista estavam entre as vítimas. A identidade delas se tornará pública assim que as respectivas famílias forem informadas. Isso deve ser respeitado.

A descrição do que aconteceu não é fácil de comunicar, mas é ordem do Santo Padre que nada se omita para que se evitem mal-entendidos e teses fantasiosas.

Os motivos do crime foram passionais. O jornalista, inconscientemente, impulsionou este trágico final, ignorando que também o vitimaria. Por efetuar uma investigação livre em Roma sobre o trabalho do Colégio de Relatores, com a devida autorização do Vaticano, ele se envolveu em assuntos particulares de um dos relatores e desvendou uma relação ilícita que este mantinha com a esposa de um dos gendarmes. Não serão fornecidos mais dados sobre a senhora em questão, que está, neste momento, em estado de choque e recebendo acompanhamento psicológico. Compreenderão que não será fácil lidar com tal realidade e a perda do marido sob essas circunstâncias. Num ato tresloucado, o gendarme atirou no relator e no jornalista. Os colegas que o acompanhavam tentaram dominá-lo, mas sem sucesso. Fora de si, atirou neles também e, por fim, acabou colocando um ponto-final à própria vida.

Seguindo a política de transparência preconizada pelo Santo Padre, eu os co-loco também a par de outras três vítimas mortais de atos tresloucados desse gen-darme, em outros locais da cidade, em sua busca pela verdade que o jornalista, sem querer, desenterrou. Foram dois relatores e um padre; um dos crimes ocorreu na Via Tuscolana e o outro, na Basílica de Sant'Andrea della Vale.

Como disse anteriormente, os investigadores estão ainda processando os lo-cais dos crimes. Não é um trabalho fácil, pois envolve irmãos nossos, mas, não duvidem, será feito com todo o profissionalismo. Haverá lugar para outro comu-nicado de imprensa ao meio-dia. De qualquer maneira, estou disponível para responder a qualquer dúvida que possam ter.

Federico leu o conteúdo da sua comunicação ao cardeal secretário de Es-tado, ao chefe de espionagem, Guillermo Tomasini, e ao intendente da Gen-darmaria Vaticana, Girolamo Comte. Todos o escutaram atentamente. A partir do momento em que aquele texto fora lido para os jornalistas, alguns minutos antes, não se podia mais voltar atrás. Todos deviam estar sincronizados com a versão oficial do Vaticano. Não havia necessidade de procurar outras. O je-suíta fora hábil na história que engendrara para a opinião pública. Sabia que não podiam evitar o escândalo. Estava fora de controle. Mas sua política de informação e desinformação era tão hábil que, apesar da dúvida, era sempre a história mais consistente. Os jornalistas apontariam incoerências, escritores publicariam livros, nos dois casos com boas intenções, mas todos esbarrariam na mesma parede de pedra, alta, espessa e rígida, que não permitia entrever a verdade. Essa ficaria, para sempre, do lado de dentro, oculta.

— Um jornalista intrometido, vítima da própria história que tentava inves-tigar. Parece-me muito bom — elogiou Girolamo.

— É irônico — acrescentou Guillermo.

— E poético — sugeriu o porta-voz.

— E verdadeiro — argumentou Tarcisio, na tentativa de aliviar o peso da consciência.

A verdade era que os desígnios de Deus o haviam poupado do fardo de mais um cadáver, em nome Dele, para preservar o bom nome da Santa Madre Igreja. Sim, ele dera uma ordem que não fora cumprida por diversas razões, mas o desfecho, exatamente aquele, fora o que pretendera desde a malsucedida reunião da manhã anterior com o jornalista norte-americano.

— Informaram as autoridades americanas? — quis saber o piemontês, desviando os pensamentos que perpassavam sua mente como dardos de culpa velados.

— Já estão a par da situação — informou Girolamo, o líder máximo da investigação, para todos os efeitos. — Tomei a liberdade de convidá-los para assistir à autópsia. Terão também acesso a todo o processo da Gendarmaria no final da investigação.

— Excelente — congratulou-o o porta-voz, que via conformidade entre o comunicado e as palavras de Girolamo.

— Também informei as autoridades brasileiras. Não colocaram nenhum entrave ao desejo do relator de ser enterrado no Vaticano. Será celebrada uma missa em memória do padre Duválio na Igreja de São Bernardo alle Terme, em data ainda a ser definida. Provavelmente amanhã. Seria conveniente enviar um representante — comunicou Girolamo.

Estava, manifestamente, mostrando eficiência, ao contrário dos outros, como sugeria sua expressão irônica para Guillermo, a quem essa não passou despercebida.

— Irei eu em nome do Santo Padre — declarou Tarcisio com firmeza.

Por fim, algo tomava forma mais concreta. As mentes lúcidas de Federico e Comte aliviavam um pouco a tensão do ambiente, embora ainda houvesse problemas.

— É perfeito — elogiou o porta-voz. — Estamos em perfeita sincronia. Isso é importante.

Era o momento de passar ao ponto seguinte da ordem dos trabalhos. O mais difícil, contra um inimigo invisível, com poder em demasia.

— Antes de passarmos ao ponto crucial desta reunião — começou o secretário, voltando-se para Girolamo —, quero todas as entradas do Estado, palácios da cidade e residências cobertos pelo estatuto de extraterritorialidade, com segurança reforçada. Não podemos facilitar. O que aconteceu hoje não pode voltar a acontecer. Nunca mais.

Girolamo assentiu com a cabeça.

— Será feito, Eminência.

Tarcisio entrelaçou as mãos em cima da mesa e suspirou pesadamente.

— E agora o problema Anna P. Temos de fazer alguma coisa com rapidez. — Olhou para Guillermo. — Não preciso lembrá-lo do efeito devastador que se abaterá sobre nós se vier a público qualquer menção a essa senhora. — Concentrou o olhar no porta-voz. — Nem a melhor versão oficial que possa criar nos livrará de um escândalo de proporções inimagináveis.

— A *moeda de troca* é apenas uma parte do problema, Eminência — acrescentou Girolamo. — Não podemos esquecer o padre Niklas e tudo o que ele representa.

— O padre Niklas não é problema nosso — disse Tarcisio, taxativo. — Ele pode muito bem ser mais uma vítima desse inimigo sórdido que não vê barreiras quando o assunto é nos derrotar. Mas convém tratar do problema dessa mulher. Ela não pode ser usada como moeda de troca. Tem de desaparecer do mapa… para sempre.

— Rafael foi detido por Cavalcanti. Precisamos localizá-lo — sugeriu Guillermo.

— Mas o patife do Cavalcanti não nos deixará chegar perto dele — contrapôs o homem da Gendarmaria.

— O Cavalcanti não vai dormir na porta da cela. Eu sei quem contatar — afiançou Guillermo.

— Trate disso o mais depressa possível — ordenou Tarcisio.

Guillermo pegou o celular e saiu do gabinete por alguns momentos.

— Por que é que dei essa tarefa a Rafael? — recriminou-se o cardeal secretário de Estado, passando as mãos pelo rosto cansado.

— Porque sabia que ele a cumpriria — emendou o porta-voz com um sorriso encorajador.

Tarcisio refletiu nas palavras do porta-voz. Talvez ele tivesse razão. Rafael era leal, sobretudo às suas convicções. Ninguém podia acusá-lo de ser alguém incoerente. Relembrou as palavras que proferira quando lhe passara a missão de resguardar a filha daquele que nem se atrevia a nomear. *Nunca divulgue a localização dela a ninguém. A não ser que o Santo Padre a peça pessoalmente. Guarde-a para você. Eu não quero saber, nem ninguém na face da terra tem o direito de saber.* Sorriu levemente.

— Isso é verdade — concordou por fim. — Um servidor tão fiel às vezes não é assim tão bom — proferiu, saindo de sua letargia. — Bem, não importam os problemas que possamos ter com o embaixador alemão, não podemos trocar a mulher pelo rapaz. Isso não pode acontecer.

— O embaixador alemão não vai poder nos responsabilizar. Além disso, podemos sempre culpar alguém — argumentou Federico.

— Vamos aguardar Tomasini. Espero que ele traga boas notícias.

Girolamo avançou para a mesa de mogno e colocou sobre ela um dossiê de capa marrom.

— É melhor guardar isto no Torreão Nicolau V, Eminência.

Tarcisio arregalou os olhos. Aquele era o dossiê em que John Scott guardava seus segredos. Felizmente, haviam conseguido recuperá-lo. Aquele dossiê nas mãos erradas seria mais um escândalo. Abriu-o, ávido por alguma informação nova.

— Será que conseguiremos descobrir a identidade de quem forneceu estas provas ao jornalista?

— Permita-me, Eminência? — pediu Girolamo, estendendo a mão.

O cardeal secretário de Estado entregou o dossiê a Girolamo, que passou de imediato a analisar os vários documentos. Extratos de movimentos bancários, fundos, requisições, depósitos, créditos, autorizações de transferência, de levantamentos, inúmeras cópias de faxes enviados e recebidos de instituições bancárias europeias, norte-americanas... Nada que mencionasse quem fornecera ao norte-americano aquela informação perigosa, até que...

— Não pode ser! — balbuciou o intendente.

— O que foi? — quis saber Tarcisio.

— Que grande filho da puta — praguejou Girolamo, esquecido do local onde estava. — Mil perdões, Eminência — pediu, quando se deu conta da falta cometida, o rosto enrubescendo de vergonha.

— O que você descobriu? Desembuche.

Guillermo regressou ao gabinete, guardando o celular no bolso, a expressão austera.

— Não trago boas notícias, Eminência.

Tarcisio desviou o olhar para o agente secreto e respirou fundo. Guillermo encostou-se na porta e abaixou a cabeça, envergonhado.

— Cavalcanti não levou Rafael para San Vitale.

— Para onde o levou, então? — perguntou o porta-voz, curioso.

— Estão os dois na Via San Martino della Battaglia. Na Embaixada da Alemanha.

— O quê?

— O que é que eles foram fazer lá?

Ninguém respondeu. Aquele desenvolvimento dos fatos era imprevisto. Que tipo de ideia teria passado pela cabeça de Rafael? O silêncio foi subitamente interrompido pelo toque estridente do telefone sobre a mesa.

— Sim? — proferiu Tarcisio quando atendeu. Seu semblante se fechou, intensificando as rugas que lhe cobriam a face. — Dê-me um minuto. — Olhou para os presentes. — Estou com o embaixador na linha.

— Que desastre — deixou escapar o porta-voz, pensando nas consequências que aquela situação teria na opinião pública.

— Teríamos de lidar com essa situação mais cedo ou mais tarde — disse Girolamo, como se aquilo não fosse tão ruim.

— Tomasini tem de colocar uma rédea nos seus homens — protestou Tarcisio.

— Vou já para lá — disse-o o chefe dos agentes secretos. — E não regresso sem ele.

Guillermo saiu do gabinete sem sequer se despedir, como mandava o protocolo, mas ninguém se importou com esse fato. Era momento de agir. Tarcisio voltou a suspirar e levou o telefone ao ouvido.

— Vou enfrentar o pai irado e ver o que posso fazer para contornar esse escândalo.

— Diga-lhe que é importante manter o assunto em sigilo — interpôs o porta-voz, tentando preparar uma situação mais favorável para si próprio.

Antes de apertar o botão, o cardeal voltou a atenção para Girolamo Comte. Não esquecera o assunto anterior.

— O que é que você descobriu? — Girolamo tinha as mãos às costas, apreensivo. — Quem passou a informação ao jornalista? — Os outros dois homens arregalaram os olhos. — Quem foi?

Girolamo olhou para um e para outro incisivamente.

— Foi o secretário do papa. O monsenhor Giorgio.

50

O embaixador demorou para regressar ao salão. Cavalcanti suspirava ao olhar para Rafael, que se mantinha sereno.

— Você me disse que logo eu entenderia tudo, mas não consegui entender nada até agora — proferiu o inspetor, como se falasse de um assunto qualquer. Rafael não respondeu nada. — Acha que o embaixador não acreditou em nós? — perguntou o inspetor.

— Você acreditaria?

— Eu não — respondeu, fazendo um meneio negativo para acentuar a resposta.

— Não se deve recriminar ninguém por querer ter certeza.

Cavalcanti fez um gesto de desdém com a boca.

— Acha que ele foi ligar para o seu chefe ou o meu?

— Para o meu — respondeu Rafael.

— Gostaria de saber o que se passa nessa sua cabeça — replicou o inspetor, ao mesmo tempo que consultava o relógio. — A esta hora, todos já sabem onde estamos.

— O que é que aconteceu com o meu filho? — ouviu-se uma voz feminina perguntar em tom de desespero. — Onde ele está?

A embaixatriz irrompeu salão adentro, escancarando as portas, e correu para eles.

— Ele está bem — adiantou Cavalcanti, verificando se o embaixador vinha atrás dela.

Lágrimas escorriam-lhe pelo rosto belo, mas esmaecido. Os cabelos loiros estavam ainda emaranhados do descanso noturno. Deixou-se cair no chão em desespero. O inspetor avançou para ela e a amparou.

— Tenha calma — disse-lhe. — Vai dar tudo certo.

A mulher levantou a cabeça e fitou Rafael, que desviou o olhar do dela. Ela parecia emanar ódio de seus olhos, um ódio mortal.

— O que é que aconteceu com meu filho?

Rafael agachou-se para se aproximar mais dela.

— Nada... por enquanto. E faremos de tudo para que nada de mal lhe aconteça.

O desespero tomara conta da embaixatriz. Alguns fios de cabelo colavam-se ao rosto molhado pelas lágrimas de dor. O seu filho não. O seu bem mais precioso, aquilo que mais amava, tratado como um saco de lixo, um objeto de negócio.

— Quanto eles querem? Pagaremos o que for preciso.

— Não querem dinheiro — retorquiu Cavalcanti.

A embaixatriz, o rosto banhado em lágrimas, arregalou os olhos, admirada.

— O que querem, então?

Cavalcanti olhou para Rafael com ar inquisitivo. Deveria contar ou não? O inspetor se aproximou dela, pronto para lançar suas habilidades de sedução.

— Levante-se, minha senhora. Venha se sentar, por favor.

Não esperou que ela atendesse ao pedido. Tomou-a pelos braços, magra e leve como uma pluma, e a sentou. Aquela aliança no dedo anular exercia sobre ele um fascínio letal. Não era, obviamente, o momento certo para qualquer tipo de investida, no entanto nada impedia que a sedução começasse, branda, como uma música de fundo, presente, embora invisível. Fez-lhe uma carícia ligeira na palma da mão com os dedos. Ele não prestava, de maneira alguma, e tinha plena consciência disso.

— Seu marido vai demorar? — quis saber o inspetor, enquanto afastava os fios de cabelo que haviam grudado em seu rosto.

Ela voltou a olhar para Rafael com a mesma expressão de ódio.

— A culpa disso tudo é sua, não é? — quase cuspiu a embaixatriz.

Desta vez, Rafael não desviou o olhar.

— É provável — confessou.

As lágrimas agora escorriam-lhe em torrente pelo rosto.

— Vamos, acalme-se — pediu o inspetor, oferecendo-lhe um lenço de papel.

— O que é que você aprontou, Rafael? O que fez para o meu filho?

— Não fiz nada para ele, Nicole.

Cavalcanti ficou surpreso com a intimidade entre os dois.

— Vocês... se conhecem?

— Quando Niklas me disse que queria ser padre, foi como se tivesse me esfaqueado — confidenciou Nicole num desabafo embargado pelas lágrimas. — Como era possível? Padre? Estava brincando comigo? Pensei que era Deus se vingando de mim. Eu mereço, Rafael. Não mereço?

— Deus não se vinga de ninguém — limitou-se a dizer o padre.

— O que está acontecendo aqui? — perguntou Cavalcanti, confuso.

— Deus é perverso. Gosta de nos espezinhar, de nos ver sofrendo. Não bastava Niklas querer seguir o seu... o seu... caminho. Não foi suficiente. Tinha de colocar a vida dele em perigo, não é, Rafael? O que fez comigo não lhe bastou?

Cavalcanti olhava de um para outro, perplexo. Que droga de conversa era aquela? Parecia uma discussão entre...

— Não foi suficiente ter me destruído? Também tem de fazer o mesmo com seu filho? — acusou a embaixatriz, uma última lágrima desprendendo-se dos olhos marejados.

Cavalcanti largou as carícias e seduções invisíveis e se voltou para Rafael, chocado.

— O quê?

51

— Quem poderá ser a esta hora?

— Não faço ideia. Nada disso é normal — balbuciou Anna com o coração aos saltos.

Guardou a garrafa de água na geladeira, colocou os dois copos na pia para que a empregada os lavasse depois durante o dia e saiu da cozinha.

— Venha — disse para Jacopo, que a seguiu sem saber muito bem por quê.

Saíram para o corredor banhado por uma luz tênue, escassa, mas mais que suficiente para verem onde estavam. Anna seguia à frente, devagar, os passos controlados pela idade, e Jacopo atrás, atento, os nervos à flor da pele. Percorreram o corredor sem que o historiador conseguisse detectar em que direção seguiam; estava completamente perdido no meio daquele labirinto de cimento. Alguns metros à frente, Anna virou à esquerda e parou junto a uma porta metálica e muito pesada, que parecia guardar um cofre.

Ao lado, na parede, havia um teclado alfanumérico. Ela pressionou algumas teclas, e a porta se abriu com um ruído mecânico. Lá dentro estava escuro; viam-se apenas cinco monitores que mostravam as áreas comuns do edifício, bem como imagens do exterior.

— Estamos numa das salas de segurança. Temos três. Se alguma coisa acontecer, poderemos nos refugiar aqui — esclareceu ela com tristeza na voz. — Ensinaram-me isto há muito tempo.

Jacopo decidiu amenizar um pouco a tensão do ambiente esboçando um sorriso, ainda que por dentro continuasse nervoso.

A sala estava vazia. Concentraram-se nos cinco monitores. As imagens mudavam ao fim de alguns segundos, mostrando outra área da casa enorme, interior ou exterior, segundo uma ordem preestabelecida pelo computador central. Depois de alguns instantes, apareceu a imagem que desejavam ver, na entrada, onde o guarda que recebera Jacopo e Norma falava com um homem alto.

— Esse negócio não tem som? — perguntou o historiador, à procura de algum botão que lhe permitisse ouvir o que diziam na recepção.

— Não sei.

Jacopo não conseguiu encontrar nada que desse som ao que viam nos monitores. Continuaram a olhar para a tela, até a imagem mudar para a sala da piscina coberta. A imagem da entrada tornou a aparecer, segundos mais tarde, em outro monitor. Jacopo viu o segurança encaminhar o homem para dentro. Estremeceu ao reconhecê-lo. Estava todo vestido de negro, e a qualidade da imagem não deixava entrever o colarinho branco que, certamente, envergava na gola da camisa. O que estaria fazendo ali?

— Quem será? — perguntou Anna, intrigada.

Jacopo não respondeu de imediato. Continuou a ponderar quais seriam as intenções do recém-chegado e como ele conseguira obter o endereço. Rafael não mencionara nada sobre aquilo. Havia algo de errado. Será que Rafael perdera o controle da situação?

Jacopo os viu transpor as portas de segurança da entrada e se dirigirem para uma sala ampla com três sofás grandes, em couro, uma enorme televisão e uma mesa de bilhar propícia para momentos de lazer que, provavelmente, nunca aconteceram.

Jacopo e Anna continuaram a assistir a todos os passos dele pelos monitores, satisfazendo um pouco da curiosidade. O segurança deixou o homem na sala e saiu. As câmeras mostrariam para onde ele se dirigira, mas a mulher e o historiador preferiram se manter atentos ao recém-chegado, que permaneceu em pé, sem saber direito onde colocar as mãos. Parecia nervoso, desconfortável.

— O que acha que ele veio fazer aqui? — perguntou Anna, sem tirar os olhos das imagens dos monitores, que continuavam a saltar pelos cômodos da casa.

— Não sei, mas não deve ser para falar comigo — respondeu Jacopo, apontando para o monitor em que se via o segurança bater em uma porta. — Quem é que dorme ali?

Anna olhou para o local que Jacopo apontava e sorriu, as mãos tremendo ligeiramente.

— A casa pode ser muito grande, senhor Jacopo Sebastiani, mas tem poucas pessoas. Aquele é o meu quarto.

Para bom entendedor, meia palavra basta. Anna fitou o historiador durante alguns segundos, respirou fundo, ajeitou o roupão e saiu para o corredor. Não havia necessidade de deixar o segurança à espera em vão. Encaminhou-se para o quarto em seu passo trôpego e sentiu a presença reconfortante de Jacopo atrás de si. Ao fundo do corredor, viraram à esquerda e avistaram o segurança quase de imediato.

— O que aconteceu, Gustav? Está me procurando?

O segurança olhou para os dois com certa surpresa. Não havia se dado conta ainda do trânsito de gente pela casa, o que não contava muito em favor de sua vigilância.

— Sim. Há uma visita para a senhora.

— E ela não pode esperar até amanhã? O horário é inconveniente, não acha?

— É urgente, senhora. Peço desculpas — disse, curvando a cabeça como se a culpa fosse dele.

Anna fitou Jacopo, que estava a seu lado com uma expressão inquisitiva, desviando, depois, o olhar para Gustav.

— Vamos.

Não valia a pena colocar obstáculos ao inevitável. Anna sabia que só conseguiria postergar as coisas dessa maneira. Pela manhã, ou quando decidisse recebê-lo, o homem ainda estaria na sala à sua espera. Por outro lado, aliado à apreensão, sentia um misto de curiosidade e vontade de compreender o que se passava naquela noite tão diferente de todas as outras entediantes que vivera. Sabia que assim seria, mas não com tantas imponderabilidades. Gustav ficou na porta quando chegaram à sala e os deixou passar, antes de regressar para retomar o posto na cabine de entrada.

O homem estava de costas quando entraram, e os passos suaves de Anna e de Jacopo não os denunciaram. Só um ligeiro pigarreio do historiador chamou a atenção da visita, que instantaneamente se virou para eles.

O colarinho branco, na gola da camisa, acusava a função. Ele cravou os olhos em Jacopo e não disfarçou seu espanto.

— Doutor Sebastiani, que bom vê-lo — disse, a voz fatigada.

O padre aproximou-se de Anna e pegou sua mão com gentileza, como se tocasse algo frágil ou divino que não quisesse estragar nem violar. Antes de lhe beijar a mão, de olhos fechados, ajoelhou-se, e uma lágrima escapou de sua pálpebra, descendo com timidez pelo belo rosto.

— Oh! Senhor — balbuciou Anna, sem compreender a razão para tal reação.

— Perdoe-me o adiantado da hora — desculpou-se o prelado. — Mas padre Rafael me pediu para vir até aqui.

— Rafael? — perguntou Jacopo, admirado. Não tinha lhe dito nada sobre aquilo. Que estranho.

— Sim — respondeu o homem.

A visita não largava a mão de Anna nem desviava o olhar dela, a ponto de a fazer se sentir constrangida.

— Não temos muito tempo — advertiu o prelado. — Mas tenho tantas perguntas para lhe fazer. Tantas, tantas. Nunca pensei conhecer pessoalmente a filha do papa.

Anna combateu o constrangimento dele com um sorriso e se desvencilhou da mão do desconhecido.

— Quem é o senhor? — perguntou por fim, desconfiada.

Ele levou uma das mãos à testa.

— Peço desculpas pela minha falta de educação. O que tenho na cabeça? Como é possível não ter me apresentado? Meu nome é Giorgio. Sou o secretário de Sua Santidade.

52

Nenhum deles disse nada durante muito tempo. Não saberiam dizer se era pela emoção ou, simplesmente, pela falta de assunto que, não raro, instala--se nessas situações. Apesar de não ser novidade para ela, o cárcere, fosse por razões legais ou desconhecidas, como era o caso, não conseguia deixar de lhe inspirar certa sensação claustrofóbica. A ideia da porta trancada e de a chave que a abria não estar em suas mãos lançava-a num desconforto vertiginoso, ao qual se podia adicionar a fadiga extrema causada pela excitação do momento e pela doença da qual ainda se recuperava. Sentia-se combalida, magoada, com frio e preocupada. A imagem de Rafael não lhe saía da cabeça, e não saber se ele estava bem a perturbava além do suportável. Tinha os olhos marejados pelas lágrimas, que a sufocavam em silêncio, e um aperto no peito por temer o pior. O rapaz levantou-se da cama em que estava sentado e começou a se vestir. Não queria ficar de roupa íntima na presença de uma desconhecida, apesar das circunstâncias e do calor.

— A senhora está bem? — perguntou, preocupado.

Sarah sorriu com timidez, tentando disfarçar o mal-estar e os pensamentos melancólicos.

— Estou. E você?

Niklas suspirou.

— Não sei.

Sarah o compreendia muito bem. A indefinição do futuro, o desconhecido, o descontrole absoluto sobre a própria vida eram sensações que ela conhecia e das quais também não gostava.

— O que a senhora faz? — perguntou o jovem padre para puxar conversa.

— Pode me chamar de Sarah — disse a jornalista, a quem o termo *senhora* fazia lembrar uma pessoa muito mais velha.

Niklas pigarreou, nervoso.

— O que você faz, Sarah?

— Sou jornalista — respondeu, e depois apontou para a cabeça coberta com um lenço. — Mas não tenho estado em muita atividade.

Niklas rangeu os dentes no que parecia ser um tique nervoso. Vestira as calças e agora abotoava a camisa.

— Lamento. Não deve ser fácil.

— O pior já passou.

Obviamente, a jornalista referia-se à doença, e não a todo o restante.

— Ainda bem.

— Você é padre, não é?

Niklas fez que sim com a cabeça. Já vestido, encostou-se à parede e deslizou por ela até se sentar no chão frio de cimento. Queria tomar um banho, deitar na cama do dormitório do Collegium Germanicum e dormir até que as feridas do corpo e da alma sarassem; até esquecer tudo o que vira na basílica, apagando da mente os contornos do rosto e os olhos frios do carrasco de Luka e do outro padre. Pensou na mãe e se ela teria sido informada do que havia lhe acontecido. Esperava que não. Mentalmente, implorou a Deus que a poupasse de tal sofrimento.

— E você gosta? — perguntou Sarah, interrompendo a sequência de pensamentos que acometera o rapaz.

— De quê?

— De ser padre.

Niklas deu de ombros. Ainda não tinha uma resposta concreta àquela pergunta. Na verdade, era isso que procurava. Não disse nada a Sarah, mas relembrou o olhar triste da mãe quando havia lhe comunicado sua decisão de enveredar pela vida eclesiástica. *Quer se vingar de mim?*, perguntara ela, os olhos marejados. Ele ouvira os soluços e os lamentos quando ela pensava estar sozinha em casa, se é que podiam chamar de casa os diferentes palácios que percorriam por todo o mundo, à sombra da brilhante carreira diplomática do pai. Manila, Cairo, Berna, Roma. Ouvira também outras coisas antes disso. Uma embaixatriz passava muito tempo sozinha, remoendo o passar dos dias. Não sabia se tinha sido uma crise de solidão ou se fora planejado, mas, numa tarde de chuva, no apartamento de Munique, em uma das longas ausências do pai em nome da pátria, ela lhe contara. As palavras ficaram gravadas em sua mente, num rompante, imutáveis, indeléveis, transcrições fiéis do que ela lhe transmitira com uma voz sussurrante, poucos dias depois de ele ter feito 14 anos.

Seu nome era Rafael. Ele era padre. Eram novos. Havia acontecido. Não se arrependia, de maneira nenhuma. Niklas fora a melhor coisa que havia acontecido em sua vida. Era uma relação impossível. Klaus o assumira como se fosse dele. Nunca quisera saber quem era o pai, e ela jamais lhe contara. Era melhor assim. Acontecera. Para todos os efeitos, ele só tinha um pai. Klaus. O único que sempre tivera e continuaria a ter.

Quer se vingar de mim?, foi o que ela perguntou com as lágrimas escorrendo em uma torrente, inundando-lhe o rosto, anos mais tarde, quando fora a vez de Niklas lhe contar sobre a opção eclesiástica. *Talvez*, pensava agora, rodeado ali por quatro paredes sem janelas, uma lâmpada fraca que iluminava o cômodo compartilhado com aquela mulher doente. Talvez tivesse sido mesmo por vingança.

— Gosto — disse. — Deus coloca todos nós à prova, e temos de estar sempre prontos para segui-Lo aonde Ele desejar.

Sarah não disse nada. Aquelas palavras lhe soaram vazias, como as que se proferiam para alguém parecer inteligente ou patentear uma verdade maior, inatingível para alguns, como ela. Niklas era muito novo para criar aquele tipo de artifício, mas tinha a idade certa para crer nele. Ou então era ela que estava amarga e revoltada. Tinha razões para isso, e aquele dia já havia se prolongado demais. Não via a hora de adormecer para que chegasse ao fim, e nada a impedia de fazê-lo, exceto a ansiedade, os nervos, a dor. Eram duas vítimas naquela masmorra de paredes imundas. Perguntou-se como estaria John e sentiu náuseas.

— Conhece alguma Anna P.? — perguntou Sarah de repente.

Niklas a encarou, surpreso. De onde surgira aquela pergunta?

— Anna P.?

— Sim. Anna P. Já ouviu falar? E Mandi, você conhece? — acrescentou.

Niklas desconhecia aqueles nomes. Será que ela fazia alguma investigação jornalística e fora apanhada mexendo onde não devia? Antes de Sarah chegar, pensara nas razões por que aquilo lhe estaria acontecendo. Desbravara mentalmente todos os que conhecia, mas não conseguira encontrar outro motivo para o rapto, a não ser o fato de ser filho do embaixador da Alemanha. Fez que não com a cabeça para responder à pergunta dela.

— Você as conhece? — questionou, decidido a tentar compreender o quanto ela sabia.

— Não.

— Quem são elas?

— Não importa.

Niklas fitou-a com um ar inquisitivo.

— Já ouviu falar do padre Duválio, do Colégio de Relatores? — Nova pergunta de Sarah.

— Padre Duválio? Nunca ouvi falar.

Niklas levantou-se muito depressa, os olhos brilhando.

— Sabe se ele está bem? — perguntou o rapaz, ávido de notícias. Será que também fora uma vítima, como os outros padres?

— E por que não estaria? — tornou a mentir, relembrando o cinto no lustre e o corpo se debatendo pela vida. Até para ela fora aflitivo ver aquela cena.

— Quando fui raptado, mataram dois padres — explicou, tentando não rever mentalmente a cena. — Um era o meu tutor, o padre Luka. Não cheguei a saber o nome do outro. Mas, se esse padre ao qual se refere está bem...

— A última vez que o vi, estava ótimo.

— E foi há muito tempo?

— Não. Eu o vi há poucas horas — respondeu Sarah, sem revelar como tinham sido interrompidos no Palácio das Congregações pelo homem encapuzado que a trouxera para aquele lugar.

O rapaz ficou calado, olhando-a como se a avaliasse. Gravou na memória os três nomes que a jornalista perguntara. Anna, Mandi e padre Duválio. Não sabia quem eram, mas, na condição em que estava, todas as informações eram importantes.

— Conhece muitos padres? — quis saber Niklas, sondando o terreno.

— Alguns. Por quê?

O rapaz engoliu em seco, mas decidiu arriscar.

— Conhece o padre Rafael Santini? — sugeriu.

— Claro que conheço. Ele estava comigo quando visitamos o padre Duválio. De onde você o conhece?

Niklas engasgou mal ouviu a resposta e teve de lutar por um pouco de ar. Sarah se afligiu ao vê-lo daquela maneira, porém não sabia o que fazer para ajudá-lo. Aos poucos, Niklas se recompôs, recuperando o fôlego.

— Tudo bem com você?

— Si... sim — respondeu o rapaz, ainda com alguma dificuldade em falar.

Aquela mulher não só conhecia seu pai como estivera com ele. Niklas não o conhecia pessoalmente. Nunca o vira. Tentara várias vezes, mas ele acabara sempre escapando, como se o evitasse. Os desígnios de Deus eram insondáveis. A frase feita servia para convencer a si mesmo dos destinos desencontrados entre pai e filho.

Chegou a ir à paróquia em que ele era titular, numa aldeia a pouco mais de uma hora de Roma. Não o encontrou. Foi recebido pelo padre substituto e informado de que raramente o padre Rafael se deslocava à paróquia. Tarefas inadiáveis ocupavam-no em Roma, quase exclusivamente, há cerca de cinco anos, o que tornava, na prática, o substituto um titular. O padre, muito simpático e disponível, não sabia que tipo de trabalhos Rafael fazia. Era muito recatado e falava pouco sobre sua vida ou, pensando bem, sobre o que quer que fosse. A última vez que fora lá tinha mais de um ano, e se demorara poucos dias. Havia quem dissesse, confidenciou ele, que o padre Rafael era íntimo do Santo Padre, mas, quando o substituto questionara a respeito, o titular lhe dissera que nunca tivera o privilégio de conhecê-lo. De qualquer maneira, sua vida era um mistério. *Mais um item para acrescentar*, pensou Niklas na época. Rafael era um homem misterioso. E a jornalista afirmava conhecê-lo.

— Como é o padre Rafael?

Sarah suspirou.

— Complicado.

— Sabe onde posso encontrá-lo? — perguntou, tentando esconder a ansiedade ao falar.

A jornalista deu de ombros.

— Rafael não é um padre como os outros; como você, por exemplo.

O que aquela mulher queria dizer com aquilo? Além da perfeitamente escalonada hierarquia católica, na qual figuravam o papa, os cardeais, os arcebispos, os bispos e os padres, um padre era um padre. Uns poderiam ter mais responsabilidades administrativas, outros pastorais, mas não deixavam de ser padres, a serviço do Pai, do Filho e da comunidade.

— O que quer dizer com isso?

Sarah não sabia como responder. Talvez tivesse falado demais. Com certeza, meros padres não tinham conhecimento dos outros que agiam nas sombras para que eles pudessem cumprir seus deveres com tranquilidade.

Só espero que esteja tudo bem com ele, pensou em seguida.

— Digamos que ele é um padre com mais vocação para o serviço administrativo do que para o pastoral — explicou, evasiva.

Nesse exato momento, interrompendo a conversa, a porta emitiu alguns estalidos, e ambos sentiram o coração disparar. Encostaram-se o mais que puderam à parede oposta e fixaram os olhos na tenebrosa passagem que os separava da liberdade. Abriu-se durante o tempo necessário para permitir a entrada de outra pessoa e logo voltou a se fechar com um estrondo seco. Ouviram o ruído da fechadura sendo trancada como se fosse uma sentença. Não conseguiram sequer ver o rosto da sentinela.

O novo elemento aninhou-se junto à porta; tremia e soluçava timidamente, como se não quisesse importunar.

Sarah e Niklas não sabiam muito bem o que fazer nem o que dizer. Aos poucos, conseguiram perceber que se tratava de uma mulher. Sarah aproximou-se dela, agachou-se e colocou uma das mãos em suas costas com ternura.

— Tenha calma. Vai passar.

Niklas, mais desconfiado, se aproximou também. Os soluços da mulher se intensificaram, fazendo-o se agachar.

— Não chore. Deus dá o fardo, mas também a força para suportá-lo.

Sarah lançou-lhe um olhar reprovador. Será que aquele tipo de discurso surtia efeito nas pessoas?

— Deus me abandonou há muito tempo — disse a mulher com veemência.

Sarah usou os dedos para enxugar as lágrimas do rosto da mulher.

— Ninguém vai nos fazer mal — mentiu para tranquilizá-la. Não fazia ideia do que fariam com eles. — Como você se chama?

A mulher se acalmou e fitou os dois com atenção pela primeira vez.

— Meu nome... — balbuciou — ...meu nome é Mandi.

Terceira Parte
TEMPUS FUGIT

Fechei os olhos a demasiadas coisas durante tempo demais.
Sinto que uma força lenta e sutil está tomando conta da minha mente.

Madre Pasqualina

SANTA SÉ
Junho de 1983

A vida é feita de decisões. Esquerda, direita, avançar, recuar, aceitar, recusar, fazer, não fazer... Escolhas permanentes, a todos os instantes, algumas banais, insignificantes, outras importantes que requerem maior reflexão, e aquelas que ninguém controla e vão surgindo pelo caminho, como... viver ou morrer, matar ou ser morto.

Os tiros que ecoavam em seus ouvidos quase o ensurdeciam. Primeiro, segundo, terceiro... Ligeira pausa, alguns segundos, confusão, visão turva... Quarto, quinto... Foi empurrado para trás com uma força sobre-humana... sexto. Seguiu-se um silêncio profundo, sepulcral, quase tétrico, como se o tempo houvesse parado.

Não sabe dizer quando é que as pessoas começaram a gritar, tampouco quando começou a dor pungente que lhe percorreu as entranhas, do abdômen ao coração. Sentiu alguns pares de mãos amparando-o, o carro acelerando pela praça, milhares de pessoas se acotovelando e, depois, nada...

Há dois anos, quando isto aconteceu, acordara seis horas depois, no hospital Gemelli, enfraquecido, cheio de dores, com prognóstico que inspirava cuidados. Naquele dia, acordara suando, na cama do seu quarto nos apartamentos papais. Era um sonho recorrente. Quase conseguia sentir a dor e o sabor ácido na boca, uma mistura de sangue e metal. De vez em quando, sentia uma pontada nas cicatrizes que marcavam os pontos de entrada das balas. Uma recordação que jamais o deixaria.

Ansiava pelo dia em que deixasse de reviver aquele momento traumático. O som dos tiros, os gritos, a dor... o atirador. Disseram-lhe que os disparos ocorreram a um metro e meio de distância, mas nunca o viu. Nem a arma. Lembra-se de lhe terem dado para ler algumas reportagens sobre o caso, semanas depois, e de lhe mostrarem fotografias do serviço secreto. Um vulto vestido de negro no meio da multidão, braço erguido acima da turba apontando para ele. Uma foto de frente e outra de perfil no departamento de polícia. Um rosto impassível, sem vida, sem credo, sem Deus.

Livra-me disto, Maria, *pediu, antes de se levantar da cama. Ainda era de noite. O primeiro sonho do primeiro sono. A Mãe de Deus não o desampararia. Ajoelhou-se junto à cama, benzeu-se, uniu as mãos e começou a rezar:*

— *Mãe do Céu, dá-me paz, dá-me forças para aguentar a tarefa que me entregaste. Jamais desistirei, mas só Te peço que me alivies um pouco o pesado fardo, de tempos em tempos...*

O monólogo durou uma hora, talvez um minuto a mais ou a menos. Habituou-se a falar com Ela desde que... aquilo acontecera, há dois anos. Tranquilizava-o. Estava ciente de que o protegeria de qualquer intempérie. Depois da prece, entregou-se novamente a um sono calmo, sem sonhos, reparador.

Acordou às seis e meia, refeito, pronto para encarar o dia cheio que, certamente, o esperava. Um papa não tinha tempo ocioso, nunca. Além das tarefas espirituais, esperavam-no políticos, pastorais e burocráticos. Estes últimos davam mais trabalho que os outros todos juntos. Geria uma instituição bimilenar, dispersa por todos os pontos do globo, que necessitava de sua atenção diariamente.

Ele já o aguardava sentado na cadeira, ao lado da cama, olhar vigilante.

— *Bom dia, Stan — cumprimentou com um sorriso. — Dormiu bem?*

— *Muito bem, Santidade. Obrigado por perguntar — respondeu Stanisław. — Voltamos a ter sonhos indesejados.*

Era uma constatação, e não uma pergunta. Wojtyła nada comentou. Seu secretário conhecia-o melhor que qualquer outra pessoa.

— *Algum dia vão passar, com a graça de Deus — acrescentou Stanisław.*

— *Amém.*

Os dois homens não disseram mais nada. O secretário já mandara preparar o banho para o Santo Padre, e o café da manhã estava sendo feito. Algumas dezenas de pessoas, entre freiras, frades, padres e leigos, empenhavam-se todos os dias para que Wojtyła tivesse todo o conforto que desejasse. Ele não era um papa exigente e vivia sempre preocupado com quem o servia.

Depois do atentado, o Santo Padre tornara-se mais circunspecto e desconfiado, além de também um pouco receoso. Uma reação natural em alguém que só não perdera a vida por intervenção divina. Mesmo depois de dois anos, não conseguia deixar de se perguntar todos os domingos, sempre que se aproximava da janela do gabinete para saudar os fiéis que se aglomeravam na Praça de São Pe-

dro, se naquele dia seria disparado um tiro por algum irmão menos iluminado, um tiro que o levaria para junto do Senhor. Por mais que dissimulasse, o medo continuava dentro de si. Poucos conseguiam vê-lo, mas estava lá.

É preciso dar tempo ao tempo, *diziam-lhe os mais chegados. Stanisław, Casaroli, König. É preciso deixar passar algum tempo. Mas seu ofício não esperava por esse tempo; não se importava com seus temores. Exigia, sim, que desse tudo de si ao mundo, sempre.*

— São os desígnios de Deus — *proferiu Stanisław quando Wojtyła saiu do banho.*

Ninguém o conhecia melhor.

— Vamos ao trabalho? São esses os desígnios de Deus para hoje — *observou o Sumo Pontífice, bem-disposto, seguindo depois para o gabinete ao lado do quarto.*

O sol forte que inundava Roma antecipava o verão que se aproximava. Em breve se assentaria em Castel Gandolfo, até outubro. Essa mudança de ares lhe faria bem, ainda que Castel Gandolfo ficasse a apenas cerca de vinte quilômetros de Roma.

O polaco gostava de dar uma passada de olhos na agenda antes da missa na capela privada.

— Dia cheio — *constatou, sem esboçar nenhuma reação.*

— Na verdade — *começou Stanisław, timidamente —, foi tudo adiado para data a ser definida, Lolek.*

Wojtyła gostava quando o fiel amigo o tratava pelo diminutivo afetuoso, mas, nesse caso, antevia problemas.

— O que está acontecendo? — *perguntou com o semblante preocupado.*

— O cardeal secretário de Estado Casaroli deve estar chegando para informá-lo — *declarou Stanisław.*

Wojtyła ficou ainda mais alerta. Por norma, reunia-se com o cardeal secretário de Estado semanalmente, e nessa semana já haviam se reunido.

— Qual é o assunto? — *insistiu.*

Stanisław estava visivelmente incomodado. Não queria contar... ou não podia.

— Lolek... — *começou o fiel secretário.*

— O assunto é Anna — *ouviu-se uma voz dizer da porta. Era o vigoroso Agostino Casaroli que acabava de entrar. Wojtyła afundou-se na grande cadeira e deixou o pensamento vagar para bem longe, enquanto olhava fixamente para o tampo escuro da mesa. Anna? Outra vez, pensou.*

Muitas mulheres detiveram imenso poder no Vaticano ao longo dos séculos. Se a maioria foi ofuscada pelo poder papal masculino, poucas houve que conseguiram quebrar essa, aparente, barreira intransponível, sendo capazes de decidir os destinos da Santa Sé, mesmo não ocupando o cargo oficialmente por impedimento de gênero. Mulheres como Marózia, Donna Olimpia e a Virgo Potens. O sexo frágil sempre fora muito mais forte do que aparentava, e o sexo sempre tivera poder descomunal.

— Tudo bem, Santidade? — quis saber Stanisław, preocupado.

— Ficarei melhor quando falarem de uma vez o que está acontecendo. O que tem Anna?

Casaroli saiu do gabinete e voltou a entrar, acompanhado por outro homem. Fechou a porta e se aproximou de Wojtyła. O desconhecido estava visivelmente ansioso. Segurava o chapéu borsalino com as mãos junto ao ventre.

O papa levantou-se, e o homem se abaixou, a cabeça quase tocando o chão.

— Levante-se — ordenou Wojtyła com aspereza. Não suportava aquele tipo de submissão.

O homem levantou-se desajeitadamente. Não era todo dia que se apresentava perante o Sumo Pontífice.

— Este é o Ercole — informou Casaroli.

— Sei quem é — disse Wojtyla.

O homem estava ruborizado. Não fazia ideia de que o papa o conhecia.

— O irmão de Anna — disse o papa.

— Exatamente — confirmou Stanisław.

— E, agora que sabemos muito bem quem é, podem me dizer o que está acontecendo, afinal?

Casaroli fixou os olhos escuros e penetrantes em Ercole, que baixou o olhar, envergonhado, concentrando-se no chão.

— Conte tudo, Ercole.

— Santo... Pa... Padre — começou Ercole, nervoso —, eu... eu... Como sabe, sou irmão da Anna e... e... e...

Casaroli colocou uma das mãos sobre o ombro de Ercole.

— Anna teve uma filha — disse o cardeal secretário de Estado de uma só vez.

— O quê? — O polaco estava chocado. Voltou a se sentar, abatido. Colocou as mãos sobre o rosto e respirou fundo. — A idade dela ainda permite? Quando foi isso?

— Há quinze anos — respondeu Casaroli.

Wojtyła levantou o rosto para os três homens.

— É alguma espécie de brincadeira?

Ercole não conseguia encarar o Santo Padre; manteve-se em silêncio.

— É uma história complicada. Em resumo, Anna teve uma filha, um dos nossos cardeais lidou com a situação e não deu conhecimento ao Santo Padre...

— Lidou com a situação? — interrompeu Wojtyla.

— Arranjou uma família de acolhimento para a criança — esclareceu o cardeal secretário de Estado.

— Quem tratou disso?

— Amleto. O papa Montini nunca soube disto.

Wojtyła suspirou. Anna tivera um filho.

— Como é que ele pode ter feito uma coisa dessas? — protestou.

— Não o censuro — disse Casaroli. — Se eu pudesse, também o pouparia. Amleto fez o que achou melhor — argumentou.

— Anna é um assunto extremamente importante. Ele não devia ter procedido dessa forma — censurou o polaco.

Casaroli fixou as mãos na mesa e encarou Wojtyła.

— O que está feito, está feito. Bem ou mal, está feito.

Ninguém disse nada durante alguns momentos. Wojtyła virou as costas aos presentes e se aproximou da janela. Lá fora, um belo dia de sol destoava de seu estado de espírito. Tentou se acalmar e organizar as ideias.

— Anna teve uma filha há quinze anos. As autoridades da época lidaram com isso da maneira que consideraram melhor. Qual é o problema, então? — perguntou o papa, sem se voltar para os outros homens.

Casaroli se voltou para Ercole. Ele deveria explicar. O homem continuava segurando o chapéu com as mãos.

O cardeal secretário de Estado arrastou uma cadeira e o obrigou a se sentar.

— Acalme-se e conte tudo ao Santo Padre. — Colocou uma das mãos em seu ombro, como que lhe dando apoio.

Ercole manteve silêncio durante alguns instantes. O papa continuava de costas para eles. Assim talvez fosse mais fácil.

— *Conhecem minha irmã. Sabem como ela é impulsiva — justificou-se Ercole. — Contrariando todas as diretrizes que o cardeal Cicognani impôs há quinze anos, ela... — O papa virou-se, atento. Ercole estremeceu. — Ela contou toda a verdade à filha.*

O papa voltou a se sentar na grande cadeira. Coçou os lábios com o indicador enquanto raciocinava.

— Tem certeza disso? — perguntou a Ercole.

O homem assentiu com a cabeça. Estava envergonhado.

Casaroli fixou o olhar no papa, a expressão inquisitiva. Era um homem enérgico, caloroso e pragmático.

— A questão agora é: o que faremos?

— Mandem chamar o padre Comte imediatamente — ordenou o papa.

Decisões. A vida é feita de decisões.

53

— Como é que nos descobriu? — perguntou Jacopo, que ainda não se convencera com a explicação de Giorgio, o belo.

— Já lhe disse, doutor Sebastiani — explicou o outro com calma. — Foi o nosso amigo Rafael quem me falou deste local e me pediu que viesse para cá.

— E onde ele está? — indagou o historiador em uma postura de quem estava em um interrogatório.

— Não sei. Sabe como nosso amigo consegue ser evasivo — respondeu o secretário do papa, dando uma piscadela a Jacopo.

O historiador se calou, embora continuasse desconfiado. Esperava que Rafael estivesse bem.

— Consegui convencê-lo, doutor Sebastiani?

O silêncio do historiador era, em si, um consentimento. Por ora. Aquela gente da Igreja não era confiável.

Anna continuava nervosa, inquieta. Aquelas visitas noturnas perturbavam o tédio rotineiro a que se conformara há muitos anos. Ela o aceitara, sem contestar, resignada. Entregara-se a ele, à frustração de uma vida sem história, sem registro nem ambição, sem sonhos que pudesse acalentar, sem filhos... que pudesse ter por perto.

Habituara-se a ser um personagem com um papel do qual não podia se livrar. Anna Lehnert desaparecera. Anna Pacelli nunca existira.

Giorgio virou-se para ela com um olhar terno, amistoso, como se estivesse diante de um parente que acabara de descobrir ou perante uma artista que admirava. Parecia um menino; ninguém diria que já passara dos cinquenta anos.

— Há quanto tempo vive aqui? — quis saber o secretário, sem desfazer o sorriso idiota.

Anna podia lhe dizer o tempo que passara ali até o ínfimo milésimo de segundo. Nenhum cativo esquece a duração da pena, mesmo que seja perpétua, sem hipótese de apelo a uma liberdade condicional. Optou, no entanto, por arredondar.

— Cerca de dez anos.

— E antes de vir para esta bela casa, onde vivia?

O secretário do papa não ia facilitar sua vida. Ele a faria recuar a momentos que ela não queria reviver, sequer mentalmente. Lembrou-se de Rafael e de como ele tentara o mesmo quando haviam se conhecido. A diferença é que seu Rafa não insistira ao ver que era doloroso demais recordar. Naquela noite seria diferente. O presente nunca deixava o passado se afastar; trazia-o sempre em seu encalço, evidenciado pelas memórias. Era impossível esquecê-lo ou apagá-lo, por mais que se tentasse, e acabava sempre por deparar com ele, mais cedo ou mais tarde, vingativo, catártico, implacável.

— Antes de conhecer Rafael, vivia em outra casa — respondeu.

— Onde?

— Aqui perto.

Giorgio sorriu. Era típico de Rafael esse tipo de plano; ele a mantivera, portanto, tão perto dos inimigos, que estes não a conseguiam ver, mesmo ela estando sob seu nariz. Deu-se conta do desconforto dela, mas aquela mulher guardava tanta coisa que ele desejava saber! Focou intensamente seu olhar naquela figura e lhe deu a mão mais uma vez.

— Pode me falar sobre seus pais?

Os olhos de Anna ficaram marejados. A história dos pais era intensa e trágica, ignorada pelos olhares reprovadores do mundo, que perscrutavam corredores e gabinetes, espreitavam por trás de quadros e se escondiam em nichos de estátuas em busca de sangue para saciar a sede de maledicência.

O passado, sempre ele, atrás dos que queriam, apenas, esquecer.

Giorgio acariciou-lhe o cabelo loiro, quase esbranquiçado, que herdara, seguramente, da mãe alemã.

— O senhor os conhece melhor que eu — respondeu Anna, evasiva. — Pelo menos meu pai. Deve tê-lo estudado.

Giorgio fez um gesto negativo com a cabeça, que recebeu o apoio imprevisto de Jacopo.

— A Igreja sempre foi muito eficaz em banir incômodos para onde não possam ser vistos — disse o historiador, como se fosse necessário explicar. Anna era a prova viva daquele fenômeno.

— É verdade. Seu pai é um assunto muito delicado no Vaticano. E... sua mãe... — Giorgio não sabia muito bem como dizê-lo. — Bem, é como se nunca tivesse pisado no palácio. Na verdade, é como se nunca houvesse existido.

— Ó, mas ela existiu — Anna respondeu com veemência. — Sua passagem pelo Vaticano foi inesquecível. É certo que muitas pessoas nunca a conheceram, sequer a viram. Ela fazia questão de que as coisas fossem dessa maneira. Os meus pais se submeteram ao maior sacrifício de todos. Amaram-se em silêncio. Mas ela está sepultada lá, no cemitério de Montesanto.

Anna levantou-se com esforço, prontamente amparada por Giorgio assim que percebeu sua intenção. Caminhou para uma mesa de canto, pequena, com um telefone sobre ela, e o pegou. Poucos segundos depois, alguém atendeu do outro lado.

— Bom dia, Gustav. Traga-me, por favor, a caixa que está no meu quarto, sob a cama. — Aguardou que o segurança dissesse alguma coisa. — Exatamente. Na sala, sim.

Devolveu o telefone à base e voltou ao lugar em que estava no sofá. Respirou fundo e viajou ao passado.

— Meus pais se conheceram em 1917, na Suíça. Como é de conhecimento público, minha mãe depois foi servi-lo na nunciatura de Munique. Foi em dezembro, e a então cidade mais bela do mundo estava arruinada pela guerra. Milhares de jovens jamais regressariam dos campos de batalha. À espera de minha mãe estava um palácio decrépito de dois andares, com dezessete aposentos.

Pasqualina, aos 23 anos, fora colocada para chefiar um assessor, um cozinheiro, um mordomo, um motorista, duas freiras mais velhas encarregadas da limpeza e um funcionário de serviços gerais. Achou logo, desde o início, que era pessoal demais; aquele tanto de gente mais atrapalhava que trabalhava. Sua postura era muito firme e severa. Queria tudo limpo, brilhando, e mostrava como se fazia. Era tão exigente que, três meses depois de sua chegada, os outros serviçais apresentaram uma exigência ao núncio: *Ou ela vai embora ou vamos nós*. Pacelli tentou conciliar as duas partes, e Pasqualina, em vez de ceder, sugeriu que ela mesma se encarregaria da limpeza e da cozinha. Se não queriam fazer como ela dizia, ela própria faria, e Pacelli aceitou.

Em pleno pós-guerra e com tantos assuntos para tratar entre os povos beligerantes, Pacelli passou alguns meses fora da nunciatura. Quando regressou, não queria acreditar no que encontrara: um palácio digno de seu nome, limpo, pomposo, imaculado.

A saúde de Pacelli era frágil, e era Pasqualina quem tratava dele. Ministrava-lhe os medicamentos, preparava-lhe caldos e por vezes os dava na boca. A freira controlava tudo o que se passava nos bastidores do palácio e cuidava do bem-estar do núncio. Nenhum problema lhe chegava, a não ser que fosse político ou diplomático, ou a interminável burocracia de Roma.

Em fevereiro de 1919, Munique assistia à turba comunista que se alastrava à Europa depois do sucesso na derrocada do regime czarista da Rússia. Um mar de mortos espalhava-se pelas ruas. Os diplomatas há muito haviam regressado a seus países, exceto Pacelli, que, apesar de se recusar a sair, pedira ao pessoal que abandonasse as instalações e procurasse segurança. Pasqualina recusara-se a abandonar o núncio, assim como o motorista, o assessor e o funcionário de serviços gerais.

Pacelli andava, perigosamente, pelas ruas, arriscando-se, tentando ajudar os desesperados e os refugiados, coordenando a ajuda humanitária. Sequer escondia a cruz que trazia ao peito. Os bolcheviques instigaram uma campanha de ódio contra ele, e em abril invadiram a nunciatura. Entraram no edifício disparando para o ar, o rancor estampado nos rostos.

Pacelli desceu do gabinete, que ficava no primeiro andar, e enfrentou a turba bolchevique.

Têm de sair daqui imediatamente, ordenou, sem elevar a voz. *Esta casa não pertence ao governo da Baviera, mas à Santa Sé. O seu estatuto é inviolável pelas leis internacionais.*

Os bolcheviques riram na cara dele.

Leis internacionais? Que leis? Sairemos quando nos mostrar a sala secreta onde guarda o dinheiro e a comida, disse um deles.

Eu não tenho dinheiro nem comida. Sabem muito bem que dei tudo o que tinha aos refugiados que os senhores provocaram.

O líder aproximou-se de Pacelli e apontou a arma bem em cima da cruz que trazia ao peito. O núncio protegeu a cruz com a mão, em um gesto de desafio.

Saiam todos daqui. Deem o fora, já, gritou Pasqualina com um olhar enfurecido.

Um silêncio pesado surgiu entre o grupo durante um longo momento, depois o líder bolchevique lhe deu as costas.

Vamos embora.

— Impressionante — comentou Jacopo, que, assim como Giorgio, ouvia com muita atenção o relato de Anna.

— Foi uma época muito complicada — disse Anna. — Ainda voltaram a incomodá-los antes de o movimento se extinguir. Uma vez tentaram apreender o carro oficial, mas sem sucesso, e em outra tentaram cercá-los na rua. Meu pai saiu do carro e começou a rezar, e a multidão o escutou em silêncio.

— Isso aconteceu mesmo? — perguntou Giorgio.

Anna fez que sim com a cabeça.

— Aquilo os uniu muito — continuou ela. — Ele começou a chamá-la todas as noites ao gabinete para discutir assuntos delicados do Vaticano. Claro que Pacelli não devia fazê-lo, mas tinham uma relação bastante cúmplice. Ele confiava nela tão cegamente que lhe confessava seus medos, dilemas, discordâncias silenciosas. Um dia chamou-a na garagem para que visse a encomenda que havia chegado. Era uma moto com *sidecar*. Ambos adoravam velocidade. Às vezes, pediam ao motorista que acelerasse muito além do que devia, só para se deliciarem. Pacelli lhe pediu que providenciasse um instrutor para ensiná-lo a dirigir. Ela o olhou, ofendida.

Vim de um lugar em que trabalhei com rapazes, e não com moças. Posso, muito bem, ensiná-lo, Excelência.

Pacelli a encarou com uma expressão desconfortável, mas aceitou a sugestão da freira, como sempre, e, nessa mesma noite, saíram para o céu noturno, os capacetes enfiados na cabeça, prontos para desafiar as estradas. Em pouco tempo, Pacelli conduzia a moto de maneira excelente, e ambos chegaram a sair durante o dia para fazer piqueniques à beira de um rio, conversando até o pôr do sol, por vezes até mais tarde. Depois, chegou 1925, e eles se mudaram para Berlim, época em que os passeios acabaram.

Berlim fervilhava de acontecimentos políticos, e os diplomatas eram peça crucial nesse mundo em que a informação era centralizada nas embaixadas. Pacelli começou a dar grandes festas e jantares a todos os ministros e corpos diplomáticos de outros países presentes na capital. Celebridades, artistas, todos marcavam presença nesses banquetes que ele organizava, com Pasqualina coordenando tudo, obviamente. Consideravam-no o diplomata mais bem informado da Alemanha, muito se devendo a esse trabalho de confraternização.

Em finais de 1928 e início de 1929, ele passou muito tempo em contato com Roma. Gasparri, o secretário de Estado de Pio XI, e o irmão tratavam, no maior dos segredos, do acordo com Mussolini. O dilema era evidente. Por um lado, não se pretendia fazer nenhum acordo com o ditador; por outro, o Vaticano estava completamente falido e necessitava desse tratado. Explanava suas dúvidas todas as noites, em seu gabinete, quando a chamava e lhe contava os pormenores. Tinham contratado um banqueiro muito competente chamado Bernardino Nogara para administrar todo o dinheiro de Deus que o tratado proviesse, e aplicá-lo sabiamente para que uma situação de falência não ocorresse de novo. Pasqualina era totalmente contra. Desde quando os homens da Igreja se vendiam por dinheiro? No dia 11 de fevereiro de 1929, data da assinatura do Tratado de Latrão, Pasqualina chorou e proclamou alto e bom som a vergonha que sentia.

Pacelli tivera de ser firme e afirmar sua autoridade para que Pasqualina se remetesse a seu lugar. Todas as exigências da Igreja haviam sido aceitas pelo *Duce*. Mas, como em todos os acordos, a Igreja também havia cedido. Para Pasqualina, era inaceitável o reconhecimento do fascismo que o tratado implicou e a tentação fácil ao dinheiro. Fora um contrato de compra e venda, não um tratado. Pacelli chegou a falar de modo ofensivo com Pasqualina. O que ela entendia de política? O que ela sabia de diplomacia e acordos bilaterais? Nada. Era uma simples freira que tratava do cuidado com a casa.

Pacelli deixou de convidá-la para o seu gabinete todas as noites, e ela se dedicou aos afazeres domésticos, como lhe competia. Limpar o que estava limpo, polir o que estava polido, cozinhar com o mesmo carinho de sempre para o núncio.

Para atenuar as coisas, já que Pacelli sabia muito bem o quanto havia se excedido, mandou vir a moto de Munique e a convidou para passear. Recomeçaram os passeios noturnos, os piqueniques no meio da tarde, os sorrisos, a velocidade, as conversas.

Uma noite, perto do final de 1929, o telefonema chegou. Era de Roma. Gasparri informara que o papa havia ordenado a transferência de Pacelli para junto de si. Iria ser ordenado cardeal e substituí-lo no Secretariado. A viagem de regresso estava marcada para dezembro e terminaria com mais de uma década em terras germânicas. Seria o fim da relação cúmplice entre Pacelli e Pasqualina.

Continuaram os passeios de moto à noite, mesmo quando o frio se instalou de vez. Estavam cientes de que aquele ritual teria fim... para sempre. Numa dessas saídas noturnas, aconteceu. Talvez ela tenha tomado a iniciativa, roubando-lhe um beijo e depois outro, enquanto ele ainda enfrentava a estupefação. Os sentidos acabaram por vencer a razão, e se deixaram levar pelos desejos do corpo.

Experimentaram sensações novas que não julgavam possíveis e, ao ver a expressão dela, a mente de Pacelli ofereceu-lhe a imagem da estátua do Êxtase de Santa Teresa, de Bernini, que vira algumas vezes na Igreja de Santa Maria della Vittoria, em Roma. Aqueles breves instantes em que simplesmente deram um fim aos pensamentos e foram arrebatados pelas sensações configuraram-se únicos, irrepetíveis. Depois disso, não trocaram uma única palavra durante dias. Ambos tomados pela culpa, orando em dobro para tentar banir da mente a terrível falha. Os passeios terminaram. As reuniões noturnas no gabinete também. Pareciam dois estranhos obrigados a conviver no mesmo espaço. Embrenharam-se no trabalho incessantemente, até as pratas ficarem gastas de tanto serem limpas e os papéis, enrugados de tanto serem lidos.

Quando as desculpas acabaram, foi Pasqualina quem quebrou o silêncio e entrou no gabinete dele. Pediu que a levasse para Roma. Ele respondeu com um categórico *nem pensar*. Ela repetiria o pedido mais vezes, por carta e telefone, até que desistiu. Os primeiros sintomas apareceram, e ela se retirou para Rorschach, onde passou os meses restantes de gravidez. O *desaparecimento* dela preocupou-o tanto, que fez seu amigo, o monsenhor Spellman, procurar por ela por toda a Alemanha e a Suíça, sem sucesso. Até que no dia do nascimento ele apareceu em Rorschach. Pasqualina sempre foi uma mulher bem preparada e conhecia Pacelli bem demais. Conseguiu ocultar dele a gravidez e o parto. O então cardeal secretário de Estado jamais soube que fora pai de uma menina chamada Anna. Pasqualina a manteve em Munique até os 2 anos, entregando-a depois a uma família de funcionários do Vaticano, que a criou como se fosse dela.

Gustav chegou nesse momento com uma caixa de couro preto.

— Ah! Obrigada, Gustav — agradeceu Anna. — Pode deixá-la aqui — apontou para a mesa de centro.

Gustav a deixou na mesa e saiu da sala. Anna abriu a caixa, que revelou um conjunto de cadernos todos iguais, de onde retirou um.

— O que é isso? — perguntou Jacopo.

— Os diários de minha mãe.

Giorgio debruçou-se sobre a caixa e foi retirando alguns. Possuíam uma etiqueta que mencionava as datas da primeira e da última entradas.

Os dois homens mantiveram-se em silêncio, absortos, hipnotizados pelo relato de Anna, que passara por tantas coisas em nome dos homens que se diziam a serviço de Deus, e que agora lhes mostrava aquela coleção de documentos preciosos.

— Como sua mãe conseguiu ocultá-la dele? — quis saber Jacopo. Não entendia como havia sido possível.

— Não faria essa pergunta se tivesse conhecido minha mãe. Ela era uma força da natureza. Não estava no Secretariado por ser amiga nem confidente do papa, tampouco governanta dos apartamentos papais. Estava lá porque era uma mulher de muito valor, à altura de qualquer um dos homens com quem trabalhou.

— Tenho muita pena de que não tenha sido possível você conviver com sua mãe — disse Giorgio, continuando a vasculhar os cadernos da caixa.

— Nunca me deixaram passar fome nem frio — disse a filha do papa com um sorriso tímido. *Nem viver minha vida em liberdade*, pensou. — Mas sei que fui como uma ovelha negra, alguém que não devia ter nascido. Era… sou uma presença muito incômoda.

— Você não foi a única a dar a vida desse jeito pela Igreja — explicou Jacopo, como se esse fardo, dividido por vários, custasse menos. — Irmã Bernardette viveu cativa na Congregação das Irmãs da Caridade de Nevers, depois das aparições. Irmã Lúcia também. Viveram sempre controladas, em todos os seus passos, a vida inteira.

— Não é a mesma coisa — refutou Anna, sem nenhuma ponta de arrogância, apenas em uma simples discordância natural. — Nossa Senhora não me apareceu.

Às outras também não, pensou Jacopo.

Anna estava triste. Ainda havia lágrimas caindo-lhe pelo rosto. Sabia muito bem o que o historiador queria dizer. Não era a única a dar a vida pela Igreja. Infelizmente. Se pudesse voltar atrás, faria algumas coisas diferentes. Pelo menos uma.

— Falta um caderno — constatou o secretário pontifício, que continuava a vasculhar a caixa.

— Sempre faltou.

— Nunca considerou a vida religiosa? — perguntou Giorgio.

— Não, meu filho. — *Nem pensar*, disse para si mesma. — A Igreja nunca me atraiu. Sempre preferi os outros apelos da vida. O casamento, o trabalho, a maternidade. Teria seguido esse caminho. — Suspirou de frustração.

Giorgio abaixou o olhar como se se sentisse responsável por tudo o que acontecera a Anna. Lamentava profundamente que ela não pudesse ter desfrutado da vida. Ele optara por servir ao Criador, e a vida se encarregara de conduzi-lo a um cardeal alemão que se tornara papa. Aceitara-o e cumpria com esses requisitos, porém estava ciente de que era sua vontade que prevalecia. Ninguém o impediria se quisesse desistir naquele momento, largar a vida eclesiástica e fazer outra coisa diferente. Anna, entretanto, nunca tivera essa possibilidade. Tudo lhe fora imposto, ignorando suas vontades.

— Sinto muito — desculpou-se de novo o monsenhor, pegando em seguida as mãos dela. — Lamento que tenha tido de sacrificar todos os seus sonhos em nome da Igreja.

— Não lamente, filho. Eu não sacrifiquei todos os meus sonhos. Consegui conquistar o mais importante de todos — confessou Anna, ainda que as palavras fizessem seu coração doer. — Tive uma filha linda.

Os dois homens se entreolharam, boquiabertos, e voltaram a olhar para Anna.

— O quê?

54

— Comecem a se explicar — pediu Cavalcanti em tom autoritário. — Rápido. Então o... filho do... então... mas que droga — hesitou, ainda confuso.

— Eu disse que ia compreender — retrucou Rafael com ironia.

Os três continuavam no salão. Nicole sentada na cadeira que Cavalcanti providenciara, Rafael de pé, e o inspetor ora ereto, ora com as mãos nos joelhos, incrédulo com o que acabara de descobrir. Sentia-se aturdido, como se tivesse levado uma pancada na nuca. Ainda não havia sinal do embaixador.

Nicole fitava Rafael com uma expressão que mesclava ódio, desespero e alguma outra coisa indefinida. Não se importava com mais nada a não ser o filho, Niklas. Nem Klaus era importante; este se tornara um mero conhecido com quem partilhava a cama há muito tempo. Nunca pensara rever aquele padre desprezível e, não bastasse, ainda mensageiro de péssimas notícias. O passado ficara para trás. Tentara esquecê-lo usando o simples artifício de não recordar, como se afastar as lembranças apagasse o que acontecera.

— E agora? Quais são nossas opções? — perguntou, a voz embargada.

— Esperem um pouco — interrompeu Cavalcanti. — Não vão me deixar na ignorância. — Olhou para o padre. — Pode se explicar, por favor?

— Você já entendeu tudo. Niklas é meu filho. Aconteceu — disse, sem desviar o olhar da embaixatriz. — Eu tinha acabado de ser colocado em Munique, Nicole terminava o curso na Ludwig-Maximilians, e aconteceu.

— Aconteceu? — repetiu Cavalcanti com cinismo. — E como é que o senhor padre foi parar na cama da embaixatriz? Ou se tratou de uma concepção imaculada?

Nicole abaixou o olhar e mais lágrimas lhe escorreram pelo rosto. Em seguida, fechou os olhos, como se tal gesto aplacasse a mágoa que lhe enchia o peito.

— Você é adulto o suficiente para saber como se fazem essas coisas. Não vou entrar em detalhes. Nicole foi vítima da minha... inexperiência.

— A palavra que procura é canalhice, penso eu — contrapôs o inspetor. — Você quebrou o voto de celibato antes ou depois de contar a ela que era casado com Nosso Senhor dos Fajutos e Falsos?

Rafael engoliu em seco, mas não desviou o olhar de Nicole. Esta arregalou os olhos naquele momento para testemunhar a resposta.

— Antes — respondeu lacônico.

— Você é tão cafajeste quanto qualquer um de nós, Santini. Deus isto, Deus aquilo, lições de moral para lá e para cá, mas todos acabam sendo a mesma merda.

Rafael não respondeu. Não adiantava argumentar com Cavalcanti. O inspetor estava exasperado e, além disso, tinha certa razão, se não na forma, pelo menos no conteúdo. Pensou em Sarah e em Niklas, e em como estariam.

— Não importa quem tem culpa do quê — disse Nicole, os olhos vermelhos devido ao choro, tentando se recompor da melhor maneira possível. — O que podemos fazer pelo meu filho?

— Isso mesmo — ouviu-se a voz do embaixador. — É preciso tomar providências; o prazo está terminando.

Klaus entrou no salão, seguido por dois agentes fardados da *Bundespolizei* e os dois homens do BND, que voltaram a se encostar na parede, ao lado da lareira. Nicole fitou o marido, que se dirigiu a ela e a abraçou.

— Calma, querida. Tudo se resolverá. Vamos superar isso — falou o embaixador, olhando para Rafael.

Lá fora, despontava uma tênue claridade que, em breve, revelaria os primeiros lampejos solares. O movimento rodoviário já parecia o do sol alto, com carros, caminhões, motocicletas e vans percorrendo a congestionada rua nos dois sentidos. Roma podia parecer caótica, mas não era. Apenas padecia do mal latino, cujo hábito extrapolava a península e se espalhava pelo Sul do continente, de querer levar o carro à porta do destino, sem conceber nenhuma outra solução.

— Falei com o secretário de Estado — revelou o embaixador com ar austero.

— Ele confirmou o que lhe transmiti?

— Confirmou e confidenciou ainda que o senhor padre é uma peça-chave nesse caso e tem colocado entraves à resolução dele — acrescentou o embaixador, fitando-o enfurecido.

Nicole levantou-se e fitou Rafael, o semblante também irado.

— O que quer dizer com isso?

— Que só o senhor padre pode fornecer o resgate e não manifestou ainda vontade em fazê-lo.

Rafael sorriu. Aquela resposta por parte do cardeal secretário de Estado não era de admirar. Não ocuparia aquele lugar se não tivesse a capacidade inata de tornar verdade inteira apenas o que era parcial. Com certeza, Rafael não colaborara, pelo menos quanto ao que era do conhecimento do piemontês, mas sabia muito bem que também não era intenção deles colaborar com os raptores. Sim, o Secretariado queria Anna, mas não para negociar. Acabariam com ela. Os inescrupulosos terroristas que haviam colocado Niklas em cativeiro podiam se rebelar e tornar público seu objetivo, mas a Santa Sé jamais poderia entregar aquilo que não existia. Anna Lehnert na mão deles nunca seria moeda de troca; deixaria de existir, pura e simplesmente. Claro que o cardeal secretário de Estado ocultara essa parte do embaixador.

— O que é que meu marido está insinuando? — perguntou Nicole a Rafael em uma atitude ameaçadora.

— Sim, o que é que o senhor embaixador quer dizer com isso? — foi a vez de Cavalcanti perguntar, completamente confuso com tudo o que ocorria naquele salão.

— Ele quer dizer que não fez as perguntas certas e obteve as informações que acharam por bem lhe fornecer, inteiramente fora de contexto — respondeu Rafael de modo enigmático. — É verdade que eu tenho acesso ao resgate. Trata-se de uma pessoa, caso estejam interessados em saber, pois acredito que o secretário de Estado não tenha providenciado esse detalhe ao *senhor embaixador* — continuou, enfatizando o título de Klaus. — É verdade que tenho acesso exclusivo à moeda de troca, mais ninguém tem, e é assim que a situação vai permanecer.

— Até quando, Rafael? — perguntou Nicole, desesperada, o olhar marejado clamando por piedade. — Até quando vai brincar com a vida do meu filho?

O padre fez um meneio negativo com a cabeça, como se os presentes não soubessem o que diziam. E, de fato, não sabiam.

— O que Sua Eminência, porventura, deve ter esquecido de mencionar é que nem ele nem o Secretariado que chefia pretendem negociar. Eles querem saber a localização da moeda de troca para a eliminarem.

— Defina *eliminarem* — pediu o embaixador, intrigado.

— Matá-la, assassiná-la, aniquilá-la, tirá-la do mapa... escolha qualquer uma dessas opções.

— E o que ganham com isso?

Rafael respirou fundo. Para prosseguir aquela conversa teria de enveredar por caminhos que não podia seguir estando na presença de Cavalcanti, que da missa toda conhecia apenas a metade.

— Eliminando a moeda de troca, deixa de existir o que trocar — explicou o padre, evasivo. — Deixa de haver o que negociar.

— Isso eu compreendi, mas por que razão fariam isso? — quis saber o embaixador, nitidamente descrente daquela versão que o padre lhe apresentava.

Rafael optou por ser mais contundente, medindo, contudo, o que podia dizer... para o bem de todos.

— Se alguém desconhecido se dá ao trabalho de raptar um padre, não importa qual, e, em troca da liberdade, não exige dinheiro, mas sim outra pessoa, é porque ela é importante, certo?

— E quem é essa pessoa? — perguntou Nicole, cada vez mais nervosa e com o coração apertado.

— Chama-se Anna — indicou o inspetor romano.

— E o que torna essa Anna tão especial, a ponto de raptarem meu filho para tê-la em seu poder? — perguntou o embaixador.

— Não precisam saber por que razão, mas ela é importante, posso garantir. — Mais direto que aquilo não podia ser, ainda que continuasse pouco explícito.

O embaixador consultou o relógio e suspirou. O tempo urgia, e o tique-taque sentenciava a vida de Niklas, seu filho.

— Falta pouco mais de uma hora para o fim do prazo que os raptores estabeleceram. É tempo de agir, e não de conversar.

— Concordo — assentiu Rafael.

Klaus fez um aceno de cabeça para os dois elementos da *Bundespolizei*, que se aproximaram de Rafael, um pela frente, outro por trás.

— Por favor, não resista, padre Rafael — pediu o embaixador, ainda que parecesse uma ordem.

Rafael não resistiu. Em poucos segundos, estava imobilizado, as mãos atrás das costas.

— O que os senhores pensam que estão fazendo? — inquiriu Cavalcanti, que não podia permitir aquela situação.

— Estamos em território alemão, inspetor — explicou o embaixador. — Suas leis não se aplicam aqui. — Virou-se para Rafael. — Está para chegar, a qualquer momento, um representante da Santa Sé e, depois, o senhor padre vai conosco buscar o resgate... por bem ou por mal.

O som do toque de um celular começou a soar, abafado por algum bolso em que estava enfiado. Parecia destoar da solenidade do salão — como se um Sohn, um Füger, dois Nauen e dois Quaglio não tivessem de testemunhar tal violação sonora — e também da tensão que tomava o ambiente.

Depressa perceberam que o som estridente provinha do bolso do casaco do padre, que era o único que não tinha as mãos livres para atender. Foi o embaixador quem, sem cerimônia, tirou o aparelho do bolso de Rafael e atendeu, como se a chamada fosse para ele.

— Quem fala? — perguntou em italiano, e fez uma pausa para escutar. — O padre Rafael não pode atender neste momento. Meu nome é Klaus. Posso perguntar o que deseja dele? — Nova pausa, esta mais longa. — *Ja. Ja. In Ordnung* — disse em alemão, exasperado. — Só um momento. — Tirou o aparelho do ouvido e pressionou algumas teclas à procura do viva-voz. Quando o encontrou, aproximou-o do padre. — O padre Rafael pode ouvi-lo neste momento. Pode falar. — Abaixou a voz. — É um tal Pedro.

— Padre. Padre?! — A voz evidenciava ansiedade e desespero.

— Sim, Pedro. Estou ouvindo. O que aconteceu?

— Eles... eles a levaram.

Rafael fechou os olhos. Não era aquilo que queria ouvir.

— Eles quem, Pedro?

— Não... não sei. Ouvi a porta fechar e me levantei... e a Mandi tinha desaparecido.

— E os seguranças? — perguntou, embora já soubesse a resposta.

Pedro não respondeu logo, como se tivesse medo das palavras que teria de proferir.

— E os seguranças, Pedro?

— Mor... mortos.

— Quantos são?

— Ahn? — Não entendera a pergunta.

— Quantos seguranças estão mortos?

— Todos. São dois. E agora, padre?

— Escute o que vou lhe dizer, Pedro. Acalme-se. A polícia italiana estará aí daqui a pouco. Não chame ninguém da Gendarmaria do Vaticano, entendeu?

Silêncio do outro lado da linha.

— Ouviu o que acabei de dizer, Pedro?

A voz de Pedro mostrava que ele continuava alarmado e em pânico.

— Sim. Não chamar a Gendarmaria do Vaticano e esperar pela polícia.

— Isso. Estou com o inspetor de polícia, e ele já vai enviar alguém para a Via della Traspontina.

Ao ouvir as palavras de Rafael, Cavalcanti pegou imediatamente o celular. Mais duas mortes e, desta vez, o Vaticano não podia interferir. Não havia extraterritorialidade no endereço que Rafael mencionara, apesar de ficar bem perto da Porta de Sant'Anna.

— Deixaram um bilhete para você — informou Pedro, a voz embargada pelo excesso de preocupação.

Rafael olhou ao redor, inseguro. Tinha de arriscar.

— Pode ler para mim?

— Já temos a filha, só falta a mãe, padre Rafael. Praça de São Pedro, junto ao Obelisco do Vaticano. Oito horas — leu Pedro, entrecortando palavras com acessos de nervosismo e tremores de voz. — O que quer dizer isto?

— Acalme-se — pediu o padre. — Espere pela polícia. Eles saberão o que fazer.

— E quanto a Mandi? — quis saber, desesperado.

— Não se preocupe, Pedro. Eu trato do assunto — respondeu, como se não estivesse algemado nem detido no salão da Embaixada da Alemanha em Roma.

55

Niklas sentou-se na cama que estava encostada em uma das paredes da cela. Só tinha a armação e o colchão; não havia lençóis, pois os profissionais mais experimentados da área sabiam que não se podia dar aos cativos nenhuma hipótese de evasão, sequer para o além. O espaço era pequeno para os três prisioneiros, proporcionando, pelo menos ao jovem padre, uma desconfortável sensação claustrofóbica. As gotículas que se colavam à testa e aos ombros denunciavam o suor frio que sentia, misturado a calafrios motivados por nervosismo, ansiedade e medo.

Mandi? Era esse um dos nomes que a jornalista mencionara. Anna e Mandi. E também dissera que conhecia o pai que ele procurava há anos e nunca conseguira encontrar.

Mandi continuava sentada no chão, abatida, com medo de tudo e de todos. Sarah a confortava da melhor forma possível.

— Venha se sentar na cama — sugeriu a jornalista com uma voz terna e, ao mesmo tempo, decidida. Não estava ali para lhe fazer mal, e era bom que ela soubesse. — É mais confortável que o chão frio, apesar de tudo.

Mandi observou a cama e a pequena cela durante alguns instantes. A luz fraca da lâmpada imunda que pendia do teto provia iluminação suficiente para que nada ficasse imerso em penumbra. Quem seriam aqueles dois? Vítimas da mesma maldade que lhe tinham feito? Por que razão partilhavam o cativeiro com ela? Se bem que, tendo em vista sua realidade, aquela fosse apenas mais uma forma de prisão, ligeiramente diferente da que estava habituada há vinte e nove anos só por ter escutado um telefonema... Decidiu aceitar a sugestão de Sarah e se sentar na cama ao lado do rapaz nervoso e de olhar desconfiado que compartilhava a cela com elas.

— Seu nome é mesmo Mandi? — perguntou o rapaz, como se a pergunta queimasse e tivesse de se livrar dela com rapidez.

A recém-chegada fez que sim com a cabeça.

Sarah observou-a com discrição para não levantar suspeitas infundadas. Aparentava ser mais velha do que ela, talvez na casa dos quarenta anos, rugas de sofrimento marcando-lhe o rosto. Arrepiou-se com o olhar amargurado da mulher. Parecia o de quem há muito perdera a vontade de viver e apenas se limitava a aguardar sua hora, que podia ser naquela noite ou em outra qualquer.

— Sabe por que está aqui? — perguntou o padre.

Mandi voltou a responder com um aceno de cabeça, desta vez em negativa.

— Vocês sabem?

Niklas respondeu da mesma maneira que ela, com um meneio ausente, de um lado para o outro, um não.

— Acho que é por sua causa — contrapôs Sarah. Não era hora para rodeios nem hipocrisias.

Mandi a encarou, o espanto estampado no rosto.

— Por minha causa? — Não podia crer. O que aquela mulher queria dizer com aquilo?

— Sim. Por sua causa. Já ouviu falar em Pio XII, em Pasqualina, em Anna P.?

Niklas estranhou que Sarah repetisse mais uma vez aqueles nomes. Anna, Mandi, e agora Pasqualina e Pio XII. O que o Santo Padre teria a ver com esta história e por que a jornalista insistia tanto?

— Não sabemos o que vão fazer com a gente, mas o mais provável é que nos matem. Não quero morrer sem saber por quê — disse Sarah.

— Quem lhe contou sobre Anna? — perguntou Mandi em um fio de voz. Aquela mulher tinha razão. Quanto mais soubessem, melhor. Também queria compreender o que estava acontecendo, e calados não iriam a lugar algum.

— Um padre do Colégio dos Relatores da Congregação para a Causa dos Santos — confidenciou Sarah.

— Continuam com a ideia de canonizar Pio XII, não é? — perguntou Mandi. — É tudo por causa disso. Por que não desistem dessa ideia de uma vez por todas?

— Por quê? — quis saber Niklas.

Mandi não respondeu de imediato. Manteve-se com o semblante pensativo, como se ponderasse os prós e os contras de dizer o que o coração queria gritar ao mundo, desabafar todos os segredos que fora obrigada a guardar durante quase trinta anos, prescindindo de sonhos, amores, vida.

— Anna é minha mãe biológica — explicou Mandi. — Eugênio e Josefina, que vocês conhecem como Pio XII e Pasqualina, eram meus… avós maternos.

Sarah e Niklas olharam, boquiabertos e incrédulos, para Mandi. A mente balbuciava perguntas que não conseguiram verbalizar, tal o espanto que a revelação lhes provocara. Era algo que nunca havia passado pela cabeça de ambos. Um papa e uma freira, que tinham vivido na primeira metade do século XX, haviam tido um filho? Sarah só conseguia se lembrar de Alexandre VI, o papa Bórgia, pai de três rapazes e uma moça, com a diferença que os tivera antes do papado, ainda que isso não o desculpasse. Niklas conseguia pensar em Júlio II, Paulo III, entre outros que não importava nomear, mas... Pio XII? Nunca imaginara tal cenário. Entendia que, se essa história caísse em mãos erradas, seria um escândalo. A já muito maculada imagem de Pio XII nunca se recuperaria desse dano, mas continuava sem conseguir entender o que é que ele tinha a ver com aquilo.

Foi a vez de Sarah se sentar, ao lado de Mandi, exasperada, as maçãs do rosto coradas pela onda de calor que sentira de repente.

— Por que razão usou a expressão *mãe biológica*?

Mandi deu de ombros.

— É uma história muito complicada.

— Posso presumir que não foi Anna quem a criou?

— É a sina das mulheres da minha família — confidenciou Mandi, resignada. — Nunca puderam criar as filhas. Foram sempre obrigadas a vê-las a distância, sem poder tocá-las, abraçá-las ou beijá-las. — Os olhos ficaram marejados. — Sem uma carícia ou um sorriso. Foi por isso que não tive filhos.

Revelava uma amargura emanada daquelas palavras, uma revolta interior, frustração velada. Era uma espécie de resignação forçada. Mandi não era uma mulher, era um escombro, um resto de uma existência que nunca chegara a acontecer.

— As mulheres da minha família sempre viveram vidas de servidão e penitência. Cumpriram penas perpétuas sem acusação nem julgamento, condenadas pelo simples fato de existirem. Doeria menos se houvessem nos matado ao nascer, é minha opinião — proferiu Mandi, a expressão ausente, como se contasse uma história que não era a dela, como se buscasse memórias que não lhe pertenciam. — Como se essa punição não bastasse, Deus as abençoou com longevidade. Minha avó viveu 89 anos. Minha mãe vai fazer 82. Eu nunca fiquei doente. Até os 15 anos, tive pai e mãe perfeitamente normais, até que... minha vida acabou — disse com muita melancolia.

— O que quer dizer com isso? — perguntou Sarah.

— Que descobriu a verdade — explicou Niklas com um olhar condescendente.

Niklas entendia muito bem o que Mandi passara; talvez por isso houvesse lhe dado a mão em um gesto fraternal... Viver uma realidade que não passava de encenação para depois descobrir que a família, que pensava ser um valor assegurado, não era aquilo em que sempre acreditara. O pai não era o verdadeiro pai. Para Mandi fora ainda pior. Nem o pai nem a mãe que conhecera lhe pertenciam. Eram apenas boas pessoas desempenhando um papel que lhes fora solicitado.

— E quem eram eles? — perguntou Sarah.

Mandi respirou fundo.

— Por incrível que possa parecer, minha avó foi engenhosa e conseguiu esconder do meu avô a filha que tiveram, mesmo debaixo do nariz dele. Apesar de todo o amor que sentia, sabia que ninguém no seio da Igreja aceitaria. Por isso, entregou-a a um casal de funcionários do Vaticano. Assim, ia tê-la sempre por perto. Foi criada com os filhos deles como se fosse mais uma. Meu avô chegou a vê-la e a falar com ela. — Sorriu ao imaginar a cena. — Ambos desconheciam, é claro, quem realmente eram. Quando minha mãe engravidou, quis manter o segredo, mas o irmão adotivo dela, Ercole, soube e não ficou calado. — Mandi permaneceu em silêncio durante alguns momentos. — O então cardeal secretário de Estado decidiu afastar minha mãe de Roma e me manteve sob a tutela de Ercole, que foi meu pai até os 15 anos. Não desejo a ninguém o que meus tios adotivos passaram também.

— O que é que aconteceu aos 15 anos? — quis saber Sarah.

Mandi não respondeu logo. Primeiro reviu a cena na própria cabeça, algo que há vinte e nove anos mudara sua vida para sempre: a chegada inoportuna à casa da escola de música; a perspectiva de um trabalho de meio período vendendo produtos de beleza de marca conceituada; o silêncio dos aposentos solitários, depois gritos abafados. Buscou cada imagem lentamente, passo a passo, cada vez mais palpáveis. Provinham do corredor e eram do pai, que berrava ao telefone. *Faremos como ordenou o cardeal secretário de Estado.* Viu o pai levantar uma mão e socá-la na parede, encolerizado. *Nunca mais volte a dizer isso em voz alta. Mandi jamais poderá saber quem são os pais dela, ouviu? Jamais.*

O coração se oprimiu em seu peito ao ouvir o pai pronunciar aquelas palavras. O restante ruiu quando se viu dando um passo à frente para revelar sua presença. O pai fitou-a, incrédulo, sem conseguir esconder a inquietação que sentia.

— A curiosidade me invadiu e acabei exigindo respostas para as quais não estava preparada — confessou Mandi.

Aquela que conhecia como tia Anna, uma mulher azeda que raramente aparecia, a não ser em algumas visitas fugazes nas ceias de Natal e com quem mal falara, não era tia nenhuma. Era... sua mãe. Que tumulto aquela revelação causara em sua mente.

— Minha vida nunca mais foi a mesma.

Niklas não podia acreditar naquilo que ouvira. Aqueles nomes que Sarah mencionara tinham agora uma forma; aquele depoimento tornava reais as pessoas que antes não passavam de meros nomes. Sarah colocou o braço ao redor dos ombros de Mandi num abraço fraterno e sentido. Deixou cair uma lágrima dos olhos marejados, que denunciavam que o que ouvira não lhe era indiferente; ao contrário, tocara sua essência. Estava na presença de uma das três mulheres que haviam se sacrificado em nome de... Deus? Jesus? Homens? Nem ela compreendia a quem servia aquela oblação de mais de oitenta anos, que tantas vítimas fizera pelo caminho. Para quê?, perguntava-se. De certa maneira, e reservadas as devidas comparações, em nada equiparáveis às de Mandi, da mãe e da avó, Sarah também era uma vítima dessa Igreja egoísta e oportunista, disposta a tudo em nome da sobrevivência. Há seis anos que não fazia mais nada além de se esquivar de balas.

Desde Jesus e a ligação Dele à Igreja Católica, com fraca comprovação histórica e que muitos tentavam desmascarar, passando pela morte do papa João Paulo I até o papa João Paulo II, eram muitas as histórias mal contadas. Agora era a vez de sofrer na pele por algo que Pio XII, de quem sabia muito pouco, fizera há muito tempo. Desejava sinceramente não voltar a se ver imersa em um turbilhão como aquele em que se encontrava. Infelizmente, as cordas com que a Igreja amarrava seus problemas sempre arrebentavam do lado mais fraco. Queria culpar alguém. Pensou em Rafael, mas, por ele, ela já estaria a caminho de Londres, talvez até na cama em Chelsea. Quando teria um momento de paz?

Todos estavam entregues aos próprios pensamentos e dores quando um estalido na porta chamou a atenção do pequeno grupo. O medo tomou conta deles, e a cada estalido da fechadura a ansiedade aumentava, provocando-lhes calafrios e suores frios. De repente, o ruído cessou e nada aconteceu. Ficaram em clima de suspense, sem poder retomar o torvelinho ruidoso de pensamentos em que haviam se afundado antes do primeiro estalido. Passaram-se alguns instantes. Uma eternidade. A aflição os mantinha alertas, preparados para o pior... Então, a porta se abriu.

56

— Ele não está no Vaticano — avisou Girolamo, irritado. — Solicitou um carro à garagem há cerca de uma hora e meia, logo depois de ter se reunido comigo.

— Quem foi o motorista designado? — perguntou o cardeal secretário de Estado, a expressão esperançosa.

— O monsenhor dispensou motorista. Saiu pela Porta de Sant'Anna às cinco e meia.

— Droga! — o piemontês bateu com o punho na própria coxa. — Onde terá ido?

— Dei o número da chapa do veículo aos colegas da Polizia Stradale. Se alguém o encontrar, saberemos.

O carro seguia o trânsito matinal de modo ordenado. Os vidros fumê não deixavam entrever os quatro passageiros que o ocupavam, além do motorista, que vestia um uniforme cinza-escuro e seguia em direção ao endereço indicado. Prever coisas era um atributo da Santa Sé há séculos. Se a ocasião fosse outra, o cardeal secretário de Estado teria solicitado às autoridades italianas um grupo de escolta para abrir caminho pelas congestionadas ruas romanas, mas o tempo era escasso e o anonimato, necessário, daí a escolta se resumir a apenas um veículo que seguia atrás com quatro guardas suíços, atentos a qualquer movimento. Poderia se pensar, até, que tal proteção era desnecessária, mas o secretário de Estado não podia nunca sair sem ela, por razões de segurança e assédio jornalístico. Curiosamente, o Vaticano era vítima permanente de um grupo de fotógrafos, estrategicamente colocados em todas as portas de acesso ao Estado, que fotografavam quem entrava e saía. Quando o alvo da câmera era relevante, seguiam-no em motos para conhecer seu destino. O nome desses fotógrafos habilidosos que pairavam sobre as presas, segundo a Santa Sé, era Vaticano *papparazzi*. Mas, talvez por terem deixado o pequeno Estado muito cedo, ninguém testemunhara a saída do Mercedes e do Volvo que seguia logo atrás.

Tarcisio consultou o relógio de ouro que trazia no pulso. O tempo urgia. O prazo estava terminando. Pouco mais de uma hora, e tanta coisa saíra do controle.

— Por que Rafael fez isto? — perguntou Tarcisio, atormentado. — Não havia necessidade.

— Provavelmente criou laços de afeto com a mulher — sugeriu Federico, que também seguia no banco de trás. — Tem de haver uma explicação.

O cardeal secretário inclinou-se para a frente, na direção de Guillermo, que ocupava o banco do passageiro ao lado do motorista.

— Isso é possível, Tomasini?

— Possível é, Eminência. Provável? Não. Meus homens cumprem ordens. Se Rafael não o fez, alguma razão o levou a isso.

— Seus homens cumprem ordens — repetiu Girolamo com sarcasmo. — Se não fosse por esse *cumprimento* dos seus homens, não estaríamos aqui. Falharam duas ordens diretas: trazer a moeda de troca e cuidar do jornalista.

Guillermo virou-se para trás, buscando o olhar do secretário.

— Não sei o que aconteceu. Mas ele tem muitas razões para não confiar em nós. Além disso, acho que não conhecemos a história toda. Há muita coisa que nos escapou.

— O que quer dizer com isso? — perguntou Federico.

— É uma questão de análise. Nos últimos dois dias sofremos ataques incisivos, possivelmente planejados até o mínimo detalhe. Eliminaram três relatores que, por coincidência, se desejarmos acreditar nisso, estavam trabalhando no mesmo assunto.

— Alguém sabe alguma coisa do Gumpel? — interrompeu o secretário, que, de súbito, lembrara-se do chefe dos relatores.

— Não atendeu nenhuma das nossas chamadas — informou Girolamo.

— E não está em nenhum dos endereços que conhecemos. Só se estiver em algum não registrado.

Tarcisio e Federico respiraram fundo. Mais danos pela frente. Faltava pouco tempo para o final do prazo, e ninguém era capaz ainda de saber o que aconteceria quando este chegasse. Se Rafael tivesse colaborado um pouco, não teriam com que se preocupar. Lidariam apenas com o trágico desaparecimento de um jovem padre alemão, filho de um diplomata. Talvez até conseguissem incriminar o embaixador. Mas para isso era premente que a moeda de troca deixasse de ser uma ameaça... desaparecendo de uma vez por todas.

— Acham que Gumpel também...? — Tarcisio deixou a pergunta em suspenso, à espera de que alguém a respondesse.

— Acho que, se alguma coisa aconteceu com o padre Gumpel, vamos saber muito em breve. Eles têm sido bem rápidos em informar suas ações — referiu o intendente da Gendarmaria.

— E depois, do nada, temos o rapto do padre Niklas — continuou Guillermo, como se não tivesse sido interrompido. — Filho do embaixador alemão; mas que ligação ele tem com os demais? — Parecia falar mais com ele mesmo do que com o restante dos passageiros do carro, como se analisasse os acontecimentos em voz alta.

— Era acólito do padre Luka — explicou Girolamo. — Provavelmente tinha acesso a informação privilegiada.

— Deve ser isso — concordou Federico.

Guillermo fez que não com a cabeça, o semblante reflexivo, e voltou a olhar para a frente.

— Então por que motivo não o mataram também? É isso que não entendo.

A viatura virou para a Via Maria Adelaide e depois seguiu pela Viale del Muro Torto, até chegar ao Corso D'Italia. O trânsito aumentava a cada minuto que passava, já que Roma era uma cidade que acordava cedo.

— Qual é a dúvida, Tomasini? É muito simples. Raptaram o rapaz para ter vantagem sobre nós. Mas em breve vão descobrir que não negociamos com terroristas — argumentou Girolamo.

O agente secreto não respondeu de imediato. Ordenava as informações mentalmente, como se montasse um quebra-cabeça cujo total de peças ainda faltava.

— Todos os raptos são iguais. Há um alvo que se torna cativo para ser trocado por alguma outra coisa.

— Não precisa me explicar as regras de um...

— Há sempre um prazo — prosseguiu Guillermo, ignorando a intromissão inadequada do intendente. — E, até que esse prazo expire, os raptores se mantêm quietos, à espera. Não é o que tem acontecido por aqui.

— Explique-se, Tomasini — pediu Tarcisio, visivelmente intrigado com a observação de Guillermo.

Este tornou a se virar para trás.

— Este caso foi sempre unilateral. Eles entraram em contato conosco, mas não temos forma de lhes responder. O pedido de resgate chegou ao Secretariado há dois dias, através de um *post-it* que encontramos afixado em um confessionário da Basílica de Sant'Andrea. Mataram duas pessoas. Não era necessário fazer mais nada. Isso já era mais que suficiente para percebermos que falavam sério. Independentemente de nossa reação, eles continuaram. Bertram, Duválio... como se uma coisa não dependesse da outra. Um, o rapto para entregarmos a moeda de troca. Dois, uma eliminação planejada dos relatores.

Os três homens no banco de trás escutaram as palavras de Guillermo com atenção. Para Federico e o cardeal secretário de Estado, a tese do agente secreto fazia sentido.

— Precisamos encontrar Gumpel — disse Tarcisio para Girolamo, a voz firme. Virou-se para Federico. — Temos de analisar o trabalho dos relatores. O que quer que eles tenham feito, chateou alguém.

— A ponto de matá-los — acrescentou o porta-voz.

— Eles nunca demonstraram nenhuma preocupação em relação ao resgate — declarou Guillermo.

— Como assim?

— Limitaram-se a deixar bilhetes nos locais dos crimes. Primeiro, na basílica. Depois, Arturo me ligou antes de ter ido se juntar a Davide e me informou que também havia um na Via Tuscolana. Rafael tinha um no Palácio das Congregações... Em nenhum momento se preocuparam em saber se a mensagem havia chegado ao nosso conhecimento.

— E o que é que você conclui disso? — perguntou Girolamo em tom de voz desafiador.

— Posso estar enganado, mas acho que as mensagens nunca foram para nós.

— Está maluco? Deixaram uma pilha de mortos espalhados pela cidade — contestou o intendente. — É um ataque à Igreja.

O Secretário refletia sobre as opiniões contraditórias de seus homens, tentando decidir quem estaria correto. O carro alcançou a Via del Castro Pretorio e a seguir virou à direita, parando alguns metros mais à frente. Haviam chegado ao destino. As portas se abriram, mas ninguém saiu.

— Girolamo tem razão. Estamos sob ataque.

Guillermo saiu do carro e olhou para o relógio. Eram sete horas.

— Daqui a uma hora, veremos — murmurou.

O intendente pegou o celular, apertou algumas teclas e se afastou do grupo, enquanto levava o aparelho ao ouvido. Poucos segundos depois, a chamada foi completada.

— Preciso que encontrem o secretário do papa — murmurou em voz baixa. — Sim, Giorgio. — Uma pausa para o interlocutor responder à ordem. — Quando o apanharem, tragam-no até mim.

57

— Já chegaram, senhor embaixador — comunicou, em alemão, um dos homens do BND encostados à parede ao lado da lareira e do Füger, numa voz maquinal.

— Encaminhem-nos aqui para o salão imediatamente — ordenou Klaus, aproximando-se de Rafael.

O agente secreto levou a mão à boca e disse qualquer coisa em voz baixa, inaudível, para o microfone que tinha sob a manga do casaco.

— Agora, quanto a nós, senhor padre — disse o embaixador —, não vou perder tempo discutindo o telefonema que recebeu. Só me importa o meu filho Niklas. Vou explicar, sem rodeios, o que vai acontecer. Vamos escoltá-lo, pessoalmente, ao endereço onde essa pessoa que os raptores exigiram está, e a levaremos à Praça de São Pedro, sem nenhuma manobra surpreendente ou conspiração. Vamos cumprir à risca o pedido de resgate.

Klaus esperava uma resposta, mas Rafael não deu. Era uma maneira de retribuir as algemas que, tão gentilmente, prendiam-lhe as mãos atrás das costas, como se fosse um criminoso recluso à espera de julgamento pelos seus crimes. *Não te vingarás*, diria Deus como mandamento, mas Rafael não pertencia à classe divina. Espalhava a Sua palavra, era certo, mas não preconizava a perfeição; muito pelo contrário.

— Entendeu o que eu disse? — perguntou o embaixador com sua voz retumbante, que disfarçava o receio da resposta.

— Perfeitamente.

— Vai fazer isso, Rafael? — perguntou Nicole, os olhos inchados de tanto chorar. — Vai fazer isso por Niklas?

Rafael esboçou um breve sorriso cordial.

— Não — respondeu o padre, sem desfazer o sorriso dos lábios.

A voz de Rafael confundiu-se com a de Girolamo — que acabava de entrar no salão ao lado do cardeal secretário de Estado, do porta-voz do Vaticano e de Guillermo —, tendo ele dito exatamente a mesma coisa.

O embaixador encaminhou-se para receber o número dois da Igreja Católica Apostólica Romana — número um, segundo mentes mais ousadas, e se inclinou para beijar o anel na mão que Tarcisio estendeu.

— Eminência. Não o esperava — confidenciou Klaus, completamente aturdido pela presença do cardeal. Não imaginara que o representante fosse tão alta figura.

— Não podemos abandonar nossos filhos nos momentos de conflito. Não seria cristão, muito menos católico.

Nicole levantou-se da cadeira e se prostrou aos pés do piemontês em atitude de total abnegação.

— Salve meu filho, por favor, Eminência. Salve meu filho — repetiu a embaixatriz, desesperada.

O cardeal abaixou-se o máximo que os ossos permitiram e lhe acariciou os cabelos loiros.

— É para isso que estamos aqui, minha filha — proferiu numa voz baixa e apaziguadora, muito segura do que dizia.

Nicole levantou-se e começou a lhe beijar incessantemente a mão em que estava o anel, até que ele a afastou, o mais gentilmente possível.

O cardeal consultou o relógio e olhou para os presentes ao redor naquele salão luxuoso, porém aconchegante.

— Temos menos de uma hora para o fim do prazo. Há vidas humanas em jogo. — Virou-se para Girolamo. — Este é o intendente da Gendarmaria Vaticana, Girolamo Comte. A partir daqui, é ele quem lidera as operações.

— Muito bem, Eminência. Meus senhores, temos um prazo apertado para cumprir. — Aproximou-se ameaçadoramente de Rafael e o olhou fixamente. — Mas vamos cumpri-lo.

— Alto lá — interrompeu Cavalcanti, que não conseguiu conter mais o silêncio, em particular diante dos recém-chegados. — Estamos em território alemão. Se o embaixador abrir mão dessa soberania, terá de fazê-lo a mim. Rafael foi detido por mim.

Girolamo ficou imóvel, o olhar oscilando entre o inspetor italiano e o embaixador.

— Não vão se prender agora a burocracias nem jurisdições, não é? Trata-se do meu filho — disse Nicole irritada.

— Calma, querida — pediu Klaus, abraçando-a. — Eu não entreguei a soberania alemã a ninguém. Nem poderia fazê-lo, pois ela é intransmissível. Apenas pedi a colaboração das autoridades da Santa Sé. E assim será.

Cavalcanti sentiu-se encurralado. O plano fora bem arquitetado. Mais uma vez, fora colocado em xeque pelos papa-hóstias, como os chamava. Vários palavrões se seguiram na torrente de adjetivos e predicados mentais que passaram pela cabeça do inspetor indignado, mas não proferiu nenhum em voz alta.

Para Girolamo, aquelas palavras eram mais que suficientes.

— Compreendido, senhor embaixador. — Virou-se para Cavalcanti com um ar desafiador. — Além disso, a detenção do padre Rafael resultou de uma ilegalidade, portanto… — Para um bom entendedor, não havia necessidade de mais instruções.

— E o que vocês farão agora? — perguntou Nicole com o coração nas mãos.

— Cuidaremos de tudo. O padre Rafael vai nos levar ao endereço da moeda de troca e depois seguiremos para o local indicado pelos raptores. A partir desse ponto, aguardaremos novas instruções. Faremos tudo com muita calma para não colocar a vida do seu filho em risco. Pode ficar tranquila. Tem minha palavra.

— Quero que meus agentes os acompanhem.

— Não há necessidade — retrucou Girolamo.

— Insisto — declarou o embaixador, irredutível. — Quero alguém da Embaixada sempre com vocês. Em uma parceria, é assim que deve funcionar.

Girolamo fitou o cardeal secretário de Estado, que fez um meneio quase imperceptível com a cabeça em aceitação.

— Perfeitamente, senhor embaixador — concordou Girolamo. — Federico é o porta-voz do Vaticano. As comunicações, se houver, vão passar todas por ele, e só por ele.

O embaixador concordou. Para ele, também era importante que nada daquilo vazasse para a opinião pública, ou, no caso de ser inevitável, que fosse por alguém perfeitamente habituado e que o fizesse sem causar grandes danos.

— Estamos prontos, meus senhores? — perguntou Girolamo.

— Também vou com vocês — informou Cavalcanti. — Chamemos essa operação de uma parceria entre as polícias alemã, italiana e da Santa Sé.

— Nem pensar, Cavalcanti — recusou o intendente.

— Vocês é que sabem — disse o inspetor com ar inocente. — Assim que puserem o pé na rua, vão ser alvos de interesse disponíveis para mim, e, acreditem, posso fazer com vocês o que eu quiser.

— Posso ligar para o Amadeo — ameaçou Girolamo, impaciente. Aquele inspetor o irritava demais. — Tenho certeza de que ele acaba com essa sua graça.

— Até que ele chegue ou eu atenda o telefone, vai levar bem mais de uma hora — respondeu Cavalcanti em desafio.

Girolamo respirou fundo. Eram tantos obstáculos para se atingir algo tão fácil.

— Não há tempo a perder, Comte. Leve o inspetor junto — interpôs o cardeal secretário de Estado. — Eu ficarei com o embaixador e a embaixatriz, à espera. — Aproximou-se de Rafael, a postura conciliadora. — Juízo, Rafael. Não lhe pedimos que colabore conosco; apenas que faça o que está correto aos olhos de Deus.

O ruído de um celular chamou a atenção dos presentes, até Cavalcanti se afastar do grupo, levar a mão ao bolso e depois atendê-lo.

— Para onde vamos, Rafael? — perguntou Girolamo, disfarçando o melhor possível a ansiedade que sentia.

— Tirem-me as algemas — pediu o padre com voz séria.

Durante alguns instantes, avaliaram o pedido, em silêncio, apenas com trocas de olhar comprometedoras. O cardeal para o embaixador, o embaixador para o intendente, o intendente para o cardeal...

— Tirem as algemas dele, por favor — disse Girolamo, como se tivesse obtido alguma autorização telepática.

Os agentes da *Bundespolizei* buscaram a anuência do embaixador, que foi concedida com um simples meneio. Segundos depois, Rafael esfregava os pulsos libertos.

— Meu celular — solicitou, a voz autoritária.

O embaixador hesitou, mas acabou lhe entregando o aparelho. Era o padre quem distribuía as cartas e, pior de tudo, ele tinha noção disso.

Rafael se apressou em apertar os botões que fariam a chamada chegar ao destino. Faltavam quarenta e cinco minutos para o final do prazo. Estavam em cima da hora. Não tardou para que a ligação se completasse, e o destinatário atendesse do outro lado.

— Bom-dia. Só um momento. — Voltou a apertar duas teclas e levou o celular de novo ao ouvido. Aguardou alguns instantes sem dizer nada. — Bom-dia. Atenção. A moeda de troca tem de estar na Praça de São Pedro, junto ao Obelisco do Vaticano, às oito da manhã. Entendido? — Rafael escutou a resposta do outro lado e, satisfeito, desligou. — Vamos para São Pedro — informou o padre por fim.

— Pode seguir — disse Girolamo, estendendo a mão em um convite para que Rafael fosse na frente.

Nicole se interpôs no caminho do padre e levou uma de suas mãos ao rosto dele.

— Traga-me Niklas, Rafael — implorou, já sem chorar, em uma voz sussurrante.

— Não depende de mim, Nicole — explicou o padre. — Mas farei tudo para trazê-lo aos seus braços com vida.

Os três homens saíram com Cavalcanti, ainda ao telefone, atrás deles, e os agentes da *Bundespolizei* fechando o grupo.

O salão ficou imerso em profundo silêncio, quebrado apenas pelo cardeal secretário de Estado, que se ajoelhou com esforço e juntou as mãos com um terço que pendia de seus dedos.

— Vamos rezar pelo seu filho.

Na escadaria, Cavalcanti recuperou o atraso e alcançou Rafael, esbaforido.

— Já temos informações sobre a ligação para a central. Não sabemos quem ligou, mas sabemos de onde foi feita a chamada — disse o inspetor em voz baixa, um sorriso de triunfo nos lábios. — Não vai acreditar.

Rafael não se voltou para ele. Não havia tempo a perder... e não podia haver falhas.

— Também sei de onde ligaram — limitou-se a responder. — E quem fez a chamada.

58

Os dois homens não sabiam o que dizer. Eram revelações surpreendentes demais, se é que ainda fosse possível. Como se não bastasse estarem na presença da filha de um papa e de uma freira, situação por si só desconcertante, Anna também tinha descendência.

— Se me permite, como isso aconteceu? — perguntou Giorgio, o belo, que, ao acabar de proferir as palavras, já se deu conta de como soara estranha a pergunta.

— Bem, o senhor é um homem da Igreja, mas com certeza deve saber como essas coisas acontecem.

— A pergunta não foi feliz. Não se sinta obrigada a me responder. Peço desculpa pela intromissão — desculpou-se o monsenhor.

Anna não respondeu de imediato. Procurava as palavras certas para explicar o que acontecera. Havia muitas formas de dizê-lo, mas apenas uma era verdadeira.

— Não se tratou apenas de realizar um sonho. Foi também um grito de revolta... além de um ato de puro egoísmo — começou a dizer, como se falasse para si mesma, sem plateia, confessando pecados e arrependimentos.

— O que quer dizer com isso?

Anna parecia hipnotizada, distante, dentro do próprio mundo ao rever sua história, como se estivesse perante o Altíssimo, à espera do Julgamento.

— Procriar não é apenas um direito. Ter um filho exige enorme responsabilidade. Deus, ou quem quer que tenha criado este mundo, deu-nos inteligência. E devíamos nos servir dela para pesar os prós e os contras de ter um filho. Será que temos meios financeiros, psicológicos, pessoais e familiares necessários para ter uma criança? Não importa como estará nossa situação daqui a cinco ou dez anos, temos apenas como referência o momento em que vamos conceber esse filho. Será que teremos como lhe dar tudo aquilo de que necessita ou vamos ter de colocá-lo para trabalhar para nós mal comece a andar?

Os dois homens escutavam-na embasbacados. Nunca tinham ouvido aquele tipo de discurso sobre a maternidade.

— O amor é muito importante, mas não mata a fome. — As lágrimas escorriam-lhe em uma torrente. — Esperei muito tempo. Quase até o limite. Pensar que depois meu ventre secaria e seria o fim deixava-me angustiada. Para mim, era como morrer. — Sorriu por entre lágrimas. — Claro que nossa mente consegue sempre nos convencer de que aquilo que sabemos estar errado, de alguma maneira, é o correto.

Não adiantava a mãe ter sofrido uma vida inteira em silêncio, reprimindo o amor e o desejo de ser mãe para que nada de mal lhe sucedesse.

— Durante muito tempo, pensei que ela havia feito isso apenas por ele. Só para preservar sua imagem ascética. Mais tarde, entendi que fizera pelos dois. A forma como aquela senhora vestida de freira olhava para mim quando me via me fazia sentir especial. Pobre mulher. Ela pensava que eu não sabia.

— E quem lhe contou? — quis saber Giorgio.

— Um grande amigo da minha família adotiva. O cardeal Spellman.

— O cardeal Spellman? Arcebispo de Nova York?

— Esse mesmo. Visitou-me muitas vezes e também me escrevia. Dizia-me sempre que eu era uma mulher muito especial. Sinceramente, não entendia por quê. Quando meu pai morreu, chorei sem nenhuma razão aparente. Alguns dias depois do funeral, ele me contou. No início, foi um choque muito grande. Senti-me enganada, traída. Na época, lembrei-me de que, quando eu tinha 16 anos, minha família adotiva foi recebida em audiência pelo papa, o meu pai. Fiquei muito alegre e ao mesmo tempo bastante nervosa. Quando o vi, senti-me como se olhasse para um santo. Muito magro e alto, uma voz cristalina e doce, tão bondoso. Jamais tinha ouvido alguém falar assim tão bem. Tocou a todos nós. E minha mãe estava alguns metros ao lado dele, observando-me com um enorme sorriso. Vi que seus olhos estavam marejados. Ele acariciou meus cabelos e me perguntou se cumpria minhas orações diárias com um sorriso ao mesmo tempo franco e melancólico. Carregava a Humanidade nos ombros. Se eu soubesse que ele era meu pai... Ninguém tinha o direito de ter me escondido esse fato durante tanto tempo.

— E o que aconteceu depois? — quis saber Jacopo.

— Algumas semanas depois da morte do papa, em 1958, o cardeal Spellman foi me buscar. Toda a situação me parecia estranha, mas ele me disse que eu não podia continuar ali. Era muito perigoso. Providenciara um lugar seguro. Foi nessa época que começou minha pena... até hoje.

— E onde ficava esse lugar?

— Já lhe disse. Perto daqui.

— E de onde vinha o perigo? — indagou Giorgio.

— Não sei. Ele disse apenas que minha mãe já não podia zelar pela minha segurança. Ele o faria a partir daquele momento. Era preciso me afastar dos abutres famintos. Havia muitos à espera. Falei que só ia se pudesse conversar com minha mãe.

— E o cardeal Spellman aceitou?

Anna fez um meneio afirmativo. Encontraram-se algumas semanas depois. Pasqualina estava muito nervosa. Foi Anna quem a tranquilizou e lhe prometeu que o segredo que o cardeal americano lhe transmitira ficaria a salvo. A freira sorriu e a abraçou. Conversaram muito, durante horas, e Pasqualina explicou que ela não poderia comentar aquilo com ninguém. Queria muito vê-la regularmente, mas Spellman não autorizou, alegando que era muito perigoso.

— Sabiam que minha mãe foi expulsa do Palácio Apostólico no dia do funeral do meu pai?

— Com certeza, foi ela que não quis ficar — alegou Giorgio.

Anna o fitou com bondade.

— Foi expulsa — garantiu.

Anna vasculhou os cadernos que estavam no interior do baú e retirou um deles. Folheou-o e, quando encontrou o que procurava, entregou-o ao secretário pontifício. Giorgio leu a passagem que ela lhe indicou. Falava do funeral de Pio XII e de como não pudera velar o corpo dele. Fora autorizada apenas a assistir à cerimônia fúnebre ao lado dos demais serviçais, atrás de uma coluna do baldaquino da Basílica de São Pedro. Nesse mesmo dia fora ordenada sua saída, com todos os seus pertences, Gretel, o pintassilgo do finado papa, e uma pequena gratificação. Quando acabou de ler, o secretário do papa viu que Anna tinha razão.

— O cardeal Spellman colocou um padre para tomar conta de mim, dia e noite. Edoardo. Acabamos nos envolvendo. Não foi nada previsto. Apaixonamo-nos. Há coisas na vida que acontecem pura e simplesmente. Ocultamos nossa relação do cardeal Spellman e, quando engravidei, vivemos momentos muito difíceis. Edoardo não aguentou e contou ao cardeal o que acontecera, sendo transferido. Nunca mais o vi, e ainda hoje não sei para onde ele foi. —

Abaixou a cabeça com uma expressão amargurada. — Também nunca voltou a me procurar. O irônico da situação é que o cardeal Spellman morreu em Nova York no final de 1967. Minha querida Mandi nasceu em 1968. Ele nunca saberia se Edoardo não tivesse lhe contado. Talvez ele próprio não conseguisse lidar com a culpa. Tiraram minha filha de mim ao fim de seis meses. Outro padre substituiu Edoardo. Chamava-se Giovanni. Giovanni Comte. Coitado. Preocupava-se muito comigo. E eu gostava muito dele.

— Esse padre não foi o que morreu atropelado em Verona? — perguntou o secretário papal.

— Foi. Em 1983. A morte dele me deixou devastada. Tão inesperada e fortuita. Ele me fez muita falta. Nesse mesmo ano liguei para o meu irmão adotivo e lhe exigi que queria ver minha Mandi. Disse-lhe que ela merecia saber a verdade. Ele se exaltou, e ela escutou a história toda. Poucos dias depois, trouxeram-na para viver comigo. Mais um dano colateral.

— E como foi essa convivência?

— Muito difícil no início. Éramos duas estranhas que partilhavam um laço sanguíneo. Quase duas companheiras de quarto. Nos primeiros quinze anos da vida dela, eu não passava da tia que visitava o irmão na véspera de Natal e sequer ficava para o almoço do dia seguinte. Ela me odiava. Eu representava o fim de todos os seus sonhos. Meu irmão havia falado com o papa, e ele acreditava ser necessário que Mandi fosse enviada a um local seguro para o próprio bem. Giovanni foi uma grande ajuda em nossa convivência, porque era a única pessoa com quem ela falava. Mas ele se foi poucas semanas depois, e ficamos apenas eu e ela. Vieram mais padres, mas nunca ficavam muito tempo. Acabamos nos conhecendo e criamos laços de cumplicidade. Acho que durante alguns anos fomos até mãe e filha de verdade. Só tínhamos a nós mesmas. Mas Mandi queria muito viver, sair daquela casa enorme, libertar os grilhões invisíveis e sonhar. Um dia, ela fugiu.

— Fugiu? — indagou Giorgio, incrédulo.

— Sim. Quando fez 30 anos. Claro que foi apanhada ao fim de poucos dias. Foi Rafa quem a encontrou. Levou-a para Roma, mas não me disse para onde, e depois me transferiu para cá. A fuga dela foi vista no Vaticano como potencialmente perigosa, e encarregaram Rafa de impedir que aquilo se repetisse.

— E continua sem saber onde ela está?

— Rafa nunca me contou — respondeu entre lágrimas.

O pranto de Anna encheu a sala e emocionou Jacopo, que sentia um nó sufocante na garganta. Naquela noite, escutara um ínfimo testemunho das misérias que arrasavam o mundo.

— A culpa é toda minha. Um filho não é seu por direito. — Manteve-se em silêncio durante alguns segundos. — Meu sentimento em relação ao que fiz é muito ambíguo. Por um lado, não tenho dúvida de que foi a melhor coisa que me aconteceu em 82 anos de vida. Por outro, nunca devia tê-lo feito. — Calou-se novamente, pensativa. — Ela me odiou durante muito tempo, e não a censuro.

— Mas… por que as separaram? — perguntou Giorgio, um tanto temeroso, sem desejar entristecê-la ainda mais.

Anna deu de ombros.

— Rafa deve ter achado que era o melhor. Ela nunca foi feliz aqui, e ele sempre teve bom coração. Explicou-lhe as condições. Ela as aceitou… e nunca mais a vi. Eu a perdi — disse, resignada pelas areias do tempo. — Espero não morrer sem voltar a vê-la.

— A senhora está presa aqui? — perguntou Jacopo.

Reparou na segurança da casa assim que chegara; não havia como não reparar. Seguranças, câmeras, sinais intermitentes, mas pensava que era para defender os moradores de hipotéticos ataques exteriores, e não que se tratava, de certa forma, de uma prisão luxuosa.

Anna confirmou com um meneio de cabeça.

— Mas por quê? — perguntou Giorgio.

— Porque é difícil para a filha de um papa viver na sociedade. Por… castigo… e porque é mais seguro assim para o Vaticano. Sempre fui uma espécie de ovelha negra… nunca deveria ter nascido — confidenciou enquanto apontava para o baú. — Quero que fique com os diários e que através deles conheça minha mãe, monsenhor Giorgio.

O secretário do papa ficou sem resposta. Jacopo fitou a caixa, incrédulo com a oferta. Aquilo era o sonho de qualquer historiador. O relato de uma época em primeira pessoa, a voz de uma protagonista da história… Era esplêndido.

O segurança bateu na porta timidamente e avançou devagar.

— Desculpem a interrupção.

— O que foi, Gustav? — perguntou Anna, ansiosa.

— Já ligou? — quis saber Giorgio, levantando-se.

— Já, Excelência. Chegou a hora.

— Quem é que ligou? — questionou Anna, o olhar confuso oscilando de Giorgio para o segurança. — Chegou a hora de quê?

59

O relator estava encostado na cabeceira da cama, as pernas ocultas por cobertores, o cabelo desgrenhado e a testa tomada por gotículas de suor, enquanto a expressão desorientada procurava algo que lhe desse uma noção do que acontecia.

Aquela situação trazia a J. C. memórias que estavam soterradas em seu baú mental. Tinham passado mais de três décadas, trinta e quatro anos, para ser preciso, desde que vira um outro homem, também da Igreja, encostado em uma cabeceira de cama, a cabeça pendendo para o lado direito, tal como Cristo. A diferença era que aquele que habitava em sua memória era um papa e estava morto. Os papéis que lhe colocara na mão e os óculos no rosto o assombrariam para sempre, um grave erro de cálculo, que tornava aquela noite longínqua impossível de esquecer. Não existiam crimes perfeitos nem mortes plácidas. Em nenhum cenário o pontífice largaria o corpo sem deixar os papéis que tinha nas mãos caírem, e, quanto aos óculos... haviam sido o pior. Essas recordações o faziam se sentir um principiante, alguém que deixava pistas em tudo o que tocava, como se quisesse anunciar ao mundo o mal que lhe causara. Ele não usava óculos para ler. A lógica não beneficiava quem trabalhava nesse ofício. Parecia um grito de culpa, como se aquele crime não pudesse passar incólume. Mas passara. Fora um crime perfeito. Um homem era muito mais do que suas falhas.

O manco pegou o copo de água que estava no criado-mudo e o aproximou dos lábios do padre Gumpel.

— Beba — ordenou J. C.

Gumpel, ainda desorientado, bebeu um pouco de água e os ficou observando sem dizer nada. J. C. olhou para o manco.

— Deixe-nos. Fique atento ao perímetro.

O manco fez um meneio de submissão ao velho e se encaminhou para a porta do quarto. Não havia dúvidas de quem mandava ali. A idade não significava nada. J. C. virou-se para Gumpel e se sentou numa cadeira a seu lado.

— A freira e o rapaz estão aqui no corredor — avisou o manco, mirando-os com uma expressão ameaçadora.

— Deixe-os ficar aí — disse o velho com um sorriso. — Eu cuido deles.

O padre se empertigou na cama.

— Quem são os senhores? O que querem de mim? — perguntou, incomodado.

— Não chegaremos a lugar algum com essas perguntas, padre Gumpel. Isto não é uma conversa, é um interrogatório. Quem faz as perguntas aqui sou eu.

O padre não sabia o que dizer. As palavras daquele idoso sentado ao seu lado eram cáusticas, embora também estivessem carregadas de muito sarcasmo. Era como se não levasse nada a sério. Tinham entrado em sua casa há alguns dias, não sabia dizer quantos. Dois, talvez três ou mais. Não tinha ideia de como haviam entrado, apenas que já estavam no interior quando ele chegara, vindo de Roma, na esperança de ter alguns dias de descanso. Não tivera como se defender. Os relatores eram meros servidores da cúria, pastores da história da humanidade, das pessoas e da Igreja. Faziam os santos, se alguém quisesse uma explicação simples, sem a complexidade da realidade. Não necessitavam de segurança, portanto. Ou, pelo menos, assim se pensava... até que aquilo acontecera.

— Não lhe parece que as mulheres deviam ter mais relevância na estrutura política da Igreja? — perguntou o velho.

— O quê?

— Esqueça. Elas já a têm — proferiu J. C. com cinismo e acidez, olhando para um ponto na parede. — E muito. — Ajeitou-se na cadeira e fitou o padre. — Esta noite foi muito próspera em acontecimentos, sabia?

Gumpel ficou à espera de que aquele homem sentado junto à cama, com as mãos em cima da bengala e cujo nome desconhecia, continuasse.

— Segundo minhas fontes, e são muitas — vangloriou-se —, o meu caro padre ficou sem auxiliares.

Gumpel sentiu um nó na garganta e engoliu em seco. Sentiu os pelos se eriçarem e o suor descendo-lhe das têmporas.

321

— O que... que quer dizer com isso?

— Seus relatores. Mortos... Os três — esclareceu, como se se tratasse de uma sentença.

Gumpel fechou os olhos. Que tragédia. Pior. Que sacrilégio. O trabalho daqueles homens era sagrado. Eles tinham a tarefa, cujo fardo era insondável, de tornar divino o que era humano; de fazer do efêmero algo atemporal. Aqueles homens estavam sob sua responsabilidade e haviam morrido por culpa dele. Levou as mãos ao rosto, penalizado pelo choque da notícia, que fora dada de supetão.

— Por quê? — perguntou quando se recompôs.

— Essa era minha próxima pergunta. No que os seus homens estavam trabalhando?

— Numa *Positio* sobre... sobre... — Gumpel hesitava; não sabia se devia continuar.

J. C. suspirou de impaciência.

— É impressionante como o mundo pode estar ruindo ao redor e, mesmo assim, as pessoas mantêm sempre a guarda levantada — repreendeu J. C. — Sei muito bem no que os seus homens estavam trabalhando. Não estaria onde estou se não soubesse o que se passa ao meu redor. Formulei mal a pergunta. Esse trabalho era motivo suficiente para que fossem assassinados?

— Não sei — respondeu Gumpel, abaixando a cabeça.

— Não me esconda nada, meu caro. Aquilo que eu não sei acabo sempre descobrindo... de uma maneira ou de outra.

— Quem me garante que não foi o senhor quem os matou? — perguntou o relator, temeroso, mas em tom de desafio.

— Não tenho de lhe dar garantia de nada. O juiz aqui sou eu. Por outro lado, se tivesse sido eu, provavelmente teria minhas razões e não estaria lhe perguntando quais razões são essas. Seria estranho, não acha? Além disso, por que eu os mataria?

Gumpel se manteve calado por alguns instantes, refletindo sobre as palavras do velho. Domenico, Bertram e Duválio, todos mortos. Misteriosos eram os desígnios do Senhor, mas às vezes não entendê-los era frustrante.

— Vai me matar?

— Essa decisão ainda não foi tomada. Quando eu tiver novidades a respeito, prometo que será o primeiro a saber — acrescentou o outro com um sorriso cínico. — E quanto aos seus colaboradores?

O relator respirou fundo. Estava dolorido devido às horas e horas que havia passado na cama nos últimos dias.

— Depois de cinquenta anos investigando a vida de Eugênio Pacelli, o papa Pio XII, chegamos à conclusão de que não podíamos elaborar uma recomendação ao Santo Padre para que o processo de canonização avançasse para o estágio seguinte. O padre Duválio — fez o sinal da cruz ao pronunciar o nome do relator — fez descobertas importantes que impediam o processo.

— Não me diga que o antissemitismo dele os convenceu, por fim.

Gumpel lançou-lhe um olhar enfurecido.

— Pio XII foi o mais semita dos papas, depois de Pedro.

J. C. enfrentou o olhar do relator para deixar bem claro que naquele quarto só ele tinha direito à indignação.

— Não é comigo que tem de se preocupar. Vai ter muito trabalho para convencer o mundo desse fato.

Gumpel sabia que J. C. dizia a verdade. O problema era mesmo este: convencer a opinião pública de que tudo em que acreditava até o momento não correspondia à verdade. Tarefa descomunal e ingrata, difícil de concretizar. O mundo podia ser muito pequeno em termos tecnológicos, mas era imenso em mesquinhez.

— Estou perfeitamente ciente da Operação Assento 12 — comentou J. C.

— Ouviu falar dela? Existiu mesmo? — perguntou Gumpel, os olhos arregalados. Nunca nenhum leigo mencionara aquela alegada operação da KGB. A maioria não acreditava sequer que ela houvesse existido.

— Conheci Ivan Agayants, o diretor do serviço de desinformação da KGB, e Nikita Khrushchev, que a autorizou. O lema da operação era "Mortos não podem se defender". Seu papa Pio era um fervoroso anticomunista e, como tal, essa operação foi criada para denegri-lo em todo o Ocidente. Usaram espiões romenos disfarçados de padres para penetrar no Vaticano e fotocopiarem os arquivos, mas não encontraram nada de relevante. Mesmo assim, prosseguiram com a operação para retratá-lo como papa nazista. Missão bem cumprida, segundo me parece.

— Quem é o senhor? — perguntou novamente Gumpel, espantado. O silêncio manteve a resposta inicial.

J. C. voltou a se ajeitar na cadeira, e Gumpel tossiu, quase ficando sem ar. Alguns instantes depois se acalmou, e os dois homens se fitaram outra vez. J. C. à espera, Gumpel visivelmente intrigado.

— Então, por que não podem recomendar o papa Pio XII para a beatificação? — relembrou o velho, que de nada esquecia.

O relator sentiu-se incomodado com a pergunta. Abaixou o olhar. Aquela situação podia ter motivado o homicídio de seus colaboradores. Magna heresia.

— Porque nos deparamos com problemas que impediam essa recomendação. Algo que os fiéis jamais aceitariam e que, acrescentado à sua já débil imagem devido à Operação Assento 12, seria o fim de Pio XII. — Depois, calou-se, como se deixasse a frase pela metade. O interlocutor aguardou. — Dito isto, embora não fosse nosso desejo conspurcar ainda mais a memória do Santo Padre, pois sabemos de sua grandiosidade durante a Segunda Guerra Mundial, ficamos de pés e mãos atados.

J. C. soltou um assovio no ar, como se houvesse ficado impressionado com o que ouvira.

— Quer dizer que iam tornar público o resultado da investigação? Não podiam guardar segredo?

Gumpel lançou-lhe um olhar ofendido.

— A Congregação para a Causa dos Santos é um organismo seriíssimo. Lida com relatos, testemunhos, documentos, informações das mais variadas fontes. Não é função dela limpar a história para beneficiar seus intentos, por mais importante que o candidato possa ser.

J. C. soltou um novo assovio.

— Estou quase acreditando em você.

— É a verdade — afiançou Gumpel, as veias sobressaindo no pescoço devido à veemência com que proferia as palavras.

— Claro que é, senhor padre. Claro que é — disse o outro com sarcasmo. — O papa afinal não era santo coisa nenhuma. Não se pode dizer que seja uma novidade. A quem não interessaria essa revelação?

Gumpel voltou a ter outro acesso de tosse. J. C. lhe deu um lenço de papel e esperou que ele se recuperasse.

— Obrigado — agradeceu o relator. — Não faço ideia.

— Não suspeita de ninguém? Quem tem a ganhar com a não divulgação dessa nova informação?

Gumpel não queria pensar naquilo. Manteve-se em silêncio. Seu trabalho não consistia em ver consequências ou ganhos do que quer que fosse. Estava ciente do bem que um beato ou um santo podia fazer a uma comunidade.

Vira-o muitas vezes. Pequenas aldeias ou vilas que haviam se desenvolvido para além do inimaginável apenas porque os investigadores de seu gabinete, no Palácio das Congregações, tinham encontrado a santidade em um de seus membros. A fé movia montanhas e também as arrasava para construir templos e cidades novas ao redor. Sim, a Congregação para a Causa dos Santos mudara o Ocidente; sempre o fizera, desde os tempos mais recônditos e já esquecidos. Sob os auspícios de sua validade e sacralidade, espalhava a crença por todos os cantos do mundo católico, fortalecia a economia de povoados, antes assomados pela pobreza, e lhes levava a esperança. Romeiros e peregrinos tratavam do resto. Devido a essa influência que sabiam ter, o trabalho do Colégio era continuamente investigado, inspecionado, revisto, moroso, lento, para que não houvesse erros. Interpretavam os escolhidos de Deus na terra; não tinham nenhuma margem para equívocos. Quem mais perdia com a recomendação negativa era a própria Igreja.

— Não tenho nenhuma suspeita — mentiu Gumpel.

— Não lhe parece que o assunto Pio XII é tão delicado, que a Santa Sé não quer piorar ainda mais as coisas? — sugeriu J. C.

— É possível.

— A ponto de preferir sacrificar seus investigadores para que nada disso venha a ser conhecido?

Gumpel percebeu aonde J. C. queria chegar. O homem era muito ardiloso.

— Nunca. Isso é impensável — replicou. — Seria uma nova Operação Assento 12?

J. C. soltou uma gargalhada.

— A KGB já não existe, e a Guerra Fria tem outro nome.

O manco voltou a entrar no quarto com o celular na mão, guardou-o, e se dirigiu a J. C., cochichando algo em seu ouvido.

— Já? Ajude-me a levantar.

O manco amparou J. C., que se levantou com esforço.

— Hora de ir embora, meu caro padre Gumpel.

O relator engoliu em seco. O que aconteceria com ele?

— Matteo. Mia — chamou J. C. Os dois entraram no quarto, intimidados como duas crianças que haviam se comportado mal. — Vamos sair.

O guia e a freira sentiram a apreensão aumentar. O sol já brilhava além da janela, anunciando o novo dia, e, de repente, as regras haviam mudado.

— Que cena tão bonita — disse J. C. com um sorriso, observando-os. Nenhum deles havia se dado conta, mas estavam de mãos dadas como se quisessem enfrentar o medo juntos.

J. C. aproximou-se do relator e o fitou com seriedade.

— Deixo-lhe um recado. Não é meu, mas é como se fosse. Não quero saber o que descobriu; vá verificar novamente. Depois de rever tudo, faça a recomendação ao Santo Padre. Um homem é muito mais do que suas falhas. Se alguma vez mencionar este encontro a alguém, meu querido amigo lhe fará uma visita — disse, apontando para o manco. — Mas da próxima vez não será para lhe desejar bom-dia.

O homem se encaminhou para a saída do quarto, enquanto o manco e os outros dois iam à frente.

— Tenha um bom-dia, padre Gumpel — disse J. C. antes de partir.

60

Nada era mais poderoso que o medo. Com certeza haveria quem discordasse. Uns diriam que nada era mais poderoso que a esperança; outros ainda defenderiam que nada superava o perdão. Ignoravam essas pessoas que estariam todas mortas, mais cedo ou mais tarde. Ceifadas pela vida, que não poupava ninguém, muito menos os fracos e os bondosos.

O francês rodou a chave na fechadura da porta bem devagar. Sabia perfeitamente que efeito provocava aquele gesto na mente de quem estava no interior da cela. Uma volta, duas voltas, três voltas. Depois, deixou-se ficar quieto alguns segundos, sem fazer nada. Não era sua pretensão torturá-los, apenas mantê-los submissos e amedrontados. Além disso, um deles estava, nitidamente, recuperando-se de uma doença, e ele não era nenhum monstro. Esperou mais alguns segundos e empurrou a porta.

Entrou na cela e os encontrou todos juntos, sentados na cama, o temor espelhado no rosto. O efeito pretendido fora alcançado. Atirou na direção deles três capuzes que trazia na mão e esperou que os colocassem na cabeça. Não fora necessário usar o rapaz como exemplo para ilustrar o que queria. A jornalista foi a primeira a cobrir a cabeça com o tecido negro. Seguiu-se a outra mulher e o rapaz, por último, o pânico contorcendo seu rosto antes de ocultá-lo. As trevas eram a única visão compartilhada pelos três reféns.

O francês aproximou-se deles com passos silenciosos. Puxou um por um para que se levantassem e lhes prendeu as mãos atrás das costas com uma braçadeira de plástico. Nenhum deles era uma verdadeira ameaça para ele, mas o seguro morrera de velho por se precaver sempre, e não apenas de vez em quando.

Conduziu-os para o exterior com passos cuidadosos e os enfiou na parte de trás do veículo. Para os três reféns, era uma viagem às profundezas do desconhecido. Só o motorista, cuja voz nunca tinham ouvido, é que saberia o destino deles. O francês gostava dessa sensação de poder. A vida de alguém em suas mãos, enquanto ignoravam que havia quem pudesse mais do que ele; que existia quem pagava e mandava.

Olhou para o relógio e viu o cronômetro recuar, implacavelmente, para o zero. Faltavam pouco mais de quinze minutos para o fim do prazo. Ouviam-se caminhões a espaços pequenos, um atrás do outro, chegando para descarregar ou partindo para levar produtos a outro destino. Nenhum parava naquele armazém, aparentemente abandonado, mas com um veículo velho na porta. O francês já tinha desmontado um dos mecanismos e dispersado as várias peças pelos vários contêineres de lixo nas redondezas. Separadas, não significavam nada, a não ser lixo. Daria para contar em uma das mãos, se tanto, no mundo todo, quem saberia dizer a que conjunto aquelas peças pertenciam e para que serviam vendo apenas uma delas.

Dirigiu-se para o lugar do motorista e se sentou. Verificou se os bilhetes estavam no bolso interior do casaco. Estavam. Os passaportes também. Consultou de novo o relógio. Faltavam dez minutos para o fim do prazo e também para deixar Roma. Só faltava mais uma morte. O pior de tudo era a espera.

61

Há momento para tudo. Para acordar, trabalhar, orar, divertir-se, descansar... Tudo é cronometrado até o mais ínfimo milésimo, desde a entrada no local de emprego até o início da sessão de cinema, da exposição, das refeições, o horário dos transportes, que não esperam por quem não está e partem sempre na hora certa, nem que estejam vazios. O tempo comanda quem dele depende. Quem dá o tempo é Deus, dirão alguns; porém, na realidade, Ele não pode dar aquilo que não criou. Quem dá o tempo é o Homem.

O Mercedes avançava em grande velocidade pela Via Nazionale. Sinais de luzes indicavam aos outros motoristas que abrissem caminho, e o motorista acionava uma sirene sempre que alguém mais distraído não cedia passagem. Ao seu lado ia Cavalcanti, que o autorizara a usar o sinal de emergência, e, atrás, Guillermo e Girolamo cercavam Rafael, que ia no meio, impassível e sereno.

Ninguém falou durante grande parte do trajeto, atentos ao tique-taque do relógio que se aproximava das oito da manhã, a hora das decisões, da resolução dos impasses. O constrangimento, da incerteza dos acontecimentos e das companhias ao lado, dominava o interior do veículo, carregando o ambiente e manipulando o silêncio a seu bel-prazer. Apenas um dos passageiros era capaz de constranger o próprio constrangimento e quebrar o silêncio gélido.

— Qual é o plano? — perguntou Cavalcanti com malícia.

— Deixe-nos tratar de tudo e apenas observe — proferiu Girolamo. — Não se intrometa, Cavalcanti.

— Entendido — acatou o inspetor em falso tom conciliador. — E se der errado?

— Não vai dar errado. Seguiremos as instruções dos raptores, faremos a troca e levaremos imediatamente o padre Niklas para a Embaixada.

— É isso o que vamos fazer? — perguntou Guillermo, disfarçando a surpresa. Pensava que a ideia era eliminar a moeda de troca, mas compreendia que não se pudesse dizê-lo na frente do policial.

Girolamo lançou um olhar letal ao agente secreto. Quaisquer que fossem os planos reais, Cavalcanti não seria envolvido. Além disso, e dadas as circunstâncias, graças às contrainvestidas do padre Rafael, com certeza teriam de recorrer a improvisos.

— Dito dessa maneira parece fácil — disse o inspetor, cuja experiência lhe dizia que não devia acreditar numa só palavra dita pelo intendente.

— Se seguirem o plano exatamente como eu disser, será — garantiu Girolamo.

Cavalcanti virou-se para trás e encarou Rafael, sentado no meio, calado e absorto, como se nada daquilo fosse com ele.

— O que acha disso, Rafael? Vai ser como ele diz?

O padre deu de ombros. Não estava interessado no que nenhum deles tinha para dizer. O painel do carro mostrava que estavam a escassos minutos da hora H. Jogara as cartas que tinha em seu poder o melhor que sabia, e naquele momento não podia fazer mais nada, a não ser esperar que tudo tivesse o melhor desfecho. O cardeal secretário de Estado diria que tudo estava nas mãos de Deus. Que assim fosse.

Cavalcanti olhou para o intendente e sorriu com malícia.

— Não faça planos para sua vida a fim de não estragar os planos que a vida fez para você.

Girolamo desviou o olhar do inspetor e se concentrou na estrada. Deixaram a Via del Plebiscito e entraram no Corso Vittorio Emanuele II. Faltavam poucos quilômetros para o destino.

— Espero que seu pessoal não falhe, Rafael — ameaçou Girolamo, ainda que parecesse mais um desabafo devido à tensão que reinava no carro. — Há muita coisa em jogo.

Os segundos tiquetaqueavam mentalmente na cabeça de todos. Um, dois, três, quatro, cinco, numa cadência infinita, incessante, insensível aos desejos humanos. O motorista desacelerou um pouco ao atravessar a ponte Vittorio Emanuele II por causa do semáforo vermelho na entrada da Via Pio X, acionando a seta para a esquerda. Os estalidos sonoros inundaram o ambiente, evidenciando o tique-taque do relógio.

Rafael manteve-se em silêncio, ignorando o olhar perscrutador de Girolamo. Não tinha nada para dizer. Ninguém falharia do seu lado, mas isso não era garantia de um desfecho agradável para nenhuma das partes. O intendente queria Anna e Niklas mortos. Tentaria, entretanto, fazê-lo mudar de ideia.

O Mercedes entrou na Via della Conciliazione, o Obelisco do Vaticano ao fundo, dominado pela fachada da Basílica de São Pedro. Estacionaram junto à praça de táxis da *piazza* Papa Pio XII, em frente a São Pedro. O carro da Embaixada alemã com os dois agentes da *Bundespolizei* freou bruscamente atrás do Mercedes. Um agente da polícia de meia-idade usou um apito para chamar a atenção do motorista, e com impaciência o mandou sair dali imediatamente.

Cavalcanti abriu a porta do veículo logo em seguida, e o policial de trânsito aproximou-se deles.

— Não podem estacionar nessa zona — acenou com um bloco preto. — Saiam daqui antes que eu lhes dê uma multa.

Cavalcanti mostrou o distintivo e exibiu um olhar feroz.

— Os carros vão ficar aqui, e você vai tomar conta deles — ordenou com impaciência.

— Com certeza, inspetor — acatou o policial, constrangido.

— E faça o favor de ser mais simpático com os cidadãos. São eles que pagam nosso salário. Jamais se esqueça disso.

— Com certeza, inspetor — voltou a concordar o policial, abaixando a cabeça, envergonhado.

Os demais passageiros do veículo, com exceção do motorista, saíram para a rua e atravessaram a estrada correndo, entrando na praça pelo lado da colunata direita, com os agentes alemães na retaguarda do grupo.

— E agora? — perguntou Guillermo, olhando ao redor.

— Vamos para o obelisco, como instruído — disse Girolamo.

— Já está na hora? — perguntou o chefe dos agentes secretos.

— Falta um minuto — sentenciou Cavalcanti. — Ah, devíamos chegar atrasados... Não é nada latino chegar na hora; vai soar mal.

Guillermo e Girolamo fitaram-no com uma expressão reprovadora. Acabara de dizer uma enorme besteira. O inspetor, porém, era imune a essa espécie de olhar. O ofício e a vida haviam se encarregado de vaciná-lo contra isso, e alcançara aquela idade em que nada do que os outros pensavam importava o mínimo que fosse. Afugentara de si o bicho-papão da sociedade reprovadora há muitos anos. Na verdade, dissera aquilo para mexer com os nervos dos homens do Vaticano, protótipos de policiais que se julgavam superiores aos simples mortais, como ele, só porque eram esquizofrênicos o bastante para se julgarem os privilegiados de Deus, quando, na realidade, se Ele existisse mesmo, jamais diferenciaria uns dos outros.

Àquela hora, a praça já estava repleta de turistas e peregrinos que perambulavam de um lado para o outro, admirando as maravilhas arquitetônicas do local. Outros murmuravam orações ao bom Deus, na esperança de que Ele tivesse tempo para socorrê-los. A fila de visitantes interessados em contemplar os tesouros preciosos da basílica já se avolumava junto às máquinas de raios X, em que tudo tinha de ser verificado.

Os quatro homens chegaram junto da cerca circular que protegia o obelisco do assédio dos curiosos. Guillermo consultou o relógio. Eram oito em ponto, e os sinos da basílica confirmaram com o badalo anunciando a hora. Terminara o prazo que os raptores haviam dado.

Olharam ao redor à procura de alguém suspeito. Podia ser qualquer um. Quem vê cara não vê coração nem suspeitos. Mentes perversas têm rosto exatamente igual a todos os outros.

Girolamo pegou o braço de Rafael e o afastou dos outros dois, antes de se aproximar do ouvido do padre.

— Espero que esta não seja mais uma das suas, Rafael — ameaçou o intendente. — Onde é que ela está?

— Deve estar chegando — respondeu o padre, lançando-lhe um sorriso cínico. — Relaxe. Já está acabando.

Rafael sentiu um cano duro às costas encostando em seu casaco. Era a arma de Girolamo.

— Espero que não invente nenhuma novidade, senão isso aqui não vai acabar bem para você — ameaçou o intendente com um sussurro nervoso. — Quando ela chegar, deixe tudo comigo.

— E agora? — voltou a perguntar Guillermo em estado de alerta.

Os três homens olharam para Rafael à espera de uma resposta.

— Agora, esperamos.

62

— *Pater Noster, qui es in caelis, sanctificetur nomem tuum. Adveniat regnum tuum. Fiat voluntas tua, sicut in caelo et in terra* — orou Tarcisio.

O embaixador, a embaixatriz e o porta-voz continuaram a oração em alemão com afinco, tentando ficar alheio à hora e com o pensamento concentrado no resgate de Niklas, que esperavam ver entrar na Embaixada são e salvo.

O cardeal secretário de Estado, ajoelhado, prosseguiu, iniciando uma nova série de Ave-Marias.

— *Ave Maria, gratia plena, Dominus tecum. Benedicta tu in mulieribus, et benedictus fructus ventris tui, Iesus.*

Os outros concluíram em alemão. Os homens do BND mantiveram-se encostados na parede sem pronunciar uma única palavra, apenas observando a cena surreal. Nunca tinham visto o embaixador rezando. Sabiam que ele era católico, mas jamais teriam imaginado aquele fervor ao proferir as palavras rituais de comunicação com Deus Pai Todo-Poderoso, Criador do Céu e da Terra. Talvez situações extraordinárias pedissem um acréscimo na crença e na oração. Afinal de contas, um filho era um filho. Ninguém poderia exigir mais devoção.

Tarcisio comandava a oração, olhos fechados, a mão segurando o rosário sobre eles, mantendo a cadência dos versos que proferia na língua morta que ele provava ser bem viva. Klaus estava ajoelhado ao lado do cardeal, as mãos unidas em prece. Nicole era a única que não repetia os versos em voz alta, ainda que os gritasse mentalmente na esperança de que Deus a ouvisse e intercedesse por ela.

Cumpriram o ritual repetindo cada mistério, e, se Nicole esperava ficar mais aliviada com a oração, desapontou-se quando se aproximaram do final e sentiu um aperto no peito quase sufocando-a, a ansiedade de não saber se o futuro imediato lhe reservava um filho vivo ou morto sendo insuportável.

Benzeram-se, em nome do Pai, do Filho e do Espírito Santo, e levantaram os joelhos do tapete. Klaus ajudou Tarcisio a içar os dois metros de corpo com quase 80 anos de idade, e já em pé ajeitaram as roupas.

— Ainda não há notícias? — perguntou Nicole, o coração de mãe quase saindo pela boca.

— Calma, querida. Eles vão nos avisar — o marido tentou confortá-la, abraçando-a.

— Está nas mãos de Deus. Vamos confiar — tranquilizou Tarcisio, que, na verdade, esperava que a situação estivesse mais em mãos terrenas, como as de Girolamo Comte.

Num mundo ideal, o rapaz e a moeda de troca se salvariam. Porém, naquelas circunstâncias tão ignominiosas, provocadas por um inimigo invisível e sem escrúpulos, sem nenhum respeito pela vida humana nem pela santidade da Igreja, era melhor que a mulher saísse de cena. Se isso custasse a vida do filho do embaixador, que assim fosse. Deus iria acolhê-la em Seus braços e nada lhe faltaria, pois Ele sabia sempre o que fazia, por mais tortuosos que fossem Seus caminhos.

— Pode me providenciar um copo de água? — pediu o cardeal secretário de Estado.

— Claro — disse o embaixador, fazendo um meneio de cabeça para os homens do BND.

Um deles levou a mão com o microfone à boca e fez o pedido via rádio, depois voltou à posição inicial, imóvel, como uma sentinela.

— Ainda não há notícias do meu filho? — voltou a perguntar Nicole, desesperada.

Tarcisio olhou para Federico, o responsável pelas comunicações com o grupo que saíra, à procura da resposta. O porta-voz olhou para o relógio e depois para a embaixatriz.

— São oito horas — informou com voz tensa. — Acabou o prazo.

63

De vez em quando, Roma exigia um sacrifício em nome de Deus, para expiar os pecados do mundo, como ocorrera com o Filho, consubstancial ao Pai, há dois mil anos. A diferença entre esse ato de redenção e os anteriores era que Cristo fora quase caso único na aceitação voluntária da entrega da vida para acolher a morte. A maioria dos outros sacrificados nunca vira com tão bons olhos que os pregos lhe furassem a carne, literal ou metaforicamente, como o cordeiro de Deus que tirara o pecado do mundo.

As mãos suadas tremiam com a urgência do medo da morte. Caminhavam devagar, com passos trôpegos e nervosos, as palavras intimidadoras impressas na mente e repetidas incessantemente ao ouvido, através do auricular.

— Entrem na praça e sigam em direção à colunata mais próxima do Palácio Apostólico — ordenou a voz metálica que saía do minúsculo aparelho.

O que desejava mesmo era dar meia-volta e fugir dali, refugiar-se na entranha escura de uma gruta nas montanhas e nunca mais sair de lá. O mundo humano era perigoso demais para se viver nele. Porém, sabia que não o faria, por mais que o pânico berrasse através da adrenalina frenética que lhe percorria o corpo. Em vez disso, Mia optou por dar a mão a Matteo, que olhava para todos os lados em desespero.

— Vamos fugir — murmurou o guia turístico em voz baixa.

Mia colocou um dedo à frente dos lábios pedindo silêncio e aproximou a boca do ouvido dele.

— Não ouviu o que J. C. disse? — perguntou num sussurro, tentando não ser ouvida.

Matteo relembrou as palavras frias do velho quando ainda estavam no carro. J. C. seguia com eles no banco de trás, enquanto rumavam sem saber para onde. Matteo estava apreensivo. Durante todo o tempo estivera. O pé em que lhe caíra o chá quente protestava com um latejar constante e desagradável. À medida que o carro seguia em direção ao desconhecido, sentia um nó se avolumar na garganta, sufocando-o devagar, como se estivesse sendo torturado pelo próprio corpo. J. C. explicara a eles o que tinham de fazer. Simples: dirigir-se a um local específico na Praça de São Pedro. O resto seria transmitido eletronicamente. O manco, que seguia no banco do passageiro à frente, virou-se para trás e passou uma espécie de botão negro e um celular para Mia. Depois, veio a advertência.

— Coloque o auricular no ouvido — ordenou J. C.

Mia observou o pequeno objeto antes de enfiá-lo no ouvido e segurou o celular que o manco lhe entregou.

— Está me ouvindo bem? — perguntou J. C., para testar o aparelho.

Mia escutou-o ao ouvido, ao mesmo tempo que o ouvia à frente, de viva voz.

— Sim.

— Se por acaso estiverem pensando em fugir… — sugeriu J. C. com o semblante sério — …pensem duas vezes.

O manco tirou uma arma do coldre de ombro e a mostrou. Retirou dela o carregador, repleto de munição, e voltou a fixá-lo no cabo. Destravou-a e a apontou para um e para o outro, que fitavam o cano com os olhos arregalados.

— Garanto a vocês que ele é mesmo muito bom com este instrumento. Desviem-se um milímetro do que vou ordenar e terão oportunidade para comprovar o que digo.

Nenhum deles estava interessado em levar um tiro e, apesar de a vontade de fugir ser imensa, tentando controlar o nervosismo, caminharam de modo ordenado em direção à colunata do lado direito e entraram na praça, passando por turistas que perambulavam pelo local, entregues à própria vida, que não corria nenhum perigo.

— Vamos morrer de qualquer maneira — proferiu Matteo.

— Não pode ter certeza disso.

— Claro que tenho.

— Confie em mim, Matteo — disse-lhe ela, fitando-o nos olhos, enquanto os passos mecânicos os faziam avançar contra a própria vontade. — Confie em Deus.

— Ei, pombinhos, deixem a conversa para depois — disse J. C. ao ouvido de Mia, através do auricular. — Estão vendo a fonte ao lado do Palácio Apostólico? Dirijam-se até lá.

— E depois? — perguntou Mia.

— Calma. Não tenha pressa, filha — respondeu J. C., voltando ao tom doce e melodioso.

Mia, a única que ouvia as instruções, guiou Matteo até o local especificado. As palpitações aumentavam e começavam a latejar no ouvido como tambores rufando cada vez mais rápido e mais alto, como se anunciassem o que estava por vir, seja lá o que fosse, mas com certeza algo ruim.

— Parem — ordenou a voz de J. C.

Mia agarrou o braço de Matteo, e ambos cumpriram a ordem. Estavam perto da fonte. Diversas pessoas caminhavam por todo lado, completamente alheias àquele casal que podia muito bem ser de amigos, ainda que aparentasse mais que isso.

— Deixe Matteo aí, e você, Mia, faça exatamente o que vou lhe dizer — falou J. C. pausadamente.

Mia escutou a instrução do velho e olhou para o veronês.

— Você vai ficar aqui — comunicou, aflita. — Prometa que não sairá deste lugar.

Matteo não respondeu.

— Prometa, Matteo — pediu quase em súplica.

A mesma resposta.

Mia aproximou-se do guia turístico e encostou seus lábios nos dele, selando um beijo urgente e apaixonado. Trocaram um olhar durante alguns instantes, como se estivessem se vendo pela última vez.

— Prometo — disse Matteo.

Mia acariciou-lhe o rosto e o cabelo, sem desviar o olhar dele, e lhe deu outro beijo antes de se afastar.

— Que bonito — zombou J. C. quando Mia se afastou de Matteo.

A freira, pois ainda o era, ignorou as palavras do velho e seguiu na direção que lhe fora ordenada. Um grupo de irmãs brasileiras, filhas da bem-aventurada Virgem Maria, acotovelava-se à frente dela, impedindo-lhe a passagem. Tinham vindo a Roma para ver o papa; queriam entrar nas quatro basílicas papais e se rejubilar com os momentos de oração na Capela de São Sebastião, em São Pedro, onde pensavam que jazia o beato João Paulo II. Só depois de todo esse programa cumprido regressariam à pátria mãe no Brasil e prosseguiriam com a missão de ajudar o próximo e servir a Deus. Mia desviou-se delas com esforço, pois era um grupo grande e desorganizado, com pouca experiência nessas peregrinações intercontinentais. Deu mais alguns passos à frente e os viu, junto ao obelisco, como J. C. dissera. Eram seis homens. Reconheceu imediatamente um deles e sentiu um calafrio na espinha. Era o monsenhor Lucarelli, o mesmo que servira em Trento, no retiro das irmãs de Santa Cruz, e que lhe apontara uma arma à nuca e a obrigara a seguir com ele para Verona, onde a deixara com aquelas pessoas que agora a obrigavam a fazer o que não queria... a sentir o que não desejava. Reconheceu outro dos homens de uma das fotografias que estavam afixadas no mural do escritório, no quarto em que o monsenhor se hospedara, lá no retiro. "Nunca dizer nada. Tudo observar." Era esse o lema da ordem. Hesitou por alguns instantes e depois avançou, tentando controlar os nervos e o medo, e se esforçou para conseguir esboçar nos lábios um sorriso confiante. Quando se aproximou deles, exceto por Lucarelli, que lhe sorriu, nenhum dos outros prestou atenção nela. Pigarreou então para limpar a garganta; não queria que a voz falhasse naquele momento.

— Quem é o padre Rafael? — perguntou com timidez.

Três homens a rodearam de imediato. Lucarelli deixou-se ficar onde estava, e os outros dois mantiveram-se atentos, mas sem nenhuma reação.

— Quem é a senhora? — perguntou Girolamo com expressão ameaçadora, ainda atrás do monsenhor Lucarelli.

— Quem é o padre Rafael? — perguntou de novo, como se não tivesse ouvido o intendente da Gendarmaria.

— Sou eu — respondeu aquele que ela conhecia como Lucarelli.

Mia entregou-lhe o celular, e ele o levou ao ouvido. Escutou o interlocutor durante alguns segundos e depois o estendeu para Girolamo.

— É para você.

64

O intendente olhou para Rafael, surpreso. Quem seria aquela mulher? E que informação estranha era aquela de a chamada ser para ele? Pegou o celular em um gesto reflexo, mas a verdade é que não queria levar o aparelho ao ouvido; não queria saber quem estava do outro lado da linha, ainda que a curiosidade fosse muito grande. Sentia-se fora de contexto, excluído da história principal, e essa falta de controle causava-lhe uma insegurança à qual não estava habituado.

— Para mim? Por quê? Quem é? — perguntou, pressionando ainda mais a Beretta contra as costas de Rafael. — São eles?

O padre fez que não com a cabeça.

— Atenda. É Piccolo.

Girolamo esbugalhou os olhos ao ouvir o nome que Rafael proferira.

— Quem?

— Que droga está acontecendo aqui? — intrometeu-se Guillermo, que não entendia nada do que se passava.

— Ele devia atender logo — disse Rafael em um falso tom de preocupação. — Há vidas em perigo.

Girolamo levou o celular ao ouvido, contrariado, e engrossou a voz para lhe conferir mais autoridade.

— Girolamo Comte. Intendente da Gendarmaria Vaticana — apresentou-se com tom de voz grave. — Com quem falo?

— Bom-dia, meu caro intendente. Não era preciso se apresentar. Sei muito bem quem é o senhor — disse a voz em tom animado e cordial.

— Mas eu não sei quem é o senhor — devolveu Girolamo de modo brusco.

— Não imagina o desgosto que acabou de me dar. Não se diz uma coisa dessas a um velho tão renomado. Isso magoa meus sentimentos — declarou a voz com ironia. — Mas, enfim, vamos em frente. Estou olhando para um papel. Sabe o que está escrito nele?

— Como é que eu posso saber? — retrucou o intendente com impaciência. — E o que isso tem a ver com a moeda de troca?

— Moeda de troca... Que nome poético. Já chegaremos lá, intendente. Seja paciente — respondeu a voz. — O papel para o qual estou olhando tem muito a ver com você.

— Duvido — contrapôs o homem do Vaticano com indelicadeza.

— É um extrato bancário do Istituto per le Opere di Religione. Se levarmos em conta o que vocês dizem, que aquilo não é um banco, não entendo como é que se parece tanto com um. — Girolamo engoliu em seco. — Este extrato se refere ao nobre Fondo Giulietta per i bambini non protetti, Fundo Julieta para crianças desprotegidas. A movimentação é pequena, mensal, sempre no mesmo dia... E depois temos uma de três milhões na semana passada...

— Aonde pretende chegar com tudo isso? — interrompeu Girolamo, incomodado, ainda que tivesse uma ideia das reais intenções daquela conversa mole.

— Acho que meu caro intendente sabe aonde quero chegar, não sabe?

Girolamo não respondeu, mas sua respiração estava alterada. O mundo ruía a seus pés. O plano era tão simples. Trocar Anna pelo filho do embaixador, nada mais. Ele trataria do resto. Os relatores tinham sido eliminados, não havia mais nenhum obstáculo à beatificação do Santo Padre Pio XII. Sua imagem sairia mais fortalecida e imaculada do que nunca, e nada impediria que se restaurasse a memória de Pasqualina, a servidora mais fiel que passara pelos corredores do Vaticano. Ela fora mais um daqueles sacrifícios que Roma exigia de vez em quando para expiar os pecados do mundo. Ela, tal como Cristo, fizera-o de boa vontade e sem lamentações.

— Intendente, ainda está aí? — perguntou a voz, interrompendo a cadência de pensamentos dispersos de Girolamo. — Sua estimada esposa nunca lhe perguntou o que vai fazer todos os meses, religiosamente, em Verona, há mais de trinta anos?

Girolamo sentiu-se como se estivesse sendo esfaqueado lentamente, a lâmina perfurando sua carne e girando em suas entranhas para tornar a dor ainda mais lancinante. A quem pertenceria aquela voz e como poderia saber aquelas coisas?

— Presumo que não — continuou a voz. — O emprego no Vaticano cobre toda e qualquer viagem, e, sejamos sinceros, um filho com outra mulher não é o primeiro pensamento que vem à cabeça nessas ocasiões.

— Nunca tive nenhum filho com outra mulher — argumentou o intendente.

— Perdoe-me. Eu disse filho? Queria obviamente dizer sobrinho — corrigiu a voz com um cinismo perturbador. — Ando tão distraído ultimamente.

Girolamo sentiu um arrepio percorrer sua coluna.

— Parece algo comum que padres, bispos e até papas tenham filhos — prosseguiu a voz com sarcasmo. — Façam o que eu digo, mas não façam o que eu faço; esse deve ser o lema de vocês. Seu irmão o seguiu à risca.

— Não insulte a memória do meu irmão — recriminou Girolamo, enfurecido, as veias sobressalentes no pescoço enrubescido, ainda que falasse em tom baixo para que mais ninguém o ouvisse. — Ele não está entre nós para se defender.

— Cá entre nós, ele andava em muito más companhias.

— O que quer dizer com isso?

— Ele era muito amigo daquela madre que era próxima de Pio XII. Mas a pior companhia era mesmo o papa Luciani, o Piccolo. Foi isso que o matou.

Girolamo estava prestes a perder as estribeiras.

— Ele morreu atropelado — explicou o intendente, como se aquele argumento bastasse para encerrar a questão.

— Eu sei. Atropelamento e fuga em Verona, em 1983. E quem você acha que conduzia o carro?

Girolamo ficou transtornado com aquela revelação.

— Ouça, seu filho da puta, quem você pensa que é? Quando eu o encontrar...

— Deixe estar, intendente. Mesmo protegido atrás do padre Rafael, posso matá-lo quando bem entender... assim como fiz com seu irmão — sentenciou a voz.

Girolamo sentiu-se desorientado e olhou ao redor, sem sair do lugar. A praça estava repleta de peregrinos e turistas, simples curiosos que desejavam admirar a amplitude de todo o conjunto. O abraço fraterno da praça, o olhar bondoso da basílica em frente, e, do lado direito, como um guarda, o Palácio

Apostólico, onde tudo se decidia. A voz estava na praça, ou muito perto, e o via. Era uma manobra arriscada, mas engenhosa. Um local amplo, repleto de pessoas. Podia ser qualquer um. Se bem que o homem falava com calma, pausadamente, sem som ambiente, sem a pressão de poder ser descoberto. Um grupo de polacos começara a entoar um cântico junto a uma das fontes, e nada disso se ouvia pelo celular. Claro que havia maneiras de isolar aqueles sons eletronicamente. Outra opção era escolher um local de onde se pudesse observar a praça em segurança, enquanto outra pessoa vigiava mais de perto, sem levantar suspeitas. Procurou olhares suspeitos, vigias disfarçados de turistas — tarefa muito difícil. Girolamo sabia que eles eram profissionais. A voz falava com ele de um local remoto, seguro, e o restante da equipe, que podia muito bem ser apenas mais um elemento, controlava os movimentos deles na praça, junto ao obelisco bimilenar. Não devia estar tão errado. Era o que ele faria se estivesse na mesma posição.

— Vamos acabar com isto — pronunciou Girolamo em tom de ameaça. — Querem o padre Niklas? Onde está a moeda de troca? Tragam-na agora ou o filho do embaixador morre.

Guillermo e Cavalcanti fitaram o intendente, surpresos. O que ele queria dizer com aquilo? Mas que droga... Girolamo parecia fora de si. Tinha o rosto suado e a voz tensa.

— O que está acontecendo aqui? — perguntou Cavalcanti, levando a mão ao coldre de ombro que estava dentro do casaco.

Rafael levantou a mão e exibiu uma expressão séria para o inspetor. Era melhor que ninguém se precipitasse. Cavalcanti desistiu do gesto; esperava que o padre soubesse o que fazia.

— Sabia que não tinha me contado a história toda — resmungou o inspetor, voltando-se com uma expressão de desgosto para Rafael. — Onde está a tal moeda de troca?

Rafael sorriu.

— Bem longe daqui.

65

O carro avançava com rapidez pela A24. Ninguém falou durante toda a viagem.

Giorgio, o belo, pisou fundo no acelerador enquanto deixava a casa grande de Torano para trás. Só ele sabia para onde iam, e ninguém se atreveu a lhe perguntar. Todos tinham muitas perguntas que queriam ver esclarecidas, em particular Jacopo, mas não desejava fazê-las na frente de Norma. Sempre a poupara de todas as questões profissionais e pretendia continuar a fazê-lo. O monsenhor era secretário pessoal do Santo Padre, a primeira pessoa que ele via quando acordava e a última de quem se despedia à noite antes do descanso. Certamente as ações dele não acarretariam nada de maligno, embora o historiador soubesse muito bem o que acontecia àqueles que enfrentavam a Igreja.

Pegaram um pouco de chuva na autoestrada e um acidente entre dois caminhões lotados de mercadorias, o que atrasou a viagem em cerca de vinte minutos, criando certo constrangimento durante o acelera e para, acelera e para...

Muito fora dito durante a noite. Revelações, segredos, confirmações. Histórias de vidas presentes e passadas, memórias sombrias que torturavam quem as vivia. Três gerações sofridas, avó, mãe e filha, famílias arranjadas que acobertavam os frutos do pecado, se é que eram pecados de fato aos olhos do bom Deus.

Depois de passarem pelo local do acidente, em que um dos caminhões havia invadido a outra pista, ficando atravessado nos dois sentidos, misturaram-se ao fluxo que levava a Roma, já bastante denso, ainda que não impedisse circulação rápida.

Norma ignorava todos aqueles fatos. Jacopo a acordara no meio da noite, no apartamento deles na Via Britannia, para levá-la àquela casa enorme no meio do nada, pedido expresso e urgente de Rafael, e depois voltara a acordá-la, quando já dormia o seu profundo segundo sono, para mais uma viagem não se sabia com que destino. Como se não bastasse, deixaram o carro da família em Torano para acompanhar aquele belo espécime do gênero masculino, porém comprometido com o Criador, e a velhota gentil sentada a seu lado, que sorria com condescendência sempre que Norma a fitava. A esposa do historiador não tinha nada de tola. Reconhecia um sorriso nervoso quando o via. Ali havia encrenca das grandes, e ninguém queria lhe contar o que acontecia. Nem o marido, nem o padre bonitão, nem a senhora de idade. Eram todos cúmplices uns dos outros, e a deixavam de fora de propósito, como se não fosse pessoa digna de guardar segredos. O marido ia lhe contar tudo quando chegassem em casa... por bem ou por mal.

O toque de um celular soou quando passavam na *piazza* di Porta Maggiore. O monsenhor atendeu e escutou durante alguns segundos o que lhe foi transmitido, depois desligou.

Jacopo percebeu a mudança de velocidade do veículo, cuja condução se tornou mais agressiva, como se, de repente, houvesse um sentido de urgência ainda mais premente.

— Está tudo bem, Excelência?

Giorgio respondeu afirmativamente com um aceno de cabeça, sem tirar os olhos da estrada.

Minutos depois entraram na cidade, e o assistente encostou junto a uma praça de táxis. Parecia alvoroçado.

— Aqui posso apanhar um táxi — avisou o monsenhor, abrindo a porta e saindo do carro.

— Como assim? — perguntou Jacopo, saindo também.

Giorgio abriu o porta-malas do carro e retirou uma pasta, que abriu para mostrar ao historiador.

— Aqui dentro tem um passaporte diplomático e um cartão de crédito corporativo. — Puxou alguns cartões, as mãos trêmulas. — Estes são códigos de acesso de uma conta de um banco em Frankfurt. Retire todo o dinheiro. Rafael explicou-lhe o resto?

— Sim. Ele me disse o que tenho de fazer. Levá-la a Frankfurt — falou Jacopo.

— Exatamente. Entregue-lhe o dinheiro e depois pode voltar. É quantia mais que suficiente.

— Mas ela já não é livre há tanto tempo! Será que vai saber o que fazer?

— Com certeza ela saberá. Esta também é a vontade do Santo Padre. Fique com os diários de Pasqualina. Quando os tiver estudado, avise-me para que eu os recolha.

Jacopo resignou-se. Fosse feita a vontade do sucessor de Pedro. Lavaria suas mãos, como Pôncio Pilatos.

Giorgio abriu a porta de trás do carro, do lado em que estava Anna.

— Foi um prazer indescritível conhecê-la, Anna — disse em tom de despedida. — Minha viagem termina aqui. A sua vai continuar por mais alguns quilômetros. O doutor Sebastiani tem todas as instruções.

— Obrigada, meu querido — agradeceu Anna, uma lágrima se desprendendo do olho. — Espero... — começou a dizer, mas não continuou.

— Em meu nome pessoal, do Santo Padre e do padre Rafael, desejo-lhe a maior felicidade possível.

Anna estava comovida e não comentou mais nada.

Giorgio fez um meneio com a cabeça para cumprimentar Norma e fechou a porta.

— Tenho uma pergunta a lhe fazer — disse Jacopo, abaixando a voz, antes de entrar no carro e empreender a longa viagem. — Se está em contato tão direto com o Rafael, por que ele não me disse nada? E para que me chamou ao seu gabinete no meio da noite? Pouparia-me uma viagem a Veneza.

O secretário pontifício sorriu.

— O padre Rafael disse-me para jamais revelar seu paradeiro a quem quer que fosse. Só o doutor Sebastiani é que devia alertá-lo se algo corresse mal, como aconteceu. Seria essa a senha dele, digamos assim. — Aproximou-se do ouvido do historiador e proferiu em tom cúmplice: — O *monsenhor Lucarelli* não foi ao norte apenas por razões profissionais.

Jacopo manteve-se pensativo, processando as palavras do belo Giorgio. Aquela menção ao monsenhor Lucarelli era mais que suficiente. Tanto sigilo. Tantas intrigas ocultas em subterfúgios com objetivos próprios e motivos insondáveis. Tanta maldade em nome de Deus. Estava farto.

— Fomos todos peões nas mãos de Rafael, doutor — explicou o secretário.

Havia ainda muita coisa que não compreendia, mas não competia a Giorgio elucidá-lo. Levaria a filha do papa para fora do país, como solicitado. Fora esse o favor que Rafael lhe pedira. Ela adotaria a nova identidade que o passaporte lhe concedia e teria dinheiro suficiente para viver bem o resto da vida.

Anna merecia esse gesto. A liberdade era inerente ao ser humano, e ela fora privada desse direito fundamental. Fora um sacrifício a Deus durante tempo demais.

— E o que faço com o carro?

— Deixe-o em Frankfurt. Vou achar um jeito de recuperá-lo. Não conte a ninguém o que ouviu esta noite, nem o que Rafael lhe pediu para fazer — proferiu Giorgio.

Jacopo não respondeu. O silêncio era, em si, uma resposta.

— Está tudo bem com Rafael, Excelência? — quis saber Jacopo.

Giorgio franziu a testa. Não queria lhe contar.

— Nosso amigo ligará para você assim que possível; caso contrário, eu mesmo lhe telefono.

Jacopo entrou no carro, ocupando o lugar do motorista, e esperou que Norma passasse para o banco da frente. A viagem seria longa, cansativa, exasperante, um último sacrifício em nome Dele. E bastava. Ele que se virasse depois, sem mais oferendas.

Giorgio ficou observando o carro partir até perdê-lo de vista. Anna Lehnert desaparecera. Anna Pacelli nunca existira. Queria sorrir, mas não conseguia. O telefonema que recebera deixara-o aflito. Enfiou-se no banco de trás do táxi e deu o endereço ao taxista. *Espero que consiga se safar dessa, Rafael.*

66

— Onde está a moeda de troca? — voltou a perguntar Girolamo para o celular, visivelmente transtornado. — Traga-a já, ou mando matar o filho do embaixador.

— Com certeza, meu caro intendente — concordou a voz em tom submisso. — Vire-se na direção da fonte à sua esquerda.

Girolamo estava de costas para o obelisco e a basílica, junto à barreira circular que o protegia dos pedestres, e voltou-se na direção indicada pela voz. A fonte, a poucos metros dali, estava seca, mas rodeada por peregrinos e turistas que vagavam pelo local ou apenas se permitiam admirar o espetáculo visual que a praça oferecia daquele ângulo. Ao fundo, numa das extremidades da colunata, a fila de visitantes que tinha de passar pela verificação dos raios X para poder ter acesso ao interior da basílica era cada vez maior. Todo cuidado era pouco, e a basílica, o templo mais importante do mundo católico, tinha de ser mantida fora do alcance de mentes indiferentes ao valor sagrado da vida humana e de seu patrimônio.

— Siga o traço no chão que liga a fonte ao obelisco — continuou a voz. — Vai encontrar alguns discos. Um deles é o do centro da colunata.

Girolamo sabia a que discos a voz masculina se referia. A praça elíptica não consistia apenas em uma obra arquitetônica e de engenharia. Era também uma obra matemática. Poucos turistas sabiam, mas, se se fixassem naquele disco e olhassem daquele ponto para a colunata, o gigantesco braço composto por fileiras de quatro colunas dóricas, uma atrás da outra, escondia, magicamente, três colunas da parte de trás, dando a ilusão de ótica da existência de apenas uma fileira frontal. Bastava dar um passo ao lado para desfazer essa ilusão que Bernini criara.

— A moeda de troca está em cima desse disco — anunciou a voz.

Girolamo seguiu a linha com o olhar e encontrou o disco e a moeda. O coração se partiu ao ver o sobrinho Matteo com os olhos temerosos fixos nele. O olhar era igual ao do pai. Desde que Rafael pronunciara o nome Piccolo que sentira o chão se desfazendo sob seus pés.

— Está vendo a testa do seu sobrinho? — perguntou a voz.

Girolamo fez que sim com a cabeça, sem responder verbalmente.

— Está vendo a testa do seu sobrinho? — repetiu a voz num tom gélido.

— Sim. Estou.

— Faça o que tiver de fazer para libertar o jovem Niklas, ou verá um buraco se abrir na testa dele, como aconteceu com os relatores. Você tem sessenta segundos.

Girolamo olhou ao redor. Afastou-se de Rafael e dos outros dois, tentando vislumbrar o carrasco de Matteo, mas era uma tarefa inglória, ingrata... impossível. Cavalcanti e Guillermo tentaram se aproximar dele, mas Rafael impediu o avanço de ambos.

— Deixem-no em paz. Ele tem uma decisão difícil para tomar — explicou o padre.

Cavalcanti lançou um olhar fulminante a Rafael.

— Você vai ter muito que explicar, senhor padre.

Girolamo continuava fora de si. A respiração estava alterada. Levou as mãos ao rosto e aos olhos. O suor misturava-se com as lágrimas dos segredos revelados. Sentia-se um fracassado. Falhara com o irmão... falhara com Anna.

— Só tem quarenta e cinco segundos, Comte — informou Rafael.

— Eu... eu... sou apenas um peão.

O intendente queria correr em direção ao sobrinho, salvá-lo de tudo aquilo que estava por acontecer, alertá-lo para o perigo que corria. Era uma vítima, desde que nascera.

Quarenta segundos. O mais certo era que matassem ele e o sobrinho se tentasse socorrer Matteo. Tudo estava perdido.

Trinta segundos. Matteo não o conhecia. Girolamo não o via desde criança, desde os tempos em que ia levar o dinheiro a Úrsula, todos os meses, e o via brincando na sala ou no quarto. Agora que conseguia vê-lo ali, a algumas dezenas de metros, dava-se conta das semelhanças físicas com o irmão que falecera há trinta anos.

Vinte segundos. Matteo não podia continuar pagando pelos erros dos outros. Já fizera aquilo mais do que deveria. Pagara um preço muito alto por ser filho de quem era.

Dez segundos. Mirou mais uma vez o rapaz já homem, que vencera pelos próprios meios na bela Verona de Romeu e Julieta.

Cinco segundos. Tirou o celular do bolso e fez a chamada.

Rafael disfarçou um sorriso e também o alívio que sentiu por ver Girolamo ligar para quem devia, a fim de acabar com aquela situação. Pensou em Sarah e em como ansiava vê-la de novo sã e salva. Girolamo desligou e voltou a guardar o aparelho no bolso.

— E agora? — perguntou o intendente para o outro telefone.

— Queremos ver o jovem padre, obviamente.

Rafael e Girolamo olhavam para todos os lados. Os agentes alemães também. Os turistas enchiam a praça, mas os olhos deles estavam treinados para descortinar alvos em meio à multidão.

— Onde eles estão, Comte? — perguntou Rafael, impaciente.

O intendente nada falou. Sabia o que estava em jogo. Voltou a observar Matteo, que ignorava o que acontecia, ainda que o medo estivesse bem estampado em seu rosto.

— Estão ali — disse Rafael, assim que os viu passar pela abertura das grades que separava o Vaticano da Itália, do lado da Via Paolo VI.

Girolamo dirigiu o olhar na mesma direção que Rafael e viu o filho do embaixador e Sarah correrem apressados em direção a eles.

— Que mais você deseja de mim? — perguntou o intendente para o celular.

— Desejo-lhe um bom-dia — cumprimentou com desprezo.

— Isto não vai ficar assim — advertiu o intendente.

— Vai, sim — retrucou a voz. — A não ser que queira que eu revele a seu sobrinho quem era o pai dele, e que toda sua infância e adolescência foram custeadas por um fundo criado por Piccolo, com o conhecimento de João Paulo II e Bento XVI. E que usou três milhões de euros desse dinheiro para pagar um assassino profissional. Agora, passe o telefone para Mia, por favor.

Girolamo fitou Mia com desdém, e ela sentiu um calafrio lhe percorrer a espinha. Segurou o celular na mão.

— Olá novamente, minha querida. Faça o favor de levar Matteo para bem longe daí — disse a voz no auricular.

Mia engoliu em seco, nervosa.

— Levá-lo para onde?

Mia ouviu a gargalhada rouca do outro lado da linha.

— Leve-o para onde desejar, filha. Espero que não seja para um convento. Seria um desperdício para ambos.

Mia não podia acreditar no que acabara de ouvir. Sentia o peito mais leve e um alívio enorme. Sorriu para Matteo e encaminhou-se para ele. Depois pensou se J. C. não a teria iludido antes do golpe fatal, e olhou ao redor atemorizada, mas continuou avançando para onde se encontrava o veronês.

Rafael viu o rosto de Sarah, cansada, a poucos metros dele. Os olhos de ambos se encontraram e se comunicaram em silêncio. Estavam bem. Sarah não conteve a vontade de abraçá-lo, e ele correspondeu.

Niklas juntou-se ao grupo, ainda muito confuso. Só faltava Mandi. Quando tinham sido libertados do veículo, haviam lhe dado um *post-it* branco, que Sarah entregou a Rafael depois de abraçá-lo.

Sigam até o obelisco. Não falem com ninguém até chegar lá, ou serão punidos. Mandi fica comigo. Tenho outros planos para ela. Cumprimentos ao padre Rafael. Parabéns. Muito bem jogado. Espero que voltemos a nos encontrar.

O segundo gesto de Sarah foi lhe dar um cutucão.

— Quando isto termina? Não podemos viver em paz?

Niklas não tirava os olhos de Rafael, como se estivesse petrificado. Finalmente chegava à presença daquele que o gerara. Imaginara aquela cena inúmeras vezes na cabeça, milhares e milhares de versões mentais, nenhuma igual à que acabava de acontecer. A vida real surpreendia sempre. Rafael concedera-lhe apenas um olhar indiferente. Mais nada. Os agentes da *Bundespolizei* rodearam o rapaz; um falava-lhe em alemão, sem que ele prestasse atenção, enquanto o outro levava um celular ao ouvido para informar o embaixador.

O padre olhou para o intendente, que contemplava Mia e Matteo junto a uma das fontes. Os dois se beijavam. O pior tinha passado. Só faltava tratar de Girolamo.

— Não foi assim tão difícil, não é? — ironizou Rafael, aproximando-se do intendente.

— Vocês têm muita coisa para explicar — disse Cavalcanti de modo brusco.

— É verdade — falou Guillermo, espantado por concordar com o inspetor.

— O que foi que aconteceu aqui? Onde está a moeda de troca?

— Longe — repetiu Rafael, sem desviar o olhar de Girolamo.

O intendente esboçou um sorriso hipócrita.

— Ainda não compreendeu, não é? Sou apenas um peão.

— Peão ou não, o refém foi libertado.

O restante aconteceu com muita rapidez. Não se ouviu o silvo do disparo, apenas os gritos de turistas ingleses que viram Girolamo cair de costas, desamparado. Pessoas se juntaram imediatamente ao redor do homem, que desconheciam ser o intendente da Gendarmaria.

Rafael debruçou-se sobre ele. Tinha sido alvejado no peito.

— Afastem estas pessoas — ordenou. — Chamem uma ambulância — gritou. — Calma, Comte. O socorro está a caminho.

Os agentes que estavam na praça correram ao local do crime, junto ao obelisco, e afastaram as pessoas.

— Cerquem a praça — proferiu Guillermo com autoridade.

Mais agentes se aproximaram, vindos de todos os lados para ajudar a lidar com a situação. Começaram a esvaziar a praça com rapidez, afastando peregrinos, turistas e curiosos que, entretanto, teimavam em se aproximar do local. As pessoas dentro da basílica foram impedidas de sair até ordem em contrário.

— Mande fechar o trânsito na *piazza* Papa Pio XII, Via della Conciliazione, Via Paolo VI, Largo del Colonnato e Via di Porta Angélica — pediu Guillermo a Cavalcanti. — O mais rápido possível.

O inspetor considerou o pedido do agente secreto durante alguns instantes, e depois contatou a central. Rafael não se afastou de Girolamo, que parecia bastante ferido, embora consciente.

— Bastava ter cumprido uma ordem — acusou o intendente. — Uma ordem simples.

— Sabe que eu jamais enviaria uma inocente para a morte — explicou Rafael com condescendência.

— A ideia nunca foi matá-la. Você não entende? Estou do mesmo lado de Anna. Você é um idiota, Rafael. Merece morrer, assim como eu. Sabe coisas demais.

Um esgar de dor percorreu o peito de Girolamo, fazendo-o se contorcer.

— A ambulância está a caminho — confortou-o o padre, quando já se podiam ouvir sirenes estridentes ao longe.

— Os segredos morrem conosco — retrucou em meio a espasmos.

Daquela vez, o som foi mais audível, e a confusão, maior. Parecia o estalido de fogos de artifício. O último ato consciente de um moribundo condenado antes de desfalecer. Rafael levantou-se e deu alguns passos incertos em direção a Sarah, antes de tombar em seu colo.

Cavalcanti olhou para Girolamo e viu a Beretta na mão agora inerte. Tirou a sua do coldre e avançou para o intendente com a arma em riste, pronta para disparar à mínima ameaça. Chutou a Beretta para longe de Girolamo, sem que o intendente reagisse. Debruçou-se sobre ele e lhe colocou dois dedos no pescoço à procura de pulsação. Esperou alguns segundos. Estava morto. Disparara a arma antes do último suspiro. Se Deus existisse, era bom que batesse a porta do céu na cara dele e o enviasse ao fogo do inferno.

Sarah abraçava Rafael, que tinha a cabeça em seu colo. Ela chorava e gritava, inconsolável. Nem um momento de paz sequer. O tiro acertara no abdômen. A camisa estava encharcada de sangue.

— Peçam ajuda — gritou a jornalista ao vento, para ninguém em particular. — Peçam ajuda!

Niklas aninhou-se junto dela, as lágrimas escorrendo-lhe pelo rosto. Não esperava ter uma reação daquelas por alguém que o havia rejeitado. Ele não merecia um instante de mágoa nem de dor, só desprezo, mas Niklas não conseguia. Havia algo nele que o fazia admirá-lo. A tal aura misteriosa, um instinto protetor invisível. Mas nada o preparara para vê-lo assim, desfalecido, inanimado, quase morto. Os agentes da *Bundespolizei* agarraram Niklas e o arrastaram rumo ao carro. Ordens do embaixador.

— Ele é meu pai — berrou para eles, como se verbalizar o fato o tornasse mais verdadeiro. — Deixem-me. Ele é meu pai.

Mia assistia com Matteo a toda aquela movimentação da grade que separava a Itália da Santa Sé. Podiam ter sido eles as vítimas. Aquela mulher desesperada com a cabeça do monsenhor Lucarelli no colo poderia ter sido ela chorando o corpo do veronês. Agentes da polícia começaram a afastar as pessoas da grade. Tinham de recuar para além da *piazza* Papa Pio XII, bem longe daquele cenário. As autoridades não queriam proporcionar mais espetáculo. Centenas de pessoas cumpriram a ordem, abandonando o local de modo ordenado. A visita tão desejada ao centro do mundo católico teria de ser adiada.

— Aquele homem — proferiu Matteo num estado pensativo.

— Qual?

— Aquele que levou o segundo tiro.

— O monsenhor Lucarelli.

— Foi ele quem me arrastou para fora de casa.

— Eu sei. Também foi ele quem me tirou do retiro — explicou Mia.

Não compreendia os estranhos desígnios Dele. Por um lado, nunca tivera tanto medo na vida e vira coisas terríveis que jamais imaginara em seus piores pesadelos. Por outro, conhecera aquele rapaz que estava ao seu lado e… não sabia com que novas sensações lidava agora. Sentia uma sensação boa, borboletas que a faziam levitar a um estado… Bem, como dizer… um estado de amor?

O pigarreio de J. C. ao ouvido retirou-a do torpor reflexivo em que entrara. Mia sentiu um arrepio de medo.

— Por que o senhor fez isto? — quis saber a freira quando entrava na Via della Conciliazione, com Matteo a seu lado.

J. C. soltou uma gargalhada alta que a fez levar a mão à orelha. O senso de humor dele era muito esquisito.

— Não fui eu, querida Mia. Pode se desfazer desse auricular e é melhor que saiam daí rapidamente — disse em tom sério. — Fomos todos enganados.

67

Sentiu dor, muita dor, apreensão, ansiedade, e medo, que se misturou a uma dose gigantesca de raiva e fúria. Passou os primeiros dias na seção de cuidados intensivos, no hospital. Os agentes da Gendarmaria tinham ordens para não deixar ninguém entrar, e ela não foi autorizada a vê-lo. Perguntou aos médicos sobre seu estado, e eles tentaram tranquilizá-la, mas lhe forneceram informações escassas. Dormiu em cima dos bancos e comeu pouco. Sarah não queria deixar Rafael, ainda que não pudesse vê-lo.

No terceiro dia, chegou um clérigo muito bonito, e os agentes da Gendarmaria lhe concederam acesso ao interior da área de cuidados intensivos, onde teve de vestir uma bata e uma máscara. Quando ele saiu, Sarah se dirigiu a ele.

— Desculpe. Viu Rafael?

— O padre Rafael? Sim, vi. Quem é a senhora? — perguntou ele cordialmente.

— Chamo-me Sarah. Sou amiga de…

— Sei quem é. Eu sou Giorgio, secretário do Santo Padre. Ele está sedado. Os médicos fizeram tudo que podiam. Agora é com ele. Vou incluí-lo nas minhas orações. — Colocou-lhe uma das mãos no ombro com ternura. — Ele é forte. Vai se recuperar.

Lágrimas escorriam pelo rosto da jornalista. Era bom ouvir aquelas palavras ao fim de três dias sem notícias. Giorgio deu-lhe um abraço antes de sair, comprometendo-se a lhe dar notícias todos os dias.

— Vá para casa. Descanse. Coma alguma coisa. Eu a manterei informada.

Sarah não saiu da policlínica que tantas vezes visitara para ser tratada de sua doença. Também Rafael, se Deus existisse, haveria de ter desfecho igual ao seu. O problema é que ela não acreditava Nele. Talvez essa descrença fosse pecado, e Ele a castigasse por isso, mas ela não conseguia crer num Deus punitivo. De qualquer maneira, deu por si na capela da policlínica, ajoelhada no genuflexório, perante a figura de Cristo, as mãos juntas numa prece pela redenção daquele que amava. Nem sabia o que Lhe dizer. Como se falava com Deus? Era preciso argumentar sobre as virtudes e os escassos defeitos, as boas ações e qualidades, em detrimento do menor número de pecados? E depois ele pesaria os prós e os contras e tomaria a decisão, favorável ou não, segundo esses critérios? Desistiu de rezar. Não sabia, não acreditava.

No quinto dia, viu chegar uma mulher loira ao piso dos cuidados intensivos, acompanhada de Niklas. Quando o jovem padre a viu, aproximou-se dela.

— Esta é Sarah, mãe.

A mulher cumprimentou-a com um sorriso amarelo e se apresentou.

— Muito prazer. Nicole. Sabe alguma coisa do Rafael?

— Ele está estável.

Nicole lançou um olhar preocupado ao filho.

— Tem certeza de que é isso que quer?

Niklas respondeu afirmativamente com um meneio de cabeça. Depois de Nicole falar com os médicos, o filho entrou na área de cuidados intensivos, onde também vestiria uma bata e colocaria uma máscara para não contaminar a zona esterilizada. Nicole sentou-se ao lado de Sarah. Ficaram em silêncio durante alguns minutos, que mais pareceram horas.

— A senhora é parente do Rafael? — perguntou a embaixatriz.

— Apenas amiga.

— Ele sempre foi tão frio e seco que nunca imaginei que fosse capaz de fazer amigos.

Sarah soltou uma gargalhada que contagiou Nicole. Era verdade. Exceto pelo físico, não tinha nada que, supostamente, cativasse. Ou talvez isso fosse, em si, cativante. Tinha uma aura misteriosa, nunca se sabia o que ele pensava. Possuía uma agenda só dele. Como se não bastasse, ainda era padre.

— Niklas me disse que é filho de Rafael — falou Sarah.

Durante os primeiros dias, Sarah não pensara nisso. Guardara no baú mental, em que se colecionam informações inofensivas ou não prioritárias. Depois, lembrara-se, e a primeira coisa que lhe ocorreu foi que sonhara. Não podia ser verdade. Mas aquela visita lhe trouxera a confirmação.

Nicole ficou calada e não respondeu de imediato.

— É verdade. Éramos novos; acreditávamos que podíamos mudar o mundo. Ninguém pode mudar nada. Acabamos sempre por nos curvar à vontade do que já foi determinado — disse, resignada. — Não bastava Niklas querer conhecê-lo. Ainda quis ser padre.

Foi a vez de Nicole dar uma gargalhada gutural, que Sarah acompanhou apenas por simpatia. A embaixatriz não ria porque achava engraçado; ria para não chorar. Todos os homens de sua vida feriam-na de uma maneira ou de outra.

Niklas saiu da área de cuidados intensivos poucos instantes depois, visivelmente consternado. Os olhos vermelhos denunciavam um choro compulsivo.

— Está sedado — revelou. — Não sabem ainda quando o acordarão.

Nicole abraçou o filho.

— Vamos embora daqui, Niklas. Você volta outro dia.

A embaixatriz encaminhou-se para a saída, mas depois fez um afago no cabelo do filho e retornou, dirigindo-se a Sarah.

— Fuja enquanto é tempo e não olhe para trás, Sarah. A Igreja os impede de amar — proferiu a mulher em uma advertência. — Ele vai magoá-la.

Sarah engoliu as palavras de Nicole em silêncio, enquanto a viu sair abraçada ao filho entristecido. Lâminas afiadas pareciam lhe perfurar o coração, deixando verter esperança de dentro de si. Sentiu-se uma idiota à espera do amor. Chorou como se Rafael tivesse sucumbido aos ferimentos e regressou ao hotel naquele mesmo dia. *Adeus, Rafael.*

68

A mente levara-o para muitos locais conhecidos e desconhecidos, mundos novos e antigos, memórias dos que ainda estavam vivos e dos que já haviam partido. Imerso em desvario, ampliou os devaneios sem parar de perambular por cantos e recantos ocultos de palácios e jardins, por nichos que envolviam estátuas conspiradoras, detentoras de segredos e intrigas de quem passava e se julgava a salvo de ouvidos traidores. Pelo caminho, encontrou a mãe, ou assim lhe pareceu. Nunca a conhecera. Na infância, passara por muitos orfanatos, tutores e famílias de acolhimento, muitas mães ou nenhuma, conforme a circunstância, mas sentia que aquela era ela, aquela que o pegava no colo e lhe sorria no jardim como se não houvesse mais mundo a não ser aquele bebê, só ele, o centro de tudo, como apenas uma mãe consegue fazer, a única, a verdadeira. Teve conversas com mortos que o visitaram, vestidos com o último traje com que os vira em vida. Pensou que o vinham buscar e escoltá-lo, em cortejo de honra, até a cova do inferno, mas queriam apenas dialogar, passar um pouco do tempo eterno com ele. Passou também muitas tardes deitado ao sol na praia, embalado pelo som das ondas, enquanto alguém passava correndo e o sujava com grãos de areia, para depois rir até gargalhar. Levantava a cabeça para ver quem era, mas o sol o cegava e o impedia de descobrir de quem se tratava. *Quando é que teremos paz?*, ouviu o nada, o vazio perguntar, indagação muitas vezes repetida, tantas que se sentia bombardeado, perseguido por aquela voz que, a qualquer hora do dia ou da noite, na praia ou quando discutia efusivamente com um dos mortos de visita, perturbava seu raciocínio. *Quando é que teremos um momento de paz?*, chegou a gritar para que se calasse. Correu atrás dela, apesar de não saber de onde vinha, procurando-a à exaustão sem nunca encontrá-la. Apenas um lenço que esvoaçava ao vento. Sentia uma ardência na área abdominal, que às vezes doía intensamente e chegava a sangrar. Tentava estancar a ferida com tudo que tinha à mão, mas sem sucesso, até que, enfim, acordou. *Quando é que teremos paz, Rafael?*

Rafael levou algum tempo para se habituar à claridade do quarto, e mais ainda para perceber a presença dele. Um agente uniformizado da Gendarmaria Vaticana estava sentado numa cadeira voltada para o leito. Seguramente havia outro agente do lado de fora da porta. O mais provável é que tivesse avisado via rádio que ele acordara, mal abrira o primeiro olho.

Rafael sentia-se fraco como nunca antes se sentira; uma ardência desagradável na zona abdominal, tapada com gaze em toda a extensão, intensificava-se quando se mexia. Tinha um cateter vascular numa das mãos e um dreno na barriga. Os médicos falaram da sorte que tivera e de como alguns centímetros para o lado provocariam outro desfecho, menos feliz. A mão de Deus sempre desviava as balas, ainda que infelizmente não as evitasse.

As primeiras visitas chegaram no final da manhã e trouxeram os rostos austeros e severos de Tarcisio, Federico e Guillermo. O piemontês não perdeu tempo para impor sua condição. Benzeu-se, beijou a cruz de ouro que trazia ao peito e, numa manifestação de poder, estendeu a mão anelada para que Rafael a beijasse. Era bom que se esclarecessem os papéis novamente e que não houvesse dúvidas sobre quem devia vassalagem a quem. O agente da Gendarmaria que vigiava o *recluso* foi convidado a sair do quarto, assim como o assistente do cardeal secretário de Estado, depois de arrastar a cadeira para junto do paciente para Tarcisio se sentar.

— Está em condições de me explicar o que aconteceu? — perguntou Tarcisio depois de se acomodar.

Rafael tentou se erguer, a fim de encostar a cabeça na cabeceira da cama e não parecer tão fraco nem vulnerável, mas, diante de tanta dor, desistiu.

— Tomasini pode esclarecer melhor que eu. Ele testemunhou tudo e não levou nenhum tiro — respondeu Rafael com aspereza, a voz saindo muito rouca.

Tarcisio olhou para o agente secreto.

— Não estou falando do que aconteceu na praça. Esse lamentável episódio já foi visto e revisto de todos os ângulos — disse o piemontês, que também falava com certa acidez. — Refiro-me a tudo. Ao que parece, você estava muito mais bem informado que todos nós, e presumo que se esqueceu de reportar alguns fatos ao seu superior.

— Quando tomou conhecimento de que o Comte planejava raptar o filho do embaixador e eliminar os relatores? — reforçou Guillermo, apesar de saber que Rafael já entendera muito bem a pergunta.

Rafael levou uma das mãos aos olhos e os esfregou, como se o esforço para recordar fosse muito grande.

— Mais ou menos na mesma altura em que soube que o irmão dele deixara um filho em Verona e um fundo no IOR, tutelado por Comte, para cuidar do futuro do rapaz.

— E isso foi quando?

— Há cerca de três semanas.

Tarcisio inclinou-se para a frente e pousou as mãos sobre a cama.

— E quem lhe contou?

Rafael hesitou antes de responder, ou pelo menos assim pareceu ao cardeal secretário de Estado. Mas podia apenas estar organizando as ideias. Afinal, havia acordado há poucas horas de um sono profundo de vários dias nos quais passara por diferentes estados de saúde. Optou por dizer apenas uma parte da verdade, para variar.

— O secretário pontifício.

— Giorgio?

Os três homens entreolharam-se, surpresos. O secretário do papa era dissimulado demais e interferia-se em assuntos que não lhe diziam respeito. Desde que Bento assumira suas funções, ele cuidava de todos os dossiês que diziam respeito ao Santo Padre, por vezes invadindo territórios que, legalmente, pertenciam à esfera do Secretariado ou da Cúria, e ignorava todas as formalidades entre departamentos. Tarcisio não gostava dele, e essa revelação só lhe dava mais motivos.

— Alguém tem de conter esse homem — disse Federico, que também desconfiava dos métodos escusos e ambíguos do belo secretário pontifício.

— Por que Comte cometeu esse ato hediondo? — quis saber o cardeal secretário de Estado.

Rafael sorriu. Essa era fácil de responder.

— Terá de perguntar a ele.

— Não seja impertinente, Rafael — atalhou Guillermo em tom conciliador. — Colabore, por favor. Será melhor para você.

O padre franziu a testa. O problema de Guillermo era a sua postura subserviente. Claro que isso fazia dele o homem certo para chefiar a Santa Aliança e, ao mesmo tempo, o mais perigoso. Para Guillermo Tomasini, a razão estava sempre com a Igreja Católica Apostólica Romana, com todas as suas inúmeras virtudes e escassos defeitos. Era um executor, não um inquiridor. Sua lealdade conhecia apenas um dos lados, desprezando totalmente o contexto e, por consequência, a verdade. Aquela frase final — *Será melhor para você* — era a prova viva dessa atitude. Rafael conhecia-os bem demais, era esse o problema.

— Não me venha dizer o que é melhor para mim — desafiou.

— Estamos na presença de um homem que está morto para a opinião pública — esclareceu Federico em uma ameaça velada. — Queremos apenas reunir o máximo possível de informações para tentarmos minimizar essa desgraça. O que levou Comte a se rebelar? Tantas mortes em nome de quê?

Rafael fez um aceno negativo com a cabeça. Eles não haviam entendido nada... ou não queriam entender.

— Não foi em nome de quê, mas de quem. Qual é o fator comum de todos os crimes?

Os homens levaram algum tempo pensando, trocando olhares cúmplices entre si. A resposta não era difícil, mas ninguém queria dizê-la em voz alta. O último papa de cunho imperial tornara-se um arquétipo irrefutável de inconveniência. No Vaticano sempre tiveram êxito ao varrer para debaixo do tapete as inconveniências. Longe dos olhos, longe do coração. Era como se nunca tivesse existido. O problema é que a história não permitia que se esquecesse nada.

— O Santo Padre Pio XII — respondeu o cardeal secretário de Estado, dando voz ao que ninguém mais queria pronunciar.

— Mas Pacelli deixou-nos em 1958. Como poderia ele influenciar o que se passou, tanto tempo depois de sua morte? — questionou Federico.

— Sabem qual ia ser a recomendação da *Positio* do padre Gumpel? — contrapôs Rafael.

Nenhum deles sabia. A *Positio* seria transmitida diretamente ao papa, e não ao Secretariado. Seriam informados depois, após o Santo Padre ter tomado a decisão. Informação — a pedra preciosa do novo mundo. Crucial para saber a situação de aliados e inimigos, dos neutros e ambíguos; quem a tinha controlava o desenrolar dos acontecimentos.

— A recomendação era negativa — anunciou Rafael.

Todos imaginavam que o desfecho seria esse, mas, por outro lado, mantinham a esperança de que a Congregação para a Causa dos Santos, no fim, sustentasse o interesse superior da Igreja e varresse para debaixo do tapete aspectos menos agradáveis do candidato Eugênio Pacelli.

— Mesmo assim, Comte mandou matar três pessoas a sangue-frio — disse Federico. — Por que não tentou matar Gumpel também?

— Tentou. Só que não sabia onde ele estava.

A lógica era inimiga do ofício, e, na maior parte das vezes, para se esconder algo, o melhor era colocá-lo debaixo do nariz de quem procurava. Gumpel tinha apenas um endereço em seu registro pessoal: o Vaticano. Mas costumava pernoitar numa *villa* apreciada pelos membros da congregação, propriedade do Estado católico, nos arredores de Roma, onde podia continuar suas leituras de trabalho. Nunca ninguém se lembrou de procurá-lo nesse endereço, como Rafael previra.

— Mas o que liga Girolamo a Pio XII? — quis saber Guillermo.

— O irmão — explicou o padre, a voz cada vez mais sumida.

— Qual irmão? — perguntou Federico.

— Aquele que morreu? — perguntou Guillermo.

— Sim. O padre Giovanni Comte. Designado pelo cardeal Cicognani como vigilante da moeda de troca a partir de 1968.

— Foi o que morreu atropelado, não foi? — perguntou Federico.

— Mas essa história tem trinta anos. Além disso, o padre Comte não conheceu o papa Pacelli — apontou o piemontês.

— Mas conheceu a filha dele. E teve um filho com uma das empregadas da casa em 1981.

— O quê? Que história mais sem sentido — reprovou Tarcisio. — De repente, os padres desataram todos a ter filhos?

— E não para por aí — prosseguiu Rafael, cada vez mais fraco, lembrando-se de que ele próprio não fora um exemplo de castidade. — Girolamo, na época, era agente da Gendarmaria e ajudou o irmão a se livrar do filho.

— De que maneira? — inquiriu Federico, intrigado.

— Providenciando uma família de acolhimento em Verona. O rapaz, no entanto, não se assentou em nenhum lugar. Anos mais tarde, Girolamo contratou uma pessoa em tempo integral para ficar com ele.

— Com que dinheiro? O salário na Gendarmaria não é alto.

— Com dois fundos do IOR.

— E quem financiava esses fundos?

— Um cardeal veneziano chamado Albino Luciani, mais conhecido pelo nome de João Paulo I. Usaram seu nome, Piccolo, como pseudônimo para um dos fundos do IOR. A Fundação Donato e o Fundo Julieta para as crianças desprotegidas continuam a ser financiados pelas obras de caridade que ele criou. Ao contrário do que se diz, não é lavagem de dinheiro. Nunca foi. É dinheiro limpo, de pessoas que querem ajudar. Por isso é que o titular da Fundação Donato continua a ser Piccolo, que já morreu há 34 anos, e o titular do Fundo Julieta é sempre o papa em atividade. Os três homens se entreolharam em um silêncio cúmplice.

— O padre Comte morreu atropelado em 1983 — afirmou o cardeal secretário de Estado, como se recapitulasse algum ponto da história. — Continuamos sem entender por que o intendente agiu dessa maneira.

— O padre Comte morreu assassinado. Atropelamento e fuga.

— Bobagem — replicou Federico.

— Como queiram. Morreu porque assistiu ao homicídio de dois papas e guardava um grande segredo de outro. Era um homem de confiança que sabia demais.

— O que está dizendo? — irritou-se Tarcisio.

— O papa Paulo VI foi envenenado ao longo do ano de 1978, e sabemos muito bem o que aconteceu com o papa Luciani — continuou Rafael. — O padre Comte serviu aos dois e sabia quem tinha acesso a ambos os papas.

— Isto é loucura — reprovou o cardeal secretário de Estado. — E por que ele queria a mulher?

— Que mulher?

— A moeda de troca.

— Não sei do que está falando, Eminência — respondeu o padre com expressão séria.

— Mas... ainda há pouco falou dela. Está se sentindo bem?

— Não é momento para brincadeiras, Rafael — confrontou Guillermo. — Não vai se livrar de nós sem nos entregar Anna Pacelli ou Anna Lehnert, como queira chamá-la.

— Como se pode entregar alguém que não existe? — ouviu-se a voz de Giorgio, o belo, que acabara de entrar no quarto e escutara a última parte do diálogo.

Os outros desviaram o olhar para a porta e viram o monsenhor entrar com um sorriso nos lábios.

— Estão brincando conosco? — perguntou Tarcisio, indignado.

— Claro que não, Eminência — garantiu Giorgio. — Nunca existiu ninguém com o nome Anna Lehnert ou Anna Pacelli. Em decorrência, não podemos entregar alguém que não existe.

Tarcisio levantou-se, exasperado. Era petulância demais por parte do secretário pessoal do papa. Não ia permanecer ali mais tempo para ser humilhado nem escarnecido por um garoto.

— Caros senhores, quero que se dirijam ao meu gabinete assim que Rafael tiver alta, com um relatório completo da situação, sem dispersões nem artimanhas. Melhoras — desejou a Rafael. — Muito boa-tarde.

Giorgio permaneceu no quarto olhando a rua pela janela, enquanto o cardeal secretário de Estado se arrastava para fora, seguido pelos outros dois. A policlínica Gemelli era o hospital escolhido pelos membros da Igreja, onde os próprios papas eram tratados quando a gravidade impunha a transferência a uma unidade hospitalar. O monsenhor não se virou assim que ficaram a sós. Continuou a fitar a vida da cidade, ainda que seus pensamentos o isolassem do que se passava lá fora.

— Tarcisio fez a pergunta certa — confessou Giorgio, cortando o silêncio.

— Qual?

— Por que Comte queria Anna?

69

Giorgio não repetiu a pergunta, e Rafael levou algum tempo para responder. O que Comte pretendia, afinal? Sentia-se cada vez mais fraco, e as palavras saíam-lhe com mais dificuldade.

— Não tive oportunidade de lhe perguntar — respondeu por fim. — Talvez quisesse matá-la. E quanto a Mandi, ela apareceu?

Giorgio fez que não com a cabeça.

— Talvez quisesse eliminar todos os vestígios que pudessem prejudicar a imagem de Pacelli.

— Mas por quê? — questionou Giorgio.

Rafael não sabia responder.

Giorgio respirou fundo, na tentativa de desanuviar seu semblante carregado.

— Se eu soubesse que ia ser tão trágico, não o teria arrastado para essa situação.

— Não me arrastou. Talvez tenha sido o contrário.

— Como o padre Duválio encontrou o teste de DNA e o diário? — perguntou o secretário do papa, mais para si mesmo do que para Rafael.

— Alguém lhe deu. Aquilo não estava no arquivo, como ele disse.

— Como pode ter tanta certeza?

— Porque fui eu que mandei fazer o teste há muitos anos, e sei onde ele estava; também já tinha visto o diário — explicou Rafael, sem acrescentar as dúvidas que o atormentavam.

Giorgio colocou as mãos atrás das costas, como um policial que refletia sobre suas pistas e provas, montando um quebra-cabeça mental.

— Não devia ter envolvido o jornalista americano nisso — desabafou Giorgio. — Não devia ter dito nada ao Timothy. Uma morte gratuita. Culpa minha.

— Não se culpe. Quem poderia imaginar o plano louco do Comte? Sabíamos que ele pretendia raptar Anna, mas jamais imaginávamos que ele eliminaria um Colégio de relatores.

— Eu sei, mas...

— Nosso objetivo com o jornalista era dissuadir Comte — interrompeu Rafael, analisando os fatos com frieza. — Infelizmente, não deu resultado. Ele perseguiu todos nós. Só se deteve quando ameaçamos matar o sobrinho, e mesmo assim tentou me matar... Não deixe de buscar o dinheiro em Veneza. Esse dinheiro está sendo bem utilizado.

Giorgio virou-se para Rafael e se aproximou da cama.

— Gumpel vai fazer uma recomendação positiva para a beatificação — confidenciou o assistente pontifício, intrigado. — Soube que essa recente mudança de decisão tem o dedo seu. Por quê?

Rafael tentou se ajeitar na cama. Sentia muita dor e estava cansado. Optaria pela resposta mais simples: a verdade.

— Alguém me disse um dia que um homem não é apenas suas falhas. O amor não escolhe lugar nem posto. Não devia, seguramente, ser a causa do entrave a um processo de canonização. Seria uma total contradição.

A dor passou a ser tão forte que a respiração se alterou, tornando-se ofegante. Giorgio chamou os enfermeiros. Com gentileza, pediram ao monsenhor que saísse. Giorgio, apreensivo, deu a mão em um gesto apressado de despedida a um Rafael trêmulo e arquejante, que suava e se contorcia. Este agarrou a mão do assistente e o puxou para mais perto. Giorgio se debruçou sobre ele.

— O lenço. Onde está o lenço? — murmurou entredentes, com tremores pelo corpo inteiro em plena alucinação.

— Do que está falando, Rafael?

— Saia, por favor, Excelência — voltou a pedir um dos enfermeiros. — O paciente precisa descansar.

— Anna está livre, como você desejava — sussurrou o secretário pontifício antes de deixá-lo. Sabia que o padre gostaria de saber desse fato.

O sedativo o fez adormecer em poucos minutos. Voltou a sonhar com mortos e cenas de praia. A voz, sempre ela perturbando as conversas ao sol. O lenço esvoaçando ao vento. *Quando é que teremos paz?* Quando acordou, tinha uma visita do mundo dos vivos.

— Você é um filho da mãe — praguejou Cavalcanti, sentado numa cadeira com as pernas esticadas e pousadas na cama de Rafael. — Preferiu me deixar de fora e levou um tiro. Bem feito! Se tivesse me informado sobre tudo, não estaria nessa cama.

Rafael sorriu. Talvez o inspetor tivesse razão. Só Deus poderia saber.

— Desculpe. Não devia tê-lo deixado de fora. Foi um erro de cálculo.

— Foi defeito de fabricação, isso sim. Tudo o que vem dos lados de São Pedro vem avariado. — Sorriu com condescendência. — Parece que você escapou por pouco.

O padre sentia-se tão fraco que ainda não fazia ideia de se tinha escapado ou não, mas não comentou nada.

— Por que fomos à Embaixada? Queria dar uma olhada na sua ex?

— Não. Minha intenção era equilibrar a balança — respondeu Rafael. — Os alemães contiveram o cardeal secretário de Estado e tiraram o espaço do Comte.

Cavalcanti levantou-se e se encaminhou para a porta.

— Veja se consegue ficar bom logo. Tenho de ir. Os contribuintes não me pagam para fazer visitas a hospitais de gente rica.

— Os contribuintes não fazem ideia de como e onde vocês gastam o dinheiro deles — replicou Rafael, a pouca energia quase se esvaindo com a provocação.

— É verdade... Mas nós fazemos.— Abriu a porta. — Ah! Já ia me esquecendo! Aquele relator, o brasileiro.

— O Duválio? O que tem ele?

— Ele conhecia a tal Anna. Levantamos vários telefonemas dele para um endereço oculto.

— Endereço oculto?

— Sabe o que quero dizer. Um endereço registrado em nome fictício. Nesse caso, uma empresa. Pertence ao Vaticano. Nem sei por que estou lhe dizendo isso; provavelmente, foi você mesmo quem o criou. Seja como for, achei que devia saber. — Deu um passo teatral e parou sob a soleira da porta. — Ah! Há ainda outra coisa. Esse Duválio falava também com o intendente.

— Com Comte?

— Sim. Depois de falar com Anna, ligava sempre para ele.

Aquelas informações deixaram Rafael intrigado. Anna se comunicava com o mundo exterior? A casa tinha seguranças que cobriam todo o perímetro, e as comunicações eram controladas. Rafael era, supostamente, o único que lhe ligava.

— Como descobriu isso?

— Está me subestimando? Tenho minhas fontes. Não é só você que guarda trunfos na manga. Fui a Torano, claro.

A dor voltara com força, mas Rafael se esforçou para aguentá-la. Precisava ouvir aquele relato do inspetor italiano.

— Fazer o quê? — perguntou com esforço.

— Inspecionar o tal endereço oculto de cuja existência está fazendo de conta que não sabe, e que Comte não conseguiu descobrir. Interroguei os seguranças. Um deles disse que um relator da Congregação para a Causa dos Santos os contatou e exigiu falar com Anna, afirmando que ligava em nome do papa. A próxima vez que for ao banco pedir um crédito, vou fazê-lo em nome do papa, para ver se me dão.

— Mas como ele descobriu o endereço dela?

— Não faço a menor ideia. Talvez da mesma maneira como eu descobri. — Encaminhou-se para a porta. — Até a próxima, padre Rafael, ou Ivan, ou seja lá qual for seu nome. Espero, na verdade, que não haja próxima.

Cavalcanti saiu, mas voltou a entrar.

— Ah! Já me esquecia. Aqui está o seu amuleto. A última vez que o vi, ainda não estava consciente, e só falava dele. — Entregou-lhe o lenço de Sarah. — Não quero que lhe falte nada. E você ainda diz que eu não sou seu amigo.

Rafael ficou refletindo em tudo aquilo. Nos pormenores. Sempre eles é que faziam a diferença. A tênue fronteira entre a certeza e o mal-entendido. A figura débil de uma velhinha inofensiva, simpática, que subornava com doces e comidas que cozinhava para os seguranças. Quantas vezes Anna lhe dissera que fora ela quem fizera o jantar ou o almoço, expressamente para ele, quando Rafael ia visitá-la? Ela adoçava a boca e a mente dos seguranças com palavras carinhosas e deliciosos pratos gastronômicos. Anna era uma sedutora, e Rafael fora envolvido, como os outros, em sua teia de ternura. Ele próprio providenciara a liberdade dela porque achara que já sofrera o bastante. *Fui uma espécie de ovelha negra. Não devia ter nascido*, lamentara-se ela mais de uma vez. *Se eu não existisse, a luta da minha mãe pela canonização dele já teria terminado há muito tempo.*

Rafael pensava que eram meros desabafos sem fundamento. Lamentos de quem tinha muito tempo para dar vazão a pensamentos e frustrações. Nos bastidores, entretanto, ela manipulava tudo e todos com sorrisos de uma velha tola e distraída, rendida a seu destino.

70

Passaram-se cinco dias e cinco noites, e ainda não conseguia desfazer o sorriso infantil dos lábios. Sentia-se uma criança a quem a vida e a família ainda não tinham destruído os sonhos. Faltava-lhe apenas o tempo para alcançar tudo que ainda queria realizar, mas não era hora de se lamentar com detalhes. Teria o tempo que tivesse e aproveitaria cada segundo como se fosse o último. Havia muita coisa no mundo para conhecer.

Pediu um *caffelatte*, sem açúcar, e pousou a bolsa na cadeira ao lado da sua. Folheou o *Berliner Zeitung* e levou a xícara à boca para sorver um pouco do líquido quente que lhe aqueceria o corpo. O movimento do estabelecimento, àquela hora da manhã, era incessante, com pessoas constantemente entrando, saindo, pedindo bebidas quentes e frias, doces e salgados, crianças berrando, sorrindo, chorando, correndo por entre as mesas, a sonora máquina de café sempre trabalhando para satisfazer os desejos dos clientes, garrafas saltando para cima do balcão, empregados andando pelas mesas com bandejas carregadas de comida e gritando para a cozinha os pedidos mais especiais, mas nada disso a incomodava. A vida acontecia à sua frente, e não em um mundo imaginário que se obrigara a criar. Não havia nada mais belo. Alguns clientes esperavam pela condução que os levaria a outro destino; outros, como ela, esperavam pela que lhes traria alguém.

Atentou para uma pequena notícia nas páginas internacionais que mencionava a morte do intendente da Gendarmaria Vaticana, Girolamo Comte. Coitado do intendente. Era peça fundamental para a conquista de sua liberdade, mas, também, um dano colateral. Ele queria honrar a memória do irmão e cuidar dela, mas Anna desejava apenas sair da casa grande. Ela o conhecera alguns anos antes da morte do irmão dele, quando Girolamo era apenas um agente novato e ingênuo, ainda dando os primeiros passos na Gendarmaria. Quando o irmão Giovanni tivera o filho, ela e Girolamo o ajudaram a resolver a questão. Um padre como ele, próximo do Santo Padre e em plena ascensão, não podia ter a mancha da paternidade no currículo. Quando Giovanni morrera daquela maneira trágica e imprevista, fora ela quem ajudou Girolamo e lhe sugerira que arranjasse alguém que tomasse conta de Matteo. Deixaram de se ver quando Rafa aparecera e a mudara de endereço. Quando lera no *Corriere della Sera* que o Colégio de Relatores tratava do caso de seu pai, vira uma oportunidade. Enviara o teste de DNA e, mais tarde, o diário para convencer o relator de que falava a verdade sobre sua identidade. O relator, o jovem Duválio, não queria acreditar. Infelizmente, ao contrário da sua intenção, aqueles documentos haviam tido um efeito nocivo. O Colégio ia emitir um parecer negativo à beatificação do pai. Não fora difícil convencer o jovem padre Duválio a ser um intermediário entre ela e o intendente. A memória do papa Pio XII estava em perigo. Era preciso fazer alguma coisa em nome daquilo que muitos antes de Girolamo, como o próprio irmão, o sempre fiel Giovanni Comte, haviam feito para deter as conspirações contra o Santo Padre. Por intermédio de Duválio, tudo se tornou possível. Infelizmente, nenhum deles poderia sobreviver, pois ambos tinham um instinto protetor muito aguçado. Ela queria ser livre, sem que ninguém soubesse onde ela estava.

Segundo o padre Federico, o porta-voz do Vaticano, o intendente fora assassinado em plena Praça de São Pedro, com um padre não identificado, naquilo que foi o ápice de uma série de crimes que tragicamente se abateram sobre a família vaticana. O intendente estava envolvido numa conspiração para matar o papa Bento XVI e fora impedido por esse herói desconhecido, que falecera durante a operação.

Anna sentiu um arrepio percorrer seu corpo, pensando se não seria seu Rafa o padre não identificado. Tossiu e deixou escapar uma lágrima, que enxugou com um lenço, antes de fechar o jornal e pousá-lo na mesa.

Rafa, Girolamo e Duválio pertenciam a uma outra vida que já não era a dela. Devia muito a Rafael. Ele lhe tornara as coisas muito mais fáceis do que planejara. Ele era uma pérola que entrara em sua vida, há dez anos, e lhe dera esperança. Aquele seu último ato fora uma bênção. Devia-lhe a liberdade, ainda que seu empreendimento com Duválio e Comte resultasse no mesmo desfecho, independentemente do que acabara acontecendo.

Pensou na mãe e no pai com carinho. Teria tempo para caminhar pelas ruas e visitar os espaços que ambos haviam frequentado quando enamorados, em silêncio, calando os sentimentos e os desejos na maior parte das vezes, há muito tempo, no início do século XX. Vivenciaria essa lembrança e depois avançaria. O caminho devia ser sempre para a frente, sem olhar para trás... com uma única exceção.

Dali tinha visão privilegiada para a plataforma onde chegaria o trem. Os alto-falantes começaram a anunciar a chegada, e o coração de Anna acelerou com a ansiedade. Viu o trem entrar na plataforma e desacelerar até a imobilização total. As portas se abriram mal ele parou, e uma multidão de pessoas saiu para a plataforma, cada uma agarrada a seus pertences, compenetrada nos afazeres que teria em Berlim, alheia ao que se passava ao redor.

Anna fincou as mãos na mesa quando a viu, e reteve a respiração, que teimava em querer se alterar devido ao nervosismo. Ela caminhava desorientada em meio à multidão, perdida em pensamentos, o olhar ferido pelos anos sem nenhum sonho. Mesmo que ela ainda não soubesse, tudo isso terminaria ali mesmo, naquela estação, naquele momento. Os olhos de Anna se marejaram com lágrimas de emoção e felicidade. Quando deu por si, já levantava e se encaminhava com passos trôpegos para a saída do café, em direção a Mandi.

O francês vinha ao lado dela, com óculos de sol e uma mochila. Já tinha avistado Anna. Ela estava no local combinado. Ninguém proferiu uma única palavra. Não era possível. Apenas lágrimas e um longo abraço entre as mulheres, a mais nova ainda desorientada e confusa, completamente atônita, mas feliz por ver aquela que a trouxera ao mundo. Há muito a perdoara por esse infeliz ato egoísta. Havia tanto para conversar.

Anna tirou o embrulho da bolsa e o entregou ao francês. Depois, seguiu com Mandi para o exterior da estação, sem olhar para trás, sem nem um agradecimento. Não havia necessidade. Afinal, tratava-se apenas de uma relação comercial. Um rapto e seis mortes; o resto fora oferta da casa. A vida começava aos 82 anos.

O francês entrou no café e se sentou em uma mesa de canto vazia. O desfecho fora ligeiramente diferente daquele planejado. O cliente acabara se libertando do seu cativeiro de outra maneira. Seria mais fácil se ele tivesse apenas ido a Torano libertá-lo, apesar da segurança ferrenha, mas tal sugestão fora liminarmente recusada. Aquele contrato era mais que uma libertação; sobretudo, era preciso recompor a imagem histórica de uma pessoa querida e muito importante para o cliente. Missão cumprida.

Abriu o embrulho com muito cuidado para não estragar o conteúdo e olhou para o interior, sem retirar o invólucro por completo. Inspirou e se permitiu entrar naquele mundo. A felicidade não residia na posse, nem na fortuna, mas na alma. Ia lê-lo com cuidado, restaurando as partes danificadas se fosse o caso, mas havia mais livros para buscar. Começaria ali mesmo, em Berlim, a visitar alfarrabistas, colecionadores, aliviando-os do espólio e do catálogo. Afinal, estava três milhões de euros mais rico. Todos os homens tinham seu ponto fraco. Depois, rumaria para casa, para seus livros, para sua coleção... até o próximo cliente. O desaparecido *Inventio Fortunata* enfim era seu.

71

Anna vencera. O nome do seu pai estava limpo, e ela nunca existira. Rafael fora um dos personagens principais nesse desfecho. O cansaço levara-o para monólogos à beira-mar e caminhadas pela casa grande de Torano, à procura de Anna. Ele bem que gritava o nome dela, mas ouvia apenas uma gargalhada longínqua de menina peralta. Corria atrás da gargalhada, desesperado, irritado, mas ela se desvanecia cada vez mais. Depois, ouviu aquela pergunta atrás dele. *Quando é que teremos paz?* Desta vez, encontrou-a sentada numa cadeira. Era o trono pontifício da Basílica de São Pedro que ela ocupava, trajada com as vestes pontifícias, as mãos pousadas nos braços da majestosa cátedra, em pose imperial. Estendeu-lhe a mão para que ele beijasse o *annulus piscatoris*. Era Sarah, que sorriu para ele. *Quando é que teremos paz?*

— Sarah! — gritou ele, quando acordou novamente no quarto.

— Lamento desiludi-lo — ouviu uma voz responder. — Mas não sou Sarah.

Rafael tentou se orientar. Quantas horas dormira? Quanto tempo havia passado? O quarto estava escuro. Apenas a luz de um abajur em um dos cantos. Conseguiu distinguir J. C. e o manco, o mais velho sentado, o mais novo de pé, um segurança sempre em prontidão.

— O que faz aqui? — perguntou Rafael, suado e dolorido pelos vários dias acamado.

— Isso é lá maneira de receber um aliado? — protestou J. C. com sarcasmo, depois substituído por uma expressão séria. — Tem de fazer melhor a lição de casa da próxima vez.

— Eu sei — concordou o padre, resignado.

— A velhota levou a melhor. Gosto quando um plano é bem executado — aplaudiu durante alguns instantes. — Se bem entendi, ela quis se livrar dos detratores do pai e, ao mesmo tempo, recuperar a liberdade. Contou com um relator e um cúmplice para a primeira fase e com você para a segunda.

— Jamais estive envolvido — garantiu Rafael.

— Acho que esteve. Pode nem sequer ter tido conhecimento desse envolvimento, mas foi um dos principais personagens nessa história. O que, por si só, torna o plano ainda mais brilhante. — J. C. fitou o manco. — Tornei-me um admirador dessa mulher. — Voltou a olhar para o padre. — Por que o intendente raptou o jovem padre alemão?

Rafael sentiu o corpo se retesar ao ouvir a pergunta, mas não respondeu.

— Posso lhe explicar aquilo que o senhor sabe perfeitamente, mas não quer revelar. Compreendo. Não seria motivo de orgulho para mim também, se estivesse na sua posição. Permita-me que lhe diga que você foi um idiota... duplamente idiota. O jovem padre alemão foi raptado porque era seu filho biológico. Isto, por si só, é ingrediente para um belo melodrama. Mas uma questão se impõe. Como ela sabia disso? Quer responder?

Rafael abaixou o olhar.

— Porque eu lhe confidenciei esse fato.

— Porque o senhor lhe confidenciou esse fato — repetiu J. C., satisfeito por fazer valer seu ponto de vista. — Vê como foi um dos personagens principais? Mas, meu caro, você não agiu de todo mal. O sistema de segurança que montou em Torano funcionou. Daí que tivessem de engendrar um plano de rapto para a tirarem de lá. O intendente queria apenas que ela ganhasse a liberdade. Ele também foi usado. Mas estava apenas cumprindo uma promessa a um familiar que tinha morrido há muito tempo. Quanto a você, Rafael, que promessa cumpria quando lhe facilitou ainda mais a vida? Você a libertou.

— Já percebi que fui manipulado — disse o padre, irritado. — Foi para se regozijar com esse fato que veio aqui?

— Também — respondeu J. C., que nunca deixava de dizer as coisas por simpatia. — Falta a cereja em cima do bolo. Matteo Bonfiglioli.

Rafael fechou os olhos. Ainda faltava esse pormenor. Um plano engendrado ao mais ínfimo detalhe que o fizera pensar o tempo todo estar à frente de seus adversários quando, afinal, nem sabia quem eles eram.

— Nós o raptamos porque surgiu no horizonte uma ameaça de que o intendente planejava um atentado contra altos interesses do Vaticano. Agimos bem — prosseguiu J. C. — Permita-me perguntar a você quem o informou dessa ameaça.

— O secretário pontifício. Giorgio.

— Exatamente. E quem informou a ele?

— Uma fonte segura — respondeu Rafael, o que significava dizer que não fazia ideia de quem fora.

— Uma fonte segura. Claro. Meu caro, você não sabe quem foi, mas eu lhe digo quem. — Aguardou alguns instantes para aumentar o suspense. J. C. adorava manter a plateia cativa. — Foi o pobre do relator brasileiro. E com quem ele falava ao telefone?

— Já entendi — Rafael respondeu com rispidez, dando a entender que era suficiente.

— A fonte de tudo foi Anna. Ela confidenciou a Duválio seu segredo sobre um filho que andava à sua procura, falou-lhe de sua dedicação a Sarah e contou-lhe sobre Mandi. E ele forneceu todos esses ingredientes a Girolamo, mais o pedido em que implorava pela liberdade dela, talvez até mesmo em meio a lágrimas. O intendente sabia onde morava Mandi, a filha de Anna, visto que a segurança dela estava a cargo da Gendarmaria. O brasileiro tinha acesso privilegiado ao arquivo, à biblioteca, ao IOR, por ser investigador da congregação. Depois, lançou a informação sobre Matteo, sobrinho secreto de Girolamo, e os planos de se livrar dos relatores. Tudo fazia sentido. O fato de você ter intercedido para libertá-la com a ajuda de Giorgio e Jacopo foi um bônus para Anna. Ela deve tê-los achado um bando de idiotas.

J. C. fez uma pausa após a explicação, saboreando a maestria de todo aquele plano.

— Sou um homem de inúmeros recursos, padre Rafael, como muito bem sabe. Essa condição me permitiu localizar nossa amiga Anna, que anda agora passeando com a filha pela Europa.

Rafael escutou aquelas palavras com toda atenção. Pela primeira vez, desde que fora internado, sentia-se melhor, mais forte, sem tantas dores.

— Só vou lhe fazer esta oferta uma vez — explicou J. C., para que não houvesse dúvidas. — Deseja que eu lhe faça uma visita?

Rafael fez que não com a cabeça.

— Deixe que vivam o que lhes resta.

O manco ajudou J. C. a se levantar.

— Muito bem. Não foi um prazer trabalhar com você, padre — despediu-se.

— Ainda falta terminar o trabalho — disse Rafael.

J. C. esboçou um sorriso.

— Eu sei. Mas não se preocupe com isso agora.

O velho saiu amparado pela bengala e pelo manco. Rafael cogitou durante alguns instantes sobre tudo o que Anna fizera, e se pegou pensando em Sarah e em onde ela estaria. Sentia… sentia… Não sabia muito bem descrever a sensação. Queria vê-la. Precisava vê-la. Agarrou o lenço com força e o levou ao nariz. Fechou os olhos e inspirou. Quando é que teriam paz?

J. C. enfiou a cabeça de novo no quarto, e Rafael afastou o lenço do nariz.

— Pergunto-me se ela o enganou mesmo, ou se você apenas se deixou enganar.

Depois, partiu de verdade.

72

Sarah dormiu dois dias seguidos depois de esgotar as lágrimas. Não viu nem falou com ninguém, desligou o celular e proibiu que lhe transferissem chamadas, informando que não queria receber visitas. Limitou-se a dormir, dormir, dormir. Quando acordou, pediu que lhe servissem o jantar no quarto. Vincenzo fez questão de levá-lo pessoalmente e de servi-lo. Não trocaram nenhuma palavra, mas certificou-se pelo menos de que Sarah comia tudo. Depois, pegou a bandeja e saiu, fazendo-lhe apenas um carinho nos cabelos. Foi assim também nas refeições seguintes.

A decisão de regressar a Londres surgiu naturalmente. Nada mais a prendia a Roma. Apenas uma despedida. O passado não devia ser renegado. Fazê-lo acabava por magoar outras gerações, porque ele sempre esperava, à espreita, para atacar o presente em qualquer esquina do futuro. A Igreja sofria porque o renegava e depois acabava por ser apanhada nas teias que ela própria criava.

Chegou à policlínica no meio da tarde. Seria uma visita rápida, a tempo de pegar o avião para regressar às terras de sua Majestade no início da noite. Os guardas já não estavam lá para a impedirem de entrar no quarto, mas encontrou a cama vazia, e Jacopo à janela, mirando o exterior.

— O que faz aqui, doutor Sebastiani? Onde está Rafael?

O historiador virou-se para Sarah, consternado, com lágrimas escorrendo-lhe pelo rosto.

— Ah, Sarah! — proferiu Jacopo, avançando para ela e a abraçando. — Ele nos deixou.

Sarah sentiu um aperto no peito, e os olhos ficaram marejados.

— O que quer dizer com isso?

— Ontem vim vê-lo. Parecia em franca recuperação. Hoje, no entanto, quando cheguei, me deram a notícia.

Sarah já chorava copiosamente.

— Que notícia, Jacopo? — perguntou a jornalista, que necessitava ouvir a confirmação da boca do historiador.

— Rafael morreu, Sarah. Morreu.

Jacopo chorava compulsivamente a perda do amigo, para quem nem sempre fora bom. Ninguém era em todos os momentos. A amizade devia residir mais nos atos do que na lembrança, mas nem sempre podia ser assim. Que diria Norma quando soubesse da notícia?

— Mas como? — quis saber Sarah por entre soluços.

— Uma infecção generalizada. Sucumbiu aos ferimentos. Foi o que os médicos disseram.

Sarah olhou para a cama, a coberta branca esticada sobre o colchão, sem saber o que sentir. As lágrimas lhe escorriam pelo rosto, caindo no chão. Não podia acreditar. Não podia ser. *Não. Não pode ser. Não pode ser!* Sentou-se na beirada da cama chorando, e o criado-mudo chamou sua atenção. O lenço. Seu lenço estava lá, imaculadamente dobrado. Sarah o pegou e o levou ao rosto. Ele o guardara. Tentou sentir algum resquício do perfume do padre que tanto amava e a deixara. Não era justo. *Rafael, não.*

Sarah saiu do hospital correndo. Deus se vingara de sua descrença. Ela era tão vil quanto os homens da Sua Igreja.

Percorreu as ruas da cidade pelas quais, até há alguns dias, caminhara com Rafael ao seu lado. Afastara o espectro da doença que a assombrara, e seria essa sua recordação dele. Os seis meses em que tinham vivido juntos. Haviam brincado, passeado, como marido e mulher, como casal apaixonado que não podiam ser. Compreendia agora, a distância, por que nunca haviam se entregado a um beijo ou a uma noite de prazer. Nicole nunca conhecera verdadeiramente Rafael. Tinha apenas a imagem de um homem que a magoara há mais de vinte anos. Sarah conhecera o homem que não queria magoá-la. Por isso nunca lhe dera uma razão, uma ilusão; fora sempre bastante claro e correto, ela é que não o quisera entender. Vivia uma ilusão e uma frustração criadas por si própria. Ele fizera de tudo para não contribuir com aquilo.

A ausência dele ia lhe causar sofrimento, mas seria essa a recordação que guardaria. O homem que a amara a ponto de não querer magoá-la. Que a tinha amado a ponto de protegê-la de si mesmo.

Aqueles passos enquanto se perdia em pensamentos a levaram ao hotel para buscar a mala que deixara na recepção, e pediu um táxi para conduzi-la ao aeroporto.

Riccardo, o recepcionista, entregou-lhe também um envelope.

— Chegou isto para você, Sarah.

A jornalista ficou intrigada e se afastou um pouco do balcão para abrir o envelope longe de olhares alheios. Tirou um pequeno objeto preto e um cartão.

Isto é um auricular. Por favor, coloque-o no ouvido.

Sarah sentiu um novo calafrio. Já passara por aquilo antes e, sinceramente, não estava com paciência para jogos, mas cumpriu a ordem que acabara de ler.

— Boa-tarde, Sarah — cumprimentou a voz de J. C.

— Boa-tarde. O que deseja? — perguntou, ainda com a voz embargada.

— Queria lhe dar as condolências por sua perda. Mas a vida continua e temos muito o que fazer.

— Não vou fazer mais nada — garantiu Sarah. — Hoje se encerrou um ciclo. Não vou voltar a colaborar e espero não tornar a ouvi-lo. Você acabou com Rafael.

— Oh! Sinto-me tão ofendido, Sarah. Depois de tudo o que fiz por você — respondeu ele com tom de voz que emanava falsa ofensa. — Faça mais uma viagem, e depois se livra de mim de uma vez por todas.

— Vou fazer uma viagem, é verdade, mas é para casa — disse a jornalista, ignorando J. C.

— Há um carro à sua espera na porta do hotel — informou J. C. num tom muito sério.

Sarah olhou para a porta giratória e viu um Mercedes negro de vidros fumê estacionado no exterior, o motor ligado.

— Não estou brincando — continuou J. C. — Entre no carro, e ele vai levá--la ao aeroporto de Fiumicino. Procure o voo da Alitalia com destino ao Rio de Janeiro. É só fazer o *check-in*.

Sarah sentiu-se perdida. As lágrimas regressaram. Ele não ia deixá-la em paz.

— Promete que depois poderei voltar para casa?

— Depois fará o que bem entender, Sarah. Tem minha palavra. Poderá tirar férias na praia ou regressar a Londres. Você merece ter alguns momentos de paz.

A jornalista refletiu por alguns segundos. Não tinha escolha. Iria para o Rio de Janeiro.

— E depois?

— Dirija-se ao hotel Copacabana Palace, quarto 509. Seu contato vai estar lá e tratará do resto.

— Certo — concordou Sarah, agarrando o lenço que trouxera do hospital com mais força. — Vou ao Rio e depois regresso a Londres.

— Vai ao Rio e depois regressará a Londres — repetiu J. C. — Faça boa viagem, e divirtam-se.

— Espere. Como se chama meu contato?

— Ah! É verdade. Esqueci desse detalhe — disse J. C. com um sorriso sarcástico. — O nome do contato é Lucarelli. Stephano Lucarelli.

BREVE NOTA DO AUTOR SOBRE PIO XII

É inevitável não mencionar algo sobre Pio XII, um dos grandes papas do século XX. Nunca foi nazista, muito menos antissemita. Seu melhor amigo de infância era judeu e frequentou os sabás da família dele. A encíclica assinada por Pio XI em 1937, *Mit Brennender Sorge*, foi elaborada em sua totalidade por Eugênio Pacelli, na época secretário de Estado do Vaticano.

O historiador inglês *sir* Martin Gilbert declara em seu livro sobre a Segunda Guerra Mundial que, de 1933 a 1939, Pacelli enviou à Alemanha 55 protestos que denunciavam os atos grotescos das forças nazistas, as violações constantes à Concordata de 1933 e perseguições com base na raça. Em Nuremberg, durante os julgamentos, soube-se que Hitler empilhava os protestos na sua mesa e fazia anedotas sobre eles. Mais: ao contrário do que se pensa, como legado papal, Pacelli denunciou o nazismo em Lourdes, Lisieux, Paris e Budapeste. Já durante a guerra, há relatos de padres polacos que instavam o papa a manter a imparcialidade, caso contrário sofreriam todos.

O doutor Peter Gumpel é um dos maiores estudiosos de Pio XII. Sua investigação, baseada em entrevistas e na leitura de mais de cem mil páginas de documentos, atesta os dilemas e as dúvidas de Pio XII, assim como a gestão inteligente dos acontecimentos e uma preocupação genuína pelas pessoas. "Estou totalmente convencido de que ele era um santo", afirmou. E não foi o único. Inúmeras personalidades, desde diplomatas a chefes de Estado, artistas e simples fiéis, declararam que quando se encontravam privativamente com o papa sentiam que estavam na presença de uma força divina, de um santo, tal era a energia que sentiam emanar de Pio. Descreveram sua voz cristalina, o tom meigo, a constante atenção ao bem-estar de quem o rodeava.

A Operação Assento 12 que J. C. menciona no livro existiu realmente e, ao que parece, 55 anos depois da morte de Pio XII, continua a cumprir seu objetivo.

Tenho um apreço profundo por Anna e Mandi, a quem pude libertar na ficção, mas que fazem parte dos sacrifícios que Roma exige, de tempos em tempos, para expiar os pecados do mundo. Testemunharam meus dilemas enquanto escrevia e não escrevia esta história, as dúvidas e os conflitos interiores. Tiveram sempre uma palavra de incentivo e até os silêncios calculados me ajudaram a percorrer este caminho difícil entre a criação literária e a história.

Sinto enorme admiração e devoção por Piccolo, o papa Luciani, que ainda hoje influencia o mundo com as suas obras em defesa das crianças desprotegidas e que também devia ser canonizado.

AGRADECIMENTOS

Há sempre muitas pessoas a quem agradecer quando se escreve um livro, pelos mais variados motivos. Este não é exceção, ainda bem.

Comecemos pelos anônimos: quero agradecer aos agentes da Polizia di Stato, que me possibilitaram conhecer a difícil convivência com seus colegas da Gendarmaria do Vaticano. Muito obrigado. Também não posso deixar de mencionar aqueles que me ajudaram a compreender como funciona esse mundo da criação de santos. Não posso identificá-los, por razões óbvias, mas as informações que me deram foram preciosas; em ambos os casos usei-as livremente, portanto, qualquer erro será sempre meu, e nunca deles. Obrigado também a eles.

As expressões "Todos deviam estar sincronizados com a versão oficial do Vaticano" e "Quando a Santa Sé se pronuncia, não há necessidade de procurar outra versão" não são de minha autoria, porém fortes demais para se ignorá--las.

Um agradecimento especial aos agentes invisíveis que são meus olhos e ouvidos dentro dos altos muros do Vaticano.

Sou imensamente grato às minhas agentes Maru de Montserrat e Jennifer Hogue, e a toda a equipe da International Editors, que, de Barcelona, vão conquistando o mundo. O apoio que me dão é fundamental e, graças a elas, posso me dedicar apenas à escrita. Meu sucesso é o delas também.

Uma nota de gratidão para a equipe da Porto Editora: a Cláudia Gomes, por acreditar em mim, a Rui Costa, por carregar todo esse peso sobre os ombros, a Alexandra Carreira e a Flávio Sobral, por me orientarem, a Rui Couceiro, cuja lucidez e inteligência são um bálsamo para os autores, a Orlando Almeida, que lê cada palavra que escrevo e que, seguramente, deixa o texto mais rico com suas sugestões perspicazes. Quero também deixar uma palavra de apreço a todo o pessoal da Porto Editora, que preencheu as horas que passei na estrada com histórias, experiências e muito profissionalismo e simpatia.

Este livro também não existiria sem a investigação da Roberta, a quem deixo um fraterno obrigado por ter partilhado comigo o fruto de um trabalho de vários anos.

Ao escritor Eric Frattini agradeço as longas horas de bom humor e investigação a que nos entregamos.

Aos escritores Luís Costa Pires e Carlos Almeida, obrigado pelas longas conversas via Skype, que, apesar de não fazerem nenhum sentido para eles, faziam todo o sentido para mim. Muito obrigado, meus amigos.

A Vincenzo Di Martino, outro amigo do peito, que sempre me proporciona, e a meus amigos, a mais confortável das estadas em Roma, e à sua esposa Erina, um profundo agradecimento. Tomei a liberdade de pedir a Sarah que contracenasse com você, como era seu desejo. Espero que tenha gostado.

A César Ribeiro quero agradecer a amizade e a explicação desse misterioso e apaixonante mundo dos livros antigos e desaparecidos. Obrigado por partilhar essa paixão comigo. Quem sabe não nascerá daí um novo livro dos escombros desses mistérios.

Há outras pessoas que foram importantíssimas na elaboração deste livro, mesmo que não tenham dado por esse fato. O meu muito obrigado a Ricardo Silveira, Pedro Abreu, João Paulo Sacadura, Diogo Beja, Alejandro Peláez Vargas, e ao pessoal da Conceição da Faculdade de Letras da Universidade do Porto, a saber: Conceição Morais Mendes, Ana Freitas, José Braga, Sérgio Bastos e Francisco Pereira.

Não posso deixar também de mencionar Luísa Lourenço, Sofia Teixeira, Giusva Branca, Raffaele Mortelliti, Luís Santos, Margarida Mateus, Mônica Almeida, Pedro Assis Cadavez, Ricardo Afonso, Nuno Miguel Faria, Vera Oliveira...

Quero deixar um abraço fraterno a Hugo e Sandra Lima, e Maria e Ana Rita, bem como a Lara Leite e Rosa Queiroz. A Thomas Lanoë e Keila, e a Denise Beltrame, que são verdadeiros aventureiros, deixo um olá e um abraço de gratidão por fazerem parte da minha vida.

A meus pais, José e Maria, a minha irmã, Ana Cristina, e a meu irmão, Nuno Tiago, bem como a meu cunhado, Jorge Alexandre, e a meus sobrinhos, Mariana e Alexandre, beijos e abraços muito fortes.

Com fechamento, quero agradecer publicamente à Condessa. As outras palavras, eu lhe digo todos os dias.

E, por fim, agradeço a todos os meus leitores espalhados pelo mundo. Obrigado pelo estímulo que me dão em cartas, *e-mails*, conversas, leituras. Isso é tudo para vocês.